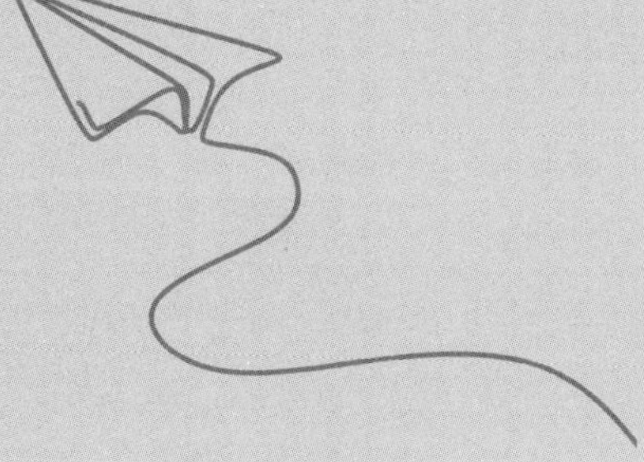

謹以此書，

獻給我們堅韌不拔的青春

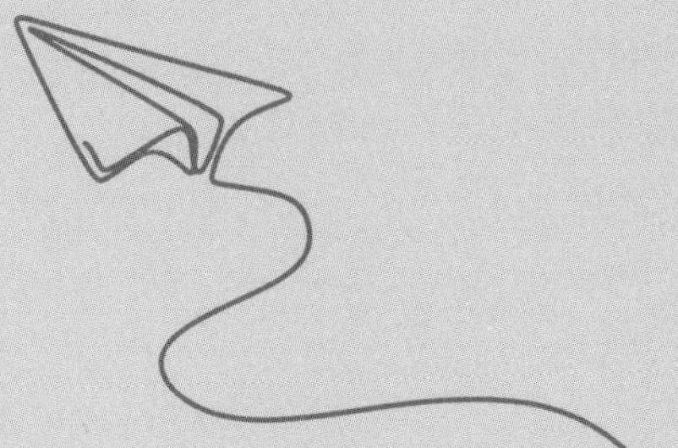

我在未來等你

劉同——著

序

從去年開始到今天，過去的將近三百天裡，我只幹了一件事。

終於，新的小說今天開始了第三輪的修改。

第一輪寫的是情節，寫得飛快，每個人的性格在情節中漸漸成形。

第二輪寫的是心理，細細琢磨小說裡每個人的每句話、每個行為、每個反應。很多個下午或者晚上，因為足夠代入，愚蠢的作者就會跟著人物一起生氣、痛哭和傻笑，內心戲特別足，甚至會在辦公室自己跟自己演起來。同事推門進來找我，發現我正眼含熱淚，他們比我還尷尬。

今天開始了第三輪，把那個世界裡的回憶填滿。本想出版之後再回憶這些，但想了想，那時肯定也記不住現在的細節和痛苦了。那時會有那時的感慨，而今天的感受卻是獨一無二的。

電影《誰的青春不迷茫》結束之後，我問自己想寫些什麼？

一個念頭立刻就冒出來，這個念頭特別幼稚地高高舉起手，彷彿在說：「寫寫我唄。」

《誰的青春不迷茫》這本書在我人生裡起了特別大的轉折作用，讓我知道原來真誠地寫著自己的幼稚，也能找到同類。在那本書裡，三十歲的我看著自己二十歲寫的日記，在每一篇後寫下十年後的感受。

縱使以前的文字幼稚，但多年後有勇氣面對閱讀時，才能看到自己這十年來一點兒一點兒的成長。

於是我突發奇想，如果三十六歲的我真的見到了十七歲的自己，會發生什麼？不是這種紙面隔空的對話，而是真真實實的面對面。

三十六歲的我會跟他認真交代哪些事？

十七歲的我想問哪些問題？

我會告訴他，自己現在的生活？工作好不好？是不是有點兒帥？有沒有存款？買了一輛什麼車？他的夢想，我實現了哪些？又有哪些放棄了？哪一些他很看重的朋友還在？或是早已散落在人海？

這些我都想問，但更為關鍵的是，他會相信我真的是十幾年之後的他嗎？

我認真想了想，如果一個七十歲的人來找我，說他是未來的我，我會相信嗎？看長相是否相似太低級了，我指的是我真能接受這個事實嗎？我想我應該不會相信未來的我。

所以我覺得十七歲的自己無論如何不會相信現在的我。他肯定會覺得我是個騙子。

這麼一想，好像這比寫青春、寫愛情、寫奮鬥什麼的難多了。第一步都無法走出去，談何未來的故事。

同事陪著我一遍一遍地探討這個主題的可能性，我看著十七歲的自己很執拗地站在遠遠的地方，一副「我絕對不可能相信你」的模樣。

嘿！我突然覺得，那就這麼幹，你不走過來，那我就走過去，死死地貼近你，讓你相信我好了。

故事就這麼從兩百多天前開始了。故事發生在湘南。

湘南是我的家鄉——郴州的另一個通俗的叫法，意思為湖南的南部。

十七歲的主人公，我叫他劉大志。

希望他有遠大志向，希望他能大智若愚，希望他在成長的過程裡迎著風，一路坦蕩。

再過幾個月，這本小說就要跟世界見面了。

我不知道那時，十七歲的劉大志會不會被大家認識，大家會不會把他當成自己高中熟悉的某一個同學，也不知道那時的他是不是依然執拗地躲在自己的角落。那就是我十七歲的寫照，就是那副「我想你們搭理我，可你們不可能真正懂我」的樣子。

我從沒有想過，在我今天的年紀，十七歲的自己會以這樣的方式陪我聊天、對話、諷刺、挖苦、忤逆。

劉大志，為了給你一個人生、一個美好前程，我寫了幾十萬字，熬了好多個通宵，紅了好多次眼眶，笑了好多次。

趁著沒什麼人認識你之前，跟你說這些，希望過幾個月，你能瀟灑地出現在所有人面前，擁有自己的生命。那時，你就不屬於我一個人了。

好了，我繼續改了，故事裡見。

2017年5月20日

目錄

第一章

忙・茫・盲

在某一年，每個人都會埋下一顆人性的種子，
我們會一起看它慢慢發芽，然後各自忙著瘋長，
漸漸地，忘了關注彼此，
再回頭才驚覺：你怎麼變了？

我叫郝回歸，你看到的我，並不是我自己喜歡的樣子。

郝回歸，三十六歲，是教了八年馬哲[1]的大學老師。十八歲之前，郝回歸的名字叫劉大志。十八歲的某一天，劉大志的父母正式離婚，當時電視上正在播紀念香港回歸的新聞，他的媽媽郝鐵梅就直接給劉大志改名為郝回歸。

大多數人提到郝回歸，都會先嘖嘖稱讚郝鐵梅管教得好。

高三前，郝回歸的成績一塌糊塗。不知怎麼，到了高三，突然有點兒醒悟，靠著爆發式的學習和郝鐵梅用全家兩萬元積蓄換來的「定向培養」加分指標，郝回歸終於上了大學。入校那天，郝鐵梅告訴郝回歸今後一定要把握機會發憤圖強——考研、留校，成為大學老師。不忍心再讓媽媽失望的郝回歸一步一個腳印，朝著那條指明的道路前進，真的成為一名教師。從那一刻起，郝回歸大學教師的身分就成了郝鐵梅翻身的資本，也成了鄰里鄉親口中的榜樣，甚至連他自己也認為自己的人生圓滿了。

一年、兩年、三年，他一直兢兢業業地上課，其他同事開始利用更多的時間研究課題、撰寫論文、晉升職稱；四年、五年、六年，同事們繼續追求著更多目標，郝回歸依然教著馬哲。眼看自己年紀愈來愈大，學校照顧性地讓他成了講師，可每天依然要上八節課，人生一點兒希望都沒有。他嘗試著跟領導說自己也想有更多時間做課題研究。領導說：「回歸啊，我們很需要你這種踏實的老師。這樣好不好，等明年我們再招一位馬哲老師就解放你。」

郝回歸信了，熬過第六年，直奔第七年。第八年，領導也換了，誰都想不起來要對郝回歸的末來負責。他想過很多次辭職，可是剛嘗試說出心裡的感受，周圍熟人就說：「大學老師！那麼好的工作你都不要，腦子是不是壞了？做什麼研究，穩定才最重要。」他有幾個高中死黨，一起逃過學，抄過作業，打過架，彼此知根知底，只有他們才能理解郝回歸心裡的痛苦。他的表妹夫陳小武，賣豆芽出身，靠著自己的努力一直做到湘南農貿市場的大老闆。郝回歸對陳小武說：「小武啊，我這大學老師的工作怕是做不下去了。」話還沒落地，陳小武就拍著他的肩膀說：「是不是工資特別低？我前幾天從查干湖[2]搞了批魚，一來一回淨掙二十萬。你有文化，乾脆幫我去管這個生意。」

「我不是嫌錢少，只是覺得自己的工作看不到未來。」

「不就是錢少才看不到未來嘛。」

郝回歸覺得自己沒辦法和陳小武聊下去了，開口閉口就是錢。小時候，他們聊個屁都可以聊上一整天，可現在，郝回歸說出自己的心裡話，陳小武居然聽不懂了。

陳桐是郝回歸高中校園的學霸、男神，高考前為了幫他打架，被打破了頭，腦震盪休息了兩個月，導致高考失利，現在是一名公務員，剛剛參加完政府考試，成了當地工商局最年輕的副局長。

「陳桐，我想辭職，不想再做大學老師了……」

「回歸，不是我說你，不管是政府還是高校，除了本事過硬，更重要的就是走動，你以為我光靠考試就能當上副局長？別開玩笑了。你不想做大學老師不就是因為得不到提拔、看不到希望。聽我的，看看你需要什麼，告訴我，我幫你合計合計。」

編註1　馬克思主義哲學的簡稱。

編註2　位於中國吉林省的堰塞湖，擁有豐富的水產資源。

郝回歸知道陳桐是為自己好，但隨著自我剖析得愈深，他就愈清楚——其實自己根本就不愛這份工作，這全都是媽媽的安排，甚至這些年自己能撐下來，也都是因為周圍人覺得這工作很光榮。可是他都三十六歲了，繼續做下去，就是在為別人的願望而消耗自己的生命。

他跟表妹叮噹訴苦，話還沒說一半，有人進來了。叮噹立刻站起來對每個人介紹：「這是我哥，郝教授，厲害吧。」郝回歸壓低聲音對她說：「我不是教授，只是講師。」叮噹毫不在意地說：「啊呀，你這人怎麼這樣，你在學校教授知識，那就是教授！」

呵呵，根本就沒有人在意自己在說什麼，他們都只在意他們認為對的。他想，要不，乾脆就跟媽媽直接攤牌？可沒想到，媽媽突然患了腦血栓，被搶救過來後，一直握著他的手說：「大志啊，媽媽身體愈來愈差了，就是對你放心不下，幸好當年你聽了媽媽的話，成了大學老師。現在，你也要考慮考慮自己的終身大事了，不然媽媽都覺得你的心理有問題了。」

一波未平，一波又起，郝回歸的人生就像陷入了沼澤，每走一步，都離死亡更近一些。隨著年紀愈來愈大，他內心的痛苦也愈來愈大。以前心裡閃過一些不快，但總覺得忍一忍就好了。有人說時間能磨平一切銳利，可對於郝回歸而言，時間就像個放大鏡，把內心的不妥協一點兒一點兒放大，直到無法迴避。

郝回歸終於承認了一點——自己的人生早已被綁架，被媽媽綁架，被周圍人綁架，他們認為自己應該這麼過，他們認為自己的工作很好，於是自己就只能這麼過，連商量的餘地都沒有。

他無法對家裡說一個「不」字，他不能對朋友說自己工作很糟糕，他習慣被領導忽略。不知不覺中，他成了茫茫人海中一具漂浮的活屍體。他知道這麼下去，不久的未來，如果他徹底放棄抗爭，就會從一具活屍體變成「生活的死屍」。

無人可交流，郝回歸上網寫了自己的心聲。

「三十六歲的我是一名大學老師，現在唯一能讓我激動的事就是能拒絕別人一次，能和別人吵一架，鼓起勇氣打一架，做一些從來不敢做的事，不是這些事有吸引力，而是我很想告訴自己我還活著。」

郝回歸想找志同道合的人，可等了很久，等到一條留言：「三十六歲？大學老師？想和人吵架？打架？能不能不要這麼幼稚，三十六歲要面對的難道不是如何安穩地過完這一生嗎？」

郝回歸很生氣，正是因為這樣的人太多，才令自己一步一步走到今天。他決定反抗，既然不能辭職，那就從最小的事開始做起。第二天是表妹叮噹的女兒丫丫的百日宴，很多許久不見的老朋友都會參加，郝回歸想讓自己變得不太一樣。

我想要變得不太一樣，不是證明我很好，而是證明我還活著。

郝回歸躺在床上，手機震動了一下。叮噹在群裡發了一張她昨晚和微笑的對話截圖。

微笑：「我和紅包都在路上！」

叮噹：「我結婚後，咱們就再也沒見過，好想你！」

微笑：「我也很想你們，你生丫丫之後變胖了嗎？」

叮噹：「胖了幾十斤，現在瘦回來了。你也教教我，怎麼讓自己變得更有氣質。」

微笑：「好啊，我得關機了，十五個小時後見。」

發完截圖，叮噹又補了一條信息：「咱們這個群名現在正式改成『郝回歸相親群』，希望郝教授能把握好機會，一舉將微笑拿下。」

郝回歸：「叮噹，你夠了啊。」
陳桐：「直接把微笑拉進群，大家都給說道說道，可能就成了也說不定。」
陳小武：「加加加。郝回歸你要是再沒種，我就把微笑介紹給我朋友了。人家一個個都是身家千萬，準把微笑給拿下。」
郝回歸最煩陳小武這樣子，三句話準繞到錢上。
「老公，你以為微笑和我一樣俗氣嗎？人家眼光可高了，必須是大學教授才行。」
「我都說了我不是教授！」
「所以才輪不到你啊。」
群裡鬧成一團。
郝回歸的人生也不是一望無際的黑暗，在他內心的最深處，還有一絲微光，透過這微光，能隱約看到微笑。微笑是郝回歸的初戀，更準確一點兒說應該是初暗戀。五歲時，剛學完跆拳道、剃著平頭的微笑在街角出手解救了被一群小孩圍攻的郝回歸，之後兩家相識，兩人又就讀同樣的小學、初中、高中。從那時開始，微笑便一直深深地藏在郝回歸的心裡。
微笑也是高中的五人組之一，從小父母離異，媽媽去了美國，她跟著爸爸長大。高三那年，微笑的爸爸破產、離世，在破產前，他安排微笑出國念書。整個過程，郝回歸一直看在眼裡，把想說的話憋在心裡，因為他想成為微笑生命中的另一個男人，但總找不到時機。而且這麼多年過去了，他也沒有聽說微笑談戀愛。郝回歸問過叮噹，叮噹也搖搖頭：「她應該沒有做好戀愛的準備吧。」是沒有喜歡的人，還是沒有人值得她喜歡？不過這似乎對郝回歸構不成障礙。郝回歸心裡做了一個決定，誰說告白了就必須在一起。敢說出來，這是對自己的交代。告白不是為了成功，而是為了讓自己的人生中不再留有遺憾。

微信群的人數從四變成五，叮噹已經把微笑拉進了群。郝回歸嚇得立刻把群名改成了「慶祝丫丫百日宴」。

「你慫不？」叮噹立刻來了一條私信。

「我只是不想太張揚！」

「你還不認？我們這是正大光明！你那是暗度陳倉。」

「我只是不想讓她失望，也不想讓自己失望。」

「哥，你是不是微博上的睡前故事看多了？」

很想回到過去，也許都是因為現在不夠好。

百日宴邀請了一百桌客人。

陳小武覺得百花齊放寓意好。

陳小武和叮噹抱著丫丫在門口迎賓。只要有人掏出紅包，陳小武就非常大聲地說：「你給紅包就是瞧不起我，來之前我就說了，今天不收任何紅包，我陳小武不缺這個，只要你來就是給我陳小武最大的面子！」

郝回歸走到叮噹面前，掏出紅包給叮噹，趕在陳小武說話前直接對他說：「我是來看叮噹和丫丫的，別對我來這套。」

陳小武「嘿嘿」笑了笑，拍了拍郝回歸的肩，遞給他一支菸。

郝回歸搖了搖手，陳小武明知自己從不抽菸。

「謝謝哥，你別跟小武一般見識。來，丫丫，看看舅舅，舅舅可是大學教授，長大了你要變得和舅舅一樣有學問。」叮噹把丫丫遞給郝回歸。

郝回歸皺了皺眉。

「喲，陳局長來了。」但凡有個一官半職的，陳小武的聲音就會提高八度，生怕別人不知道。郝回歸扭頭一看，是陳桐，戴了一副新金邊眼鏡，穿著一整套合身西裝，看得出從前校草的影子，在老家的公務員裡，算是氣質出眾的。只是如今，陳桐胳膊下也夾著一個公事包。

陳小武大聲招呼陳桐。陳桐的眉頭快速蹙了蹙，連忙對陳小武說：「小聲點兒，影響不好。」陳小武就當沒事人一樣說：「最年輕的陳副局長是我的高中同學，我當然開心。」

「你來了。」郝回歸走過去，一手搭在陳桐身上，就像高中時那樣，「聽說已經正式任命副局長了，恭喜啊！」

看到郝回歸，陳桐一掃開始的謹慎，有些不好意思地說：「嘿，副局長都快十個了，我排名最後，沒啥實權，考試考了第一，必須安排而已。對了，上次我說讓你找你們系主任走動走動的事，你考慮得怎樣了？」

「再說吧。」郝回歸不想跟他聊這事。

「來，我們照張合影。」叮噹招呼大家。

擺好造型，攝影師還沒摁，陳小武突然又走了出去，大聲說道：「馬局長，您來了！哎喲，太看得起我陳小武了，謝謝馬局長！」

叮噹一看，照也不拍了，笑成一朵花，迎了上去：「丫丫，你看誰來了，馬伯伯來看你了，開心不開心？」丫丫被叮噹左搖右晃地搖醒了，一睜眼見到這許多陌生人，「哇」的一聲大哭起來。

陳桐不知什麼時候也擠了過去，微低著頭，站在馬局長旁邊。ㄚㄚ一哭，空氣中有了短暫的尷尬。一群人圍著馬局長。郝回歸一個人孤零零站在攝影師面前，站也不是，坐也不是。大家的戲都太足，光看臉上的表情，就能猜到大概在說什麼。

熬到開席，郝回歸趕緊坐進叮噹專門為幾個死黨準備的包廂。

郝回歸一個人坐在包廂裡，想了想，打開了一瓶白酒。

兩杯下肚，郝回歸看見陳桐陪著馬局長從包廂前一閃而過，兩人目光一個對視，他本以為陳桐會進來打個招呼，沒想到陳桐徑直就走了過去。

看見郝回歸一個人在喝悶酒，叮噹趕緊進來坐在旁邊，倒了一杯，正準備聊聊天。陳小武一身酒氣，帶著保姆走過來：「ㄚㄚ一直哭，你能不能管管，全交給保姆，怎麼當媽的？」

叮噹臉一紅，又急急忙忙站起來，去看ㄚㄚ。

郝回歸撇嘴自嘲了一下，也跟著起身，站在包廂門口透透氣。

他總算知道為什麼有些人會獨自喝酒，不是因為喜歡酒，而是喜歡獨處時的那種空蕩。大廳最右側，郝回歸看到幾個高中班上沒考大學的同學。高中時，他們是最酷的那群人，覺得讀大學沒意義，浪費時間，不如早點兒混社會。他們掙錢早，讓郝回歸羨慕了好一陣。現在看起來，他們也被社會折磨得不成人樣了。郝回歸又想到自己，其實也不過是看起來人模人樣罷了。

「教授，來看看，我沒讀大學混得還行吧。」陳小武醉醺醺地拍拍郝回歸的肩。

郝回歸很反感，推開了陳小武的手，坐回包廂。

「來，我敬你一杯，教授。」陳小武乾了一杯，嘿嘿笑了起來，臉色通紅。他坐在郝回歸對面，蹺著二郎腿，拆了包中華菸，點燃，悠哉地吸了一口。

郝回歸也乾了，他的臉上雖然沒有任何表情，心裡卻湧起一陣反胃的陌生感。如果是往常，他都告訴自己忍一忍，可今天，所有的不滿都借著酒勁湧了上來。

「陳小武，你現在是不是覺得自己特別成功？」郝回歸開口道。

「嗯？」

「你有幾個臭錢，認識幾個破局長，有幾個狐朋狗友，就覺得自己到了人生巔峰吧。」

「什麼意思？」陳小武的臉色有些不好看了。

「我是說，陳小武，你變了！」郝回歸從未這麼對陳小武說過話，他覺得這麼說很爽，早該這麼說了。

「咳，我就這樣。」陳小武重重吸了口菸，仰著頭，吐向半空。

「你以前不這樣。」

「以前我窮唄。」

「就你剛才巴結局長那樣，跟隔壁老王家那條狗似的，你還不如窮呢。」郝回歸鼻子發出「哼」的冷笑。

陳小武沒有被激怒，只是用夾著菸的手指點了點郝回歸：「你別以為咱倆是兄弟就可以亂說話。」

「我亂說話？你看看你，再看看陳桐，兩個人跟在別人屁股後面，腦袋點得像搗蒜，鑽木取火呢？」郝回歸繼續冷笑道。

陳小武緩慢地把菸頭摁滅在桌上，稍微提高了嗓門說：「郝回歸，劉大志，你一個破講師還真把自己當教授了？你教的那些玩意兒有用嗎？也是，真有用的話，你一個月也就不會只賺那四、五千塊了。」

「這和我沒關係，我說的是你們。」

「我們？你有什麼資格說我們？我給你兩萬，你給這裡的服務員講上一小時，幹不幹？抵你四個月工資。我就想不通了，你個破老師，哪兒來的優越感，你覺得我們拍馬屁，沒人樣，你也不看看自己，這些年你有變化嗎？你是教出什麼了不起的學生，還是做了什麼了不起的發明？看不起這個，看不慣那個！你可別玷汙了那些真正的大學教授！」說完，陳小武轉身就要離開。

「你給我站住！」郝回歸本想刺激刺激陳小武，沒想到以前跟在自己屁股後面屁顛屁顛的陳小武居然指著自己的鼻子罵起來。

陳小武沒理會郝回歸，徑直走了出去。

「你他媽給我站住！」郝回歸衝上去，一把扯住陳小武的西服後領，將他拽進包廂，把門反鎖上。

陳小武整整自己的西裝，笑了笑說：「很貴的，你三個月工資才買得起呢。」

「你是不是眼裡只有錢了？」

「郝回歸，你是不是瘋了？」

郝回歸紅著臉說：「陳小武我跟你說，自從你成了暴發戶，你就愈來愈不像樣了。是，你有錢了，但你已經不像個人了！」

「誰評價我也輪不到你，也不看看你現在是誰？我再不像人，也比你過得好吧？」

話音剛落，郝回歸一拳已打了過來，重重砸在陳小武的臉上。

「我拿你當兄弟！」

陳小武毫不示弱，一拳回了過來，撞在郝回歸的右臉。

「少來這套！我今天要不是發達，你們會把我當兄弟？」

「我今天要打醒你這個混蛋！」郝回歸又是一拳打過去。

陳小武反手給了郝回歸一記耳光，「啪」地整個包廂都響了：「行啊，今天老子要是怕了你，老子就不姓陳！」

兩個人扭作一團，手腳並用，酒菜橫飛，長久以來的積怨今天似乎終於找到一個機會，一次性爆發在這拳腳裡。

嘭嘭嘭！嘭嘭嘭！外面叮噹拚命敲著門。

「哥，你給我開門！」

「別敲了！今天我打死他！」郝回歸又飛出一腳。

「小武！開門！別打了！別打了啊！」

「你再敲一下門！老子就跟你離婚！」陳小武對著門外吼。

門外瞬間死寂。

兩人又扭打到一起。什麼高中友情，什麼患難真情，什麼兩肋插刀，什麼一輩子，什麼好兄弟，在今天都被打得一乾二淨。

郝回歸一邊打，一邊流淚。

「有種別哭！」陳小武又上來一腳。

「老子他媽的又不是因為疼。」郝回歸一盤菜扔了出去。

「砰」一聲巨響，門被踹開，鎖被踢飛，一個人走了進來。

「你們倆還要繼續打多久，我們搬椅子在旁邊看好了。」

空氣瞬間安靜，兩個人保持著扭打的姿態，像被按了暫停。

微笑平靜地看著他們。短髮的微笑，穿著一條緊身牛仔褲、一雙白球鞋，笑起來還是那麼明媚。郝回歸覺得這個世界上沒有人笑得比微笑更自然。

陳小武抓著郝回歸耳朵的手立刻撒開，搓著手，笑呵呵地說：「我們正玩呢，微笑你來了，快坐快坐，路上辛苦了吧。服務員，拿一副新碗筷！」郝回歸低下頭，他不敢和微笑對視，這麼多年，他仍然克服不了這個毛病。

「老公、老公，疼不疼？」叮噹趕緊跑進來，手裡拿著創可貼，眼裡好像只有陳小武。

「你看看你，全是傷，你不是也練過嗎？」微笑看著郝回歸說。

「包廂太小，施展不開。」郝回歸賭著氣，眼睛一直瞟著旁邊。

「打不贏幹嘛要打？」

「不爽，就是想打，早就想打了，本可以把他打得更慘，你來得太快了。」

「郝回歸，你根本沒傷著我！」陳小武一邊貼創可貼，嘴上依然不服氣。

「你倆還挺逗的，陳小武你都當爸了，郝回歸你還是個大學老師，也不怕被人笑話？叮噹，給這個豬頭也貼一下。」

郝回歸偷偷看了眼微笑，她笑起來依然有顆若隱若現的小虎牙。

微笑的出現，讓所有混亂都恢復了秩序。陳小武和郝回歸一人坐微笑一邊，叮噹挨著陳小武，陳桐也夾著包回到包廂。包廂裡雖然還是五個人，但大家好像早已不是原來的那群人了。

別人覺得你變了，可能是因為你和他們想的不一樣罷了。

百日宴結束出來已是下午。

郝回歸和微笑並肩走在小道上，這曾是上學的必經之路。湘南已經入秋，秋高氣爽，每句話都能聽得格外清晰。郝回歸呼吸得特別小心，他害怕被微笑聽出自己的心跳得多麼淩亂。

「今天的你，一點兒都不像你，好像還挺衝的。」微笑看著郝回歸貼滿創可貼的臉，笑著用手重重戳了一下。

郝回歸忙向後退：「痛痛痛。」目光不小心和微笑撞上，立刻看向遠方，「我已經憋屈了十幾年，就想找個人吵一架打一架。」

「有心事？」

「憋屈什麼？聽他們說，你一直挺好啊。」郝回歸嘆了一口氣，也不知道該不該跟微笑說。

「嗯……我覺得，我一點兒都不喜歡大學老師這份工作，但周圍所有人都覺得好，我都不知道自己的人生究竟是為了誰。」

「你怎麼這麼想，當然是為了自己。就像你說陳小武他們變了。」

「你來晚了，你是沒看到他們今天諂媚的樣子。」

「如果他們真諂媚，自己卻很開心，那也好啊。很多人的諂媚都言不由衷。」

「誰要是那副嘴臉還會開心啊！」

「你想，小武是生意人，平時巴結官員還來不及，今天局長親自來，對他來說，是個多大的事。」

「他自己踏踏實實做生意，何必在乎這個。他走到今天也不是靠這個。」

「也許正因為小武是老實的生意人，現在環境人多嘴雜的，如果不是真心把他當人才，局長怕是不會來的。小武說得也沒錯，局長就是看得起他，叮噹高興也是因為這個。」

「即使這樣，需要這麼做作？局長也不會喜歡這樣的人吧。如果我是局長，肯定不喜歡這樣的人。」

微笑白了他一眼：「別如果了，你這性格，科長也當不上。」

郝回歸硬著頭皮說：「誰要當科長，我不喜歡那樣的生活。」

微笑停下來，看著他，略帶無奈地說：「你啊，陳小武現在的生活是他的選擇，他喜歡才是最重要的，跟其他人喜不喜歡沒關係。」

微笑兩句話就讓郝回歸沒話說了。

「不過呢，你們今天打了這場架挺好，看得出來，起碼你還沒有麻木吧，只是笨了點兒。」微笑又笑起來。郝回歸喜歡看微笑笑起來的樣子，好像什麼事情被她一笑，都變得無足輕重了。

「我之前跟別人說我就想和人打一架的時候，還被人嘲笑幼稚。」郝回歸心裡覺得很溫暖，這麼多人裡只有微笑懂自己。

「你是幼稚啊，但幼稚也沒有什麼不好。」微笑看著遠遠的路燈，臉被光影剪出立體的輪廓。郝回歸心裡撲通撲通，心跳聲愈來愈大，都要淹沒掉他的意識了。

「那……這些年，你在國外過得怎樣？」

其實，郝回歸想問的是：你談戀愛了嗎？有對象嗎？過得好嗎？有什麼計劃嗎？還會回國嗎？但所有問題最終尷尬地匯成一個「你過得怎樣」。

「還不錯。你呢？」

「我，也還好吧。」郝回歸訕訕地笑。

「這些年你回來的次數愈來愈少了。」

「嗯，已經沒什麼親戚了，只有你們。以後可能也很難再找機會回來了。」

「明天就走？」
「你不也是嗎？」
這種有一搭沒一搭地聊天，雖然面對面，心卻隔得好遠。郝回歸知道如果錯過這一次，以後恐怕就再也不會有機會了。兩個人一直走到了微笑家——街角單獨一片的院子。
以前覺得很長的路，現在一會兒就到了。
「房子拿回來了？」
「是啊，終於把這個房子拿回來了。」
「還是保姆張姨在住？」
「張姨照顧我長大，房子拿回來之後，就讓她一直住著，她對這個房子也有感情。」
「那就好。我就不進去打招呼了。」
「好的。」
「那你進去吧。」
「行，那我進去了。」
「你……見到你媽了嗎？」情急之下，郝回歸突然問出了這個問題，然後立刻後悔了。微笑的媽媽是所有人從來不敢提及的，這些年，她自己也從來不曾提起過。郝回歸也只是從郝鐵梅那裡得知了一點兒消息。在微笑小時候，她媽媽為了追求事業和微笑爸爸離婚去了美國。
「見到了。」微笑很平靜地說，「她挺好的，有了新的家庭，新的子女。」
「那……那你呢？」
「我？我媽說結婚和感情是兩回事，她和我爸是感情，她再婚只是為了組建家庭。我恐怕做不到吧，這兩件事只能是一件事。」

這是在暗示什麼嗎？郝回歸還是沒開口。

「你明天就走，早點兒回去休息吧。」

「嗯。我還有課要上。你怎麼也明天走？」

「我也安排了一堆事。」

「早知今天這樣的局面，你還不如不回來。」

「哈哈，你是在說你自己嗎？」

郝回歸有很多話想說，卻不知從何說起，怕尷尬、冷場，怕不投機，怕讓對方覺得聊不到一塊。可是如果再這麼下去，這次見面又是無疾而終。微笑都說了，以後可能都不會再回來了，再錯過，就沒有以後了。郝回歸在心裡給自己做最後的打氣：郝回歸，今天你必須告白，無論結果如何，你都要告白，因為你要有勇氣成為另一個人——一個敢說出自己心聲，不再被任何人綁架的人！

「微笑！」郝回歸朝著轉身開門的微笑堅定地喊了一聲。

「啊？」微笑回過頭，捋了捋耳旁短髮，看著他。

「那個……」郝回歸突然愣住了。他這才發現，微笑右手中指上竟戴著一枚戒指。

「怎麼了？」微笑問。

「呃……明天一路平安。」郝回歸把話生生憋了回去。

「好的，你也是。」微笑笑了一下。

郝回歸也尷尬地笑了笑。

「那我進去了。」沉默了兩秒，微笑說。

「進去吧。」

「明天路上小心。」

兩個人同時說出了這句話，再相視一笑。

郝回歸的心好像被掏空，但身體卻被加塞了很多重物。回到家，客廳很暗，媽媽正躺在輪椅上聽著電視機裡播放的《縴夫的愛》[3]。郝回歸把客廳的燈打開：「媽，以後客廳的燈還是開著吧。」

「大白天，開著也是浪費電。」

「媽，我先休息一下，累了。」

房間裡，郝回歸腦子裡各種事情交織著。想起自己帶著希望而來，卻滿腔失望而歸，郝回歸依然覺得氣憤，他打開手機，往微信群發了一段話：「我非常後悔這一次回來！我相信微笑也很後悔！我不知道從什麼時候開始，你們都變成我們以前最討厭的樣子！」寫到這兒，他覺得好像不妥，又補了一句：「當然，我也變成我不想變成的樣子！」接著，繼續發：「陳桐，那時你鬥志昂揚，說要考上最好的大學，做自己最喜歡的事，現在成了給局長拎包的副局長！」

「陳小武！你是有錢了，但在我心裡你還不如賣一輩子豆芽！那才是真正的陳小武！」

「叮噹，我知道你很滿意自己現在的生活，沒什麼好說的！」

「人家微笑好不容易回來一次！就看著我們演這麼一齣鬧劇！我們對得起微笑嗎？」

「我想起我們高中要畢業那會兒許的願，我們都希望彼此不要變，多年後還是一樣的我們！而現在呢，我們卻要這樣彼此厭惡！可笑！」郝回歸不解氣，啪啪啪，打了一段又一段，最後又加了一段，「陳小武，你把我打得夠嗆，我很痛！但我不生氣，我只是遺憾我們什麼時候變成這樣了。」郝回歸把所有的憤怒化成文字一併撒在了群裡。他希望自己激起的層層浪花能澆醒每一個人。

發完這些，他便退了群，閉上眼，心情難以平復下來。

他的心情既憤怒又興奮。

一直逆來順受的他，今晚做出了很多出格的事，指著陳小武的鼻子罵，和他打架，在群裡說真心話，主動退群……郝回歸覺得今天的自己才是活出了一點兒人樣。他心裡有一絲遺憾，如果早幾年意識到這個問題，恐怕今天的自己也不會淪落到這個地步了。

「回歸，你睡了嗎？」媽媽在外面敲門。

郝回歸不敢出聲。媽媽繼續在外面說：「我給你發的幾個女孩的資料你看一看，你這次回來又很匆忙，能不能後天再回去？介紹人一直張羅著讓你和她們見見面。你說你都這個年紀了，還不結婚，大家說起來很難聽。你聽媽媽的話，多留一天好嗎？」

好不容易給自己打了氣的郝回歸整個人又像被綁上了鉛塊，被媽媽投入了大海裡。郝回歸沒有回應，媽媽過了一會兒也進了自己的臥室。他連忙站起來，悄悄地把門打開，打算出去透透氣。

「你不是休息嗎？這會兒你還要去哪兒？」媽媽的聲音傳過來。

「我……我出去給你找兒媳婦！」

總有一些人要先走，總有一些人會在原地等候。

郝回歸站在街上，不知該去哪裡。他想起影視劇裡的主人公總是會打一輛計程車繞著城市穿行，

編註3　一首男女對唱、朗朗上口的民歌，講述長江三峽地區男女的愛情故事。

顯得格外帥氣。以前的他精打細算，從未體會過這樣的人生。想著，他便伸手攔了一輛計程車。

「去哪兒？」

「隨便，到處轉轉吧。」

郝回歸第一次感覺到，人的改變根本不需要質變，你敢做任何一件平時不敢做的事，你就應該開始變化了。他從不吃魚腥草[4]，打算明天就吃。他從不喜歡穿皮鞋，打算明天就穿。他還聽媽媽的話存了一些錢打算買房付首付，但他並不想買房，而是想買一輛車。郝回歸當下就做了一個決定——明天就取錢買車！

計程車在城市間四處閒繞，郝回歸的內心也在漸漸復甦。這個城市變化真大，就跟人一樣。郝回歸靠在計程車的後座，看著這個城市，心裡滿是希望。他突然瞟到後座上還放著一個本子——恐怕是上個乘客落下的，他撿起來，發現是一個日記本。

灰色封皮上還印著幾個字——與時間對話。

郝回歸知道這種日記本，在這上面你可以寫任何東西，並寫明當下的日期。一年、三年、五年，日記本上留下了相應的空白讓記錄者可以寫下多年後對同樣事情的態度。這種日記本說是日記，其實更像是自己給自己創造的一個隔空對話的機會，每天記錄的事情並非關鍵，多年後看看自己的轉變才是重點。

他好奇地翻開第一頁，那是使用前的問答頁。

第一個問題：最迷茫的日子，誰在你的身邊？

可能就是現在吧，馬上就要高考了，有些朋友不參加高考，有些朋友要出國，但是還好，大家還在一起，每天都待在一起。

原來這是個高中生的日記本。

第二個問題：你現在身處何方？十年後你嚮往的生活是什麼？你想成為誰？

我生活在一個小城市，我希望十年後能夠有一份自己喜歡的工作，能每天生活得很有熱情，即使有困難的事，也能想到辦法去解決，不害怕解決問題。我不想成為誰，我想成為一個我想要成為的自己。

「我想成為我想成為的自己」這種回答讓郝回歸忍不住笑了起來，太年輕的人總是會說些太天真的話。他想起自己之前也希望找份自己喜歡的工作，而現在呢？他卻找到了份大家都喜歡的工作。

第三個問題：你想對現在身邊最要好的朋友們說什麼？

我想對他們說，希望無論經過多少時間，我們都不要變。我們都能成為自己想成為的那個人，我們不要成為自己討厭的那種人。

編註4　一種略有魚腥味的草本植物，具有清熱解毒功效，四川、雲南一帶又稱之為蕺根、折耳根。

郝回歸一愣，這不是自己剛剛說的話嗎？他往後翻，想看看答題者更多的資訊，可惜整本日記除了三個問答，什麼都沒有。郝回歸有些遺憾地合起日記本。這時，他發現日記本背面寫著一個名字和一個電話。

他是真的愣住了。

日記本主人的名字叫：大志。

聯繫方式是：156 0027 1308。

旁邊還用一行小字寫著：如果有人撿到，請聯繫我。

郝回歸心裡開始有點兒發毛，這是怎麼回事？大志是誰？想到那幾個答案很像自己當年的回答，這不會是……郝回歸閃過一個滑稽的念頭——不會是十幾年前的自己寫的吧？他看了看司機，司機正全神貫注開著車。郝回歸看著那個電話號碼，想了想，決定還是找到失主，於是撥了過去。

過了幾秒，沒什麼反應。既不是無法接通、號碼不存在、占線，也沒有人接。就在郝回歸要掛電話的那一刻，嘟……嘟……電話接通了。這種奇怪的回聲好像穿越了海洋、天空，直飛向遙遠的銀河……

「喂，有人嗎？」郝回歸屏住呼吸，壓低聲音問。

電話裡沒有人說話，只有風聲呼呼大作。

「你好，請問是大志嗎？你的日記本掉在車上了。」依然只聽見風聲，就像那個手機遺失在沙漠。這一下，郝回歸確定這是幼稚的惡作劇，同時確定自己此刻的舉動很幼稚。

就在郝回歸再次要掛電話的時候，聽筒突然有了聲音。

「你是郝回歸嗎？」這聲音像是電腦發出的，不帶任何感情。

郝回歸本想回應，但又覺得跟電腦對話挺傻的。

「你是郝回歸嗎？」那聲音又問了一遍，用一種不容怠慢的語氣。

「我……是，你……是？」郝回歸愈發覺得這是朋友們在整自己。這個惡作劇很像是陳小武的風格。可他們怎麼知道自己會上這輛計程車呢？

對方立刻又問：「你對現在的生活滿意嗎？」

郝回歸突然忍不住笑了起來。對方愈是一本正經，他愈覺得可笑。雖然可笑，他還是想看看這個惡作劇到底還能怎樣。

「不滿意啊，什麼都不滿意。」

「如果給你一個機會改變自己的人生，你想回到什麼時候？」

雖然不相信電話裡的話，但這個問題讓郝回歸心動了一下。今天的他算是體會到了改變的意義。如果人生真的能改變——郝回歸腦子閃過每一年的畫面，一直追溯到一九九八年，那一年他十七歲。

正是那一年，微笑出國了，他沒有來得及告白。

正是那一年，陳桐轉到了文科班，和他成為朋友。

也正是那一年，陳小武和叮噹走到了一起。他的父母協議離婚。為了不讓媽媽失望，他選擇了人生的第一步。

如果真的能有一次改變人生的機會，那就是在自己的十七歲——一九九八年時，自己必定不會再被任何事所綁架，也不會再變成一個懦弱、逆來順受、看別人眼光生活的人，這次必定要為自己的人生爭取權益，決不妥協！

「呵呵，那就十七歲吧。」

郝回歸的這個回答一方面帶著不屑和挑釁的語氣，另一方面也確是他不為人知的心聲。如果能有一次和自己對話的機會，他一定要告訴十七歲的自己，把握住那些因為缺乏勇氣而錯過的，克服掉那些因為面子而錯過的，讓自己的人生不走彎路。

「好，你等等。」對方回答之後再無音信。

計程車進入城市隧道，手機信號逐格減弱。

「喂？喂？」電話因為失去信號已經斷線。

從隧道出來，再繼續撥剛才的電話已經無法接通了，恐怕真的是一個惡作劇吧。郝回歸看見路邊有個遊戲廳，他已經十幾年沒進去過了，想當年自己可是全校數一數二的遊戲高手。這麼一想，他突然手癢癢了，連忙對司機說：「就靠邊停吧。」

第二章

既然回不去，那就認真留下來

一直以為，有些人見不到只是一時，還有下次；
可慢慢才發現，有些人一分開就是一輩子。
最可惜的是，
人們也常常不知道哪一次是最後一次。

如果你覺得生活對你做了惡作劇，也許這是讓你停下來反省自己最好的時機。

進入遊戲廳，一種久違的感覺迎面而來。為了生活，為了前途，郝回歸居然忘記了當年的自己只有在這裡才會生龍活虎。遊戲廳有很多小孩，有的在玩，有的在看別人玩。

「老闆，全買了。」郝回歸掏出一百塊，看著老闆。老闆如今已經是個老頭，並沒有認出郝回歸，一隻手收了錢，另一隻手遞給他一個塑膠盤，裡面全是遊戲幣。郝回歸拿著遊戲幣，給每個小孩發了幾個：「今天叔叔請大家玩。」小孩們高興極了。

如果當年也有人這麼對自己多好。

郝回歸找到當年最喜歡玩的《街頭霸王》[5]，坐下來投了幣，選了個角色。正玩著，他突然聽見一聲大喊：「劉大志！你給我站起來！」

劉大志？誰在喊自己？郝回歸立刻站起來，看向聲音的方向。與此同時，幾個穿校服的小孩趕緊從遊戲機邊一躍而起，衝向遊戲廳後門，倉皇逃離。

郝回歸定睛一看，喊自己名字的不是別人，正是當年高中的年級主任何世福。他怎麼會在這裡？他正準備打招呼，只見何世福也從遊戲廳後門衝了出去，沒了人影。發生了什麼事？郝回歸有點兒恍惚。他看了一眼遊戲廳的老闆，突然打了個寒顫，剛剛賣給自己遊戲幣的明明是個老頭，可怎麼突然就變成自己印象中的那個中年人？難道是他的兒子？郝回歸隱隱覺得有點兒古怪，但又說不上來到底哪裡古怪。他從遊戲廳走出去，發現周圍的高樓突然沒了，剛剛經過的街道突然也變成記憶中的斑駁色彩。

迎面跑過來一個人，何主任在後面追著：「劉大志！你給我停下來！我看見你了！」郝回歸看了一眼跑過來的學生，一頭的汗，閉著眼拚了命往前跑。這不是……郝回歸渾身就像被雷劈了一般，這不是……十七歲的我——劉大志嗎？

我怎麼看見了年輕時的自己？

劉大志「唰」的一聲從郝回歸身邊跑過。郝回歸想都沒想，跟著劉大志跑起來。

「郝老師，交給你了！」何世福停下來說。

郝回歸跟著劉大志一路狂奔，到了一個街角的胡同。劉大志立刻躲進去緊貼在牆邊。郝回歸也跟著進了胡同，跟著劉大志緊貼在牆邊。劉大志根本不在意郝回歸的存在，緊張地看著外面，看何世福是不是追上來了。

郝回歸近距離仔細端詳著劉大志，不敢相信自己的眼睛。

「你……你是劉大志？」郝回歸很忐忑。

「嗯。」劉大志依然看著胡同口。

「你家住人民西路？」

「嗯。」

「你媽媽叫郝鐵梅？」

劉大志把注意力收回來，認真看著郝回歸說：「你是？」

編註5　一九八七年日本推出的格鬥遊戲，台灣譯作「快打旋風」。

「你是不是喜歡你們班上的一個女孩？」

「你是誰？」劉大志分了一半的警惕性到郝回歸身上。

郝回歸愈問愈興奮，這個人確實是自己年輕時的模樣，但是髮型太醜，人也太矮，比自己幾乎矮了一個頭；褲腳一個放下來，另一個捲起來；眼睛本來就小，還假裝炯炯有神。

「你就說你是不是喜歡你們班一個女孩？」

「我不喜歡女孩……年紀還小，不考慮這個。」劉大志很小心地回答。

「那你和陳小武是不是最好的兄弟？」

「我們只是普通朋友，他成績差，每天遲到、曠課、抄作業，我是不會和這樣的人成為朋友的。」劉大志仰起頭，一股子不服輸的勁頭。

「你是不是一直想養一條狗，但是怕你爸把牠給吃了。」郝回歸輕輕一笑。

「你……你到底是誰？」

「我？告訴你，你肯定會嚇一跳！聽好了！我是來自未來的你！我是三十六歲的劉大志！」郝回歸死死盯著劉大志。

「真的？」劉大志睜大眼睛問。

「當然！我為什麼要騙你！」

「那，我可以問你幾個問題嗎？」

「當然！」

「以後我能考上大學嗎？什麼大學啊？」

「北大！」

「我能考上北大？」劉大志一臉懷疑，「那……我有車嗎？」

「你當然有車。」郝回歸本打算明天用買房子的十萬塊首付去買輛車，這麼一想，應該也算是有車了。

「什麼車？」

「賓士。」

「賓士是什麼車？」

「就是那種將近一百萬的車！」

「我以後那麼好？那我是做什麼的？」

郝回歸突然愣住了，他心裡升起一股悲涼，自己有什麼好開心的呢？自己對年輕時的自己有什麼好嘚瑟的呢？十七歲的自己對未來充滿期待，可他卻把人生過得一塌糊塗。他要繼續騙劉大志，還是告訴他實情？

「你怎麼不回答我了？大叔，你能不能不這麼幼稚啊！」劉大志哈哈大笑，探頭又看了看外面，確定沒人之後，徑直出去，朝學校走去。

我知道你是誰，我不想承認自己是誰。

跟在劉大志後面，郝回歸環顧四周，學校掛著很多橫幅，上面寫著「歡迎九八級新生新學期報到，祝你們有一個美好的未來」。

這到底是個夢，還是那個電話真的起了效果？一切都太真實了，每個細節都十分清楚，山坡是山坡，綠樹是綠樹，微風是微風，連皮膚上被太陽照射的輕微灼熱都那麼清晰。

「郝老師！」

郝老師？劉大志和郝回歸一怔，何世福走了過來。

「劉大志，開學第一天你就蹺課打遊戲，明天上午叫你媽來！」

劉大志慫了，原來剛剛一直套自己話的大叔是這個學校的老師，幸好自己機警什麼都沒說……劉大志偷偷瞟了一眼郝回歸。

「還有郝老師！這個文科班啊，組織紀律性太差了，剛才高考總動員，打遊戲的打遊戲，不去的不去，必須整治一下。」

「文科班？跟我有關係？」

「郝老師，這是個嚴肅的問題，你想想看，你們這批教育局引進的八位實習老師，只有三位能入職。是，我承認，咱們是理科學校，帶文科班的只有你，但換個角度來說，這也是挑戰，如果你真當好了這個班主任，留下來的機會反而更大，明白嗎？」

「班主任？我是高三文科班班主任？」郝回歸滿腦子問號。

這事情複雜了，郝回歸覺得自己得一個人理一理。雖然荒謬，但當郝回歸走上熟悉的三樓，走進熟悉的教室，站上講台的時候，一切卻又那麼真實。環視全班，都是自己高中的同學，熟悉的，不熟悉的，每張臉出現在郝回歸眼前，他立刻就知道這個人未來的生活是怎樣的。

何世福先給大家介紹：「郝老師是教育局重點引進的人才，也是我們這次八位實習老師之一。作為你們的代班班主任，他將陪大家先度過三個月。三個月後如果大家的成績都有提高，郝老師就有可能正式成為大家的老師。」

郝回歸這才反應過來。高三那年，學校確實引進了一批實習老師競爭上崗。三個月實習後，學生和領導投票選三位留任。自己居然成了其中一員？郝回歸忍不住又笑了起來，現實中自己評不上副教授也就罷了，沒想到在夢裡還要擠破頭去爭一個理科高中的文科班班主任。見郝回歸在偷笑，何世福立刻提高嗓門：「郝老師本該下週跟大家正式見面，但你們全班缺席動員大會，不管什麼原因，我希望這是最後一次！」

講台下大家各幹各的，根本沒有人搭理何世福。

「微笑呢？」何世福問。

底下有人答：「去跟理科班談判了。」

聽聲音，郝回歸就知道這是叮噹。他一直覺得叮噹還算是會打扮的，可現在一看，額頭前的瀏海被捲髮棒燙過，參差不齊，像被狗啃了一樣。不過她的語氣倒是沒怎麼變，一副沒什麼大不了的樣子。

「談什麼判？」

「好像是重新分配公共空間的大掃除區域吧。」

「人家微笑成績好不去參加高考總動員還說得通，為什麼你們班這麼多人不去？」

另一個女生接道：「何主任，咱文科班這麼多年一個重點本科都沒考上，我們坐在這裡看書學習比參加動員更有意義吧。」這是語文課代表馮美麗，她讀書十分拚命，不參加任何課外活動，然而只會死記硬背，心理素質太差，最後複讀兩屆，只考上普通本科，畢業就嫁了人，和所有人失去了聯繫。

「高考是重中之重，你們這樣無組織、無紀律，有害無益！」何世福很生氣。

馮美麗聳聳肩，毫不在意。角落裡埋頭睡覺的石頭抬起頭道：「何主任你就不要再耽誤大家的學習了吧。」幾個高中畢業就進入社會的男同學一起附和道。

「是呀，作業還沒做完呢！」

「你們不要嫌我囉唆。」

「您就是挺囉唆的！」陳小武吊兒郎當地坐在班上倒數第二排，搖頭晃腦。

「陳小武，你這種態度要是考上大學，我『何』字倒著寫！」何世福的臉都白了。

「何主任，我爸說高考沒用，我反正也不考……」

「我們也不考。」石頭等人紛紛表態。

「砰」的一聲！郝回歸重重拍了一下桌子。

「陳小武，你這什麼態度！給我站起來！」

百日宴上，郝回歸本就憋著一肚子火，看到十七歲的陳小武如此吊兒郎當，更是氣不打一處來。

全班同學被這突如其來的怒火嚇得一震，這才紛紛抬頭，仔細端詳著這位新班主任。

「你叫陳小武是吧？」郝回歸決定給大家一個下馬威，「你覺得高考沒用？我告訴你，你未來走上社會，即使有錢，沒文化，也只會被叫作暴發戶。你，是語文課代表吧，你覺得一個人讀書特帶勁兒？」郝回歸拿起馮美麗的筆記本，上面寫滿了英文單詞，「你以為抄得愈多，記得愈牢？這些簡單的單詞，抄第一遍就記得住，非得抄一百遍，抄給誰看呢？你是真的在學習還是在懲罰自己？再看看你的書，被螢光筆畫成什麼鬼樣子了！」

「我這是在畫重點。」馮美麗頂嘴道。

「畫重點？你都把書畫成彩虹了，這五顏六色的，眼不會看瞎啊？真正的畫重點是什麼，是拿支黑色的筆，記住一個塗黑一個，這一頁被你塗滿了，就都記住了，明白嗎？」

馮美麗不說話了。

「還有那些不想考大學的同學，你們覺得讀大學浪費時間？你們弄弄清楚，你們是能考但不想考，還是壓根兒考不上？等過十年、十幾年、幾十年，你們參加同學聚會，哦不，到時你們都不好意思參加同學聚會。你們沒資格說自己失敗，因為你們從未努力過。你們現在一個比一個酷，染髮、吸菸，還在胳膊上用圓規刻那麼難看的小刀，未來連兩百元紋身錢都拿不出來，你們嚇唬誰呢？」

郝回歸走到石頭座位旁，拎起他的胳膊，然後看著坐在座位上的劉大志，心裡無限感慨。

「還有那些以為自己考上大學就能對家人有交代，對自己有交代的人，你們覺得考上大學之後人生就穩定了嗎？你以為你找到一份讓別人羨慕的工作，人生就圓滿了嗎？如果今天的你不知道為了什麼考大學，只是為了應付家長和老師，那你高考的意義也不大。因為最終你的人生不是你自己的，而是別人構造的。當你日復一日做著自己不喜歡的工作，卻滿足於別人羨慕的時候，你的人生就完蛋了！」郝回歸愈說愈激動，愈說愈感慨，「沒錯，高考是人生中最公平的一次競爭，但你要知道你是為了什麼而競爭。你想成為怎樣的人，你想讀什麼專業，你想幹一份怎樣的工作，這都是你自己的希望，而不是周圍人希望你去幹的事。你的人生和其他人無關，從此刻開始，找到你人生真正的意義。」

底下鴉雀無聲，同學們面面相覷，這個新老師的一番慷慨陳詞雖然激昂，但真的很好笑。為啥突然跟自己說這個？什麼社會，什麼人生，什麼自己的希望、別人的希望？現在不就是高考最重要嗎？

裝什麼大尾巴狼，劉大志心裡想。

「老師……」陳小武不知說什麼好。

這一句「老師」又讓郝回歸把狙擊焦點重新挪到了他身上。

「你以為不高考很光榮，很與眾不同？你覺得上學沒用，但你知不知道這一年對你有多重要？

好好對待這一年，你才會找到好老婆，交上最好的朋友，有一個頑強上進的生活！你現在這種對自己無所謂的態度，不配獲得任何人的同情，也不配被任何人欣賞！」

「老師，我……」陳小武覺得眼前這個老師肯定是瘋了，說大道理就說大道理，跟老婆、最好的朋友、頑強上進的生活有什麼關係。陳小武的腦子根本裝不下那麼多東西，現在他腦子裡只有兩個字：豆芽。

「我什麼我，頂撞老師，去操場跑十圈。」

「啊？」

「還不去！」

陳小武立刻轉身跑下樓。

劉大志縮在桌子後面，想著幸好自己躲過一劫。

何世福很滿意郝回歸在班上的第一次發言，交給郝回歸一沓資料，讓他熟悉工作，下週會在全校正式宣布他文科班代班班主任的身分。

郝回歸一人獨自站在走廊上，看著眼前的景象。

下午三點的陽光極其刺眼，陳小武頂著烈日在操場跑得要死要活，還有一些學生在校道上清理打掃。一九九八年的校園，一九九八年的下午，一九九八年的天空，一九九八年的色調，真的還蠻不錯的。一切靜悄悄的，沒有工地，沒有喧囂，郝回歸的心情也暫時緩和了下來。從遊戲廳到此刻，他的腦子一秒都沒有閒下來過。撿到一個日記本，打了一個電話，出了一個隧道，玩了一局遊戲，然後就發生了一系列不可思議的事。到底是哪個環節出了問題？更具體來說，到底是哪個環節讓自己回到了一九九八年？

郝回歸趕緊把包裡的日記本掏出來，想看看那個電話還在不在，空空如也，什麼都沒有。郝回歸連忙翻開日記本第一頁，上面的問題也都變了，出現了兩行字：

你已經回到了自己的十七歲。
你想好要改變什麼了嗎？

郝回歸起了一身雞皮疙瘩。不知不覺中日記本已經發生了變化，難道這是自己誠心所至，真的有了一個改變自己的機會？郝回歸在日光下伸出手，感受陽光的溫度。他把手放在眼前，仔細端詳，每一條掌紋都看得仔仔細細的，然後冷不丁給了自己幾個耳光。「啪啪啪！」聲音清脆，而且臉很痛。一切都是那麼真實，自己真的回到了十七歲。想想之前自己做夢的場景，雖然很多時候覺得不可思議，但依然堅信自己的處境，四處尋找正確的出路。恐怕今天的結局也是如此。

回過頭來，如果真的回到了十七歲，自己要做的事情當然只有一件——三十六歲的人生已然失敗，所以郝回歸無論如何不能讓劉大志重蹈自己的覆轍。劉大志必須成為一個全新的自我，不能輕易妥協，不能輕易放棄，不能輕易逃避，必須成為一個頂天立地的人，這樣才能拯救劉大志，改變郝回歸的人生，甚至……能在微笑離開時告白，也不至於一錯過就是十幾年。

冷靜了一會兒，郝回歸想起來，十七歲的自己當年還有很多事想做，卻沒有做。他曾想彈吉他、學溜冰、練唱歌；他還想親眼看一場張國榮的演唱會，當年張國榮從酒店一躍而下，他和一群朋友哭了整個晚上。而要說自己最想做的一件事，說來奇怪，剛從教室出來的郝回歸此刻卻想好好待在教室裡，認真上一天課。不為高考，不為考試，而是認認真真聽老師說了些什麼，看同學們做了些什麼。自己的十七歲過得太匆忙，為了這個，為了那個，等反應過來，坐在教室的日子已永遠結束。

可惜，這一次郝回歸不是學生，很多年輕人做的事沒法再做。

改變、珍惜，郝回歸還想到了遺憾。比如校門口音像店賣磁帶的那個小姑娘。上學時，郝回歸曾與她達成共識，小姑娘免費借他試聽磁帶，他則幫忙寫磁帶的推薦詞。上大學後，每每聽到那些老歌，他都會想起那個姑娘。等到郝回歸再回湘南，想進音像店跟小姑娘打個招呼時，卻發現小姑娘早已回農村嫁人。他很後悔自己從未對她說過一聲謝謝，也不知道她的名字，而恰恰是這樣一個人，讓郝回歸在學生時代免費聽了上百位歌手的歌曲。

來不及說謝謝的人還有一個——學校旁邊髮廊的店主肥姐。肥姐給郝回歸剪髮，十次裡有五次不收錢。每次剪完頭髮，肥姐都會莫名其妙地鼓勵郝回歸，說什麼郝回歸聰明，未來一定有出息。肥姐的髮廊漸漸成為郝回歸的「加油站」，心情不好就過去坐一會兒，和肥姐聊聊天，就感覺世界都莫名其妙地開闊了。所有人裡，肥姐是第一個相信郝回歸能考上大學的，她說，別的同學換髮型總是猶豫，只有郝回歸什麼髮型都敢試，肥姐敢剪，他就敢留。肥姐一直覺得郝回歸未來一定能闖出一番名堂。後來高中商業街被拆，郝回歸回來再也找不到肥姐了，兩人徹底失去了聯繫。

以前郝回歸覺得，有些人見不到只是一時，還有下次。可慢慢地，他才意識到，有些人一分開就是一輩子。最可惜的是，人們常常不知道，哪一次分別是最後一次相見。很多人就像混濁的水，要經過一段時間的沉澱才能分清楚他們對自己的意義，而成長就是把所有的人生細節沉澱出不一樣的味道。

有同學發現郝回歸站在後門，咳嗽了一聲，大家紛紛打起精神，誰都不想成為第二個陳小武。郝回歸走進教室，在黑板上寫下「郝回歸」三個大字。「我姓郝，紅耳朵郝，香港回歸的回歸。剛才有點兒倉促，其實我這個人很好相處，也沒那麼嚴肅。」郝回歸稍微恢復了一些正常。

「老師的名字好奇怪噢。」有同學在底下笑。

「老師，好巧，我媽也姓郝，那……你有女朋友嗎？」叮噹一點兒不覺得郝回歸嚴肅，反而覺得他又高又帥、文質彬彬，發起脾氣來都那麼有內涵。這麼多年，叮噹確實沒什麼變化，尤其是花癡這個特徵，遇見稍微長得順眼一點兒的異性，她都要問這種問題，撩別人也就算了，現在居然要撩自己——她的表哥。

郝回歸假裝灑脫，哈哈大笑道：「老師現在最重要的任務是提高你們的成績。你們也聽到了，如果三個月後你們成績不好，我還要去找別的工作。所以，我的未來就靠你們了。」說是這麼說，郝回歸心想誰在意這份工作，我連大學老師的工作都想辭，怎麼會和人去競爭一份高中實習老師的工作，簡直是個笑話。

「報告！」陳小武站在門口，垂著頭，氣喘吁吁，滿頭大汗。

大家一看陳小武這副模樣，都特別心疼，一定跑得很辛苦。郝回歸自然知道陳小武這一頭大汗是為了博取同情特意跑到水龍頭下弄濕的。這種小伎倆還是自己當年教給他的。

「跑完了？」

「跑……跑完了。」

「回座位。暑假作業做完了嗎？」

「做完了，做完了。」陳小武如釋重負，趕緊從書包裡拿出作業。
「書包裡還有什麼？」
「老師……沒什麼了。」
「拿出來。不拿，我就自己拿了。」
陳小武支支吾吾地又從書包裡拿出劉大志的暑假作業。
劉大志心想糟糕。
「怎麼劉大志的作業也是你寫的？」
「不不不，不是，沒有。」
「書包裡還有什麼？」
「真沒什麼了。老師你相信我，我家賣豆芽的，我很老實的。」
「把書包拿過來。」
「老師……我自己來。」陳小武又從書包裡掏出了微笑的作業。
「你和劉大志都抄微笑的？」
「郝老師，真沒有。微笑今天要做開學廣播，所以我就幫她交一下，真沒抄。」
一米七的陳小武看上去已經萎縮到了一米三。
「打開一百二十頁，第五題，唸你寫的。」郝回歸直接把微笑的作業打開，再把陳小武和劉大志的作業都放在陳小武面前。
「本文講述了一群少年的成長歷程和他們的成長……」
「怎麼不唸了？括弧裡的內容也一起唸出來。」

「括弧……括弧，以上的答案不要，底下……才是正確答案。」

「微笑這麼寫，你也這麼抄！劉大志也這麼抄！陳小武、劉大志，你們連作業都抄成這樣，到底有沒有腦子！你們這樣下去，人生準得完蛋！」

一片死寂的班級突然間哄堂爆笑。

「老師，我……」陳小武表情委屈。劉大志也覺得陳小武真的是蠢到家了，認識他很難堪。

「別裝，我還不知道你，你倆再跑十圈，現在就去。」

「啊……」劉大志很頹，惡狠狠地瞪了陳小武一眼。

「還有，上來時別再去水龍頭那兒澆水，浪費！」

「啊……哦……」

陳小武無論如何都想不通，為什麼開學第一天自己會接連受挫。

「郝老師，你好，能出來一下嗎？」

郝回歸聞聲轉頭一望，一位戴眼鏡、頭髮燙成小波浪、穿得前凸後翹的女老師站在門口看著自己。

「Miss Yang，Miss Yang 來找郝老師了。」同學們偷偷笑著，竊竊私語。每個學校都有這樣一個女老師，自帶新聞氣質，無論她和誰說話，大家都覺得會發生故事。

「找我？」郝回歸的臉已有些泛紅。

Miss Yang 笑了起來：「這兒有別的郝老師？當然是找你啦。自我介紹一下，我是 Miss Yang，文科班的英文老師。」說著，伸出了手。當著全班同學的面，郝回歸的臉紅到了耳根。Miss Yang 是自己的英文老師，國外留學回來，走路、打扮、說話都帶著洋氣，一種人活明白了的洋氣。

她似乎根本不在乎別人怎麼看她，別人的看法對她來說就跟撣灰一樣，拍拍就沒了。

郝回歸連忙伸出手。

「郝老師，何主任讓我幫你申請了一些教學用品，會派人送到你宿舍，不用客氣，大家都是年輕老師，要互相幫助。」說完，Miss Yang轉身離開。班上同學還在偷偷發笑，郝老師原來這麼羞澀，說句話都臉紅。郝回歸趕緊拿起花名冊，用點名掩飾尷尬。

很多事情你接受不了，只是暫時沒想通而已。

郝回歸坐在辦公室，回想著這半天發生的事。這感覺既真實又奇特，似夢非夢，亦幻亦真。郝回歸滿腦子問號。他在心裡默默問自己：這應該不是夢，自己被打得那麼疼。如果這不是夢，自己真的穿越了？可如果真的穿越了，那三十六歲的世界裡還有自己嗎？更可笑的是，自己居然還能遇見這個世界的自己……他都不敢在心裡大聲問自己，他怕自己瞧不起自己，所以只能悄悄地想，生怕驚動心裡太多的主見。

如果那個世界還有一個我，那現在這個我是誰？如果沒有的話，我該怎麼回去？郝回歸想起自己看過的所有穿越劇的劇情。他知道大多數穿越都需要發生一些意外，滾樓梯、搶古畫、掉泳池、被車撞……要麼跳樓死一次，要麼觸電進入另一個時空，要麼……郝回歸默默站起來，走到窗邊，看了一眼外面。這裡是三樓，他心裡打了個哆嗦，放棄了跳樓的打算，他打算試試別的方法。郝回歸離開辦公室，朝教學樓最偏僻的一個樓道走去。走廊上，他遇見正打掃衛生的周校工——四十多歲，戴著帽子，彎著腰。周校工抬起頭和郝回歸的目光正好撞上。

「你好。」周校工點點頭道。

郝回歸出於禮貌也點點頭，說：「你也好。」

郝回歸急匆匆地離開。察覺四下無人後，他站在樓梯口，深深地吸了一口氣，給自己鼓勵：「沒事，豁出去了，沒準兒就能回到二〇一七年。」郝回歸一腳踏出，故意踩空，整個人滾了下去，雙手不自覺地抱住頭。一陣頭暈眼花過後，他睜開眼，眼前還是剛才那十幾級台階，自己從上面一直滾到下面，仍在剛才的樓道。周校工突然出現在樓梯上方，看了看坐在地上的郝回歸，搖搖頭道：「既來之，則安之啊。」說完，轉身離開。

接著，郝回歸決定離開教學樓去學校的泳池——說是泳池，其實就是個人工池塘，夏天的時候常有學生在裡面游泳。畢竟，在水中穿越是最常見的方法。學校有兩個人工池塘，郝回歸選了偏僻的那個，他環顧四周沒有人，想都沒想，「咚」的一聲跳下水。水立刻沒及脖子，郝回歸心一橫，直接倒在水裡。水咕嘟咕嘟地灌進他的鼻子和嘴，還摻雜著各種令人反胃的味道。郝回歸被嗆到後驚慌失措，打算起來換個乾淨的池子。誰知水池很久沒清理，池底全是青苔，郝回歸愈是掙扎，腳底愈是打滑，灌進嘴裡的水愈多。

完了，完了，自己很有可能穿越不成，直接死在這裡。突然，郝回歸感覺自己被一股外力托上水面。這股外力太強，就像要通往時空隧道。郝回歸的後領口被死死勒住，力量強大到他覺得自己不被水淹死，也可能會被勒死。無法呼吸的郝回歸被拽出水面，再一睜開眼，陽光刺眼，一片光明。莫非回到現實世界了？郝回歸站穩後，後領口的勁力一下就卸了，他擦了把臉上的水，然後回頭。面前的水裡站著一個人，短髮，白T恤。在夕陽的照射下，數得清的睫毛，數得清的水滴，還能看得見她胳膊上的毛細孔。

站在自己面前的是微笑，那個一直放在自己錢包裡的照片上的人。郝回歸一直暗戀著，卻一次一次錯過對她告白的微笑。郝回歸第一次這麼近距離地端詳微笑。他的臉在發燙，若不是夕陽的掩飾，他真想一頭紮進水裡。他希望這畫面能定格得久一點兒，再久一點兒，就這麼一直感受其中的美妙。雖然處境略微窘迫，但時間、地點如此美好。他想開個玩笑化解眼前的尷尬，比如：「微笑，你救了我，我無以回報，只能以身相許了。」他覺得這個開頭簡直棒極了。

先開口的卻是微笑：「叔叔，你是有什麼想不開的嗎？」

叔叔？她叫自己叔叔？瞬間，郝回歸的世界潰敗得一塌糊塗。一切的美好都被「叔叔」兩個字毀掉了、粉碎了、破滅了，毫無希望。暗戀了十幾年的女生叫自己叔叔，他恨不得直接淹死，這簡直就是災難！郝回歸腦子「嗡」的一聲，我該怎麼辦？

「微笑！你怎麼跑到水池裡去了？」不知何時，叮噹跑了過來。劉大志、陳小武跟在她後面。

「我正在廣播室，發現有個叔叔要自殺，所以就……」

「我們一直在校門口等你，發現你沒出來。快快快，快上來，不要著涼了。」叮噹走到池邊去拽微笑。劉大志也趕過來把校服脫下，準備遞給微笑，卻突然發現，池裡的人竟是今天新來的郝老師。

劉大志整個兒呆住，趕緊把校服往微笑手上一扔，跑過去把手遞給郝回歸。

「郝老師，怎麼是你？」

叮噹和陳小武也傻了，紛紛站在岸邊對著水池敬禮：「郝老師好！」「郝老師好！郝老師快上來。」

「什麼郝老師？」用校服擦著頭髮的微笑停了下來，一臉疑惑。

「微笑，這是我們班今天來的新班主任，郝老師。」

郝回歸那叫一個尷尬，想掩飾住自己的身分都不行了。

「啊？郝老師，你為什麼……」微笑想了想，怎麼問都不合適，「郝老師好，趕緊先上來吧。

劉大志，快拽郝老師上來。」

大家手忙腳亂地把郝回歸拽上岸後，看著郝回歸。郝回歸尷尬地說：「我只是想在池子邊轉轉，誰知道水池太滑了……」幾個人一副「怎麼可能」的表情，事實上連郝回歸都不相信自己的鬼話。

叮噹拽起微笑後，一把把校服又扔給劉大志：「拿著，你這校服上個學期放假後就沒有洗過吧。」說完，她脫下自己的校服遞給微笑。劉大志很尷尬，只好轉手把校服遞給郝回歸：「郝老師，你也濕了，穿我的吧。」

「我沒事兒，不用換了。」剛說完，郝回歸就打了一個噴嚏。

「好了好了，你們趕緊回去，老師也回去換件衣服。」

郝回歸急著離開了。

哪怕一切都是假的，但一切都是好的，那就告訴自己一切都是真的。

夕陽籠罩著湘南，一群又一群歸鳥飛過。

坐在宿舍的郝回歸絲毫沒有回到一九九八年的快感。一切都進行得毫不順利，十七歲的自己不信任自己，十七歲的自己喜歡的對象遇見了自己自殺，十七歲的死黨們見到了自己最狼狽的樣子……都別提如何實施自己的計劃了，僅僅是重塑形象就要花費大量的時間吧。經過一系列嘗試，郝回歸心裡差不多認定自己是回不去了，除非……除非完成改造劉大志的計劃。

想到這個，郝回歸整個人又強打起了一些精神。不得不承認，雖然這一天很狼狽，但比起二〇一七年的「生不如死」，一九九八年真的就是天堂。沒有人給自己壓力，不用一天上八節課，不用一直重複「我是你們的馬克思主義基本原理的老師郝回歸」，不用被人問為什麼還不是教授，沒有人指著自己說「這可是大學老師啊，以後要向他學習」，更不會有媽媽勸自己相親的苦口婆心。

「啪！啪！」郝回歸瞬間扇了自己兩個耳光，非常清脆，非常疼。他又找出一根縫衣針，戳了戳手指，一樣疼。「果然是真的！我真的回來了！」郝回歸坐在椅子上，看著天花板。誰都看不出他在想什麼。

突然傳來「嘭嘭嘭」的敲門聲，周校工站在門口，看著他，一臉木訥。

「這是Miss Yang幫你申請的教學用品。」周校工遞過來一張全年日曆、新的備課本、資料夾。郝回歸接過來，說了句「謝謝」，把日曆貼在牆上。

「周校工，這日曆上畫了紅圈的日子是什麼意思？」

門口已經沒有人了。

既然回不去，那就認真地留下來。

第二天一大早，郝回歸被早操廣播聲吵醒。

他躺在床上，聽著廣播，迷迷糊糊地聽到「踢腿運動」時，忍不住笑了起來。這是他當年做廣播體操最喜歡的一節。陳小武站在他前面，每次踢腿運動他都會故意去踢陳小武，然後說不好意思踢到你了。現在想起來，他也納悶為什麼陳小武願意被自己整整踢了三年。到了「體轉運動」，這個動作他也喜歡，每次體轉，只要自己稍微轉得慢些，就能看見微笑的臉。緊接著是「全身運動」、「跳躍運動」和「整理運動」。合成器發出特別假的弦樂和木管樂的聲音，那時覺得很難聽，現在聽起來卻那麼親切。郝回歸爬起來，跟著音樂做了起來，內心居然有些澎湃和感動。

郝回歸開始以班主任的身分出現在教學樓。

「郝老師！我昨天都已經向大家介紹過你的身分了，你就應該一早起來監督大家的早操和自習，晃晃悠悠到了九點才來，像話嗎？不要以為文科班不受重視，你就能隨心所欲。那麼多老師都去了理科班，為什麼選你管文科班？請你不要辜負這份信任。」郝回歸一早的興奮勁兒立刻被何世福給罵沒了。

「不說了，劉大志他媽一會兒就來了，你去接待一下。」

還不到二十四小時，自己接連就要把生命中最重要的人一一見過了，之前郝回歸與每個人的相見都很不順利，見媽媽可一定要好好表現。但萬一媽媽認出自己怎麼辦？應該不會吧，郝回歸從鏡子裡看看自己，一早忘了刮鬍子，略顯頹廢，而自己比劉大志高一整個頭，也比劉大志帥氣多了，兩個人沒有絲毫相似之處。

郝回歸心裡全是媽媽過去的樣子，強而有力，什麼都要做到最好，什麼都希望郝回歸照她想要的樣子來。也許正因這爭強好勝的性格，才導致後來的腦血栓。那之後，媽媽似乎變成另一個人，什麼都慢，什麼都很緩。她用強悍與辛苦護著這個家，突然丟盔棄甲，似乎成了這世上最脆弱的人。郝回歸嘆了一口氣，早知如此，何必當初，媽媽的人生辛苦，自己的人生也辛苦，為什麼就不能大家都輕鬆一點兒過完這一生？

時間一分一秒臨近。郝回歸已經去了好幾趟洗手間，剛一出來，就聽見遠處響起特別亮的聲音：

「郝老師！」

媽媽的聲音底氣特別足，郝回歸又開心又感動。他太久沒有聽見媽媽這樣有底氣的聲音了，害怕自己一抬頭就會飆淚。他穩了穩情緒，抬起頭，遠遠地看見一位中年婦女跟著劉大志走了過來。

每一步都那麼矯健，帶著風，充滿了力量。

媽媽還沒走近，郝回歸心裡已經開始淩亂。千萬不能膽怯，批評劉大志的時候一定要有老師的樣子，第一次見面一定要征服媽媽，這樣才能讓媽媽相信自己，讓自己參與對劉大志的管教。

走近了，走近了……咦，郝回歸一愣，迎面走來的這個中年大姐是誰？難道在這個世界裡，媽媽變樣子了？郝回歸整個人僵住了。「媽媽」走得更近了。郝回歸覺得迎面走來的大姐很熟，卻又死活想不起是誰。

「郝老師，你好你好，初次見面，我是大志的媽媽郝鐵梅。真巧，咱倆一個姓。」

「郝老師，這是我媽。」劉大志眼神裡似乎流露出一絲不屑。

郝回歸盯著劉大志，劉大志也盯著郝回歸，郝回歸再盯著郝鐵梅。

這！這不是菜市場賣肉的蔡姐嗎？

看著劉大志的眼神，郝回歸立刻醒悟過來。行，既然你跟我玩，那我就陪你玩一玩。一場十七歲對陣三十六歲的戰役即將打響，主角都是郝回歸。

「大志媽媽，辛苦您了。」

「不客氣，孩子說新班主任要見家長，攤一收我就來了。」

「咯咯！」劉大志不斷地咳嗽。

郝回歸假裝沒聽見：「長話短說，大志媽媽，是這樣，我昨天和何主任聊起大志，我們都覺得他特別有潛力，所以希望在衝刺的這段日子，他想吃什麼您就盡量買什麼，他想買什麼，您也盡量滿足他。只要保持心情愉悅，我們完全相信他能考一個非常不錯的分數，讀個非常不錯的大學。」

蔡姐疑惑地看了劉大志一眼，劉大志的表情也變得陰鬱起來。不是要批評我的嗎？怎麼突然表揚起來了？

「大志，你覺得呢？」郝回歸問。

劉大志僵硬地擠出笑臉，說：「哪裡哪裡。」

「啊呀，郝老師這麼看得起我們家大志，如果這些話被他爸知道，別提多開心了。」蔡姐演戲演全套。

「沒事，沒事，大志媽媽，我打算晚上去您家家訪，順便見見大志的爸爸，一起聊聊，對大志的幫助會更大。」

蔡姐懵了。劉大志也懵了。

躲不過的，硬躲也沒用。放學後，劉大志在校門口乖乖等著，腦子裡想了無數個主意，一個一個推翻，一個一個重建。

「走吧。」郝回歸出現在他面前。

「你媽不是會計嗎？為什麼她中午說來學校要收什麼攤？」

「她說的是收拾自己那一攤子事。」劉大志嘴上對答如流，腦子裡卻在飛速地運轉著，「郝老師，我爸特別忙，我剛想起來，他今天應該值夜班。」

「你爸不是門診醫生嗎？」

「嗯……是門診醫生，但晚上要加班，應該也不會太晚，我們走吧。」劉大志能想到的唯一對策就是拖，能拖一會兒是一會兒，拖得愈久愈有利。出了校門，路過車站，音像店正放著張信哲的《愛如潮水》。劉大志大喜，對郝回歸說：「這歌好聽。老師，我去看一眼，是不是到了新磁帶。」

郝回歸看著音像店，一切都與記憶中的重合。門口放著一個大音箱，播著時下最流行的港台歌。這首《愛如潮水》當年也正是在這裡第一次聽到。郝回歸想了想，也走了進去。劉大志正在最裡面櫃檯上趴著看。店口櫃檯前站著兩三個顧客，正在聽店裡的小姑娘講解：「張信哲是最紅的歌手，買他的肯定沒錯，大家都喜歡。」顧客看了看磁帶，說：「這些歌手都是曇花一現，歌也是流行歌，過一陣就沒了，我想買經典一點兒的。」

郝回歸好想衝過去以人格擔保二十年後張信哲依然很紅。很多東西都這樣，剛出來時被人瞧不起，經過很久才終於得以證明，但真到那時，其實也無須證明了。

「那就買李宗盛吧，詞曲都不錯，過多少年聽都行。」郝回歸走上前說道。

「對，李宗盛確實不錯。」小姑娘對郝回歸笑了一下。這個小姑娘比記憶中的要更小，滿臉雀斑，牙齒不齊，不過卻也有一種天然的可愛。幫顧客結完賬，小姑娘對郝回歸說：「剛才謝謝噢。你是第一次來吧，很喜歡聽歌嗎？」

「是啊，常聽。我剛來學校工作，是他的老師。」郝回歸指指劉大志，「你年紀這麼小，怎麼在這裡工作？」

「我啊，十五歲啦，從鄉下來幫我表哥。這兒比讀書好，我喜歡，能幫家裡掙錢，還能聽歌。我打算就一直在這兒幹下去了。」小姑娘笑著。郝回歸也笑，心裡卻一陣感慨。小姑娘很想留在這個城市一直生活下去，可她並不知道再過幾年她還是會回老家嫁人。因為劉大志在，郝回歸不能聊太多，只好先走出音像店。推門時，郝回歸突然想起什麼，回過頭走過去很認真地對小姑娘說：「謝謝你。」

小姑娘有些不明白，羞澀地擺手道：「啊，不客氣，不客氣。」

這個遲到多年的謝謝說出口的那一刻，心裡一直留著遺憾情緒的缺口似乎也被填滿了一些。郝回歸站在車站旁等著。十幾分鐘後，劉大志拿了一盒熊天平的磁帶跑了出來，很興奮的樣子。

「郝老師，你聽過熊天平的歌嗎？」

「聽過，很不錯。」郝回歸所有音樂設備裡都收藏著熊天平所有的歌。他的歌不只好聽，而且相當不錯，可惜，出了幾張專輯後就沉寂了。

「郝老師，那你喜歡哪個歌手啊？」

「我喜歡徐懷鈺。」

「啊？這個名字好土啊。」劉大志皺著眉頭。郝回歸心裡笑了起來，當年很多人知道自己喜歡徐懷鈺的時候也是這副表情。

「嗯，以後你就會聽到，而且沒準兒你也會喜歡。」

劉大志不僅會很喜歡，而且再過十幾年，當徐懷鈺開演唱會的時候，他專程飛到上海坐在台下默默地聽。她唱著快歌，他在底下笑著飆淚。那時他才知道，喜歡一個歌手的意義不是對方多有品位，而是能陪伴著自己一直成長。

「郝老師，你怎麼了？」劉大志看郝回歸一個人傻笑起來。

「對了，你看到店門口的黑板了嗎？你可以跟音像店那個小姑娘商量一下，讓她把最新的磁帶借你聽幾天，然後你把聽歌的感受寫下來給她，作為推薦給其他顧客的理由。」

「她肯定不會同意……」

「你放心，你跟她說說，她肯定會同意的。她叫……」郝回歸這才發現，剛剛一時激動，竟忘記問她的名字，「你現在就去試試。對了，記得問她的名字。」劉大志將信將疑，跑回音像店，過了幾分鐘，興奮地跑了回來：「老師你真神了，她真的同意，還借了我一盒張信哲的，一盒劉德華的。她叫小紅，她知道你是我的老師，還希望咱倆一起給店裡寫推薦呢。」劉大志拿著磁帶，特別開心。要知道他每次為了買一盒磁帶，都要存上半個月的早飯錢。郝回歸也開心，能和十七歲的自己一起分享喜悅，這感覺很奇妙。

「趕緊回去吧，都快七點了，你媽不著急？」郝回歸清晰地記得，每晚七點就是個坎，只要七點還不回家，郝鐵梅就會變成「好功夫」，棍棒、拳腳、搓衣板都在等著劉大志。劉大志又緊張起來，老師連這個也知道？走了幾分鐘，兩人來到學校圍牆拐角處的臭豆腐攤，而郝回歸腳步開始放慢。劉大志一看，正中下懷，立刻朝臭豆腐攤跑過去，回頭說道：「郝老師，你剛來不知道，這臭豆腐攤開了好多年，味道簡直絕了，我今天省了兩盒磁帶錢，請你吃臭豆腐。方老太，給我來一塊錢的，分兩碗，老師那碗三塊，我兩塊就好。」

方老太手法果然乾淨俐落，只見她從油鍋裡夾出五塊臭豆腐，短短數刀，五塊臭豆腐已被剁成許多整齊的小塊兒，分裝兩碗，再從鍋底撈出兩勺佐料往上一澆，鋪層蔥花，碗雖不大，份量卻顯得不少。方老太擦了擦汗，說道：「老師別嫌棄，我這兒很乾淨。」郝回歸當然不嫌棄，自己讀書那些年，每天都來這兒報到。自己要的份量總是比別人少，方老太就總是幫自己把臭豆腐弄成小塊，澆很多佐料、蘿蔔絲、花生什麼的，顯得特別隆重。後來方老太得了重病，擔心大家找不到攤子，就讓她兒子繼續擺攤。郝回歸參加工作那年，方老太去世，叮噹還在電話裡大哭了一場。

「郝老師，給！」劉大志削好了筷子。

郝回歸看著這一碗滿滿的臭豆腐，問劉大志：「別人的臭豆腐都是整塊整塊的，可方老太卻把給你的切成很多小塊兒，你知道為什麼嗎？」

「有啥不同？」

「五個整塊兒，兩個人分開吃就顯得太少，切碎了之後看起來就會很多。」

劉大志恍然大悟道：「對噢，我倒沒想過欸，方老太真好。郝老師，你怎麼知道的？」

「我也是很多年後才知道的。」郝回歸又吃了一口。

夕陽下，兩個人在臭豆腐攤簡陋的桌椅旁吃得很香。

那條路，我捨不得走完。跟著年輕的自己，踩著回憶，往最深處。

岔路口，紅綠燈。

劉大志看看遠方，看看郝回歸。郝回歸自然知道他想幹什麼。

「你家是在？」

「這邊！」劉大志故意指著相反的方向。

「你確定？」

「就是這邊，每天走，沒錯！」說罷，劉大志往前走了幾步。

突然，身後傳來「嘀嘀」的喇叭聲，一輛車停住，車窗搖下，伸出一個頭。劉大志和郝回歸同時呆住，車裡的人是微笑的爸爸王大千——郝回歸少年時代最怕的人。

「王叔叔！」劉大志立刻回應。郝回歸一時卻不知要怎麼稱呼。

「放學不回家你這是要去哪兒？」

劉大志十分尷尬地說：「王叔叔，這是我們班新來的郝老師……」

王大千趕緊下車，緊緊握住郝回歸的手，問候道：「郝老師你好，我是微笑的爸爸王大千。微笑這孩子在文科班給你們添麻煩了，其實學理多好，像陳桐他姊，考到清華大學，現在又去香港大學，不也挺好的嗎？」王大千突然意識到郝回歸是文科班老師，連忙又說：「不過女孩子學理太辛苦，學文也蠻好，蠻好的。」

郝回歸緊緊握著王大千的手，連說：「沒事，沒事，我今天到大志家家訪，改日也會去您家的。」

「去大志家？正好順路，往那邊，我送你！」

郝回歸狠狠瞪了劉大志一眼，劉大志的心已如死灰。

郝回歸和劉大志並肩坐在後座。王大千唾沫橫飛地說道：「微笑昨天就跟我說班裡新來的老師特別好！您叫郝回歸是吧，這名字好，有特色。」郝回歸心裡忐忑，臉上附和笑著。他不相信微笑會跟家裡人說自己特好，而且很擔心微笑會把自己水池自殺的事說出來了。

「郝老師，王叔叔的菜做得特別好！」劉大志趁機向郝回歸示好。

「以後我多做些好的，你們常來，你們來，微笑也吃得多。」

劉大志整個人都趴到後座上：「叔叔你可記得叫我呀！」

「好啊。郝老師你喜歡吃什麼，改天來我家，我露兩手⋯⋯」

「郝老師喜歡吃臭豆腐！」劉大志搶著說。

郝回歸真想有一個按鈕可以把劉大志從座位上彈出車外。

「沒想到郝老師喜歡吃臭豆腐，那我學著做一下⋯⋯到了，郝老師你看，劉大志家住三樓，亮燈那戶。我們家就在前面拐角的院子，有空來坐坐。」

郝回歸特別客氣地說：「您別客氣，謝謝了！路上小心。」

車已經開走了，郝回歸依然在原地目送，腰躬著，十分恭敬。郝回歸看著微笑爸爸遠去，心裡很不是滋味。當年，一群人逼王大千喝酒，自己沒有去制止，結果早已肝硬化的王大千在眾目睽睽下乾了兩大瓶白酒，被送去醫院搶救，最後還是離開了微笑。

「郝老師，你腰痛啊？」

郝回歸馬上恢復正常，瞪著劉大志說：「三樓左邊對吧？」

劉大志緩慢地挪著步子，一層、二層，馬上走到三層時，他突然蹲了下來。

「怎麼？你腳痛啊？」郝回歸語帶嘲諷地問。

「我……」

「你怎麼了？」

「郝老師……」「撲通」一聲，劉大志半跪了下來，「郝老師，我錯了，我沒跟您說實話……」

「說吧。」郝回歸一臉得意。

劉大志咽了一大口唾沫：「郝老師，我爸是二婚，現在家裡這個不是我親媽。」

郝回歸頭頂炸雷，他恨不得一腳就把劉大志踹下樓。這個劉大志為了達到目的，真是什麼都敢說。郝回歸心在滴血，這不是別人，這是年輕時候的自己啊！

「起來，上去。」郝回歸極其冷漠地說。

伴著昏暗的樓燈，兩人慢慢走上三樓，一切熟悉又陌生。過道上擺著幾堆煤球，牆壁上貼滿了疏通下水道的小廣告，一切還是老樣子。劉大志哆哆嗦嗦地摸著鑰匙開了門。郝回歸表面雖然平靜，心裡早就翻江倒海了。他太熟悉這些場景，每天放學回家，掏鑰匙開門，進去後大喊一聲：「媽，我回來了。」然後媽媽就在廚房說：「先寫作業，一會兒就吃飯了。」

郝回歸很激動，卻不得不壓抑住情緒。

「我回來了！」門開了，劉大志聲音小小的、怯怯的。

郝回歸看著熟悉的一切，房間比想像中更小、更暗，空氣中瀰漫著熟悉的味道。客廳裡的那張桌子是媽媽結婚時的嫁妝，年紀比自己還大。客廳的櫥櫃裡放著爸爸各式各樣的空酒瓶，當年自己總想偷偷地把它們全部扔掉。可現在，郝回歸很想摸摸這個，又看看那個，從前一點兒印象都沒有的東西，現在看到卻都充滿了感情。

郝回歸回頭看門框，上面畫著好多條線，那是每一年生日的時候爸爸給自己量身高畫的。後來爸爸轉到急診科當醫生，由於工作以及各種原因，和媽媽的爭吵也多了起來。十三歲那年之後，爸爸就再也沒有給自己量過身高了，最高的一條還停留在一米四八的刻度上。

劉大志「啪」的一下把客廳的燈打開。

「怎麼才回來？誰讓你開客廳的燈了？開檯燈！跟你說過多少遍了，要節約要節約！快洗手，馬上吃飯了！」郝鐵梅在廚房大聲呵斥。

這才是真正媽媽的聲音。

「媽……我們班主任來了。」劉大志因為膽怯，喊得很小聲。

郝鐵梅根本沒聽清，又喊道：「開檯燈就行！快進來端碗！」劉大志忙不迭地進廚房。郝回歸想跟著，又覺不妥，便乾脆在客廳等著。郝鐵梅正在做紅燒肉。劉大志用手捏起一塊，送到嘴邊。「啪」的一雙筷子打在他頭上，他剛咬了一口，只得又吐出來，把咬斷的紅燒肉拼起來又放回去，舔了舔手指，想起郝回歸還在客廳，臉色煞白，只好硬著頭皮說：「媽，班主任來了，在客廳。」

「你個死孩子不早說，趕緊去拿碗筷，我給老師沏茶。」

郝鐵梅端著茶從廚房走出來。三十六歲的郝回歸和四十七歲的郝鐵梅就這麼面對面站著。郝回歸呆住了。媽媽真的好年輕，盤起的頭髮沒有一根白髮，眼角還沒有皺紋，身子挺得筆直，一副誓與命運抗爭到底的樣子。郝回歸的心就像火山爆發，所有感受汩汩而出，炙熱、火燙，不敢去碰。媽媽比記憶中的更精神、更挺拔。他真想衝上去抱一抱媽媽，他已很久沒見過媽媽這樣的笑容，喜悅之情自內心噴薄而出。可一想到媽媽做完手術後虛弱的樣子，他的眼眶便微微泛紅。

「劉大志，把排風扇打開，油煙把郝老師的眼睛都給熏了。」

年輕時的媽媽真的很好看，只是那時她太凶，自己總是怕她，從沒這麼仔細地看過。

「郝老師，好巧，我也姓郝，我是大志的媽媽，您請坐。」

飯菜已在桌上，紅燒肉滋滋冒油。

郝回歸坐在平時劉大志的位子上。劉大志伸了一下筷子。郝鐵梅把碗重重一放。劉大志和郝回歸同時往回一縮。

「讓老師先吃！」郝鐵梅白了劉大志一眼。

「不用客氣。」

電話響了。

郝回歸下意識去接，手到一半立刻停住，佯裝找杯子。

「肯定是大志他爸又說不回來了。」

劉大志接著電話，「哦」了兩聲便掛了。他用餘光瞥向郝回歸。郝回歸看著他，輕微冷笑了一下。劉大志立刻又露出極懇求的眼神。

劉大志遞了一個眼神過來：郝老師，放我一馬。

郝回歸一個眼神過去：知道自己錯了？

劉大志又拋來一個眼神：我知道了，我再也不自作聰明了。

「大志他又闖了什麼禍？」

郝回歸正色道：「我接新班，按理該去每家坐坐，便於盡快了解情況。大志媽媽您別擔心。」

劉大志喜滋滋地給郝回歸拋了個媚眼，幫郝回歸夾了塊肉。郝鐵梅又白了劉大志一眼：「我倒想操心，可這是他的命，操心也操心不來！」

「媽，郝老師說了，我會考上好大學的。」

郝鐵梅看著郝回歸：「您這麼優秀，您媽真有福。大志將來要能有您這般出息，我死也瞑目了。」

劉大志沒想到才和郝老師見第一面，媽媽就說這麼狠的話。

自己沒出息，媽媽說她死不瞑目；自己有出息，媽媽說她含笑九泉。

劉大志真不知道這些重如泰山壓頂的話大人都是怎麼想出來的。

「大志將來肯定比我出息。」郝回歸很認真地說。

郝鐵梅繼續數落劉大志：「您看他那樣，考得上大學我們家都燒高香了，三天打魚，兩天曬網，將來能幹啥！」

「大志媽媽，大志現在雖然不是很努力，但我相信他將來一定可以自食其力，他會考上一個好大學，也許還會念碩士，當個大學老師也不一定。」

劉大志「撲哧」一聲笑了出來。他不敢相信郝回歸竟然這樣護著自己，這肯定是一個陰謀。

「郝老師，您這麼說，我媽信，我都不信。」

郝鐵梅先是一愣，隨後一巴掌打在劉大志的頭上：「大人說話，小孩兒別插嘴。家裡沒醬油了，去買點兒。」

「那您什麼時候給我買一雙耐克啊？」

「買耐克買耐克，我看你長得就跟個鉤子似的。」郝鐵梅沒好氣地說。

郝回歸忍不住笑了起來，無論自己想要買什麼，郝鐵梅都會罵自己長得跟那個東西一樣。想吃香蕉，就長得像根香蕉；想買磁帶，就長得像盒磁帶。

「媽，我還沒吃完飯呢。」

「讓你去你就去！」

劉大志只好離開飯桌，往門口走。郝回歸只好悶聲吃飯，吃了兩口，氣氛有些尷尬。「大志媽媽，其實小孩子都有自尊心，您總這麼說他，他心裡也會難受。作為家長，應該要更懂自己的子女才是。比如，我的父母就很不懂我，一直用他們的方式愛我，其實我心裡根本不是那麼想的。」

「是吧。其實郝老師，哪個家長不懂自己的子女呢。大志喜歡耐克，喜歡聽歌，但我們家情況就這樣，我和他爸一個月工資就那麼多，以後他上大學的學費，結婚娶媳婦還要花很多錢，如果現在不給他存錢，未來他可怎麼辦，娶不到媳婦會被人笑話的。我不希望現在寵著他，未來他的人生不好過。」

郝回歸一方面特別感動，另一方面聽到媽媽之所以不給自己買耐克、磁帶是因為要存錢給自己娶媳婦……他哭笑不得。

「大志媽媽，我跟您說啊，您真的不要擔心，再過十幾年，中國的單身男性有五千萬，所以您根本不用存錢，不結婚也沒什麼的。最重要的是他能找到自己的興趣所在。」

「五千萬男人都不結婚？誰說的？」郝鐵梅根本不信。

「那個……有個研究這麼預測的，說是到了大志成年的時候，中國的很多單身男青年都不會結婚。」

「那我就更要存錢了！」郝鐵梅從心底認定了劉大志娶媳婦必須花錢才行。郝回歸心裡吐了兩口血，媽媽也太瞧不起自己了。

「等大志成家的時候，娶媳婦都是媳婦自己帶車帶房子，跟男方沒什麼關係。」

「不可能。」

「真的，大志媽媽。我覺得吧，你們也不用太節約了，會給大志造成心理陰影的，你們該花錢的地方就花錢，讓現在的生活過得更好才重要。」

「這是大志跟你說的？」

「啊，他暑假作業裡寫的。」郝回歸支支吾吾道。

「你還沒孩子吧？」

「是……」

「等有了孩子你就會知道，在父母看來，自己的孩子都是最滿意、最完美的，你父母肯定也這麼想。雖然大志不努力，但我知道這孩子聰明，想做的事一定能做好，現在就是還沒到時候。」

郝回歸對這個答案也挺驚訝的，他一直覺得媽媽從心裡覺得自己爛泥扶不上牆。「我一直挺怕我媽，她總是對我不滿意，我感覺我總是贏不了她。」

郝鐵梅笑道：「她是你媽，她就已經輸了，一輩子都要牽掛你……郝老師，您跟我說實話，大志到底犯了什麼錯？」

「沒有沒有，真沒有。」

郝回歸不知該說什麼，他想轉移話題。

桌子對面放著卡拉OK的麥克風。

「大志媽媽，您喜歡唱卡拉OK？」

「您也喜歡唱？」郝鐵梅很高興。

郝回歸上一次去看媽媽，媽媽已經唱不了卡拉OK了，但她仍在家裡聽著《縴夫的愛》。以前媽媽唱這首歌，自己總嫌媽媽土。媽媽經常逼著自己一起唱，自己卻老是拒絕。他那時以為自己拒絕的是一次丟臉，現在才知道自己拒絕的是和媽媽的一次美好回憶。

月色漸起。

劉大志拎著醬油瓶一路小跑上樓。樓道裡傳來一陣歌聲：「妹妹你坐船頭，哥哥在岸上走……」聽到歌聲，劉大志手裡的醬油瓶差點兒摔在地上，他慌忙推開門，媽媽和郝回歸正在對唱《縴夫的愛》，一個非常投入，一個十分配合。震驚？喜悅？難過？崩潰？他完全不能理解眼前發生的一切。班主任和媽媽在家訪的時候一起合唱《縴夫的愛》，這事如果讓別人知道，自己這輩子就別活了！劉大志難堪地閉上了眼睛。

窗外一片寂靜。

二人的歌聲飄蕩在小城夜空。

以前來不及做的事，想到了就去做吧，不然就真的來不及了。

郝回歸提著一個餐盒下樓，出了門。

「郝老師！」郝鐵梅從陽台窗子裡伸出頭來大聲喊，「餃子要熱了再吃！」

郝回歸有些沒聽清，打開盒子，用手捏了個餃子咬了一口，喊道：「好吃！」

「郝老師，我媽說，回去要熱了吃。」劉大志也伸出頭，「我媽就這樣，最喜歡包餃子，見人就送。」郝回歸忙把咬斷的餃子吐出來拼回去，笑了笑。遠遠地，劉大志卻看得一愣，原來不只自己有把咬了一半的東西再拼回去的習慣啊。

「是這條路，沒錯吧？」郝回歸指指方向。劉大志點了點頭。

回學校的路上，郝回歸的心情莫名好。他很疑惑怎麼以前沒發現媽媽做的飯菜那麼好吃。想著自己一直覺得媽媽不可理喻，他的心裡很自責。原來媽媽是用這樣的方式在愛自己，不理解自然一直不理解，理解的話才知道媽媽的愛不僅是當下，還在為之後的自己考慮。雖然很多愛他不認同，但起碼他明白媽媽是很愛自己的。

走了五、六分鐘，身後突然傳來一個聲音：「郝老師，等等我！」劉大志追了上來，「那個，我媽又在唱歌，我要出來躲躲，不然她要拉著我一起唱了。」

郝回歸笑了笑，果然十七歲時很多事就是不能理解啊！正說著，幾輛摩托車擦身而過，其中一人回頭看了劉大志一眼。

劉大志「啊」了一聲，側身一躲，脫口而出：「王帥！」

王帥？郝回歸也反應過來。

「癩蛤蟆……」劉大志話還沒說完，就看見微笑走在岔路口，幾輛摩托車圍住了微笑。

劉大志撒腿就往那兒跑。

「你別惹事兒。」郝回歸在後面喊道。

那些年我沒做到的事情，現在去做，還來得及嗎？

幾輛摩托車圍住了微笑。

「去哪兒？我送你。」王帥看著微笑道。

微笑不理他，徑直往前走。王帥裝作很帥地擰著車把，繞著微笑轉圈，揚起塵灰，說道：「有麻煩告訴我，我幫你處理。」微笑停下腳步，轉過頭對王帥無可奈何地笑起來：「這兒離我家只有兩百米，你現在攔住我就是我的麻煩，讓一下，謝謝。」

小弟大喊：「喂！大哥看上你，別給臉不要臉！」

劉大志徑直衝了過去。他怕微笑受傷，又怕自己打不過王帥，所以擒賊先擒王，電光石火間，他已衝了上去，從側面重重推了王帥一把。失去重心的王帥連人帶車就要摔倒，他心裡一急，反手揮出，想找平衡，這一拳不偏不倚，正中劉大志鼻樑。劉大志的鼻子瞬間一酸，鼻血流了下來。

「微笑，快走！這裡有我！」

微笑腦門滴下一滴汗，本來自己能解決的事，劉大志非得搞個英雄救美。劉大志知道今天免不了要遭一頓打，可他顧不了那麼多，用手抹了一把鼻血，趁王帥倒在地上，大叫一聲，撲了上去。幾輛摩托車立即將他團團圍住。劉大志一拳揮出，卻被地上的王帥側面一腳踢翻在地。劉大志的鼻子不停流血，此時臉也被亂拳擊中。一個小弟衝過來。眼看劉大志又要挨一腳，微笑一個側踢，將小弟踢倒。郝回歸一看不好，也衝上來加入戰局，一招撂倒一個，再一個過肩摔，將起身的王帥摔倒在地。

王帥的朋友們對微笑和郝回歸敏捷的身手有些意外。本來王帥對微笑就有好感，大家都拿捏不準輕重，生怕自己下手太狠。然後又來了一個大叔，身手不凡。眾人有些忌憚，只能猛揍劉大志。一來一回，劉大志被揍得不輕。王帥一夥人卻被郝回歸和微笑打得潰不成軍。

微笑：「你們還不走？」

王帥又被郝回歸一拳打倒，然後爬起來說：「你給我記著！」

一群人扶著摩托車一瘸一拐走了。

「嘿，你們的棍子。」劉大志咧著嘴從地上撿起一根棍子，直接朝王帥背後扔過去。一群人怕被砸到，四下散開。

街口又恢復了寧靜，只剩下郝回歸等三個人。

「沒事吧？」

「啊，小意思。」劉大志想站起來，但好像扭到了腰。

微笑遞給他一隻手，要拉他起來。劉大志的臉唰一下紅了，連忙搖手。微笑聳聳肩，拍了拍手，笑起來道：「郝老師身手不錯！」

「你也不錯！」郝回歸含蓄地笑了笑。

兩人均流露出欣賞的目光。

「好痛！」劉大志大叫一聲，打破了郝回歸和微笑的相互欣賞。

「郝老師，微笑是跆拳道黑帶，她爸讓她從小學了防身，你咋也會？」劉大志好奇地問。

「我？高三開始練的。」

「高三？還有時間練這個？」

「緊張啊，但我喜歡的女生鼓勵我練，所以一直練到現在。」

微笑和劉大志都很詫異，這個老師怎麼和學生說這個？郝回歸做了個「噓」的表情，示意不要聲張。

「也沒有在一起，就是好感。每個人都會對幾個人有好感，是吧，大志？」

劉大志僵硬地往前走，目不斜視，黑暗中，他的臉已經紅了。

三個人去了醫院。郝回歸讓微笑和劉大志坐在大廳等，自己去幫劉大志掛號。看著郝回歸的身影，微笑對劉大志說：「不知為什麼，我好像認識郝老師很久了，覺得親切。」

「我有點兒怕他，他好像什麼都懂。」
「你不覺得郝老師對你特別好嗎？」
「他不是對我們都很好嗎？」
「我覺得他和其他老師不一樣。」
「微笑，你不會是……喜歡郝老師吧？」
「怎麼可能，他是老師啊。」
「那就好那就好。他人是挺好，就是年紀太大了，老！」
「跟年紀沒關係，三十幾歲的男人最有魅力。」
劉大志耷拉著臉，不知該說什麼。
「下一位，劉大志，劉大志是哪位？」
「我我我！」劉大志趕緊往急診室跑去。
郝回歸走回來，坐在微笑旁邊。
微笑笑著說：「郝老師，沒想到你挺厲害的。」
「那你以為我是怎樣的？」郝回歸鼓起勇氣盯著微笑。在現實世界裡，他從來不敢直視微笑，怕被她看穿心事。
「就是……覺得……挺不一樣的，哈哈哈。」微笑用大笑結束了這個話題。
郝回歸很享受和微笑的獨處，但他心裡也很清楚，自己是來幫劉大志的，而不是和十七歲的微笑愈走愈近。他很想問微笑到底喜歡什麼樣的人，但他也清楚如果這麼問，微笑肯定把他當成猥瑣大叔。
「大志還挺可愛的。」郝回歸抱定一個心思：不管你未來喜歡誰，反正我要讓你看到劉大志是不錯的，未來是值得依靠的。

微笑稍稍歪著頭想了想：「跟小孩一樣。」

如果一個女生給同齡男生的評價是小孩，那就意味著她根本沒有從異性的角度去看待這個人。郝回歸知道為啥微笑那麼多年對自己毫不在意了，無論自己是好是壞，都不在微笑的視野範圍內。

「我覺得大志很講義氣、很熱血，哪裡像小孩？」

「他總是很衝動，很少考慮後果，不就跟小孩一樣嗎？」

「那個……」郝回歸為了不讓劉大志被微笑貼上「小孩」的標籤，只能硬著頭皮胡扯，「你看，我們會打架的去打架，是因為我們能打，算是很嘚瑟了。像劉大志這種不會打架，還敢打，打輸了還不跑，不為自己，而是為別人，這是勇氣啊！你看很多人明明不會游泳，但是也跳下水救人，這種行為是錯的，結果是慘痛的，但那一瞬間，見義勇為的人根本就沒有考慮過自己。」

微笑也若有所思地點點頭：「郝老師，你這麼一說，好像也對。」

「當然對！劉大志是我見過最熱血的男孩了……不，純爺們兒。」

「郝老師，我覺得你對大志真好。以前老師們提到劉大志，都覺得他，怎麼說呢，就是評價都不好。你剛來兩天，就能發現他身上的優點。我覺得他遇見你，真走運。」

我和我並不了解的「我」。

郝回歸回到宿舍，也抱回了全班收上來的作文本。

作文題目是《我的理想》。郝回歸先翻出微笑的作文本，他有種做賊的感覺，於是說服自己：

「我是老師，我當然有權利知道每個人對未來的規劃。」

微笑的作文寫了滿滿四頁紙，其中有一句「我想成為一名國際新聞記者」。

……我想去更大的世界，見更多的人，聽他們心裡的想法……很多人覺得這不是女孩做的工作，但這份工作對於我來說，可能是了解世界真相的機會……

高三的女孩寫下的文字已經比大多數同齡人成熟。

郝回歸眼前閃過微笑所有的畫面，自信的，陽光的，獨立的，好像從來就沒有見過微笑為任何事情傷心。在他的印象中，微笑一直都是笑著的，彷彿這世間就沒有令她難過的事。這一切都是她爸爸給她的。雖然生意很忙，但王叔叔永遠都會抽出時間陪微笑，因為擔心微笑的成長，又從老家請了一個遠房親戚張阿姨來家裡做保姆。雖然微笑媽媽離異後去了國外，但微笑看起來卻比劉大志這種「完整」家庭的人還身心健康。

郝回歸把微笑的作文本合上，找出了劉大志的作文本。劉大志第一句就寫：「我想成為一名偉大的科學家，發明對人類有作用的科技。發明超級機器人可以給人看病……」

這幾行字讓郝回歸心裡滿是羞愧。十七歲的自己寫的作文怎麼是這種尷尬到想吐的文風。郝回歸看了兩段就看不下去了，他想起自己有段時間寫作文確實鬼話連篇，好像把紙填滿了就是一篇作文。劉大志完全不懂科技，對發明絲毫沒有興趣，為什麼會想當科學家？還要發明有用的科技？發明超級機器人？郝回歸為自己年輕時的無知感到羞愧。

這種羞愧的事在過去做得還挺多。比如有段時間，Beyond[6]風靡校園，為了顯示自己是真的歌迷，每天放學之後狂背 Beyond 的歌名，歌怎麼唱都不知道，目的就是第二天中午參加「寫 Beyond 歌曲名大賽」……郝回歸一邊回憶一邊罵自己白癡，可罵完之後，又覺得年輕真好，也許年輕時做的那些沒有意義的事，現在想起來最大的意義就是讓自己知道自己年輕過。

劉大志作文的最後一句話是：「給我一個機會，我就能撬起整個地球！」要個啥機會？明明應該是「給我一個支點」，不僅把「支點」錯寫成了「機會」，而且通篇文章都是在瞎扯。連湘南這座小城都沒有出去過，還想撬地球。對於劉大志這樣的人來說，他缺的根本不是機會，也不是支點，而是地球。郝回歸恨不得一把火把劉大志的作文本給燒了。他真是憂心忡忡。劉大志比自己看到的樣子還要糟糕，郝回歸以為回來改改劉大志的軌道就行了，沒想到劉大志都還沒有上道。此刻郝回歸的腦門上刻著五個字「任重而道遠」。

宿舍外響起急促的敲門聲。

「誰啊？」郝回歸起身。

只見周校工一個馬步衝進來，嘴裡不停唸著，眼睛則盯著牆上的日曆。郝回歸看到日曆上20日那天打著一個圈，還畫著一個感嘆號。

「果然就是20日！20日！」周校工默唸著。

「你要幹嘛？」

「我要小心，我要小心！」說完，周校工轉身就走。

「你……」

周校工舉動格外奇怪。郝回歸擔心他出事，便跟著他的背影上了樓。周校工走到自己宿舍門口，從門框上摸出鑰匙，一邊開門，一邊不停嘮叨：「20日，要小心，要小心！」然後「砰」的一聲，關上了門。

外面月明星稀，走廊裡光線昏暗。

「20日？要小心？」回到宿舍盯著被畫了圈的日曆，郝回歸一臉困惑。

編註6 一九八三年成立的香港搖滾樂隊，一九八七年成為香港極具代表性的主流樂團之一，直到二〇〇五年宣布解散。

第三章

高手

他不是打贏了我，他只是贏了我選的角色。

一個真正想要改變的人，首先要做的就是承認自己真的很糟糕。

第二天，劉大志照常上學，臉上包得像豬頭。

「怎麼搞的，大姨打的？」叮噹遠遠看到，語氣裡透著心疼。

劉大志搖搖頭：「沒什麼大礙，昨晚我保護了微笑。」

「行了行了，你還保護微笑，肯定最後又是微笑保護了你吧。」

「昨天晚上……」

「啊，陳桐！」

遠遠地，陳桐騎著輛山地車風一樣刮了過來。劉大志本打算和叮噹說說昨晚的英勇事蹟，但陳桐一出現，叮噹立刻把他當垃圾袋一樣扔在路邊。

「哥，我今天好看嗎？好看嗎？」叮噹著急又慌亂。

劉大志貼滿膠布的臉上露出極其鄙視的表情，但叮噹根本看不見。陳桐離近後，叮噹立刻擺出一副可人的姿勢，雙腿站直，右手輕輕對陳桐搖著，很禮貌地說：「陳桐，早上好。」

陳桐一臉冷酷，對叮噹點了點頭，看都沒看劉大志一眼。

「面癱！」劉大志罵了一句。

「天哪，太帥了，好喜歡這樣的男生。」

「你們女生瘋了嗎？喜歡這種，一臉克妻相。」

「起碼人家有人可克，你這種豬頭臉一輩子光棍。」

「喂，我是為了保護微笑才受傷的。」

「得了，如果是陳桐保護微笑，受傷的只可能是流氓。」

劉大志語塞，他知道叮噹說得沒錯。保護微笑的事飛快地傳遍校園，劉大志遠遠便能感覺到大家投來的目光。他特別得意，對著大家比著「耶」的手勢。陳小武跑過來說：「大志，丟死人了！聽說你要救微笑，後來微笑還把你背去了醫院。全校都知道了！微笑五歲的時候是不是還救過你一次？」劉大志一聽就急了，肯定是叮噹傳出去的。「別聽人瞎說，我這是報恩，你放心，總有一天我會學會打架！」

「學會有什麼用，要打贏！」

「對！打贏！」

如果你遇見十年前的自己，你覺得你能和自己成為好朋友嗎？

下一節是語文課，課間，馮美麗在發作文本。

郝回歸在黑板上寫下了幾個大字板書——我想成為一個怎樣的人。

叮噹打開作文本，竟然得了一百分，她激動地對微笑說：「以後可不許再說我不會寫作文了。」然後一看，微笑也是一百分。

她急忙瞥了一眼自己同桌的作文，發現也是一百分。

怎麼全班都是一百分？郝回歸站在講台上，看著每一個人：「這次作文，老師給分比較高。大家都可以看看自己的成績。」

給分給得高？那倒要看看有多高。劉大志翻開作文本，五十九分。他很不爽，看了看陳小武的，陳小武居然有一百分。劉大志兩個手指拎起陳小武的作文本掂量掂量，他才寫了一百字不到啊！

「我的夢想就是成為一個認真賣豆芽的，我也不會做別的，我就是想認認真真把豆芽賣好，對顧客好，做一個踏實的商人。別的，就沒了。」

郝回歸繼續說：「夢想是每個人都必須有的東西。人活著，如果沒有夢想，跟鹹魚又有什麼兩樣呢？每一個真的夢想都值一百分。」

劉大志問：「郝老師，夢想跟鹹魚有什麼關係呀？」

郝回歸愣了一下，他也不太懂，於是說：「這是周星馳說的。」

劉大志問：「我很喜歡周星馳，但怎麼不知道他說過這句話？」

郝回歸瞪了他一眼：「他會說的。」

下課後，郝回歸和劉大志在辦公室裡面對面地談話。桌子上擺放著劉大志的作文本。郝回歸的臉上沒有任何表情：「你知不知道，為什麼全班只有你一個人的作文得了五十九分？你給我唸出來……」

「……我想成為一名科學家，每天起床都有機器人給我送牛奶，他會成為我最好的朋友，我們一起下棋，一起散步……」唸著唸著，他自己都不好意思了，「郝老師，我明白了。」

「明白什麼了？」

「我不該這麼寫，太幼稚了。」

「你也知道幼稚？那你應該怎麼寫？」

「機器人如果是我的朋友，我為什麼要讓它陪我下棋，一起散步，給我泡牛奶……這些事情都太幼稚了，起碼機器人要做一些高級的事情吧，不然怎麼對得起這個偉大的發明。」

「行了行了，你給我閉嘴。你懂科學嗎？你熱愛科技嗎？你真的想造機器人嗎？你怎麼說謊臉都不紅的？」郝回歸嚴肅地說，「真的夢想，都值一百分。你看看叮噹，雖然夢想是當一個家庭主婦，但人家敢於表達自己內心的真實想法，還有小武想賣豆芽，微笑想做國際新聞記者，馮美麗想當模特，彭軍想寫武俠小說，這些都是他們最真實的夢想。你寫的都是什麼鬼話？」

劉大志猛然醒悟：「郝老師，您怎麼就看出我沒寫真話了。真是神了！我跟您說，我寫我將來要當科學家、要報效國家，那全都是胡扯的。」

郝回歸的眼睛放光：「老師幫你實現真正的人生夢想，好不好？」

「真的嗎？」劉大志十分激動，「郝老師，您真的是好老師。」

「別害怕，有我在你身邊。」

劉大志一臉慷慨地說：「郝老師，我最大的夢想其實是當一個電子遊戲玩家，靠玩遊戲養活自己。如果我真的成了一個偉大的遊戲家，一定不會忘記您對我的培養，一定感謝您全家，一定……」

郝回歸一臉黑線，不敢置信地說：「你說什麼？」

劉大志愈說愈激動：「這都是我的肺腑之言。將來我要是能打遍天下無敵手，代表中國站在全世界的電子競技領獎台上領獎，我一定要當著所有人的面，感謝您，感謝您始終如一地支持我發展自己的專業，成為萬人敬仰的——高手！」

郝回歸傻了：「電子遊戲高手？你的夢想？」

劉大志認真地說：「真正的高手！」

郝回歸想起來了，自己特別熱愛玩格鬥遊戲那兩年一直幻想如果能靠打電子遊戲進入國家隊，代表中國參加奧運會就好了……那時只敢想一想，也覺得不可能，沒想到劉大志居然如此厚顏無恥地當成一個真正的夢想說出來了。

郝回歸怒道：「你覺得這就是我的意思？」
劉大志抱起雙手：「對呀，郝老師，您對我的一片苦心，無以為報，我……」他眼看就要下跪致謝了。
郝回歸終於爆發了，順手拿起旁邊一個作業本，捲起來就朝劉大志的頭打過去：「你怎麼不去死！」
「哎喲，哎喲，郝老師，別打，別打，痛！」
「說也沒用，我打死你！」
「是您讓我說心裡話的，哎喲！哎喲！」
郝回歸一怔，心裡嘆了一口氣道：「你先走吧，回頭再說。」
這個老師明明希望自己說出真實的夢想，卻又那麼生氣。不是說真實的夢想值一百分嗎？
劉大志離開辦公室。郝回歸撫著額頭，忍不住想如果真的讓劉大志現在開始認認真真玩電子遊戲，到了二〇一五年，《王者榮耀》[7]有沒有可能是劉大志帶領開發出來的呢？上次看新聞，這個團隊的每個人都獎勵好幾百萬哪。
不行不行！郝回歸揉揉太陽穴，自己已經被劉大志弄瘋了才會有這種錯覺。
「郝老師，剛好你在，我給你介紹一下。」何世福帶著王大千走進來。
「這不是郝老師嗎？我們見過。」王大千熱情地伸出了手。
郝回歸立刻起身握手。
「郝老師，王總給我們學校捐了批電視，你們高三一班已經安裝好了。為表示感謝，我們請王總吃個晚飯，你也一起參加。」

郝回歸略尷尬地說：「我就不去了吧。」

王大千搶著說：「郝老師，我們一見如故，你怎麼能不去。再說了，微笑也在你班上，咱們這關係可近啊。」

「不是……可我真的不會喝酒，一喝酒就過敏。」

何世福糾正道：「誰說我們要喝酒？而且，郝老師，跟家長搞好關係也是學校考量實習老師能不能勝任工作的標準之一啊。」

郝回歸都忘記自己實習這回事了，如果沒轉正，是不是意味著自己就要離開學校？如果自己離開學校，能去哪兒呢？是回到二〇一七年，還是依然留在這個年代，卻什麼都做不了？

「哪能跟老師喝酒呢？」王大千打斷了郝回歸的思路。

郝回歸的內心獨白：「王叔叔，你當我三歲小孩？哪次吃飯你不喝？」

果然，飯局開始還沒到半小時，王大千已經喝高。桌上還擺著兩瓶茅台。王大千端著酒杯說：「郝老師，我們不喝酒，喝的是感情！」

「微笑爸爸，你真的不能再喝了。我認識一個朋友，肝不好，後來喝酒喝死了。你別再喝了。」

「就衝你這話，我再喝一杯！人活著就是為了開心，不是為了怕死。何主任，這頓我請，算你們給我面子。你要是過意不去，就喝了這杯！」

「我真不行了！」郝回歸對酒精過敏，現在渾身通紅。

編註7　二〇一五年由騰訊公司研發推出的一款多人線上競技遊戲，二〇一六年起每年都會舉辦專屬職業賽事，成為一項受人注目的電子競技項目。

何世福瞄了一眼帳單，頭上冒汗，在邊上勸道：「郝老師，千萬不能說自己不行，你行，你一定行！」

郝回歸又喝下一杯。

客廳裡，郝鐵梅和劉建國又在大吵。

劉大志很自然地從抽屜裡拿出紙巾，撕成兩半揉成團，一邊耳朵塞一個。吵架也是這個家每天固定的節目，從加班不管家裡到加班的意義，再到這麼多年一點兒改變都沒有，他倆每天重複同樣的話題，一吵就是十幾年。

「砰——」劉建國摔門而去。

郝鐵梅推開窗戶，大喊：「有本事就別回來了！」

剛開始，劉大志還覺得家醜不可外揚，為什麼媽媽總是對著外面咆哮。後來他就習慣了，因為他發現周圍的街坊也都習慣了。劉大志把耳朵裡的紙團掏出來，扔到桌上，躺著一動不動。他不想待在家裡，心早沉入海底。

「砰——」郝鐵梅把劉大志臥室的門推開。

劉大志覺得不妙。果然，郝鐵梅把怒氣撒在了他身上：「你跟你爸一個德行，不知道是不是上輩子欠了你們劉家！作業做了嗎？」

劉大志腦子一轉：「媽，我作業忘在學校了。」

「你怎麼不把自己弄丟！」

「我現在去拿！」劉大志趕緊往門外跑。

「大的這樣，小的也這樣！」郝鐵梅一臉怒氣。

劉大志連忙逃走，關上門，跑出樓道。他當然看不見郝鐵梅在他離開的那一刻落寞的表情。劉大志深深嘆了口氣，低著頭到處轉悠。這夜色茫茫，爸爸能去醫院，他劉大志卻不知能去哪兒。

眼前出現了王帥一夥人的身影。劉大志掉頭就跑，但他掉頭的動靜實在太大，瞬間便被王帥發現。不一會兒，他便被眾人圍住。

「小子，很經打呀！怎麼不跑了？」

劉大志看了一下形勢，趕緊雙手抱頭：「大哥，受小弟一拜！」

王帥一腳將他踢倒。

「大哥，打人不打臉！」

「誰是你大哥？」

「你就是我大哥！有話好好說！」

角落陰影裡，一群人慢慢圍了上去。

何世福已被喝倒。王大千也喝多了。

「郝老師，你說實話，微笑優不優秀？」

「優秀！」

「我是不是養了個好女兒？」

「是！」

「你乾杯，我隨意！」

郝回歸一口乾了，臉色發紅，趴在桌子上胡言亂語：「叔叔，你真是我叔叔。」

「好，我就當你叔叔！」

「叔叔，我跟你說，你以後啊千萬不要讓微笑出國，她不喜歡外國人。」

「你怎麼知道的？她想做國際新聞記者呢。」

「叔叔，我是從未來來的人。噓，我全都知道。」

「那你說，以後叔叔能發財嗎？」

「能呀……但是……哇——叔叔，我真的不能喝了。」郝回歸低下頭，吐了一地。

一雙熟悉的球鞋出現在眼前，郝回歸醉醺醺地抬起頭：「咦，你長得好像我女朋友……」

你好像我女朋友，但我沒有女朋友。

劉大志一直沒有回家。郝鐵梅非常著急，讓叮噹叫上陳小武一起出去找。迎面，微笑和司機正走過來。

郝鐵梅急切地問：「微笑，看見大志沒有？」

走近後，她才看見司機背上還背著一個人。

「郝老師怎麼醉成這樣？」

「我爸和何主任醉得更厲害，還在車上呢！大志怎麼了？」

郝鐵梅看著郝回歸：「別管他！先把郝老師弄上去。」

宿舍裡，郝回歸趴在床上，「哇」的一口吐了出來。迷迷糊糊中，郝回歸看到微笑在自己面前，他想伸手去拉，可微笑突然又變成郝鐵梅。郝回歸臉上露出笑容：「媽……」媽字還沒說完，他立刻又吐了出來。郝鐵梅趕緊一手去扶他，一手用剛剛準備好的盆子接住。微笑要接盆子，但郝鐵梅說：「你別管了，我來收拾。」

「要不是碰見阿姨，真不知該怎麼辦。」
「你爸還不知成什麼樣了，快回去吧。明天還要上課呢！」
「那行，我回去給小武打電話，要是找到大志讓他趕緊回家！」
「劉大志那個兔崽子，找到他我打斷他的腿！」
郝回歸又「哇」的一聲吐了。郝鐵梅趕緊返身給他餵溫水，一臉揪心。
王帥的鼻子上已在冒汗。劉大志愈打愈來勁兒。
一記絕殺，game over！後面已有人歡呼。
王帥和劉大志正在遊戲廳比拚《街頭霸王》。
劉大志一拱手：「怎麼樣，大哥，小弟還有兩下子吧？」
王帥狠狠地說：「再來！」
眾人看著劉大志，期待他披掛上馬，他卻把手一舉：「等等！」
「怎麼？贏了不敢了？」
「我不敢？笑話！把我眼睛蒙起來！」
「什麼？」
「睜著眼睛打是我欺負你。你們誰幫我把眼睛蒙起來！」
王帥的臉紅了。一塊紅布遮住了劉大志的雙眼，可螢幕上的春麗卻好像開了天眼，攻擊、卡位，愈打愈猛。小學三年級開始，劉大志就在遊戲廳玩這款遊戲，早已將所有音效倒背如流，自然有聽聲辨位發招的本事。畫面上春麗腿功無敵，遊戲裡音樂聲音高亢，周圍叫好聲此起彼伏，劉大志彷彿站在了人生巔峰。
再次 game over。

劉大志扯下眼睛上的布：「怎麼樣？」

遊戲廳裡好幾個人過來：「我們跟你打！」

「大志，你怎麼在這兒？」人群中，陳小武尷尬地擠了進來。

「來，小武你來一局，打他們幾個，你就夠了！」

「你媽找你呢！電話都打到我家旁邊的小賣鋪了！」

「啊？」

「你媽找你！」

「打了這局再走！」眾多挑戰者攔住了劉大志的去路。

劉大志猶豫了一下，低聲說：「你給我家打個電話，說我晚上住你家！」說完一轉身，「來就來！」陳小武還想再勸，卻也被激烈的戰況吸引住了。

劉大志又戰了幾局，正在興頭上。「啪——」一個包裹扔了過來，砸中他的頭。一回頭，叮噹面無表情地看著他。

「幹嘛？」

「大姨要我給你的，她說要你別回去了。」

「我今晚住小武家，給家裡打了電話呀！」

「這週的換洗衣物都在這兒，其他的我管不著。」

劉大志一下反應過來，心想完了，抱起包裹，拔腿就往家裡衝。後面陳小武還在喊：「那你晚上到底去不去我家啊？」

劉大志輕輕推開房門，輕手輕腳地放下包裹。

忽然，燈開了，郝鐵梅冷冷地看著他。

「媽，怎麼了？」劉大志假裝沒事地說。

「不是要你別回來嗎。」

「什麼？什麼不回來？叮噹什麼都沒說呀……」

「不是拿到衣服了嗎？還回來做什麼？」

「媽，你別氣壞了身子。」

郝鐵梅拿起手邊的雞毛撣子。劉大志一把攔住。

「你還敢躲？」

「媽，打在兒身，痛在娘心……」

話音未落，雞毛撣子鋪天蓋地暴打下來，慘叫聲響徹夜空。

感覺像是做夢，應該是一件很好的事情。

郝回歸從宿醉中清醒過來，頭痛欲裂，他努力搖搖頭，想不起來昨晚的事。桌上有一張字條：

郝老師，昨晚我來學校找大志，正遇上微笑和司機送你和何老師回來，看你吐了一地，就幫你收拾了。桌上有蜂蜜水，以後別喝那麼多酒了。大志媽媽。

郝回歸隱約想起些畫面，但具體發生了什麼，他也記不住。他拿著字條，有點兒恍惚，他已有好些年沒看過媽媽寫的字了。手機、電腦開始普及後，他只能從媽媽發的短信的字裡行間去揣摩她的情緒，卻再也沒見過這種工整娟秀的小字……原來媽媽的字這麼好看。郝回歸看著紙條，他能感覺得到媽媽一邊寫，一邊回頭看熟睡的自己的樣子。一股溫暖湧上來，郝回歸特別小心地把紙條折好，放在皮包夾層裡收起來。

屋子裡格外乾淨，髒衣服都已經洗好掛在窗外。他喜歡和媽媽這樣相處，沒有壓力，媽媽也不會吼自己，可他又有些失落，如果媽媽知道自己是她未來的兒子，還會對自己這麼好嗎？他喜歡媽媽這樣對自己，但他又不喜歡媽媽這麼對一個「陌生人」。

到了學校，郝回歸先找了陳小武，然後叫劉大志到辦公室。

郝回歸問：「說說，你昨晚去哪兒了？」

「昨晚？我在小武家複習功課呀！」

郝回歸沒工夫跟他廢話：「不是失蹤了嗎？不是要住陳小武家嗎？不是跟王帥在遊戲廳練了一場，贏得還挺痛快，他還跟你稱兄道弟嗎？現在他們一幫人叫你二哥？」

劉大志馬上知道自己被陳小武出賣了。他馬上變換主題，解釋並不是自己要打，而是王帥要和他決鬥，打架自己肯定輸，於是他提出打遊戲，沒想到王帥居然答應了。

「然後呢？」郝回歸冷冷地看著他。

「然後我就贏了！」

「你媽來學校找你了，你知道嗎？你還撒謊說作業沒帶……」

劉大志委屈地說道：「郝老師，你不知道，我媽當時正在大爆發，如果我不閃，下場很慘的。」

「你出去吧。」

「啊？」

「放學後在操場給我跑二十圈。」

「啊？」

「這是對你的懲罰。」

「郝老師，我下次真的不敢了。」

「只有跑完二十圈，你才是真的不敢。」

劉大志見沒有任何商量的餘地，轉念一想：「郝老師，本來陳小武可以阻止我的，但是他沒有。我覺得我們兩個都有責任，能不能我跑十圈，他跑十圈？」陳小武趴在辦公室門口，一聽劉大志要拉自己下水，立刻衝進來：「郝老師，我明明阻止過，是他把我拉下水，還讓我幫他玩了兩局。」陳小武可不想成為墊背的。

「行了，行了，你倆一人給我跑二十圈。」

從辦公室出來，劉大志很生氣：「陳小武！你知不知道好兄弟如果分享痛苦，痛苦就變成一半；好兄弟如果分享快樂，快樂就變成兩倍。你看你！本來我倆一人只要跑十圈，你現在讓我們一起要跑二十圈！你這個豬腦子！」

「是你要把我拖下水的啊……」

「我拖你下水也是應該的啊！你怎麼就那麼沉不住氣？氣死我了，你說從郝老師當班主任到現在，你跑了多少次操場。等這個學期結束，大家都會說高三文科班的陳小武跑操場的距離能繞地球五圈，你不丟人，我也丟人啊。」劉大志仰天長嘆，眼睛一瞟，看見微笑正從一樓穿過。三樓走廊的男同學看見微笑都在竊竊私語。劉大志特別大聲地喊了一句：「微笑！」

微笑在樓下一回頭，樓上的男同學都騷動起來了。

劉大志覺得自己唐突了，語氣立刻有點兒慫：「你看見叮噹了嗎？」

微笑直接用手指了指站在自己身邊的叮噹。陳小武很納悶，戳戳劉大志：「叮噹不就站在微笑旁邊嗎？」劉大志用眼神制止陳小武，讓他閉嘴，繼續很大聲地說：「好的，我看到了，謝謝啦！」

微笑看劉大志又是閒得慌，直接把手裡的字典從樓下朝劉大志砸過來。劉大志慌忙一躲，接住字典，假裝很瀟灑地掂了掂。微笑在樓下笑著對劉大志喊：「你再這麼無聊，小心我揍你啊。」其他男生都為劉大志喝起倒彩。劉大志毫不在意，大搖大擺走過人群。

「你每次遇見微笑的時候都好奇怪噢。」陳小武皺著眉頭道。

「啊？」劉大志極力掩飾內心的錯愕。

「哪裡很怪？」

「你現在就很怪。」

「是嗎？」劉大志極力放鬆地說。

「反正就是感覺你每次在微笑面前都不太像你，很不自然，很容易被人誤會你喜歡微笑。」陳小武不知道該怎麼形容。

劉大志差點兒噴出來。

「我是什麼樣的？」劉大志問。

「反正就是……」

「你別反正反正了！好好好，我承認我有點兒奇怪。你告訴我，我應該是怎樣的？」劉大志急了。

「我不知道你應該是什麼樣的，但我知道在微笑面前你都不知道你是怎樣的，但是還好……」

「嗯？哪裡好？」劉大志很想知道自己的可取之處。

「還好微笑不喜歡你！所以也就不會在意。」說完，陳小武點了點頭。

「她喜不喜歡我有什麼關係，反正我也不喜歡她啊。那麼凶，跟我媽一樣。」劉大志急匆匆走回教室，留下錯愕的陳小武。

劉大志怎麼了？

叮噹搖搖微笑道：「你說我哥是不是喜歡你？」

「什麼？」

「我覺得我哥在你面前老是不對勁兒。」

「他一直都很不對勁兒啊。」

「好像也是。」叮噹點點頭。

其實微笑此刻有自己的心事。她完全沒有想到新來的老師會在喝醉後說自己像他的女朋友……雖然之前對郝老師頗有好感，但他對自己說這樣的話，讓微笑有一種被冒犯的感覺。郝老師之前說自己有女朋友，萬一真的很像呢？她很苦惱，這個老師並不像自己看到的那麼簡單，甚至有點兒猥瑣。對，「猥瑣」這個詞還挺準確的。微笑突然心情好了點兒，笑了起來。叮噹莫名其妙地看著她。

郝回歸總覺得自己醉酒後對微笑說過什麼，可怎麼也想不起來。他害怕自己說錯話，因為他太了解喝醉的自己了。校園另一個角落裡，周校工正在打掃操場的台階，一邊掃，一邊小心翼翼的。遠遠看著，郝回歸感覺周校工嘴裡一直碎碎唸著什麼。一個踉蹌，周校工差點兒從台階上摔下來。

郝回歸遠遠看著，只見周校工拿著掃帚瘋了一樣打著那幾級台階。這個周校工還蠻沉浸在自己的世界裡。

要抓住一個人更大的把柄，最好先讓他抓住自己的小把柄。

放學後，跑完步的劉大志累得直接躺在操場上，廣播站放著許茹芸的歌。

「陳小武，我認識你真的倒了大霉。」

「本來我不用跑的，還不是因為你……」

「我不管，你欠我的。」劉大志累得半死。

「啊？」

「反正你欠我一次。」劉大志扭過頭，惡狠狠地看著躺在旁邊的陳小武，「這星期的作業，你來抄！」劉大志直接把書包甩給陳小武。陳小武依舊一動不動地躺著：「這個郝老師太壞了，接下來我們該怎麼辦？」

「沒事，只要整不死我們，我就一定能找到他的漏洞，抓住他的把柄，報復回去！」劉大志覺得不能再坐以待斃，必須反擊了。

微笑和叮噹從廣播站出來。劉大志站起來，拍拍屁股，把書包踢給陳小武，兩人一起迎了上去。

剛出校門，王帥立刻帶人騎著摩托車圍了上來。

微笑皺著眉頭道：「他們怎麼又來了？」

劉大志笑著道：「他不是來找你的，是來找我的。」

王帥摘下頭盔：「大志，雅南高中來了個高手，走，會會去！」

陳小武輕聲對劉大志說：「我們剛圍著地球跑了二十圈……」

「是操場！」

「哦對，我跑暈了，是操場，二十圈……」

劉大志很猶豫。王帥看了微笑一眼，說：「你這要是不去，就是重色輕友。我很丟人的！」

劉大志硬著頭皮說：「是，不能讓大哥丟人！沒事，就是去玩個遊戲而已。」

叮噹：「你媽，還有郝老師，你都不怕了？」

劉大志對陳小武做了個割脖子的手勢：「這一次你再敢說出去，就咯！我先去，你走過來找我。」說完，翻身上車，轟鳴而去。

「你媽要把你的腿打斷，我可不管了。」叮噹在後面大叫。

微笑看著劉大志遠去，搖搖頭道：「讓他去吧，總會知道這麼做會出問題的。」

「微笑，你等一下。」郝回歸從遠處跑來。

一看郝老師過來，叮噹特別開心。聽見郝老師叫自己，微笑不走也不是，走也不是。「那個，昨天我跟你爸喝酒喝多了，如果說了什麼胡言亂語，肯定是我喝醉了。」他本想問「我昨天有說什麼不該說的話嗎？」，但一見叮噹在旁邊，只得改口。

「嗯。」微笑不冷不熱地回應。

「以後老師再也不跟你爸喝酒了。」郝回歸意識到自己肯定說了什麼。

「那就別喝了吧。」微笑轉身就走。叮噹也感覺到有些不對勁兒，在後面追著微笑：「微笑，等等。郝老師，再見！」

「再見。」郝回歸揮揮手。

雅南高中旁的遊戲廳人頭攢動，觀戰者眾多。

劉大志像拳王一樣登場，身後還有小弟給他拿著書包。來人顯然有備而來，一臉不屑，正是外號「霸王」的雅南高手。劉大志笑嘻嘻道：「看來你還挺有名呀，霸王是吧，我是湘南五中的——

春麗。」劉大志邊說邊做出一個很萌的動作。

霸王拱手道：「請！」

劉大志也拱手走上前去。

霸王選的是紅衣服的 Ken，但他並不主動進攻，而是用中遠距離波動拳牽制劉大志的春麗。劉大志很沉穩，並沒有因為無法占優勢而慌張。王帥反而不停地催促道：「進攻啊，進攻啊，你這樣下去，沒時間了，你血槽比他少，你也會輸的。」劉大志沒搭理王帥，操控著春麗用各種方式逼近又後退。霸王玩得確實不錯，少有破綻，很沉穩。劉大志很久沒遇到這樣的對手了。

第一局結束，春麗防禦了多次波動拳，費了些血槽，暫時落後。

王帥帶來的人紛紛搖頭，覺得很丟臉。

「可樂！」

一聽插著吸管的可樂遞到了劉大志的嘴邊。劉大志一口氣吸完一整罐，繼續戰鬥。王帥不明白劉大志的玩法，也看不懂為什麼兩個人都遠遠的，很少交鋒。對劉大志來說，要在電光石火之中找一個最好的機會，這種機會一面靠對方失手，另一面要靠自己的預判。Ken 一個掃堂腿，春麗及時後退，掃堂腿落空；就在 Ken 轉身的瞬間，春麗走過去一個抱摔，成功進行了第一次正面打擊。圍觀群眾發出驚嘆聲。霸王有點兒丟臉，加強了進攻。劉大志接著抓到兩個漏洞，扳回一局。

第三局，霸王重新調整策略，回到第一局的牽制戰略。王帥害怕劉大志落敗，不停催促進攻。劉大志嘗試了兩次進攻，但都被對方封住。還沒結束時，劉大志站起來，雙手抱拳道：「厲害，今天我輸了，有機會下週再戰。」

王帥愣在一旁：「還有時間呢，怎麼就認輸了？」

「今天有問題，比下去也是輸。」

王帥自然聽不懂。周圍一群人覺得很丟臉，一哄而散。劉大志一個人坐在遊戲廳外的台階上等陳小武，略顯沮喪。陳小武遠遠看見劉大志被一種「天地間唯我最寂寥」的孤獨感所籠罩。

「輸了？」

劉大志點點頭。

「不應該啊，誰玩這個能玩得過你？」

「嗯……」劉大志陷入沉思。

陳小武坐在劉大志身邊默默地陪著他。劉大志突然振作起來，猛地跳起來說：「我知道了！我知道了！他不是打贏了我，而是打贏了我選的角色。」陳小武聽不懂。劉大志大喊道：「我知道哪裡出問題了！除了春麗，我必須再修煉一個角色！他用 Ken 來克制春麗，我就要再找一個克制他的角色！」

湘南五中附近的遊戲廳裡，劉大志練習得昏天黑地。陳小武在一邊勸道：「大哥，算了吧。你媽、微笑、郝老師，你忘記他們的態度了嗎？」

劉大志頭都不抬地說：「要是不贏回來，誰會看得起我？」螢幕上顯示劉大志贏了。劉大志用胳膊肘捅了捅旁邊的小武：「怎麼樣？我帥不帥？」

小武沒有回應。

「你怎麼不吭聲呀……郝、郝老師！」

郝回歸站在劉大志的面前。

遊戲廳外面，行人漸少。郝回歸來回走了幾步：「你有沒有想過，你遊戲打得好是因為大部分比你聰明的人從來不打遊戲，比你笨的又沒有花時間和心思在這上面，碰上個腦子正常的，你就掛了。不是說玩電子遊戲沒有出路，而是你玩電子遊戲沒有出路，你的技術太渣了。」

「郝老師，那個……渣是什麼意思？」

「渣的意思就是……很差勁兒！」

「郝老師……我打遊戲是有技術含量的，外行很難看得懂的。唉，我很難解釋。不過你是老師，你說什麼都是對的。」

「我的話你是不是不聽？」

「聽，我聽，我再也不打了。」劉大志一臉無奈，但又很想為自己挽回一點兒顏面。

「不過，郝老師你是沒打過。你不知道，遊戲是個很強大的世界，在這個世界裡——唉，說了你也不懂。」

「你說，我當然懂。」

「一般玩過這個遊戲的人都不會這麼說。」

「那應該怎麼說？」

「要不郝老師和我玩一局，只要你贏了，你說什麼我都聽。」劉大志迫不得已又使出對付王帥的這一招，一方面是想證明自己，另一方面萬一讓郝老師掉坑裡了呢。

郝回歸沉默了一會兒。

「郝老師？」劉大志試探地問。

「好，我答應你。我們打一局。」

中招了！劉大志想像著自己在陷阱口探頭，看到郝回歸灰頭土臉求救的樣子。

「真的？」劉大志和陳小武異口同聲地說。

「我跟你打一場，我贏了，從此你安心讀書，再不能打遊戲。」
「郝老師你可不能開玩笑啊！」
「我要是輸了，從此以後你隨便玩。」
「一言為定！」
郝回歸和劉大志打賭的消息飛快地傳遍學校。
「郝老師要跟劉大志在遊戲廳決戰！時間是明天下午放學後，地點在五四路第三個轉角第二家遊戲廳！」

當你真的很了解自己的時候，你就能解決掉那個更差勁兒的自己。

決戰當天，遊戲廳早早擠滿了人。
「微笑，你是哪邊的？」叮噹在人群中悄悄問微笑。微笑是被叮噹硬拖來的。一個身為老師喝醉了胡言亂語，一個不了解自己的同學各種衝動行事，兩個人用格鬥遊戲打賭。微笑沒有回答叮噹的問題，在她看來，這兩個人都是小孩。
叮噹正側著頭和微笑說話，卻看見陳桐走過來。
「陳桐！」
「你也來了？」微笑朝陳桐點頭。
「難得一見。」陳桐也點點頭。
另一邊，王帥擺了個攤子，大喊著「壓一賠十，壓一賠十」，導致本就不寬敞的廳子更加擁擠。
外面突然一陣騷動：「來了，來了！」

劉大志跟在郝回歸的後面，一臉的自信。他環顧四周，叮噹來了，微笑和陳桐居然也來了，還有好多不認識的同學。劉大志特別得意，如果今天一戰成名，自己在學校就真的是一個人物了。經過微笑時，他比了一個「耶」的手勢：「你怎麼也來了？」

微笑回道：「挺有本事啊，把班主任拉下水了。」

劉大志害羞道：「哎呀，我就是隨便那麼一說，誰知郝老師特爺們兒，立刻答應了。」劉大志知道自己沒別的本事，唯獨能拿得出手的就是遊戲，今天和班主任決鬥，就是讓自己有一個證明自我的機會。

微笑！讓我給你留下一個深刻的印象！劉大志在心裡吶喊。

兩個人在遊戲機前坐下，然後開始選角色。劉大志最擅長操作的是春麗，選好之後，笑嘿嘿地看著郝回歸。郝回歸面無表情，選擇了Ken。劉大志心頭一驚，郝老師怎麼會選擇這個角色？不不不，這一定是個巧合。眾人覺得好戲來了。對《街頭霸王》有任何了解的人都知道，直接選擇Ken的人要麼是新手，要麼是老師傅。從握搖桿的力度到右手按鍵的姿勢看，郝回歸並不是一個新手。

開局。

劉大志瞄了郝回歸的右手一眼，心裡咯噔一下。玩遊戲和彈吉他一樣，看一個人手指在什麼弦上分布，大概就能猜到對方的水準。郝回歸用大拇指管下方三個鍵，食指和中指管上面三個鍵，正是行家手法。劉大志不敢再輕敵，他沒有主動進攻，而是想先找到郝回歸的漏洞。

郝回歸的戰略和雅南霸王的一模一樣。十秒之後，劉大志的臉色開始變化，他知道自己遇見真的對手了。他不敢看郝回歸，說害怕可能不太合適，更準確一點兒說，他覺得郝回歸深不可測。他不知道這個班主任從哪裡來，也不知道他為什麼一直針對自己，今天自己給他挖了坑，可最後被埋的還是自己。不行！我不能被影響！我也不能輸，那麼多人都在！微笑也在！我輸了，以後我還能做什麼？

劉大志的額頭開始冒汗。

其實，直到開局前，郝回歸的內心還是有些忐忑的。自從上大學後，他就再也沒有碰過這個遊戲。不過，雖然手生了，但看到熟悉的畫面，聽到熟悉的音樂，以前的感覺全都回來了。

郝回歸完全克制住了劉大志的進攻，他已經漸漸進入狀態。畫面上，急於求勝的春麗冒險進攻，但都被Ken輕而易舉地化解。群眾譁然。大家倒不是為劉大志惋惜，而是沒想到一個班主任居然這麼會玩格鬥遊戲。郝回歸的臉上開始露出笑容，而劉大志的臉漸漸憋得通紅。愈是著急，愈容易失誤，劉大志一點兒辦法都沒有。叮噹興奮地拽著微笑的手，語無倫次地說：「天哪天哪，老郝那麼厲害？天哪，我要愛上他了！」

微笑讓叮噹克制一點兒，但也難以掩飾自己的驚訝。這個郝老師，原來真有兩把刷子，並不是滿嘴跑火車的人。

螢幕上亮起game over。劉大志輸了。不可一世的湘南五中格鬥王劉大志輸了，還是連輸兩局，而且是輸給自己的班主任。十幾年的努力，本以為會一戰成名，沒想到被一個老師給摧毀了。劉大志不知道如何面對周圍的人，不知道如何在微笑面前抬頭，不知道如何面對自己。

有人鼓起了掌。劉大志面如死灰地站起來，眼神有些放空，自己果然一無是處，在唯一擅長的事情上輸得那麼難看。郝回歸拍著劉大志的肩膀說：「怎麼樣？」

一看劉大志的表情，郝回歸心想壞了，自己並不是想讓他難堪的。此刻劉大志也許認識到了自己的不足，但這個做法可能太過分了。郝回歸冒出了冷汗，他本想幫助劉大志，卻當眾把他毀了。他不知道劉大志此刻的心情，但如果換作自己的話，必定萬念俱灰，不想再見任何人。雖然大家會對自己刮目相看，尤其是微笑，可他更清楚，和自己做對比的人是劉大志，贏了十七歲的自己，踩著十七歲的自己被人肯定，這才是致命的。他要做的是讓劉大志變得更好，而不是用這種方法讓他更難堪。郝回歸的腦子迅速轉著，他要幫劉大志把面子扳回來。

大家依然圍著看熱鬧。劉大志一步一步慢慢走出了遊戲廳，他的世界似乎崩塌了。十分鐘前，他還是自信心滿滿；十分鐘後，卻在自己絕對占優勢的比賽中失敗了。他腦子一片空白，感覺自己是在做夢。我怎麼可能輸給郝老師呢？是郝老師給我下了藥，還是郝老師作弊了？不可能啊，我怎麼會在格鬥遊戲裡輸給郝老師？劉大志人生唯一的信仰就這麼被摧毀了，這可是他花了好多年時間才建立起來的自信，怎麼說失敗就失敗了呢？郝回歸看著劉大志，心裡特別愧疚。突然間，劉大志回過身來，「撲通」一聲，單膝下跪，雙手抱拳，對郝回歸說：「師父，請受徒兒一拜！」所有人都驚了，郝回歸也驚呆了。

眾人譁然，本想看劉大志慘敗後痛心疾首、悔不當初的樣子，沒想到……大家覺得雖然劉大志不至於號啕大哭，但至少應該表現出起碼的羞恥心吧。

果然有種，瞬間就讓尷尬的氣氛變得更詭異了。郝回歸還來不及說什麼，微笑走過來，拉了一把劉大志：「劉大志，輸了就是輸了。承認自己輸了，跟郝老師說你以後再也不玩遊戲了。下跪這種事情還是盡量少做吧，如果你還是個男人的話。」她從未對劉大志這麼說過話。現場瞬間安靜了。劉大志的臉色變得很難看，但依然單膝跪著不願意起來：「這是我們男人之間的事。」

「行，那你繼續跪吧。」微笑說完轉身往學校走。叮噹在後面追。劉大志追也不是，不追也不是。他想讓自己有個台階下，而且不覺得這麼半跪有失男人尊嚴。郝回歸看出了劉大志的窘迫：「其實，大志，你能打成這樣已經很厲害了。以你的智商和情商，稍微再練習一下，要打敗我沒有問題。

但如果你把這精力花在學習上，考上重點大學肯定沒問題。」

「郝老師，你怎麼會那麼厲害？」劉大志完全沒有意識到郝回歸在暗示自己是能考上重點大學的。郝回歸一巴掌拍上他的後腦勺：「劉大志，我的意思是讓你別再玩遊戲了！你把精力花在學習上，考上重點大學肯定沒問題。」

劉大志非常認真地說：「好！我一定……做到！」

「嘀嘀！嘀嘀！」一輛救護車從學校裡開出來。

「郝老師，你們這是……」

「沒事，沒事。張老師，這是……」

「周校工刷牆時從樓梯上摔下來昏迷了。我要送他去醫院。」

「啊？」郝回歸想起周校工神經兮兮的樣子。他一直都是很小心的人，怎麼會這樣？

眾人把路讓出來，救護車絕塵而去。

我和我的關係好了，可我和我喜歡的人的關係卻愈來愈遠了。

郝回歸意識到一個嚴重的問題——自己一件好事都沒辦成，反倒把事情愈辦愈糟。喝醉了酒說錯話，讓微笑討厭自己；和劉大志打遊戲，讓劉大志下跪，又讓微笑討厭劉大志。可在郝回歸的記憶中，微笑從未討厭過自己。是不是因為自己的出現，讓劉大志暴露了更多的問題？當晚，郝回歸輾轉反側，無法入睡。

當晚，劉大志也輾轉反側，無法入睡。他覺得很奇怪，今天玩遊戲輸了，他應該哭得死去活來，懊惱個大半年。但他此刻卻沒有這樣的感受，想到郝回歸，他臉上反而浮現出似笑非笑的表情。

這個老師神神道道的，卻總能在一些事情上讓自己心悅誠服，而在這些神神道道之後，劉大志也感受到這個老師是真的想讓自己變好。類似於「你那麼會玩遊戲，學習肯定也不會差」的話，這多像哄小孩子。畢竟自己成績差也不是一天兩天，曾經的自己也想認真學習，可就是沒興趣。這次他居然想相信郝老師一次。這個郝老師為了不讓自己玩遊戲繞了那麼大個圈，那自己也應該相應地把剩下的那小部分圈給連起來。劉大志覺得生活突然有了一些盼頭。他爬起來把七點半的鬧鐘改成六點半，然後繼續躺下看著天花板。想到自己跟微笑說的那句話，他又後悔又懊惱，還略微有些委屈。如果微笑真了解自己，她一定會知道，自己所有嬉皮笑臉的反應都是一種自我保護的方式。他每天面對父母的爭吵，已經夠壓抑了，如果還不笑著面對這個世界，他都沒有勇氣撐下去。他也知道微笑是為自己好，只是自己沒有做好這樣的準備，也沒有勇氣在外人面前承認自己的不堪。

得意忘形的郝回歸，陷入了重重困局。

郝回歸站在何世福的辦公室裡。

何世福一隻手敲著桌子，另一隻手指著郝回歸的鼻子吼道：「太不像話了！」

看何世福那麼嚴肅，郝回歸強忍著不笑。

「你知道外面現在怎麼傳嗎？知道話說得有多難聽嗎？」

郝回歸無所謂地說：「不就是打了場遊戲嗎？」

「打遊戲就對嗎？」

「主任，我也是沒轍了。如果不跟他單挑，我想不出什麼別的辦法能讓他不進遊戲廳。你之前也說了，他是個聰明的孩子。」

「胡鬧，簡直是胡鬧。跟學生打擂台，你還像個老師嗎？」看郝回歸不能理解，何世福愈來愈生氣，「郝老師，你不要忘記了，你們八個實習老師是我們從教育局檔案裡選出來的。我們將文科班交到你的手上，是希望你能知道你肩上的責任。湘南中學文科班從來沒有人考上過重點大學你是知道的。現在你這麼做對得起他們的家長嗎？你讓家長怎麼想我們學校？如果你依然執迷不悟，兩個多月後，你會為你今天的執拗付出代價的！」

郝回歸一愣，心想：「這就是明擺著說我不能轉正，是嗎？」

如果前段時間說這個，郝回歸根本不會在意，反正這也不是他喜歡的工作。可現在，他和劉大志愈走愈近，和大家也愈來愈熟悉，如果自己不能繼續當班主任，哪兒還有機會去接近微笑，去改變劉大志和微笑的關係？更別提其他朋友了。郝回歸有些服軟，但還是希望能說服何主任：「何主任，您說的我都認同，但我覺得教育是可以用不同方法的，雖然我的方法有點兒另類，但結果是好的。劉大志已經表了決心，他再也不會打遊戲了。他挺聰明的，就是沒用到正道上。」

「我看你的腦子就沒用在正道上！結果好？你有沒有想過這樣做的後果……」

郝回歸打斷道：「我想過！」

何世福更氣了：「你想過？憑什麼保證你一定贏？你萬一輸了呢？你跟他賭之前有沒有想過，沒有人能保證百分之百贏！」

郝回歸語塞了：「我……我不可能輸。」

「你怎麼不可能輸？你只是幸好贏了，如果輸了呢？學生會怎麼說？劉大志會怎麼說？傳出去家長怎麼說？其他人怎麼看我們學校？你以為我是老古董，是教條主義[8]，不能理解你用新的方法教學生？以為我看不慣你們年輕人？誰沒有年輕過？你跟學生單挑，讓全校都去看你們打遊戲，那是教學生嗎？你贏了？你那是出風頭！你看現在傳得沸沸揚揚的，說老師打學生。你知道我從昨晚上到現在接了多少個電話嗎？」

「打學生？我沒打啊，那是和學生打遊戲……」

何世福拍了一下桌子：「遊戲什麼遊戲！現在學校正在評優，一旦家長去教育局鬧，整個學校就會因為你和學生打遊戲這事給毀了。你代表的不是你一個人，是整個學校！待會兒，劉大志的家長會來，你自己跟她解釋！我告訴你，一旦這件事傳到校長耳朵裡，你連接下來兩個月的時間都不會有了，立刻給我走人！」

郝回歸一臉沮喪，不管在夢裡，還是在現實裡，自己都不太懂職場規矩。等到郝鐵梅站在辦公室時，何世福完全變了臉，和顏悅色地說：「大志媽媽，這件事，我們郝老師已經意識到了自己的錯誤。雖然方法偏激了點兒，但他的出發點也是為了教育大志。」說著，何世福瞪了郝回歸一眼。

郝回歸立刻接著說：「何主任說得沒錯。我沒有考慮到這件事的後果，完全從我自己的想法出發，現在造成了不好的影響。」

郝鐵梅看著何世福：「你們把我叫過來，就為這件事啊？」

「啊？我們學校做得不妥當，誠摯地向您道歉。」

「何主任，昨天大志已經在家裡表了態，再也不去遊戲廳了。這是好事呀！雖然方法有點兒極端，但總比我打斷他的腿強吧……」

郝回歸：「其實我也應該考慮其他辦法。」

「郝老師，你不用想了，我自己的兒子我知道。以後大志交給你好好教，不聽話你就往死裡打，打死算我的。」

何世福愣住了。郝回歸連忙說：「大志媽媽，我送您。」

兩人一起走出何世福的辦公室。郝回歸摸著頭道：「讓您見笑了，我挺沒老師樣子的，何主任他也是擔心。」郝鐵梅看著郝回歸，認真地說：「我相信你會是個好老師。」「總是讓您看見我很狼狽的樣子。那天晚上多虧您了。」「你說那天呀，我也是正好遇上。我看見沒什麼，讓微笑看見總是不好，難為她還想辦法送你們回來。」

郝回歸腦中閃現出醉酒那天的事情，他突然想起了那天自己說過的話，心裡一驚：「糟了！」郝鐵梅驚慌地看著郝回歸：「怎麼了，郝老師？是不是我哪裡說錯話了？」「不是不是，我想起一件特著急的事。大志媽媽，我就不送您了啊。」

郝鐵梅看著郝回歸跑掉的背影，自言自語道：「郝老師……倒也像個小孩子。」

> 知道自己哪裡不好只是百分之十的成功，知道自己怎樣才會好才是剩下的百分之九十。

放學後，郝回歸經過教室時，發現劉大志還在，便走了進去。劉大志愁眉苦臉，一看見郝回歸，

編註8　又稱本本主義，指強硬實施馬克思主義理論的思維做法。後延伸成固守成規、觀念死板的想法。

就像見到了救命恩人。

「郝老師，上次你不是說微笑覺得我特別不爺們兒嗎？我昨天那麼爺們兒，可是她……」劉大志分不清「真爺們兒」和「大男子主義」。

「你現在打算怎麼辦？」

「我要是知道如何能解決這個問題，也不會這麼煩了。」

「如果我能幫你解決，你願意聽我的辦法嗎？」

「願意！願意！什麼都聽！」劉大志一下興奮起來，「郝老師，我要怎麼做？」

「微笑跟著她爸長大，她爸又是生意人，見的人多了。她如果對你做出了一個判斷，那你僅僅做一件事是沒法改變她對你的印象的。接下來我們要從很多地方著手。從明天起我讓你幹嘛你就幹嘛。相信我，不出三個月，保證你們的關係會變好。」

「沒問題！」十幾年都過來了，三個月算什麼。

「那我現在能做啥？」

「微笑不是一個愛計較的女孩，你該幹嘛就幹嘛，假裝昨天什麼都沒發生過，但明天就要真正開始改變了。」

「啊，廣播結束了，那我跟他們一起走？」

「去吧。」

劉大志雖然有點兒忐忑，但覺得郝老師肯定有自己的道理，於是立刻收拾好書包。郝回歸心裡也很忐忑，他並不知道微笑是否真的不再計較。但他知道曾經的自己總是擔心這個，害怕那個。現在回頭看，自己的小心翼翼讓自己錯過了很多，他決心在劉大志每一個怯懦的路口都推他一把。郝回歸偷偷地跟在劉大志的身後。劉大志在小賣部買了四個冰淇淋，和陳小武兩個人追上叮噹和微笑，鼓起勇氣說：「為了慶祝我放棄遊戲，開始新生。」

叮噹看著微笑。微笑想都沒想就把冰淇淋接過來開始吃。陳小武看傻眼了。什麼樣的女孩可以昨天翻臉，今天就好像什麼事都沒發生過一樣？

「吃啊，愣著幹嘛？不能跟好吃的過不去。」叮噹也拿了一個。

劉大志看微笑接過了冰淇淋，心裡想：「郝老師真的神了，他怎麼知道微笑會當昨天的事情沒有發生過？」

四個人舉起冰淇淋，碰了一下：「乾杯！」

接著，劉大志高舉冰淇淋道：「敬老郝！老郝真是個好老師！」

微笑淡淡說了一句：「別被帶壞了就好。」劉大志接著道：「他那麼神，帶壞我我也情願。你是不知道我媽那麼挑剔的人，現在只要是老郝說什麼，她都沒二話。」叮噹看著微笑道：「你爸不也挺喜歡郝老師嗎？這麼帥的老師突然出現在我們的生活中，簡直跟偶像劇一樣，你們說我像不像女一號？」叮噹一副自我陶醉的樣子。

劉大志把冰淇淋塗到叮噹的臉上：「你要不要臉？」

叮噹慘叫道：「劉大志，你要死了！」

陳小武：「郝老師……」

「哪有那麼邪乎。」劉大志一轉身，看到了郝回歸，馬上嬉皮笑臉道，「郝老師……你吃冰淇淋不？」

叮噹覺得臉上被塗了冰淇淋見不得人，特別憤恨地瞪著劉大志。

微笑拉著叮噹道：「走，去擦擦。」叮噹被微笑拉著一步三回頭：「郝老師，我先走了。掰掰，明天見。」微笑用力地拉著叮噹趕快走。郝回歸突然追上去：「微笑，你等等！」微笑停下腳步。

叮噹用袖子趕緊擦了一把臉。劉大志和陳小武也幾步跟了上來。

郝回歸特別自然地說道：「本來跟你爸說好今晚一起吃飯，我臨時有個朋友來，不能去了。」

微笑敷衍道：「哦。」

「我不能喝酒的，上次喝醉了，真是失態。你也勸勸你爸，少喝酒，對身體不好。」

微笑低著頭不說話。

叮噹笑道：「郝老師，王叔叔不喝酒是做不到的。」

劉大志：「男人不喝酒像什麼男人嘛！」

郝回歸板起臉訓劉大志：「男人就是要下跪，不停下跪，下的跪愈多，就愈像男人，是吧？」

陳小武和叮噹笑了起來，微笑也忍不住笑了起來。劉大志很尷尬地說：「郝老師，別說了。我都解釋過了啊，以後再也不跪了。」

「真明白了？」

「真明白了。」

微笑又恢復一副波瀾不驚的表情：「郝老師，我會跟我爸說的。」郝回歸點點頭，朝另一個方向走了。他心裡納悶，自己鼓勵後劉大志可以破冰成功，怎麼自己的破冰似乎遇到了障礙？難道自己無論和多少歲的微笑相遇都是這種坎坷命運嗎？

「微笑，你有沒有覺得郝老師有一股特別不一樣的魅力？」叮噹看著郝回歸的背影犯起了花癡。

「你心裡喜歡的不是陳桐嗎？」微笑看著叮噹露出無奈的笑。

「我只是在客觀分析他們各自的優點。我覺得郝老師才是男人，其他人都是男孩，只不過陳桐是一個優秀的男孩。」叮噹把自己感興趣的男性很準確地進行了分類。

事情被何世福說中了。

教育局要來學校進行考查，學校安排的是理科班特級教師張老師的公開課，但因為郝回歸和劉大志那一場遊戲廳戰役，有人給教育局寫了信，教育局點名要聽郝回歸的作文公開課。按教育局領導的話來說：想看看這個和學生打遊戲機的老師到底在教學上有什麼不同之處。

郝回歸皺著眉頭，這意味著什麼？何世福一動不動地盯著郝回歸。郝回歸被盯得發毛。看郝回歸無動於衷，何世福爆發了：「你知不知道現在是學校評優的最後階段？你知不知道理科班張老師的課上得有多好？你知不知道教育局之所以要來聽你的課就是因為你被抓到了把柄，害得整個學校都要被連累了？你上不好課，拍拍屁股就走了！我們呢？你知不知道學校今年評不到優意味著什麼？高考加分的指標、三好學生的指標、老師的待遇，全都沒了！唉！我們怎麼會把你這樣的老師給招進來……」何世福的語氣從生氣到無奈。

郝回歸不知道該說什麼，好像說什麼都沒用。何世福擺擺手道：「去吧去吧，你這幾天就別上課了，我找人代你課。這堂作文公開課是教大家寫父子情，你給我好好準備吧，死也要死得不留遺憾。」郝回歸有點兒心疼何世福了，畢竟如果自己闖了禍，何主任的位子也難保。

郝回歸嘆了口氣，回到宿舍，想了半天，翻開了何世福給他的作文公開課教案。他無論如何沒有想到自己有一天坐在桌子前備這種課。郝回歸和爸爸劉建國的關係不知從什麼時候開始變淡了，彼此之間無話可說。郝回歸在桌前沉思了老半天後，翻出朱自清的文章《背影》，尋找一些父子情的靈感。看到文中的兩處「聰明」時，郝回歸的心像被針扎了一下。以前覺得這短短的散文不過是篇優秀文章，今日看起來卻字字戳心，無論是自責自己過於聰明，還是三言兩語寫盡父子生活的困境。還沒看到父親爬過鐵道去買橘子，郝回歸的眼眶就濕潤了。也許是過了三十歲，才能理解這些文字。小時候常常騎在爸爸的脖子上，後來再大一點兒，父母的關係愈來愈僵，自己跟爸爸的交流也愈來愈少，印象中似乎只有爸爸給人看病或獨自看報的側影。

如果非要找個深刻的印象，可能就是自己從湘南去省會讀大學的那一天。郝鐵梅怕自己忍不住會哭，就讓劉建國一個人送郝回歸。父子倆一路上一句話都沒說。直到郝回歸進了站，才聽見爸爸在後面扯著嗓子喊了一句「注意安全」。以至於後來每每路過建築工地或橋洞隧道，只要看見「注意安全」四個字，就好像能聽到爸爸帶著哽咽喊出的那句話，郝回歸覺得格外溫暖。其他人每每看他在「注意安全」的路牌下感慨萬千，都覺得莫名其妙。想到這些，郝回歸對自己和父親的情感有些遺憾。

郝回歸突然想起了很多。爸爸在車站送自己的那一天，自己兩步併作一步往火車站趕著，而爸爸慢吞吞地，好像怎麼也走不快。見爸爸落在後面，自己還一副很不耐煩的樣子，不斷催促著「快一點兒、快一點兒」，埋怨他怎麼走得那麼慢。爸爸當時的表情很複雜。現在想起來，爸爸是急診醫生，平日裡行走如風，怎麼會走得慢？他也許只是想在這最後一段旅程裡多陪陪自己的兒子，多說說話。也許自己根本就沒有理解過爸爸的意思，自己那時真是「太聰明」了。

上次去家訪，聽到爸爸的聲音，好像還不覺得什麼。此刻，他很想見見現在的爸爸。就像有些歌，剛開始聽覺得一般，多年後再聽，卻能頓悟，懂了旋律，懂了歌者的情感。

郝回歸合上教案，他已經知道如何上這堂課了。

這一日晚些時候，何世福來看他，帶來了不好的消息。教育局要提前三天來聽公開課，留給郝回歸的準備時間只有兩天了。何世福離開後，郝回歸翻開日曆，準備標記一下時間。沒想到，日曆上公開課後兩天被畫了個紅圈，上面寫著「小心」。怎麼又出現了一個小心？難道也是周校工標的？

他把日曆翻回上週，就在周校工說要小心的那一天——20日，自己和劉大志打了比賽，周校工則從高空摔了下來。

郝回歸瞬間毛骨悚然。難道周校工是在預測他自己會發生的事情？但如果他真能預測，怎麼避免不了受傷呢？還是說，這只是一個巧合？郝回歸蹙著眉研究日曆上的那個圈，難道這個「小心」意味著又會出事？已經躺在醫院的周校工還會出事？郝回歸百思不得其解，他一會兒把教案打開，一會兒又合上，再打開，最後決定還是先把課備好，然後去看看周校工。

日曆上的「小心」究竟意味著什麼？

最打動人的不是優秀，而是真誠。

高三文科（一）班的同學也在積極準備。

馮美麗走上講台：「後天我們的語文課是一堂公開課，教育局領導要來旁聽，請大家積極配合。」說完走了下來。

劉大志：「說完了？你這語文課代表也太不負責任了吧。」

「說完了！」

「你還沒說我們怎麼配合呢！」

「啊？還要配合？」

劉大志站起來，面向全班說：「起碼，我們要對對詞，不能讓郝老師丟臉。」

陳小武插嘴道：「你不是最不喜歡形式主義嗎？」

「什麼是形式？沒有內容能叫形式嗎？我都不知道你政治怎麼學的。我就問你吧，要是郝老師點你，你打算怎麼說？」

「什麼怎麼說？」

「陳小武，今天我們說父子情，你讀過什麼關於父子情的文章嗎？比如《背影》。」

「《背影》是什麼？」

叮噹在座位上嘲笑陳小武。微笑笑著說：「是講父子感情的故事。」陳小武對著微笑說：「我爸一個賣豆芽的，有啥好說的？」劉大志不耐煩地揮手道：「行行行，那天你別開口了。班長，你表個態，咱是不是該好好配合？」

微笑想想，這是郝回歸的第一次公開課，太難堪了也不好：「這樣吧，郝老師提問的時候，希望大家都踴躍舉手。」

劉大志：「不行，不行，萬一舉手被點名了呢？」

叮噹：「那怎麼辦？」

劉大志想了想：「有了！舉右手是真的會回答的，舉左手是不會回答的。這樣的話，我們班就顯得特別踴躍，氣氛特別好。老郝也有面子，也不會出問題。」

叮噹：「你說的是郝老師的右手還是我們的右手呀？」

劉大志思考了一會兒：「那這樣，郝老師的右手。」

放學後，劉大志直接跑到郝回歸的宿舍，輕輕推開門：「郝老師，你不要愁眉苦臉了，我搞定了。」郝回歸正在很認真地備課，抬頭看見劉大志嚇了一跳：「你在搞什麼？」劉大志低聲道：「上公開課的時候，我們全班都會踴躍舉手的。這樣的話，氣氛熱烈。我們還有暗號。」

「什麼暗號？」郝回歸在書上做筆記，沒有抬頭，也沒認真聽。

「所有舉左手的都是不會回答問題的，舉右手的都是會的。」

郝回歸這才明白過來，笑道：「真有你的！」

劉大志嘿嘿一笑：「你是我師父嘛！兩肋插刀，應該的！」

「行吧，你去吧！」

劉大志走到門口突然回頭，做了一個加油的手勢，再次提醒郝回歸：「記得噢，一切都以你的左手和右手為準！」郝回歸揮揮手示意他快走：「什麼你的我的他的？」他沉思了一會兒，自嘲地笑著搖搖頭。本來自己的第一任務是要改變劉大志的人生，後來突然變成要緩和劉大志和微笑的關係，現在又變成要上好一堂公開課保住自己的實習老師崗位。好像自己的人生永遠都在不停地走上歧途，但這一次郝回歸提醒自己，無論如何要回到正軌上，而不是走遠了卻忘記為何出發。

公開課上，大家胸有成竹，從未如此有過信心。郝回歸正在深情地朗讀：「我看見他戴著黑布小帽，穿著黑布大馬褂，深青布棉袍，蹣跚地走到鐵道邊，慢慢探身下去……」這篇文章剛讀幾句，郝回歸就哽咽了。何世福都呆了，哪有老師唸文章從一開頭就哭的，他特別緊張地留意著教育局領導們的臉，但大家好像都沉浸在郝回歸的感情裡。劉大志根本就沒有在聽郝回歸唸的，他只等著參與舉手的表演環節。他看見微笑異常認真地注視著郝回歸的臉，有點兒發呆。

「剛才我們有說過作者寫這篇文章的中心思想，可能現在的你們很難理解。那現在我們合上課本，先從自己的父親是怎樣的人開始說起。」

劉大志踴躍舉起了右手。很多同學也都紛紛舉手，有人舉右手，有人舉左手。馮美麗和王胖子都舉起了左手。作為班長，微笑理應要回答這個問題，更何況她從小就是由爸爸帶大的，對於父愛的理解可比其他同學更深刻。也正因為更深刻，此時的微笑反而沉默了。因為是女兒，所以微笑的爸爸在各種細節上都很照顧她的情緒，而隨著微笑慢慢長大，她不想爸爸擔心，不想爸爸把更多的精力花在自己身上，她學會了隱藏情緒。一切都很好，一切都能靠自己解決，不想讓爸爸有任何的擔心。她的心裡有很多話想對爸爸說，但一句都說不出口。在她看來，只有自己過得開心，才是對爸爸最好的回饋。

劉大志看陳小武沒動，拚命暗示他舉手。陳小武只能硬著頭皮怯弱地舉起了自己的右手。雖然劉大志說舉自己的右手是不會回答，但他還是擔心萬一被叫到怎麼辦。這時，坐在最後一排的教育局女領導輕輕地拍了拍陳小武的肩膀，小聲說：「同學，想回答問題是一件特別了不起的事。但是，如果你想要在眾人中被看見，就一定要更有信心。請你把手舉高，讓全世界都能看得見你的願望。」陳小武的臉都被嚇白了，卻又沒有辦法，只能把右手又舉高了一點兒。他回過頭看女領導，女領導點了點頭，微笑著鼓勵陳小武再舉高一點兒。陳小武硬著頭皮把手舉到最高，成為全場的焦點。他心裡一直祈禱著：「千萬不要叫我，舉右手的都是不會回答的。」

劉大志扭頭一看：「媽呀，雖然是製造氣氛，也不用這麼誇張吧。」

何世福見狀，立刻給郝回歸使眼色，讓他叫陳小武回答問題。郝回歸也呆住了，腦子裡迅速回想：陳小武應該是不會回答問題的吧。但何世福不停地給他使眼色，郝回歸也無法假裝看不見。

「陳小武！」

陳小武內心是崩潰的。全班都傻了，有人偷看郝回歸，有人偷看劉大志，有人偷看陳小武。劉大志一臉絕望。陳小武也絕望地望著劉大志，不是說好舉右手不點名嗎？

全班鴉雀無聲，只有教育局領導的咳嗽聲。陳小武沒轍，扭捏著站起來：「我、我爸死了……」叮噹一聽，差點兒被唾沫噎到，心想：夠狠呀！

郝回歸也呆住了，想說點兒什麼，嘴皮子動了動，又停了一會兒，說：「節哀。不好意思，老師剛來，不是特別了解情況。」

郝回歸示意陳小武坐下。陳小武大噓了一口氣。其他同學的表情也從緊張到鬆弛。教育局的女領導突然站了起來，朝陳小武走過去。女領導拍了拍陳小武的肩膀，用溫柔的語氣說：「孩子，別難過。你的父親雖然離開了，但他的音容笑貌一定留在你的心裡，對不對？想想父親曾經的樣子，是不是很高大？是不是家裡的頂樑柱？是不是你最尊敬的人？」

陳小武傻傻地配合著女領導的每一個問題點頭。同學們極力控制自己想笑卻又不敢笑的表情。女領導安慰完陳小武，說：「郝老師，我們應該鼓勵他、幫助他，讓他講出心裡話。」

郝回歸一臉懵。女領導看著陳小武溫柔地說：「來，孩子，給我們講講你和爸爸的故事吧。別害怕，老師支持你，我們和你一起分擔！」女領導示意陳小武勇敢地站起來。大家的目光都聚集到了陳小武的身上。陳小武的臉有點兒發燙，硬著頭皮站了起來，咽了口唾沫，定了定神。

「我爸是賣豆芽的，他……個兒不高，我媽身體不好，全靠我爸一人養家。天不亮，他就出攤。大半夜，他還在發豆芽，給豆芽換水。好多次，我想退學幫他，可他……可他堅決不同意。他要我好好讀書，將來做個有文化、有出息的人，不要像他一樣出苦力，被人看不起。我不爭氣！從小學習差，但我爸從來沒有批評過我，總是鼓勵我不要放棄。可是……一場車禍無情地奪走了他的生命……」

陳小武愈說愈激動。教室一片寂靜。女領導面露慈祥之色，眼含淚光。陳小武稍微平復了一下心情繼續說：「當爸爸離開後，我第一次早上起來給豆芽換水，我才知道天氣那麼冷，彎著腰再直立時，腰都沒有知覺了。我把豆芽抬上推車，才知道原來那麼重。重的不是豆芽，不是臉盆，而是爸爸肩上的責任。那時我才知道爸爸有多難。雖然爸爸很矮，但是在我心裡，他很高大，我也想成為像他那樣的人，撐起我們的家。我知道，爸爸一定在天上看著我。我要告訴他，我不害怕。」說著說著，陳小武開始眼含熱淚，邊說邊哭，同學中也有人開始默默地擦眼淚。劉大志強忍著笑，臉都憋紫了。

女領導率先鼓掌，感動地看著周圍的其他領導，念念有詞道：「真是男子漢，真是好孩子。」

雷鳴般的掌聲爆發了。

劉大志豎起了大拇指。陳小武一甩頭髮，一抹眼淚，一臉的得意。有了陳小武的鋪墊，後面同學的發言都情真意切，句句真心，任何一個故事都帶著《背影》的韻味。

聽著聽著，郝回歸決定下了課就去醫院找爸爸，雖然不知道說什麼，但就是很想見一見。他十分感慨地做了最後的總結：「以前我們說到母子情，更多的是愛，是寬容。而今天我們說到父子情，更多的是隱忍，是理解。如果說懂得了母親的愛，是因為我們感恩，那麼懂得了父親的愛，就是因為學會了成長。謝謝大家，今天的課就到這裡，下課！」

同學們一齊回道：「謝謝老師！」

微笑若有所思。大家開心地走出教室。

女領導走到郝回歸面前，緊緊地握住他的手：「郝老師！充滿真情實感！」「領導啟發得好！如果沒有您的啟發，今天的課肯定不會如此生動。」何世福連忙補充道：「郝老師是我們湘南中學的文科新星！我們希望他能讓湘南中學的文科大放異彩！」郝回歸還沒來得及回味，一抬眼，看見陳桐背著書包站在辦公室門口，他身後站著理科班班主任——數學老師趙老師，趙老師禿頭上僅有的幾根頭髮因為發怒而顫抖著。

做有些事，我不想說理由。如果一定要說，那就是我想自己試著做個選擇。

大家放學往校門口走。劉大志突然「撲哧」一聲笑了出來：「真有你的，演得真好！」陳小武還在自我陶醉：「我也不知道怎麼了，說著說著就覺得是真的。」「呸呸呸，不吉利！趕緊去拍一塊木頭，快啊！」

陳小武特別慌張，一個縱身就跳進灌木叢，趕緊拍了十幾下樹。

「為什麼要拍木頭啊？」

「說了不吉利的話就要拍木頭啊！」

灌木叢裡有什麼聲音。陳小武好奇地扒開灌木叢，露出半截水泥筒，看到一條奄奄一息的小狗。狗媽媽不知道哪裡去了。陳小武朝小狗伸出手。小狗下意識地猛舔他的手。

「你幹嘛？走啊。」

陳小武沒理劉大志，關切地看著小狗：「你媽媽呢？」

劉大志插著兜在一邊看著他，眼角餘光看見陳桐的父母一臉嚴肅地朝教學樓走去。他拍了陳小武一下：「我有種預感，出大事了！」

辦公室內，理科班幾大班主任、郝回歸、陳桐很嚴肅地站著。

何世福不敢相信地推了推自己的眼鏡：「你再說一遍？」

陳桐面無表情地說：「我要轉到文科班。」

所有老師露出難以置信的表情。

趙老師：「陳桐呀，這不是意氣用事的時候，這是你的人生。」

陳桐板著臉說：「這就是我自己選擇的人生。」

何世福看趙老師一說話，陳桐就逆反，趕緊接過話來說：「今天你和趙老師有些不愉快，這事已經過去了。你現在在全年級最好的理科班，教你的大部分老師也都是你姊姊當年的老師。你看你姊，全區理科狀元，考上了清華大學，現在又去香港大學了。你現在也是第一名，還是班長。大家都很看好你。你和你姊一樣，完全有希望考上清華大學啊。」

趙老師完全不顧郝回歸在場的心情說：「就是呀，你說你轉到文科班有什麼前途呢？」

郝回歸實在忍不住了：「話也不能這麼說……」

何世福暗示郝回歸也參與做工作：「郝老師，現在不是顧面子的時候，文科班就是這麼個情況——你要顧全大局！」趙老師根本不理郝回歸：「你數理化那麼好，學文科太浪費了，你有沒有想過？」

郝回歸轉換了思路：「總得問問他為什麼要轉文科吧。」

全場安靜下來，大家都看著陳桐。陳桐的父母正好推門進來。陳桐轉過頭對郝回歸說：「郝老師，明天開始我去文科班上課……」說完轉身就走了。劉大志和陳小武兩個人鬼鬼祟祟地站在外面，互相瞟了一眼。

辦公室裡的人都目瞪口呆。

湘南五中的理科第一名要轉文科，所有老師都覺得天要塌了。

陳桐爸爸：「什麼，轉文科？他肯定是開玩笑的！」

陳桐媽媽：「趙老師，他受什麼刺激了？」

趙老師：「郝回歸，你不能收陳桐。理科第一名絕對不能去文科班！你敢收他，我就跟你拚了！」

郝回歸百口莫辯。

劉大志立刻跑到廣播室，把消息告訴微笑和叮噹。叮噹驚得嘴巴都合不上了。

「真的？」

「剛剛得到的第一手消息——他們現在還在辦公室。我跟你說，趙光頭僅有的幾根頭髮全都豎起來了，還威脅郝老師不許接收陳桐。我從沒見過他那麼生氣，真是過癮。」

叮噹緩過來說：「你的意思是，陳桐明天就會來我們班了？」

「我們年級又沒有第二個文科班。」

叮噹激動起來：「他會跟我們一起上課下課，一起做操嗎？」

劉大志白了叮噹一眼：「還會跟我們一起上廁所……」

微笑很疑惑地說：「他到底為什麼要轉到我們文科班來呀？」

劉大志神祕地說：「據說，他跟數學趙老師幹上了！」

微笑突然笑了起來。劉大志心裡咯噔了一下。

「如果陳桐真的來文科班了，對文科班也好。起碼，文科班不會不受重視了。」

「微笑，你不會也喜歡陳桐吧？」叮噹湊近微笑問。

劉大志的臉都石化了，自己光顧著八卦，居然忘記防範這個了。

「怎麼可能？陳桐是你的。」微笑邊笑邊把點歌的紙條整理好。

劉大志心裡有股氣竄來竄去，這陳桐人還沒來，就已經讓自己心神不寧了。辦公室裡，陳桐父母、何世福、趙老師正在爭論不休。郝回歸坐在一邊，靜靜地看著他們。他從來不知道當年陳桐轉到文科班這件事背後有如此大的爭吵。每個人都對這件事賦予了自己的意義。郝回歸有點兒走神，如果陳桐當年不轉到文科班，是不是就能考上清華大學？如果自己這時阻攔陳桐的話，會不會對陳桐更好？他正想著……

「郝老師。」何世福叫他。

「嗯。」郝回歸回過神來。

「你的意見呢？」

「要不，明天就讓他來文科班……」郝回歸試探性地答了一句。

「去兩天包他後悔！」趙老師冷笑一聲道。

「那就再轉回去唄。」郝回歸心想，只要讓他踏進文科班就肯定回不去了，到時急死你們。

大家也都沉默了。

何世福說道：「是，一味強壓反而讓他更加逆反，不如順其自然。家長也不要太擔心，他肯定是壓力太大了。」

「我們理科班隨時歡迎他回來。」

「那就這樣？」郝回歸準備走了。何世福拉住郝回歸：「郝老師，這件事很重要，我看你也是個很懂教育的人。陳桐明天轉班，務必要做好安撫工作。」

這件事瞬間成了全校討論的話題。大家都想知道到底發生了什麼。

陳桐在家裡打電話：「嗯，我已經決定了。」電話那頭是他的姊姊陳程：「既然決定了，我支持你，要不我幫你再跟爸媽說說？」

「不用，掛了。」陳桐回到飯桌上，「國慶日，姊姊不回來了。」

陳桐媽媽：「還說什麼了？」

「沒了。」

陳桐爸爸板著臉說：「你的選擇決定了你未來的人生。我絕對不允許你這麼草率地做決定。」

陳桐媽媽：「那麼多理科班，你要是不開心，咱們換一個呀。」

陳桐看看他們，不再說話。

第四章

這世界有點兒假，但我莫名愛上它

如果給你一個機會能知道未來所有會發生的事情，你想知道嗎？

破壞感情的往往不是不喜歡，而是有誤會。

上完公開課，郝回歸就像脫了一層皮，此時正靠在宿舍陽台邊，看著一片靜謐的校園。兩個低年級學生正坐在操場台階上彈火柴。兩人站在同一條線上，比誰彈得更遠，燃得更久。看著看著，郝回歸忍不住立刻下樓買了盒火柴，全部倒在手裡，在陽台上一根一根彈起來。點點火光與天邊晚霞遙相呼應。

陳小武很會玩這個，他只用拇指將火柴頭摁在磷面紙上一搓，火柴便會直直飛出。很多人想玩這招，卻大都會燒到自己的手指，只有陳小武特瀟灑，扔火柴像扔暗器。經過這些天的接觸，郝回歸深深覺得陳小武身上有一種純樸和善良，雖然調皮，但也是男孩的天性。只是一想到百日宴上的陳小武，郝回歸又覺得可惜了。

有人敲門。

郝回歸把門打開，Miss Yang 站在門口。

郝回歸狼狽地趕緊轉身：「我穿件衣服！」

Miss Yang 大方地走進來：「恭喜你啊，郝老師，聽說公開課評價特別好，連周校長都知道了。我看最後留任的三位老師裡肯定有你。理科班其他那些本來想看熱鬧的實習老師現在那個醋意噢。來來來，我們大家剛剛包了餃子，就知道你還沒吃。」

郝回歸一邊穿好T恤，一邊回應：「我過關了？」

「何主任在周校長面前把你一頓誇，說他給了一個特好的方向，你也完成得特好。現在文科班那麼缺人，你又被教育局領導記住了，想不留任都難了。」Miss Yang 一邊張望一邊說，然後坐在床上，蹺著腿看電視。郝回歸心裡的半塊石頭落了地。

「郝老師，過來坐呀。你也喜歡看《還珠格格》？我可喜歡趙薇了。我早生幾年，肯定也能當個演員，演不了小燕子，演個金鎖總沒問題吧。」

郝回歸心裡暗笑了一下，當金鎖還真沒那麼容易。誰能想到，二十年之後，低眉順眼的丫鬟會變成「自己就是豪門」的范爺。

郝回歸不敢坐在床上，便在桌子前坐下。

Miss Yang 也走到桌邊，夾了個餃子遞過來：「都是年輕老師包的，你嘗嘗。」

郝回歸張嘴不合適，不張也不合適，只好用手拿過來吃了。

「砰」的一聲，門被推開，體育老師王衛國提著一壺陳醋進來。

「王老師？」郝回歸有點兒意外。王衛國一臉醋意道：「Miss Yang 說給你送餃子，把我們晾在一邊，但是她忘了把醋帶上。」Miss Yang 一臉嫌棄。郝回歸覺得很好笑，自己居然捲進了王衛國和 Miss Yang 的戀情當中。當年大家得知 Miss Yang 要嫁給王衛國時都覺得她把自己糟蹋了。郝回歸也很好奇，王衛國究竟哪一點吸引了 Miss Yang？從現在的情況看，一個五大三粗的體育老師，愛吃醋、小心眼，並沒有什麼男人味……

宿舍裡，三個人一邊吃餃子，一邊看《還珠格格》，甚是尷尬。

王衛國和郝回歸心照不宣，用最快速度把餃子吃完，然後一個說「謝謝」，一個說「我們走了」。王衛國對郝回歸投去感激的一笑。

Miss Yang 悄悄對郝回歸說：「謝謝你噢，還記得我生日。」

「啊？我不知道你生日啊。」

Miss Yang笑著說：「別裝了，你身後的日曆上還畫著圈呢。」

郝回歸回頭看日曆，恍然大悟。周校工畫的圈跟Miss Yang有關？想到周校工說的話、做的事、畫的圈、寫著的「小心」，他愈想愈覺得不對勁兒。Miss Yang還在盯著自己，他只好說：「哦，是的，提前祝你生日快樂。」Miss Yang羞澀一笑。王衛國在走廊上不停地咳嗽。

「Miss Yang，周校工來這個學校多少年了？」

「周校工？我也沒來多久。衛國，你知道嗎？回歸在問呢。」

聽見Miss Yang喊自己衛國，王衛國很開心，又聽見她這麼稱呼郝回歸，臉立刻垮下來：「我在的時候，他就在，老員工了，八、九年吧。」

老員工？

如果給你一個機會能知道未來所有會發生的事情，你想知道嗎？

晚上十點半，郝回歸決定去看望周校工。

郝回歸借了老半天的單車，心裡感嘆還是有共用單車的年代好，一出門到處都是。周校工粉刷教學樓牆壁時從近十米的樓梯上摔下來，手臂和腳粉碎性骨折，所幸已經脫離了生命危險，此刻正躺在監測病房裡昏睡。

郝回歸推開門，走到床邊。

「周校工、周校工。」郝回歸輕輕地叫著。

周校工微微睜開眼睛。

郝回歸大喜道：「周校工，記得我嗎？我是郝回歸，新來的老師，我的日曆就是你送給我的。我想問一下，你為什麼在日曆上畫圈？在你摔傷的那天，你還寫了『小心』。還有，這個月底，你也畫了圈，是不是也會發生什麼事？」

周校工似乎還沒反應過來，一臉茫然。過了幾秒，他似乎理解了郝回歸的意思，點點頭，嗓子有點兒發乾，輕聲說：「我挺小心的，我真的挺小心的。你不要怪我，真的不要怪我。」郝回歸拿起床頭的水杯給他餵了一口水。喝完水，周校工整個人突然很害怕地緊張起來，身上的監測設備也被他掙脫掉。警報響起。

郝回歸手足無措。

「你是誰？來這裡做什麼？」護士和醫生快步跑了進來。

郝回歸急忙解釋道：「我是學校的老師，只是來探望一下周校工，沒想到他突然就這樣了。」

護士很嚴肅地說：「已經過了探視時間。病人粉碎性骨折，你不能影響他的情緒，萬一位置挪動，不能恢復，誰負責？請立刻離開。」

郝回歸看著茫然的周校工，感覺什麼都問不出來。走出病房，他回想著周校工的那幾句話。周校工在防止他自己出事，為什麼怕我怪他呢？還是說這個「你」另有其人？他真的能預測未來？但他是學校的老員工，並非來自未來，又怎麼知道未來會發生什麼？還是說他八、九年前就來了，但一直無法回到自己的世界？想到這兒，郝回歸渾身一個激靈。而且周校工明知道未來會發生什麼，為什麼還是無法避免？郝回歸不禁開始擔心自己：難道我也會重蹈覆轍？

我做了這個決定，所以才能遇見你。所以，我不認為這是一個壞決定。

理科（一）班教室裡人頭攢動，大家都從門和窗戶裡伸出頭來朝外看。

陳桐單手拎著書包，頭也不回地經過理科（一）班門口，正準備走進文科（一）班。

有人伸手攔住他。

「你幹嘛？」陳桐冷漠地說。

「你真的轉文科了？」鄭偉不敢相信地問道。

陳桐點點頭：「以後理科年級第一是你的了。」說完，他徑直走進文科班，留下鄭偉一個人五味雜陳。沒想到自己和陳桐競爭這麼多年，最後居然以這樣的方式得到第一名，他很不服氣。

喧鬧的文科班教室裡突然鴉雀無聲。

劉大志身邊有個空位。陳桐掃了一眼，走過去坐下。

劉大志嫌棄道：「你幹嘛？」

陳桐也不作聲，打開書包，拿出全新的課本。

叮噹等女生的表情全凝固了：「陳桐真的來了，天哪！」

趙老師的數學課上，發上次考試的試卷。叮噹得了九十分，抿著嘴在笑；劉大志得了六十分，一副幸好幸好的表情。

趙老師發飆道：「如果不是微笑考了一百二十分，我還以為你們文科班卷子的總分是一百分呢。理科班有人考了一百四十五分，你們知不知道？」

劉大志低聲道：「哇，誰考了一百四十五分？」

「陳桐。」趙老師面無表情地說，顯然還在生陳桐的氣。

劉大志瞟了陳桐一眼，嘴裡嘟囔道：「怎麼能考一百四十五分呢？」陳桐看著自己的試卷：「選擇題少做一道就是了。」劉大志覺得跟陳桐聊天是在刷新被侮辱的人生新高度。自從陳桐轉到文科班，文科班女生的話題就天天是他。放學之後，叮噹還要和微笑聊陳桐。劉大志和陳小武都快被煩死了。英文課上，Miss Yang 和陳桐對唱英文歌。操場上，陳桐大灌籃，馮美麗被驚豔得要哭。其他課上也一樣，回答問題的不是微笑，就是陳桐，兩個人還時不時地很有默契地相視一笑。

「陳桐，後悔來文科班嗎？」發作業時，微笑問。

「比理科班有趣，那邊太無聊了。」

「等下次月考，你考第二名，就不會覺得有趣了吧？」微笑笑道。

「那就更有趣了吧。」陳桐雲淡風輕地說。

「算了，你還是手下留情吧。」微笑說完回到自己的座位上。

每每看到這種場景，劉大志就跟吃了蒼蠅一樣，表情扭曲地說：「你說這個人怎麼長得這麼不順眼？」陳小武在給撿來的那條小狗餵牛奶，有一句沒一句地搭話：「沒有吧？你是不是斜視啊，大家不是都覺得陳桐長得挺好的嗎？」劉大志學著陳桐，面無表情地說：「你考六十分是因為你只能考六十分，我考一百五十分是因為只有一百五十分……內心要多狠毒，才能說出這種話？你說！」陳小武抬頭道：「人家說的好像也有道理，要是有兩百分，你還是六十分，他肯定能考兩百分。」

「滾滾滾！」

「班上來了個這樣的人，只會影響第一名。我們這種倒數的，位置永遠不會被動搖，你就別往心裡去了。」

劉大志被噎住了。

陳小武非常寵溺地抱起小狗：「你叫什麼名字呢？」

「木桶！」

「啊？」

「就叫木桶好了！」

「為什麼要叫木桶啊？」

「陳木同！懂嗎？」

教室裡。

「怎麼？突然對郝老師沒興趣了？」微笑調侃道。

叮噹有種被拆穿的窘迫：「哪有，郝老師神聖不可動搖。哎，但是你不覺得陳桐特別完美嗎？家境好，成績第一，長得帥，性格穩重，關鍵是，勇敢對抗惡勢力，選擇自己的理想。如果我也能像他一樣就好了。」

「你當然能像他一樣。」

「不是每個人想幹嘛就能幹嘛吧，也要看自己有沒有這個底氣。」

「不過，陳桐一貫看不上文科班，突然非要轉過來，到底是真喜歡文科，還是因為什麼別的？」

「不會是暗戀我，然後轉來的吧？」

「我看你倆挺配。」微笑笑著道。

「真的啊，我也覺得。但是，我還是覺得你倆比較般配。」

「行了行了，我還沒到恨嫁的地步。」

叮噹相當開心地說：「要不，今天廣播節目裡，我以咱們班女生集體的名義給陳桐點首歌吧。

一方面顯得文科班女生善解人意，另一方面也讓他感受一下我們的溫暖。」

當廣播站播到「高三文科班全體女生為轉班的男同學點播一首《偏偏喜歡你》」時，劉大志憤憤不平地說：「憑什麼全體女生給陳桐點歌？陳小武，你也去點歌，送他一首《祝你一路順風》。」

陳小武放下手中幾個月大的木桶，疑惑地看著劉大志：「為什麼你總是和陳桐過不去？他和我們本來就是不一樣的人。」

這個問題把劉大志問住了。

是啊。他本來就和我們不一樣，我有什麼可憤憤不平的呢？

他成績好，我成績不好。

他家境好，我家境一般。

很多人喜歡他，沒什麼人喜歡我。

他高，我不高。

我什麼都和他不同，為什麼要跟他比呢？

這種沒由來的比較，是不是我想太多？

還是因為我覺得微笑對陳桐有好感……

他想起郝回歸曾問他：「是不是因為哪兒哪兒都比不上陳桐這樣的人，所以才去玩電動遊戲，找到一些成就感和存在感？」

他整個人突然蔫兒下來，頭也不回地往前走。陳小武緊跟在後面急切地問：「大志，木桶我們就養下來吧。牠也找不到媽媽，我家肯定不讓我養，養你家可以嗎？」劉大志頭也不回地說：「不行，我早就想養狗了，但我爸吃狗肉！」

「那怎麼辦？」

「找個廢棄的教室，給牠安個窩，每天來看牠好了。」劉大志突然站住，回頭問陳小武，「小武，你覺得我有什麼優點嗎？」

「啊？」這個問題嚇到陳小武了。

「沒有是嗎？我知道了。」劉大志繼續往前走。

陳小武一看不好，急追上去：「聰明，有意思，夠朋友。」

「那我能超過陳桐嗎？」

「能！」陳小武硬著頭皮說。

「哪裡能？」

「哪裡都能！」

劉大志很誠懇地看著小武：「我去找郝老師，我也想努力了！你要不要一起？」

「啊？我不要了，我還要趕到菜市場幫家裡收豆芽攤。」

劉大志朝郝回歸宿舍走去。他要找郝回歸，告訴他，自己真的願意好好改變，體會一下被人在廣播裡送歌的感覺。

我很想改變自己，你能幫幫我嗎？

郝回歸剛從辦公室出來，就看到何世福迎面走過來。

「郝老師！」

「何主任好。」

何世福親昵地摟住郝回歸的肩膀：「郝老師，來來來，過來聊兩句。」他特別神祕地拉著郝回歸走到走廊拐角。郝回歸心裡沒底。

「何主任，有什麼事您就說。」

「陳桐在文科班一切都好嗎？」

「挺好的呀。」

「我知道你帶文科班不容易。陳桐是好苗子，肯定能考上重點大學給文科班爭口氣。」

「是。」郝回歸點頭道。

「他現在跟誰坐？」

「劉大志呀！」

何世福一臉不敢相信地說：「他怎麼能跟劉大志坐呢？劉大志成績那麼差。再說了，其他同學也很需要陳桐同學的說明。」

郝回歸不懂地問：「其他同學？」

「比如馮美麗，她媽媽主動提出讓馮美麗跟陳桐同學做同桌。她媽是教育局的會計。」

「會計和換同桌有什麼關係？」

「教育局每個科室最後都找會計領賬。她隨便說兩句，只有好處沒壞處。」

「換同桌？」

「對呀！」

郝回歸一拍腦門道：「我怎麼就沒想到呢！」如果能讓劉大志和微笑做同桌，自然就能促進他們的關係了。何況有了何主任的建議，這件事就順理成章了。想到這兒，郝回歸好羨慕劉大志能遇見自己。和微笑做同桌，可是自己做了好多年的白日夢啊！

想要變好的劉大志主動來到郝回歸的宿舍。
「誰啊？」
「是我，劉大志。」
郝回歸起身開門前從錢包裡拿出一樣東西，然後扔到門附近。劉大志站在門口，一臉大義凜然。
「怎麼？你媽又打你了？」
「不是。郝老師，我想變得更好。」
「啊？」
「郝老師，你說得沒錯，我也想變成一個更好的人。你告訴我，我該怎麼辦？」
「你到底是想成為更好的自己，還是想被微笑看得起？這是兩個問題。」
「我……我覺得這是一個問題！」劉大志挺起胸膛。
「……行，你還記得上次答應我，接下來幾個月，不管我要你做什麼，你都會認真去完成，對吧？」
「對！你快交給我任務吧。我憋不住了。」劉大志特著急地說。
郝回歸隨手給他後腦勺一下：「改變人生靠的是毅力、堅持、信念和準備！你以為是上廁所拉屎啊！還憋不住了！」劉大志嘿嘿一笑：「及時吸收對自己好的營養，及時排出對身體沒有意義的部分，人生才能茁壯成長嘛。」「好，如果你準備好了，明天我就調你去跟微笑做同桌。」
劉大志呆了。跟微笑做同桌？這不是自己朝思暮想的事嗎？天哪，蒼天有眼，居然實現了這個願望。
「郝老師，我、我……」

「微笑是班長，自律性很強，跟她做同桌能讓你變得更有自律性。多跟她學習，讓她成為你成長道路上的榜樣。我看你現在跟陳桐互相交流的也不多。」

「可、可是……」

「你不是要變好嗎？那就從換座位開始。」

劉大志的臉通紅，「哦」了一聲，趕緊轉身要走。

「還有，」郝回歸叫住他，「陳小武是不是養了一條狗？」

劉大志點點頭。

「千萬記住，沒事兒別去逗狗，小心被咬，咬了記得要打狂犬疫苗。」

劉大志雖然不明白郝回歸怎麼突然說這個，但也點頭說好，然後開了門就要走。

「大志，那是你掉的東西嗎？」

「啊？」劉大志回頭往地上一看，發現一張照片，撿起來說，「咦，這個人是誰？」

「呀，這是我的，怎麼掉地上了？快拿給我。」

「這是？咦，郝老師，這是你女朋友嗎？好像微笑啊，就是年紀稍微大了一點兒，成熟一些。」

劉大志很好奇地說。郝回歸把照片放進了錢包夾層：「行了，你先走吧。」

「郝老師，沒想到你女朋友這麼好看。」

「你啥意思？」

「不不不，我只是有點兒激動。」

「行了，趕緊把你自己的事處理好。」

劉大志出門後，郝回歸心裡有點兒內疚：「對不起啊，劉大志，為了讓微笑不再誤會我，只能把你當槍使了。」劉大志下樓後，心潮澎湃，一方面他終於要跟微笑做同桌了，另一方面他要趕緊告訴微笑他們，他看到了郝老師女朋友的照片，長得好像微笑噢。

劉大志畢竟只有十七歲。

當我不再固執於我，而是站在更高的角度看待自己時，才能真正看到更真實的自己。

一整個晚上，劉大志輾轉反側，無法入睡，就像小時候要郊遊的前夜。

第二天，郝回歸選了五、六對同學換座位，說是「一幫一，一對紅」，一個成績好的同學幫助一個成績差的同學。聽說自己和陳桐做同桌，馮美麗喜上眉梢。叮噹很不開心，嘟囔道：「我成績比馮美麗還要差……」

劉大志被分到和微笑做同桌，整個人提心吊膽。跟喜歡的人坐在一起，臉上卻要裝出一副被迫的、不情願的樣子，這也許是每個人中學時代的心情吧。劉大志抱著書包，在同學的注視下滿心忐忑，慢慢地走過去。滿心的慌張，卻又佯裝著昂首挺胸。他雖然沒有去過月球，但此刻覺得自己就是在登月，四周空氣稀薄，誰也不知道月球上會有什麼怪獸。在地球上望了十幾年的月亮，終於要揭曉真面目了。之前微笑對郝回歸頗為冷淡，不過聽說郝老師真的有女朋友，而且真的很像自己之後，她也覺得很不好意思。郝老師並不是酒後失態，而是酒後真言。這麼看來，是自己誤會他了。

微笑主動舉手道：「郝老師，如果劉大志死性不改怎麼辦？」

「劉大志交給你了，想怎麼幫助都行。」

班上的男同學發出一陣噓聲。劉大志的臉一陣紅一陣白。微笑看著劉大志，半開玩笑半認真地說：「大志，跟我做同桌可是要先說好了，任何影響我學習的舉動，我都不會放過你。」

「你放心，如果我不努力學習，我就不是人！」

劉大志把書包放在桌子上，偷偷從裡面掏出一條「娃哈哈AD鈣奶」，趁其他人不注意，扎開一瓶遞給微笑，諂媚地說：「以後請多關照。」

「我會關照你的，但今天這個奶就不喝了。我早上起來就胃痛，犯噁心。」劉大志趕緊說：「難怪我一早就覺得你很噁心。」說完之後，發現自己口誤，臉漲得通紅，「我不是那個意思……」

「起立。」微笑沒理會他，直接站起來喊道。

劉大志拿出新鋼筆、新圓珠筆、新鉛筆、新文具盒、新課程表、新圓規、新尺子，一切都是嶄新的。他很認真地聽課，但感覺自己「怦怦」的心跳聲大得都快讓整個教室的地板產生共振了。他擔心自己的側臉不夠好看，便悄悄把臉轉了三十度，斜著眼睛看黑板。這是他照鏡子時覺得自己最帥、最瀟灑的角度。

微笑看了他一眼：「你斜視？」

劉大志趕緊把臉轉正。離微笑這麼近，她的每一根頭髮他都看得清。他根本無法徹底放鬆緊張的情緒。老師在講台上講兩個公式時，他發現微笑馬尾辮上的橡皮筋繞了三圈；老師講解完上次考試的一道選擇題時，他發現微笑的左臂上有顆小小的痣；老師讓大家自己預習下個章節時，他發現微笑寫字的時候，食指很用力。

劉大志發現自己根本沒聽老師在說什麼。這樣下去可不行！要集中精力！集中精力！原來，微笑思考問題的時候，嘴唇會微微歪一些……他在心裡都快給自己跪下來了。原來和自己喜歡的人靠這麼近，自己會變成一台影印機，把所有的細節一一複印在自己的記憶裡。劉大志無法控制自己，似乎這是他和微笑坐在一起就自動運行的程式，他只能放任自己把所有能觀察到的部分像背書一樣，背得扎扎實實的。突然，微笑轉過頭，兩人目光直直地撞到一起。劉大志心慌意亂，趕緊把注意力集中在課本上，不敢再看微笑。他在心裡告訴自己，就算以後再也不能做同桌，微笑的這些細節自己也可以記一輩子，此時真的要好好聽課了。

郝回歸站在教室後面，看著劉大志和微笑做同桌，嘴角不自覺地揚了起來。能幫過去的自己實現一直以來的夢想是一件多美好的事情啊！

第一天、第二天，劉大志心猿意馬。第三天、第四天，劉大志很想為了微笑表現出一個認真的自己，於是每天都保持著極其認真的狀態。老師們從未見過這麼認真的劉大志。

「劉大志，看你的表情，有不明白的嗎？」

劉大志沒想到老師會叫自己的名字，自己明白嗎？當然不明白。哪裡不明白？其實哪裡都不明白。為什麼上課那麼認真還不明白？那只是想做出點兒努力的樣子給微笑看看。

「那你哪裡不明白？」老師關切地問。

劉大志一下愣住了，這問題對他有點兒難。別人不明白是不明白某個細節，所以只要說具體的就行。而他是什麼都不明白，所以都不知如何描述。他完全不能準確表述自己的疑惑。

「有些地方不明白。」他硬著頭皮回答。

「那是哪些地方不明白？」

「一開始那裡。」

「一開始？這道題我們用了五個公式、五個步驟，你說的是第一個公式嗎？」

「對！」

「那我們重新講講第一個公式。之後的呢？」

「嗯……還行。」

微笑看了他一眼。劉大志趕緊對老師說：「第三個公式那兒……」

「這樣吧，你把第一個公式解釋一下。」

劉大志顫抖地站起來。自從和微笑做同桌後，同學們都覺得劉大志華麗變身了。今天老師點到了他，大家都期待著他的蛻變。

「我……我不懂……」

班上其他同學狂笑了起來。後排的石頭大聲地說：「不懂還裝懂，明明該坐最後一排，非要和人家坐一起，丟臉。」

劉大志滿頭是汗。

課後，陳小武溜達過來。

「大志，想回後排坐嗎？在老師眼皮底下很痛苦吧？」

「不，我感覺到一種前所未有的力量，你看我的筆記！」劉大志翻開筆記本，上面密密麻麻的都是課上的內容。

「哇，那麼厲害，搞得我都想讀書了。」陳小武翻了兩頁，發現都看不懂。

「劉大志，這個題目你用什麼公式解答？」微笑指著一道題問。

「嗯，這個，呃，我想想，可能，我覺得……」劉大志好尷尬。

「光背，光記，如果不理解是沒有用的，而且你抄的這幾個答案是上一章大題的答案，你抄錯地方了。」微笑很無奈地看著劉大志。陳小武在旁邊偷笑。

被拆穿的劉大志就像潰散的軍隊，趴在座位上，如一攤水，陷入了深深的無助中。以前聽不懂就不聽，劉大志自有自己的生存空間和開心模式，而現在他每天都試圖認真去改變自己時，卻發現這是個完全不能理解的世界。因為基礎太差，所以無論現在如何認真，都聽不懂老師講的內容。又因為說不出具體哪裡不懂，所以害怕被人知道他哪裡都不懂。劉大志迅速從一個會說自己不懂的人，變成一個不懂但不想讓別人知道他不懂的人。之後的幾天，劉大志慢慢恢復到換座位之前的狀態。雖然每次快要走神、放空、聽不懂的時候，他仍在心裡告誡自己，這一次必須表現出一個不一樣的自己，絕不能再讓微笑瞧不起，要成為一個……他還沒想清楚自己要努力成為一個什麼樣的人時，睏意便如潮水般襲來。

「如果現在能睡五分鐘，只睡五分鐘，你讓我幹嘛都行……」劉大志雙眼閉上，準備休息一下。突然，右臂傳來一陣鑽心的痛。

「啊！」劉大志跳起來。全班都看著他。微笑把手裡的圓規放下來，當作什麼事都沒有發生過一樣。

「劉大志！睡覺就睡覺！鬼哭狼嚎是想幹嘛？」剛剛進來的政治老師質問道。

「不好意思，做了個噩夢。」劉大志連忙道歉，滿頭是汗地坐下，他紅著眼，壓低聲音對微笑說：「為什麼要扎我……」

「你打呼影響到我了。」微笑繼續看書，沒有看他。

劉大志完全清醒過來，趕緊翻開書，加入聽課的行列。老師問了個問題，全班只有陳桐一個人答出來了。微笑扭過頭看陳桐，眼裡都是讚許。劉大志心裡很不是滋味。

下課前，老師布置作業。

「劉大志，你不記怎麼知道今天有什麼作業？」微笑問劉大志。

「我……」劉大志不能說自己的作業都是抄的，只得拿出紙筆。

最後一節自習課時，劉大志帶著從音像店借來的順子、劉德華、周華健的新專輯，把歌詞翻開，準備好好聽聽。微笑直接把劉大志的耳塞拔了，將隨身聽放進自己的抽屜。

「我怎麼了？」

「自習課是讓你把今天的作業給做完的。」

「那晚上回家做什麼？」

「晚上回家複習。」

「我不知道複習什麼……」

微笑直接扔給他一本習題：「這個。」

起初，劉大志還覺得微笑是在幫自己，可慢慢地，他覺得微笑對自己是滿滿的鄙視和瞧不起。放學後，他去找陳小武抱怨：「從來沒想過微笑原來是這樣的人——凶、專制，以為自己都是對的，不聽她話的人似乎都是她的敵人。」陳小武無所謂地說：「那就跟老師說不要跟她坐一起就好囉。反正現在是你對她的印象不好，再這樣下去，她對你的印象也會變差。等到你們彼此討厭，朋友都沒得做。」

劉大志點點頭，表示十分認同。郝回歸還在得意自己的安排，等著劉大志來跟自己說謝謝。當他聽到劉大志說自己很討厭微笑時，恨不得一個巴掌把劉大志打出辦公室。郝回歸心裡火急火燎的。

「劉大志，你跟我說清楚，你討厭微笑？」

「非常討厭。一個女孩怎麼能那麼蠻橫！」

「劉大志，你想跟微笑做同桌很久了吧？你別跟我說沒有。」

劉大志覺得跟郝回歸沒什麼好隱瞞的。

「是，但我沒想到她是這樣的人。」

「說來聽聽，你覺得她的哪些要求不對，為什麼不對。」

「那……她的要求……」劉大志想了想，好像微笑的要求也沒什麼不對，只是自己做不到而已。

劉大志不說話了。

「不是人家要求不對，而是你做不到，對嗎？關鍵是你知道你不行，你還放棄，那就是真的承認自己不行了。」

「不承認不行啊，這樣太難受了。」劉大志整個人蔫兒了。

郝回歸看著眼前的劉大志，滿心感慨，這不就是自己嗎？覺得麻煩就順其自然；覺得不行，那就這樣吧。自己的人生就這麼一步一步愈陷愈深，最終無法自拔。

「沒錯。你其實根本就不知道自己應該從哪裡開始努力，你只是怕繼續和微笑做同桌，她會愈來愈討厭你。你根本就沒考慮過到底要怎樣去學習，你只是想假裝學習一下最好騙過大家。你現在終於發現自己差勁兒了，是嗎？你以為你逃避了，大家就不知道你很糟糕了？你以為你重新坐回後排，其他人就不會諷刺你了？他們只會覺得果然沒有看錯，他們閉嘴只是因為他們發現你連被討論的必要都沒有了！明白嗎？你所有的偽裝都是想逃避，你所有的逃避都是因為自卑，而你的自卑讓你想保全沒有任何意義的『面子』。你就跟個縮頭烏龜一樣，從來沒有真正活出過自己的樣子！」

郝回歸一口氣說出這些把劉大志嚇得夠嗆。這是郝回歸想告訴他的話，也是說給自己聽的話。

劉大志沒想到郝老師會對自己說這些，是吃了炸藥嗎？郝回歸罵完後，整個空氣也安靜下來。劉大志大氣不敢出，憋著氣站著，害怕郝回歸再次爆發。剛剛郝老師說的那些話一直在他的腦子裡打著轉。從來沒有人跟他說過這些，雖然很難聽，但這好像正是他的心理。自己不是不想學習，是真的不會。經過那麼多年的挫敗，劉大志告訴自己讀書不是自己擅長的，他也跟不上別人的節奏，考試絕對考不了前幾名，既然如此，為何還要在學習上浪費自己的時間呢？不如乾脆逃避。他不是因為喜歡玩遊戲所以成績不好，而是因為成績不好才選擇去玩遊戲，以找到一點兒成就感和存在感。但這些他都沒有辦法跟任何人說，說了別人也不懂，不懂還會罵他狡辯。劉大志多希望能找到一個朋友，跟他說說心裡話。他現在唯一的好朋友是陳小武，但小武連他自己都沒搞明白，更不會明白自己的心情。

郝回歸罵完劉大志，心裡也很不是滋味。這是劉大志的錯嗎？難道三十六歲的自己就沒有這樣的問題嗎？所有人覺得大學老師的工作好，所以他也失去了辭職的勇氣。大家都覺得他這個年紀一定要結婚，所以他也被迫去相親很多次，不是自己真的想要解決人生問題，而是覺得拒絕別人太麻煩，那就給熟人一個面子。而此刻，他站在劉大志面前義憤填膺，自己的立場又是什麼呢？

「郝老師……」劉大志打破了辦公室裡奇妙的安靜。

郝回歸回過頭看站在面前的劉大志。他低著頭，好像有話想說。可說了三個字之後，劉大志又沉默了，過了一會兒，他重重地吸了一口氣，決定跟郝回歸說出自己的心裡話。

「郝老師，沒有和微笑成為同桌之前，微笑不知道我是什麼樣的。成為同桌之後，我很努力，我也很想認真聽課，也很想跟上大家的步調，但是我就是學不會。現在的我，不努力不行，她討厭不努力的人。我努力了也不行，我根本學不會。所以我只能假裝出一副大家看起來我很努力的樣子，其實我也很討厭這種努力了也不行的自己……我也不知道為什麼，那些對別人很簡單的問題，對我來說就那麼難。郝老師你說我很聰明，只要把打電子遊戲一半的聰明放到學習上就可以，但是我嘗試了，真的不行。我努力了那麼久，連陳桐一根小指頭都夠不上，與其被自己和別人瞧不起，還不如睡覺、不如聽歌。我如果再這樣下去，真努力了還是差很多，她肯定覺得我真的就是個傻子。而現在我自己就覺得自己是個傻子，但是我不想讓她也發現。其實，我也很討厭這樣的自己……」

辦公室裡只有時鐘「滴答」走動的聲音。

劉大志說這些的時候，郝回歸的內心是極其感動的。這些話都是自己想了很多年，卻從未說出口的話。郝回歸沒有想到，這些自己從不敢跟任何人提起的話，劉大志竟全都告訴了他。他當然知道劉大志說出這些需要多大的勇氣。他突然能理解為什麼有人說讀大學也沒用，也許他真的不行，但更重要的是沒有人告訴他怎樣才行。他們不是厭學，只是討厭上學的自己，所以才想趕緊進入社會去證明給別人看——自己是可以的。劉大志也一樣。他能在電子格鬥遊戲中找到價值，也許就是令他最開心的事。

郝回歸從凳子上站起來，朝劉大志走過去。劉大志有些害怕，沒想到的是郝回歸走過去一把摟住了他。看著眼前這個失去鬥志、徹底承認自己不行的劉大志，在沒有人給他勇氣的時候，自己能做的也只有這個了。劉大志被郝回歸這麼用力一摟，眼淚嘩地就出來了。他不喜歡哭，他是一個用傻笑、用賤賤的笑、用壞笑、用自嘲去解決問題的人。但今天，他哭了出來。郝回歸感覺劉大志正盡力不哭出聲，可他全身都在顫抖。他理解劉大志的難堪、無奈與洩氣，他理解劉大志心裡那種無論如何拚命也不行的感覺……自己摟著的正是曾經活得艱難的自己啊！

有人說十七歲的時候既放肆又恣意，既自由又無慮。十七歲的少年哪有什麼憂慮，稍有感慨，也被諷刺為「為賦新詞強說愁」，庸人自擾。這些說法都是那些從靈魂到肉體都麻木的人的總結，他們早就丟掉了自己的感受。郝回歸慶幸因為自己的出現，讓劉大志有了安全感，能說出這些話。敢說出心裡話的人，都是強大的；敢暴露自己缺點的人，都是強大的。他們不怕被傷害，不怕別人瞧不起。他想起曾經的自己，身邊沒有一個能信任的人，所有的話都埋在心裡，沒有人能分享，久了爛了，運氣好的成了肥料，運氣不好的便汙染了此後的整個人生。在那些找不到一個可以信得過的人的日子裡，每過一天都是一種困苦和折磨。

郝回歸把長凳拖過來，讓劉大志坐下，自己坐在他旁邊。

「大志，你想過沒有，如果你一直逃，這輩子你可能再也沒有機會翻身。起碼你要試試看。你連面對失敗的勇氣都沒有，怎麼配喜歡一個人？」

「可是，我覺得自己已經足夠努力了……」

「你看，你從小學便開始玩遊戲，到今天也將近十年了。十年，你敗了多少次，又嘗試了多少次。現在你才不過努力了一週。」

劉大志不吭聲。

「還有，不要和陳桐比，也不要在意微笑對你的態度。正是因為你沒有自我，所以別人的任何一點兒舉動都能夠影響你。你首先要讓一個強大的自我住在自己的心裡。」

「可我要怎樣才能讓強大的自我住在心裡？」

「你不能再逃避了，知道自己的缺點就去克服，找到自信才能讓真正的你露出原本的面貌。一個有自我的人，才不會被人影響。陳桐或者微笑都不是你逃避真正自己的原因。」說完，郝回歸站起來拍了拍劉大志的肩，然後離開了辦公室。他不敢去看劉大志的眼睛。其實，很多道理，根本就不是年紀愈大，懂得愈多，只要事情發生得恰是時候，三十六歲和十七歲時懂的都一樣。

天空烏雲密布，空氣中瀰漫著雨水的味道。

郝回歸格外喜歡這樣的天氣，好像任何情緒在這種天氣中都能維持它本來的樣子。湘南是一座山城，在烏雲襯托下，滿眼的綠色更濃了。灰色的天邊都散發著烏青的光芒。

當郝回歸再回到辦公室時，劉大志已經平靜下來。

「回去吧，你要想一想再告訴我。如果想徹底放棄，我會幫你把座位換回去。」

「嗯。」劉大志耷拉著腦袋準備離開。

「對了。你最近沒被狗咬吧？」

「我現在這個樣子，沒咬狗就不錯了……」劉大志擠出一個苦笑。

每個人的人生困境都是由一個本質問題所引發的。

一連三天，劉大志都沒有來找郝回歸。

郝回歸又不方便繼續找劉大志。這段時間，劉大志必須靠自己扛過去，這樣才能成長。於是乎，這些天，對於郝回歸來說也是煎熬。課堂上，劉大志依然抓耳撓腮，面對難題齜牙咧嘴，特別像拿到核桃又打不開的猴子。

這天下課，劉大志突然衝進辦公室：「郝老師！」

郝回歸一驚，肯定出事了。

「你還記得前幾天你讓我不要逗狗嗎？今天上學時，陳小武幫我給狗餵吃的，結果他的手指都被咬出血了。哈哈哈哈，笑死我了。」

郝回歸本來還在擔心劉大志的心情，一看到他這麼歡脫，也就放了一半的心。當他聽到原來自己可以利用已知的資訊改變未來時，心裡湧起一股激動，他並不會重蹈周校工的覆轍。這時，陳桐也從門外進了辦公室，給郝回歸遞上一張紙。劉大志瞄了一眼，是一份保證書。保證書大概的意思是如果陳桐接下來所有考試排名不是第一，就轉回理科班。

保證是第一……真是好大的口氣。

郝回歸看了看，說道：「把『保證第一』改成『不低於六百三十分』吧。我不知道你為什麼突然要學文科，但我不希望這是你逃避的途徑。以你的成績，在文科班考第一太簡單了。你必須保證每次考試總分都在六百三十分之上，不然就是文科班害了你。我負不起這個責任。」

陳桐想都沒想就點點頭。

「你的山地車[9]是新的吧，最好別停在校門口的單車棚裡。雖然麻煩點兒，但停在校內車棚比較好。」劉大志一聽這個就來勁兒了：「真的，你一定要相信郝老師，他可神了。」

陳桐又點了一下頭，然後走了出去。劉大志熱臉貼冷屁股，一臉的尷尬。

「人家陳桐想考第一就是第一，你啥感覺？」

「那陳小武還不是想倒數第一就倒數第一。」

「你忘記微笑怎麼說你的了？認真點兒。」

劉大志不說話了。

郝回歸想了想：「這樣吧，你把不開心的原因全都寫下來。」

劉大志沒理解郝回歸的意思。郝回歸把一張白紙放在桌子上，對劉大志說：「來，今天我們把關係釐清。你討厭微笑，是因為你和她坐在一起不開心。你不開心是因為你做不到她的要求。你明明做不到對方的要求，為什麼卻得出了一個討厭對方的結論？」

劉大志一愣。

「你要正視這一切，好好想想，你現在的人生中，到底有哪些事讓你不開心。只有明白了本質

編註9　適用於山地、非一般公路上騎乘的自行車，又稱登山車、山地單車。

原因，才能解決問題。」

劉大志揉了揉眼睛，拿起筆，折騰了十幾分鐘，終於寫完了。

女同學大都不喜歡我。

我沒有零花錢。

我媽不喜歡我。

老師不喜歡我。

男同學大都不怎麼搭理我。

我沒有好看的運動服。

郝回歸看了一眼答案，當年正是這六個問題深深地困擾著自己。

於是郝回歸一邊在白紙上畫一邊說：「女同學不喜歡你，是因為連男同學都不搭理你，她們是被影響的。男同學不喜歡你是因為你沒有和他們一樣的運動服、漫畫等，所以很難有共同的話題。你沒有這些又是因為你沒有零花錢。你沒有零花錢是因為你媽不在乎你。而你媽不在乎你，是因為每次開家長會，老師都覺得你沒有什麼前途，好像都不喜歡你。你發現了嗎？你這六個問題是相互影響的，而最主要的問題是老師不喜歡你。正是因為這個問題，而引發了後面一系列的問題，造成了今天困擾你的局面。」

郝回歸在「老師不喜歡我」後面畫了一個大大的問號。

「你想過嗎？為什麼老師不喜歡你？」

「因為我成績不好。」

「沒錯。但是你看看，在你的人生困惑中，完全沒有成績不好這個原因。你把所有的時間都花費在解決這六個困惑上，而這六個困惑根本就不是造成你人生困境的本質原因，學習不好才是。你不想和微笑坐在一起，是因為你成績不好，你覺得你學不會。你不喜歡和陳桐比較，是因為你成績太差。你所有的不開心，都來源於此。其實人生哪有那麼多問題。老天啊，對每個人都一視同仁。只不過有些人對自己更在意，早早就解決了人生難題；有些人放任不理，於是一個問題衍生出另一個問題，漸漸地，被愈來愈多的問題給包裹住，他們又被這些問題擊垮，再也找不出真正的問題是哪一個。看似複雜的人生困境，其實都由一個本質問題引起的。你的本質問題是成績不好，而你自己卻沒有意識到，反而花了大量時間浪費在解決別的問題上。」劉大志呆呆地看著郝回歸，好像他說出了一件特別了不得的事情，也就是一瞬間，他長久昏暗迷茫的人生突然投射進了一絲光亮。

「你改變不了你的出生，改變不了你的長相，但是這些跟你快樂不快樂沒關係。你可以改變的是你的成績。學習真有那麼難？」

「是很難……」劉大志小聲地說。

「你覺得一件事難是因為你從不覺得它對你有多重要，你覺得不值得。當你知道它足以擊垮你的人生時，你再看看它難不難。如果你真的盡力了，成績也上不去，你也能做別的。一個拚盡全力的人能做成很多事。但首先你起碼要證明你能為一件事拚命。」

「我……」

「我相信你可以做到的。」

「郝老師，你怎麼知道……」

「因為我十七歲的時候跟你一樣，我也想不通，也不敢面對。」

「真的？」

「不止你一個人這麼想。每個人生來都不會是陳桐，這個世界有第一就有倒數第一。你覺得陳小武會有出息嗎？」劉大志想了想，不知道怎麼回答這個問題。

「賣豆芽？能有什麼出息嗎？」

「我告訴你，陳小武雖然是倒數第一，但是他很清楚自己要做什麼，要成為什麼樣的人。他知道自己不是學習的料，所以能把注意力集中在別的方面，未來他也會成功的。」

「郝老師，你怎麼知道？」

「你相信我，郝老師看人很準的。而你也一定能學好的，你也要相信我。」郝回歸很肯定地說。

劉大志點點頭。

「你還要不要我給你換座位？」

劉大志想了想：「等我成績好了再換。」

「好！」

郝回歸拿了套數學習題給他：「你的數學很差，所以只要有提高就很明顯。」

「嗯……趙老師說的那些，東扯西扯，都不知道扯到哪兒去了。」

「下週開始，數學課會從高一知識開始複習。之前你沒聽，現在你就按照這個習題集把每個小節的所有題目都做完。以高三的智商學高一的知識，不難吧？」

劉大志想了想：「不難。」

「那就好好弄吧。」

下午第二節課後，一群女同學從教學樓跑出來，往校門口的傳達室跑去。郝回歸站在辦公室的窗邊，何世福端了杯茶站在他身後：「這些女孩子噢，交筆友都交瘋了，也不知對方是人是鬼，什麼話都寫在信裡。我那個女兒也這樣，跟我不說的話，全跟陌生人說了。你看這是什麼事。」

理科（三）班的李冒芽一馬當先，興奮地拿著信從傳達室跑出來。

「三毛的愛？叮噹，這是你的信吧？」生活委員大喊著。

「對對對，我就是，快給我，快給我。」叮噹很興奮地說。

這是叮噹收到的第一封信。

她最喜歡聽的電台節目是《午夜舊時光》。前幾天，叮噹給電台打電話，說自己想交個朋友。主持人問叮噹是否願意別的聽眾給她寫信，於是她留了學校的地址。當時三毛的作品剛好很流行，所以她就給自己取了「三毛的愛」這個筆名。

大家都圍過來，想看看是誰給叮噹寄來的信。

「呀，你們別看了，怪不好意思的。」

叮噹想獨自分享這份喜悅，但這封信很奇怪，上面沒有地址。她低下頭，小心地拆開。叮噹獨自看信，但又覺得周圍太吵，有點兒對不起這封信的神聖感，於是跟微笑打了個招呼後，跑到操場上。操場上很安靜，零星的幾個人坐在草地上聊天。她走到雙杠區，靠在雙杠邊，把信拿出來，上面的字一看就是男孩寫的。不知怎的，叮噹的手在顫抖。她想像著，一個男孩在城市的另一個角落聽廣播，自己說的每一句話他都聽到了，自己的地址很長，他也記了下來，可見男孩有多麼用心。還沒看信的內容，叮噹心裡就已經把男孩的樣貌、性格、神態、年齡全部想像了一遍……

「我在電台裡聽到了你的聲音，很喜歡，覺得你一定是個善良可愛的女孩。我聽了你打給電台的電話，你一定是一個需要關心的女孩……你一定要記得，不管一個人身邊有多少好朋友，每個人本質上都是孤獨的。」

看到開頭時，叮噹覺得被粉紅色的幸福所籠罩。可看著看著，她臉上原本的甜蜜漸漸消失了。

「……我也很喜歡『三毛的愛』這個名字，但三毛的愛太少，可愛的人值得五毛或一塊的愛……但只要在這個世界未知的角落，有一個人默默注視著你，你就是幸福的。希望我們能成為好朋友。」

叮噹簡直要爆炸了，這個筆友真是太俗了！叮噹沒有想到自己的第一個筆友居然連三毛都不知道！

叮噹又讀了兩遍信，拋開那個幾毛的愛，這位筆友倒是讓她覺得蠻溫暖的。

信紙的背面寫著：「我收信不方便。需要的時候，你給電台打電話，我都會聽，也會繼續給你寫信，希望你快樂。」這第一封信讓叮噹充滿了幸福感，她感覺在一個未知的地方，自己擁有了一份未知的愛和關注，這種感覺讓她很有存在感。叮噹回到教室，特別害羞地跟微笑說不知道是誰寫來的。微笑安慰她筆友這種事就是要神祕才有想像，一旦失去想像，就沒意思了。叮噹很認同，這種神祕地被關注的感覺很好。她認真地把信按痕跡折回去放進信封，然後小心翼翼地夾在書裡，接著又覺得不妥，就把信放進了書包的夾層口袋，好像只有過分的小心才對得起這份信任。

真正的改變是不需要告訴你，你也能感覺到的。

晚上十二點，劉大志皺著眉研究一道不會的數學題。這道題涉及的公式是高一第一天學的，是一個最簡單的公式，完全沒有牽扯到別的複雜知識點。劉大志的內心是崩潰的，他翻來覆去地把白天記的內容細細理了一遍。郝鐵梅輕輕推門進來，悄悄走到他身邊，猛地把他手上的練習冊搶出來。

郝鐵梅一隻手拿著練習冊，另一隻手伸過來：「交出來！」

「快把練習冊給我，我只有這個。」

郝鐵梅完全不理他：「站起來。」劉大志趕緊站起來，還原地跳了兩下，轉了兩圈：「真沒有，你兒子現在決定報效祖國，不再辜負父母的養育之恩。你要相信你兒子。」

郝鐵梅還是一臉的懷疑。

「哦，老郝說現在開始複習了，是趕進度的機會，所以我……」

「原來是郝老師。我就說你怎麼可能那麼努力。」

「坐在這兒看書的是我！不是郝老師！」

「別看了五分鐘書就覺得自己是世界第一了。我告訴你，考試考不好，你照樣逃不了！」

「媽……」

一天、兩天、三天，劉大志房間的燈都是過了淩晨兩點才滅。他欣喜地發現，即使爸爸不回家，家裡的菜也從兩個變成三個了。陳小武也欣喜地發現，以前他每天早上都要抄兩份作業，現在他只要抄自己那一份就好了。作業批改下來，陳小武幾乎都是對的，劉大志對一半、錯一半。劉大志想著郝老師說陳小武未來肯定會有出息，他愈發懷疑郝老師的判斷。

陳小武笑話劉大志：「你看你現在，作業還沒我對得多。」劉大志頗有禪意地回答：「當我敢開始錯時，我就開始正確了。」

陳小武果然不懂：「自從遊戲輸了之後，你不會瘋了吧？」劉大志嘆了口氣：「我也覺得自己瘋了。」他看著那些沒做對的題發愁。微笑拿過去看了一眼：「蠻不錯啊，已經不是全錯了。」劉大志把作業本拿回來：「哪裡不錯，我覺得自己真是個死腦子，那麼認真學，還是錯那麼多。」

「說真的，第八題你怎麼解的？」

十道題，微笑對了九道，只有第八題錯了。而劉大志正確的五道題中就有第八題。劉大志突然不好意思了，支支吾吾地說不出來。

「你抄的？」

「當然是我自己寫的！」

「來，跟我說說怎麼寫的。」

劉大志看周圍沒有人注意到他們，這才開始語無倫次地解釋。

微笑笑道：「劉大志，你又蹺課，又打架的。我還以為你特別爺們兒，以前怎麼沒有發現你這麼慫啊。」

劉大志聽了一咬牙：「聽著！這道題很簡單！」

他把解題過程流利地說了一遍，期間額頭一直在冒汗。聽完劉大志的講解，微笑皺著眉頭有點兒納悶道：「劉大志，你真的是一個奇怪的人。你錯的題都是基礎題，而基礎題只要牢記公式和解題技巧就行了。你對的這道題需要思考過程，可你居然做對了。」

「你不是為了安慰我吧？」

「劉大志，別得寸進尺啊。」

「你真的覺得我還有救？我都已經覺得自己不配做人了。」

「你自己看。」微笑站起來，拿了幾個同學的作業本翻開。第八道題，只有劉大志和陳桐做對了。

劉大志心裡那麼多天的抑鬱突然間煙消雲散。他一直以為自己要成績非常好，要得滿分，要考第一，要超過陳桐才能證明自己會學習，沒想到只要做對一道家庭作業題就有這樣的感覺。陳桐從門口進來，看到興奮的劉大志，瞟了一眼。劉大志立刻被打回現實。

郝回歸給郝鐵梅打了兩個電話了解劉大志的情況，得知劉大志很努力後也放心了。就在郝鐵梅感謝自己的時候，郝回歸立刻見縫插針道：「大志媽媽啊，大志是個心裡特別有數的孩子，您一定要記住了，千萬不要給他存錢娶老婆，也不要逼他做他不想做的事。只要是他自己樂意做的，就一定能做好。您一定要相信他。」郝鐵梅在電話那頭直樂：「沒問題，沒問題，郝老師你說什麼都是對的。」郝回歸覺得媽媽這是在應付自己，他覺得要說服媽媽這條路依然任重而道遠。

就在劉大志拚命學習的時候，郝回歸也在忙著準備不久之後留任老師的最終測評。雖然已經有很多人來恭喜他，說學校一定會把他留下，可郝回歸依然不敢掉以輕心。他也聽說其他幾位實習老師早已使出渾身解數，而自己和劉大志打遊戲也是被其中一位老師舉報到教育局的，本想以此淘汰郝回歸，沒想到……

一想到這兒，郝回歸更上心了。為了劉大志他們，他也一定要留下來，如果換成是他自己的事，可能都不會如此認真。郝回歸了解了一下測評規則：三個月內要做滿所有同學的家訪，要記住所有同學的名字和家庭情況，要對教學提出新的方法，要對提高班級凝聚力提出新的想法……這些對他來說倒不是難題。來的這一個多月裡，郝回歸活得比自己原來的生活要累一百倍，他全天待在學校上課，放學後還要去家訪，平時還要和學校其他老師們走動。除此之外，周校工的事也讓他疑慮重重。

一晃終於到了數學第一章節的摸底測試[10]。劉大志從沒如此期待過一場考試。發試卷時，微笑先拿到試卷。劉大志伸頭過去看了兩眼題目，嘴裡小聲唸著什麼。

「劉大志！」趙老師一聲大吼。

「嗯？」劉大志一愣。

「把你的桌子跟微笑的分開一點兒！考試才剛剛開始，答案都沒有，你連名字也想抄？」其他同學大笑。劉大志十分尷尬，趕緊打開試卷，瀏覽了一遍，感覺好多題目都似曾相識。

你不開闊的時候，常會把別人的好意誤認為敵意。

數學課上，趙老師正在公布第一章節的考試成績。

第一名陳桐，一百五十分；數學課代表和劉大志並列第二名，一百二十四分。全班譁然。劉大志自己都呆了。微笑一百一十八分，叮噹七十八分，陳小武四十二分。趙老師唸一個成績，就點評一句。「陳桐，一百五十分，學學人家陳桐啊！人家在知識海洋裡開快艇，有人在知識的海洋裡餵鯊魚。」

「第二名是劉大志。我說啊，會做就會做，不會做就不會做，我們鼓勵學習，但是我們不鼓勵抄襲。劉大志，老師希望你下次能更誠實一點兒。」

劉大志就像大冬天當頭被澆了一桶冰水。趙老師又補了幾句：「陳桐轉到文科班，是來改寫文科班從未有人考上重點本科的歷史的，不是來給你們抄的。抄的同學，如果你們能保證高考時也抄得到，那算你們有本事，如果不行，就是自欺欺人。」

全班都知道趙老師說的是劉大志。微笑看出了劉大志的尷尬：「趙老師，我不知道班上誰作弊，但你發了劉大志試卷之後說這個，我覺得對他不公平，對文科班的同學也不公平。作為老師還是不要誤會任何同學吧。」趙老師被微笑這麼說，面子掛不住了：「最後一題，我們班只有兩個同學做出來，陳桐和劉大志，難道陳桐抄了劉大志？」

同學們哄堂大笑。

劉大志硬著頭皮站起來，面紅耳赤地說：「趙老師，我沒有作弊，這些都是我自己寫的。」趙老師還打算繼續說什麼。「趙老師，劉大志沒有抄我的。」陳桐站了起來。同學們很驚訝，沒想到陳桐居然會幫劉大志說話。劉大志心頭一暖，原來陳桐和自己平時想的不太一樣，他還挺仗義的……

「我是不會給他抄的。」同學們再次大笑。劉大志也尷尬地笑了。

陳桐這個人，真是太欠了！趙老師只得說：「那好，劉大志，考你道題，如果真是你做的，那這道題你一定能做出來。」

劉大志站著不敢動。微笑對劉大志說：「去啊，別怕。」他看著講台，不敢上去。他一直覺得講台就像罪犯拍照的背景板，只要人往那兒一站，黑板上就寫清楚了自己的生辰八字、籍貫年齡、作案細節。他多次作為「犯罪分子」被老師叫上台，那種恐懼不言而喻。

同學們竊竊私語，準備看劉大志的笑話。劉大志心裡沒底。突然，眼前遞來一根粉筆，是陳桐。

「既然這道題是你自己做出來的，那就去做。」

劉大志看著陳桐，心想：「可能他也不是一個壞人吧？也許他平時說話就這副德行，感覺拒人千里，其實人挺善良的。」他正準備說「謝謝」，第一個音節還沒發出來時，陳桐又補了一句：「如果這道題是你抄的，那就承認，不要耽誤大家的時間。」劉大志立刻在心裡扇了陳桐一百個耳光。

編註10 是為了掌握學生學習成效的測驗，類似於台灣教育體制的期中考或模擬考。

劉大志深吸一口氣，走上講台。趙老師唸了一道題。果然很難！同學們也在座位上嘗試著解答。聽完題，劉大志知道趙老師沒有騙自己，這就是最後一道大題的變形而已。

同學們不知道答案，都盯著趙老師。看完黑板上劉大志的答案，趙老師臉色一沉，特別生氣地說：「劉大志！你太不認真了！你這樣下去一定考不上大學！」

劉大志一驚，看了看黑板。唉，自己還是太年輕，容易意氣用事……但這道題，應該沒錯啊……

「這道題你都能做對，那被扣的二十六分，很容易的題，你居然做錯了！你是不是腦子有問題？如果你真的開始努力，以後有什麼不懂的問題，也可以來問老師。」

劉大志鼻頭一酸地愣在那裡，然後猛點了幾下頭。陳小武帶頭鼓掌。很多同學依然不敢相信。陳小武一個人用力鼓著，頗為尷尬。劉大志看了看微笑。微笑就跟她的名字一樣開心。他看了一眼陳桐。陳桐低著頭，似笑非笑。回到座位上，劉大志的心情依然忐忑。以前，他覺得時間好漫長，怎麼過都過不完。現在他突然覺得時間好短，怎麼跑都覺得慢。可能這就是沒目標和有目標的區別吧。

好的東西不一定適合自己，適合自己的東西才是好東西。

肥姐的髮廊外全是當紅港台明星的海報。

林志穎、郭富城、孫耀威、陳曉東……進髮廊的人從不說自己要剪長髮還是短髮，分頭還是平頭，而是說：「肥姐，給我剪個林志穎。」「肥姐，我要一個陳曉東。」

劉大志決定要個鄭伊健。

肥姐誇他有眼光：「鄭伊健是現在年輕人最喜歡的偶像，不過他的頭髮太長了，你的不行。給你剪個陳小春吧，平頭配著你的單眼皮，酷。」

「真的啊？」劉大志很開心。

「肥姐什麼時候騙過你？坐吧。」肥姐午飯都顧不上吃，把剪髮的圍裙一抖，圍在劉大志脖子上。

「想好了？不改了？」肥姐例行公事地問一句。

「不改了。」

「大志，你知道肥姐最喜歡你什麼嗎？」

「我長得帥？」劉大志筆挺地坐著，害怕自己一動，讓肥姐失手。

「除了帥，還有一點，你從來不猶豫。肥姐最喜歡你這點，只要決定的事就去做。不管最後好不好看，你都覺得好看。」肥姐發自內心地誇讚道。

「啊？還有不好看的時候啊？」劉大志心一涼。

「很多人的髮型和你一樣，但他們不自信，所以很難看。你不一樣，任何髮型你都能駕馭。今天這個陳小春，肥姐不收你錢了，多介紹一些同學來就好。」

「謝謝肥姐！」劉大志坐在椅子上，對著鏡子欣賞著，略一甩頭髮，自我陶醉的樣子。

「來來來，陳小武，你也剪個陳小春！」劉大志剛答應肥姐，就開始為她招攬顧客。

「我不要，我不要，長得不好看的人剪平頭就很像坐牢的。」

「你懂個屁，這叫潮流好不好！」劉大志對著門口的玻璃看著自己剪好的髮型，然後擺了個造型，伸出雙手唱起《古惑仔》的主題曲《友情歲月》：「來忘掉錯對，來懷念過去，曾共渡患難日子總有樂趣……」

「欸，肥姐，你桌上這根大肉骨頭不吃了吧？不吃的話，我就拿去餵木桶了。」

「行，你拿去吧。」

劉大志和陳小武一前一後去看木桶。還沒走到廢棄教室，木桶就歡快地搖著小尾巴跑了出來。陳小武立刻舉起牠，往天空拋了兩下。木桶一點兒都不害怕，依然「嗚嗚嗚」歡快地搖著尾巴。劉大志叫了聲「木桶」，把骨頭扔到地上。木桶搖著小尾巴，圍著骨頭轉，不知這頓大餐從哪裡下口。這時，不知從哪裡又冒出另外一條野狗，飛快跑過來，準備搶骨頭。劉大志連忙用腳趕開野狗。野狗繞來繞去，就是不願意走。劉大志拿起一把掃帚，佯裝要打。趁劉大志一個不留神，野狗對著他的手就咬了一口。

「啊！」劉大志大叫一聲。

陳小武趕緊跑過來。劉大志的手指被咬了個清晰的齒印，還冒著血。

「快快快，先用自來水洗洗消毒。」陳小武立刻去找水龍頭。

「陳小武，你快去借輛自行車，帶我去防疫站。完了完了，我要得狂犬病了，我要死了。」想起郝回歸之前的話，他滿頭是汗。

陳小武連忙跑出去借自行車。正好是下午上課時間，同學們騎著車三三兩兩到了學校。陳小武抬眼看見陳桐像風一樣過來，他本想叫住陳桐，但覺得向陳桐借車怪怪的，也許他也不會搭理自己，所以打算去找別人。

「陳小武，你要幹嘛？」

這是陳桐和陳小武第一次說話。陳小武沒想到陳桐居然知道自己的名字，還主動和自己說話。他一直以為像陳桐這樣的人活在另一個世界裡，從來不會為不感興趣的事和人花任何時間。

陳小武有點兒語無倫次。

「那個，我，那個劉大志被狗咬了，我要借一輛自行車送他去防疫站……」陳小武覺得自己說了也沒用，等著被拒絕呢。

「哦，要我幫你倆請假嗎？」說著，陳桐從山地車上下來，把山地車推向陳小武的方向。陳小武看著陳桐的山地車，沒有後座，只有一個前杠可以坐人，主要自己完全不會騎啊。

「劉大志要坐前杠才行，你會騎嗎？」

陳小武搖搖頭。

「那我送他去防疫站，你幫我們請假吧。」

「啊？」雖然有點兒疑惑，陳小武還是立刻跑回去叫劉大志，「快快快，我給你找了個特別好的司機送你去，包你滿意。」

劉大志到了校門口，看到陳桐一隻腳撐在地上，另一隻腳踩在踏板上等著自己。劉大志看了陳小武一眼，陳小武點點頭。劉大志好尷尬，但再尷尬也比不上命重要，他硬著頭皮走了過去。

「我坐哪兒？」劉大志指了指山地車。

「他讓你坐前面。」陳小武想笑又不能笑。

「你就不能借一輛正常的？」劉大志扭過頭壓低聲音對陳小武說。

「我怕時間來不及，萬一野狗有狂犬病進到你的血裡怎麼辦？」

一提到「狂犬病」三個字，劉大志就不敢廢話了。他很僵硬地站在陳桐的山地車前，不知道下一步該做什麼。陳桐面無表情地對著前杠說：「坐這兒。」劉大志特別彆扭地靠近陳桐，屁股一點兒一點兒地挪上前杠。啊啊啊，感覺就像是被陳桐摟在懷裡……

陳桐騎得很快。

經過的人都側目，究竟是哪個女孩能坐在陳桐的前杠上？大家的眼神中透露出的是好奇，是妒忌，是羨慕。當大家發現那個人是劉大志時，立刻大笑起來。有人大聲對劉大志說：「大志，今天和校草去約會啊。」

劉大志恨不得自己立刻爆炸。反倒是陳桐沒有任何反應，左閃右躲，選最快的路，一路殺到了防疫站。他讓劉大志在大廳待著，然後自己去掛號、排隊、交錢、領藥，再回來叫劉大志打針。整個過程，陳桐的臉上完全沒有任何表情，也沒有問劉大志有沒有錢，自己就把所有的事情處理完了。劉大志又感動又矛盾，他覺得自己真是倒楣，怎麼人生當中永遠遇見這樣的事。他一開始很不喜歡郝回歸，後來郝回歸帶他來醫院，忙前忙後的。他很不喜歡陳桐，今天陳桐騎車載著他來打狂犬疫苗，幫他忙前忙後的。

劉大志不知道用什麼態度面對陳桐。就在種種糾結中，劉大志把第一針狂犬疫苗打完了。醫生說沒問題，來得及時，肯定不會有事。劉大志一顆懸著的心才放下。多虧了陳桐，一切才這麼及時。

「今天謝謝你了。你怎麼那麼懂？」劉大志鼓起勇氣。

「我也被狗咬過。」陳桐超酷地走在前面。

「那個……」劉大志不敢走快，怕狗氣攻心。

陳桐聽到，稍微放慢了腳步。

「上次你跟趙老師說的那些，謝謝啊！」劉大志不太好意思。

「下次你能考第二才是你的本事。」

「你……」劉大志被噎了回去。

走到防疫站門口，陳桐停了下來。地上有一把被撬開的鎖，陳桐的車被偷了。這郝老師真的神了，怎麼什麼事都知道？可一看陳桐因為自己把車丟了，劉大志感覺很不好意思。

「特貴吧……如果不是我……你的車也不會丟。」

「郝老師說了要看好它，不然就會被偷，所以活該被偷，跟你沒關係。」感覺陳桐一點兒都不想和劉大志扯上關係。

「那……等我以後有錢了，我賠給你。」

「我等不了那麼久。」

「你……」換作以前，劉大志肯定覺得陳桐很可氣，但現在他覺得陳桐外表冷酷，其實內心還是很善良、火熱的。他趕緊跟上兩步：「說實話，你以前是不是特別討厭我？」

「現在也是。」陳桐沒有給劉大志留任何活路。

「我到底哪裡值得你討厭了？」劉大志把臉湊向陳桐。

「你哪裡值得被喜歡？」

「那……那你幹嘛今天下午不上課送我來？」

「下午全是政治課，老生常談，無聊死了。」

劉大志本想草船借箭的，最後發現每支箭都有萬鈞之力，支支射穿船身，射死船裡的人。

雖然被狗咬了，劉大志還是很興奮地跑去找郝回歸。

「郝老師，你好厲害，你全都說準了！你看，我被狗咬了，陳桐的車也丟了！」

劉大志特別崇拜地看著郝回歸。郝回歸的心情卻沉到了谷底。厲害什麼啊？該發生的還是發生了。郝回歸突然害怕起來。如果自己不能改變事情的結果，那預測未來就一點兒意義也沒有，那麼自己做的所有努力也都沒有意義。那他回來究竟是為了什麼呢？能做什麼呢？

第五章
我們的青春都一樣

每個人的青春都不一樣，有的瘋狂，有的純粹。
但每個人的青春又是一樣的，
投入去愛，投入去拚，投入去憂愁，
投入去證明自己。

郝回歸決定再去探望周校工。

來到醫院時，一輛湘南精神病醫院的救護車停在住院部樓下，周校工被綁在擔架上正要往救護車上送。

「周校工他怎麼了？」

醫生告訴他，周校工的精神出現嚴重分裂，一直胡言亂語，昨晚差一點兒傷到了值班的護士，所以他們要把周校工轉移到精神病醫院去。

郝回歸在擔架邊俯下身，壓低聲音說：「周校工，你記得我嗎？我是郝回歸。」周校工一直盯著郝回歸，嘿嘿一笑：「你也是從那裡來的吧？我告訴你，一切都沒有用，沒有用，所有的事情都沒有用啊。」醫生和護士馬上要把周校工送上救護車。郝回歸有點兒著急道：「你到底是誰？日曆上的明天，你還畫了一個圈，代表著什麼？」周校工被送上救護車，關門的剎那，說了個字：「火！」

火？火災？

郝回歸用力拍拍車門，喘著大氣對醫生說：「你們明天千萬不要讓周校工接觸到火，他很有可能會引發火災。」醫生打開門，看著郝回歸：「你放心，除了床，他的房子什麼都不會有。」

天氣已轉涼。站在帶著秋意的空氣裡，郝回歸不禁打了個寒顫。周校工身上到底隱藏著什麼祕密？如果從他的嘴裡撬不出任何東西來，那就只能去……一個念頭冒了出來，郝回歸看看表，現在是晚上十一點。

知道未來，每一天只是等待；不知道未來，每一天才是期待。

員工宿舍樓裡，最後一盞燈熄滅。

郝回歸悄悄上了四樓最靠裡的宿舍，摸下門框上的鑰匙開了門，然後打開手電筒。房間很亂，衣服堆在床上，東一件西一件的，空氣中還瀰漫著一股異味。郝回歸找到電燈開關，按了兩下，沒有電。書桌上有一支燒了一半的蠟燭，看來周校工的宿舍電路出了問題。

他點燃剩下的蠟燭，整個房間亮了起來。小宿舍沒有任何異樣。唯一出乎他意料的是，地上、書架上堆滿了各種書籍，沒想到周校工這麼愛讀書。郝回歸看見書桌旁邊的垃圾桶裡扔滿了紙團、紙片。他從垃圾桶裡拾起一個紙團打開，上面用鋼筆字寫著一段文字。

絕望
不來自黑暗
來自已知的明亮
孤獨
不是沒有目標感
而是萬物都有既定的終點

沒想到周校工居然是一個文藝青年。

他正準備去看別的紙團時，樓下突然傳來保安的聲音：「四樓，是誰在周校工宿舍裡？」郝回歸一驚，趕緊把外套脫下，將垃圾桶裡的紙團、紙片等裹在衣服裡，從另一側樓梯溜回自己的房間。

幾個保安「噔噔噔」上樓的聲音由小到大再到小。五分鐘、十分鐘後，就在他準備開燈研究剩餘紙團的時候，突然傳來急促的聲音：「宿舍起火了，趕緊救火！」

起火了？糟了，郝回歸想起自己出來時，剩餘的蠟燭沒有吹滅。火災！他突然想起周校工的預測，馬上看看手錶，已經過了十二點。周校工說今天會有火，難道指的是他的宿舍會起火？郝回歸想不了那麼多。其他宿舍紛紛亮起了燈。大家都往樓上跑，郝回歸立刻拿起臉盆，打了一大盆水，衝上四樓。周校工的宿舍門口擠了幾個保安，裡面火勢很大，衣服、書籍都在熊熊燃燒。大家端著水，一盆一盆澆上去。有人從廁所接了水管過來，一陣狂澆，火勢才被撲滅。房間黑乎乎一片，充斥著各種燒焦的味道。

郝回歸在樓梯口的水槽洗了把臉，他需要冷靜一下。能準確預測未來的周校工到底是這個世界的人，還是來自未來卻沒有回去的人？是錯過了回去的機會，還是根本就回不去？可如果現在的周校工來自未來，那這個世界的周校工又在哪裡？周校工又為什麼會瘋？他愈想愈害怕，回到宿舍，看見自己抱回來的那一堆垃圾：有過期發黴的食物、有被撕碎的雜誌、有揉成團的紙張。他先把紙團打開，裡面大多都是手寫的文字，感性晦澀，難以理解，還有一些被撕碎的圖片，看起來好像是一張完整的圖片被撕碎了。腦海中一個念頭一閃而過，郝回歸把所有碎紙放在桌面上，一塊塊開始拼。這是一個穿西服的人……平頭……膚色被陽光曬得很黑……哦不，這是一張黑白照……照片慢慢成形。

可是，最關鍵的地方少了五塊。郝回歸把自己的衣服翻來覆去檢查了兩遍，並沒有找到多餘的碎片。他想了想，又溜回周校工的宿舍，在一片黑乎乎的狼藉中尋找剩下的紙片。垃圾桶靠著牆，郝回歸把垃圾桶挪開，發現了三塊紙片，還有一塊已經被燒焦。他把碎片拿回宿舍。雖然仍舊不完整，但他已認出圖片中的人。郝回歸膽寒發怵——這張照片是一本雜誌的封面——《時代週刊》二〇一三年某期的封面人物——美國總統奧巴馬[11]。

郝回歸腦子全亂了，一九九八年的周校工怎麼會有二〇一三年的雜誌？這張封面意味著周校工一定來自二〇一三年之後，可王衛國又說周校工工作了很多年。所以這封面一定不是周校工本人的。所有資訊一一浮現，郝回歸的腦子快速運轉著。這張圖是別人給的，那個人是未來的周校工，或者是其他人。是誰不重要，重點是這個世界裡除了自己，還有一個人也來自未來。而這個人自始至終從未出現。這個人在哪兒？如果這個人來找過周校工，那為什麼周校工現在會瘋？郝回歸和周校工陷入了同樣的困境——兩個人都能預言未來，但都無法阻止結果的發生。

愈是絕望，愈容易看到希望。那不是假像，是要活下去的理由。

第二天，郝回歸剛到辦公室，何世福就怒氣衝衝地走過來：「跟我來一趟。」郝回歸不明所以，跟著去了他的辦公室。門一關，何世福就爆發了：「郝老師，你知道我們學校本年度評優被取消公開課的成績了嗎？」

「啊？不會吧？」

編註11　即美國第44任總統巴拉克・歐巴馬（Barack・Obama），二〇一三年被美國雜誌《TIME》選為年度風雲人物，並登上當期封面。

「不會？你看看這是什麼！真是豈有此理！」何世福把一張教育局的通報重重地拍在郝回歸面前。通報的大概意思是：湘南五中文科班作文公開課效果很好。課堂發言環節，陳小武的發言感人肺腑，但經舉報，為達到任課老師想要的課堂效果，此同學編造父親身亡一事博取同情，完全脫離了語文教學的初衷，特此提出通報批評，取消湘南五中公開課成績，以觀後效。

「郝回歸，你知不知道陳小武的故事是假的？」

「何主任，我……」郝回歸不知該怎麼回答，他確實知道，但當時沒有辦法拆穿。郝回歸心裡一沉，完蛋了，一旦學校公開課的成績被取消，自己可能在這裡待不住了：「何主任，那天你也看到了。我知道小武回答不了這個問題，所以讓他坐下，但教育局領導非得啟發他，讓他動了感情。我發誓，這一切絕對不是事先安排好的。」何世福回想著那天的情景，重重嘆了口氣，取下眼鏡，拿襯衣衣角擦了擦，什麼都沒說，擺擺手讓郝回歸回去。

回到宿舍，郝回歸心情沉重。「爭取留任」又成了懸在頭頂的達摩克利斯之劍[12]，那張奧巴馬的封面也讓他心神不寧。他請了兩天病假，打算好好在圖書館找些關於平行時空和時空穿越的資料，弄明白自己與這個世界的關係，找到回去的途徑，同時也好好準備最終的測評。

兩天沒見郝回歸，劉大志拎著郝鐵梅做的餃子來宿舍看他。打開門，郝回歸鬍子拉碴的，這兩天他除了泡麵，什麼都沒吃，屋子也沒收拾。

「郝老師。」

「啊？」

「我們都知道陳小武的事被教育局知道了。」

「嗯。」

「是不是對你留下來有影響？」

「可能吧。」

「我們能幫到什麼嗎？」

「你們啊……你們就照常好好讀書。你們好了，學校自然也能看到我存在的意義啊……對了，你和微笑怎麼樣了？」

「還行。起碼最近她再也不用圓規扎我了，偶爾還問我問題。對了，郝老師，我來的路上，遇見微笑的爸爸，他今晚過生日，特意問你要不要一起？」

郝回歸現在完全沒有心思理會，正準備拒絕，但突然想起十九年前王大千生日那天自己家中發生的事。那件事他永遠不會忘記。雖然他知道自己無法阻止事情的發展，但如果能讓這件事更晚一些暴露，可能對一切都會好一些。真是一波未平，一波又起。

「好，我去，等等我。」

上次喝醉之後，王大千和郝回歸再也沒有一起喝過酒。所以看到郝回歸，王大千特別開心，從酒櫃裡拿出了三瓶好白酒。

「今天不能再喝酒了！」微笑皺著眉頭，直接把酒搶到手裡。

「就喝一瓶好不好？」王大千笑著懇請道。

「不行！」

編註12　達摩克利斯之劍（Sword of Damocles）源自於古希臘的一則軼事，故事寓意一個人的權力愈大，他所承受的責任也就愈多。後也衍伸出有「制約」、「天譴」等意思。

「呀，這閨女，從小就倔。」

「這還不是你培養的？」微笑把酒拿進廚房。

「郝老師，那今天咱倆就喝少點兒。一人一瓶啤酒怎樣？」王大千竊笑著，又從沙發後面找出兩瓶啤酒，偷偷遞給郝回歸。

「爸！我生氣了！」微笑站在廚房門口說。

「好好好，一瓶啤酒總可以吧？」

微笑瞪了他倆一眼，轉身進了廚房。

「女兒還是不能當兒子養啊！本以為會說話溫柔，可現在性格豪爽，脾氣又大。」

「微笑蠻好的，成績又好，落落大方。」

那邊微笑探出頭來說：「謝謝郝老師表揚。」

雖然只有一瓶啤酒，郝回歸和王大千聊得卻很開心。劉大志他們也用可樂代酒喝來喝去，鬧作一團。郝回歸一看，快九點了，趕緊提議：「我們來玩遊戲吧。」

「什麼遊戲？」

郝回歸靈機一動，拿了幾張白紙，寫了幾個身分。

「我們來玩狼人殺吧。」

「狼人殺是什麼遊戲？」除了郝回歸，沒有人聽過這個遊戲。

郝回歸開始解釋遊戲規則。

「郝老師，這個遊戲你是在哪裡學來的？規則怎麼這麼複雜。」

「我發明的，再過十幾年，你看吧，紅遍大江南北！」

一群人玩得不亦樂乎。臨近十二點時，大家玩得特別投入，王大千都上癮了，約好下週大家一起繼續玩。郝回歸陪著劉大志走到他家樓下，看著他上樓、開燈。樓上隱約傳來郝鐵梅罵劉大志的聲音，過了十幾分鐘，房間熄燈，沒有任何異樣。郝回歸鬆了一口氣。

郝回歸在樓下站了很久，不知自己這麼做是對是錯。十九年前的今天，晚上九點，他開心地回來，聽見父母爭吵，他趴在門口聽見父母在商議協議離婚，但是要隱瞞自己。自己一著急，推門進去，爸爸已經在離婚協議書上簽好了字，媽媽則坐在沙發上一言不發。原來父母想要背著自己離婚，每每想到這個場景，他就覺得自己被他們拋棄了。他知道自己不能阻止父母離婚的結局，但如果不讓劉大志提早回家，他是不是會比自己過得更幸福一點兒？郝回歸慢慢走回宿舍。參加完生日聚會，他的心情也好了一些，他已經很久沒有這麼開心了。更為關鍵的是，這種開心是他自己帶來的。

如果你回到記憶中最鼎盛的樣子，就會發現那和你想像中的完全不一樣。

劉大志以為自己是第一個到教室的，沒想到有人來得更早。

陳桐站在教室裡的電視機前認真地摸索著。

「你也想看 NBA 嗎？」劉大志偷偷走近，在陳桐耳邊輕聲說。

陳桐一扭頭，驚恐地看了劉大志一眼，大聲說：「嚇死我了！」

劉大志更大聲地說：「你是不是也想看 NBA ？」陳桐懶得理他。劉大志假裝一本正經地說：「我早就想好了，與其打這個電視機的主意，不如直接請假回家。」「啪」的一聲，陳桐打開了電視機。

「行呀你！」

「你還是請假吧！」

「沒有我，老郝會讓你在教室看電視？」

「你有辦法？」

劉大志嘿嘿一笑，繪聲繪色地說著自己的大計劃。

上午最後一節課，劉大志對叮噹使了個眼色。叮噹立刻臉色一變，舉起手：「郝老師，我肚子痛！」

郝回歸很擔心地說：「怎麼了？胃不舒服嗎？」叮噹點點頭。郝回歸果然著急了：「要不讓劉大志送你去醫務室？」劉大志立刻說：「我前兩天腰扭傷了。呀呀呀，現在還時不時痛一下。」

郝回歸盯著劉大志，語氣脅迫地說：「你去不去？」

劉大志不敢抬頭與郝回歸對視，低著頭說：「郝老師，我的腰真的好痛。」

郝回歸走過去把劉大志的頭扳上來：「你就那麼想看 NBA？」

眾人皆驚。劉大志感覺被當眾打了臉，正想著如何回答，只見陳桐很失望地搖搖頭，站起來說：「是的，郝老師，今天 NBA 總決賽會重播，剛好班上安了電視機，所以就想大家一起看。」

劉大志一臉慌亂，你怎麼可以出賣我們？

一九九八年的總決賽是喬丹第二次退役前的最後一場比賽，聽說電視台要重播這場經典決戰，當年連郝回歸這種不愛運動的人也裝病躲在家裡收看。他喜歡這種運動的熱血，也愛這種團隊的拚搏。那時大家都是各看各的，如果大家能一起看的話……

郝回歸想了想，說：「好吧，那最後一節課就看看這場重播吧。」

怎麼可能？不僅是劉大志和陳桐，其他同學也都呆住了。老師居然讓全班一起看 NBA 的重播？

高三（一）班教室裡爆發出一陣歡呼。郝回歸想得很簡單，當時自己在看的時候特別希望能和大家一起，現在自己成為老師，有了這樣的權力，為什麼不給大家留下一個共同的美好回憶呢？雖然很多同學之前都看過了，但是每每有進球，大家都像第一次看直播一樣激動。

少年的投入總是能把每一次都當成第一次。郝回歸陪著大家一起大呼小叫，激動不已，沒有人劇透，每個人都陪著其他人跟著已知的劇情在走……

下課鈴聲響起，全班依舊沉浸在激烈的比賽當中。

「哐」的一聲，教室的門被重重推開，撞在牆上。

何世福站在教室門口，周校長在他身後。

郝回歸立刻站起來：「何主任、周校長……」

何世福氣勢洶洶地走進來，啪地關上電視，用手對著郝回歸點了點：「你給我出來！」郝回歸在眾目睽睽下跟著何主任和周校長走到走廊上。何世福立刻發飆道：「胡鬧！簡直胡鬧！你以為這是哪兒？啊？菜市場？這是教室，是學習的地方！上課時間看電視，你們還想幹什麼？是不是還想把樓頂掀了？」

郝回歸語塞：「何主任……這個……」

何世福瞪著他：「周校長還以為是老師不在，學生們自己胡鬧，沒想到是你帶頭胡來。人家微笑的爸爸捐這個電視機是給你們學習用的，不是讓你們看球賽的！這樣下去，還想不想考大學？」

微笑很尷尬。

「何主任您先別生氣。孩子們愛好體育，看 NBA 也是他們的興趣愛好。我想不必為了學習，一切愛好都放棄吧，也要勞逸結合啊。」

「郝老師，不是我說你，上次公開課造假，學校已經睜一隻眼閉一隻眼。按規矩，你早該停職搬出員工宿舍該幹嘛幹嘛去了！為什麼還讓你參加最後測評？不就是因為相信你能把文科班帶好嗎？你小子是覺得學校是你開的啊？什麼叫不能一切愛好都放棄？我告訴你，為了學習，為了高考，就是要放棄一切興趣。什麼叫奮力一搏？什麼叫破釜沉舟？你別被他們糊弄了。真要那麼愛好體育，運動會文科班怎麼沒有一個人報名？怎麼不去報名參加五千米長跑？一派胡言！」

周校長看何世福生那麼大的氣，也不再多說什麼，扭頭走了。

「郝老師，從今天起你停職一週。這一週，我來代班，你好好檢討！」說完，何世福一甩袖子，走了。停職一週意味著什麼？是離職的前兆，還是與劉大志他們的相處又少了七天？郝回歸沒想到事情會發展到這個地步，他按按太陽穴，無奈地笑了笑，然後回到班上。同學們都很擔心地看著他。郝回歸聳聳肩，然後把電視機打開，做了個噓的手勢。總決賽還剩最後十五分鐘。

為了你，我願意拚一次，不是我真的可以，而是你值得。

郝回歸被停職一週的消息立刻傳遍了學校。表面上是停職一週，實際上，大家都認為郝回歸已經沒有留任的可能了。Miss Yang 每天下課後都去郝回歸的宿舍找他，幫他出主意，但看起來，似乎只有在最後測評當中出現奇蹟才可能留任，可什麼是奇蹟呢？郝回歸也沒有心思去幹別的事，他非常清楚，如果不能留任，一切都完了，他只能每天坐在宿舍裡做好最後的測評準備。

劉大志等人也不敢來找郝回歸。

郝回歸被停職後的三天，劉大志度日如年。一切的根源都是因為自己想看 NBA，如果郝老師因為自己而失去了當老師的機會，自己的責任該有多大。

第三天最後一節自習課，何世福視察了一圈，準備離開。

劉大志突然站起來：「何主任，我想報名參加五千米長跑。」

「什麼？」

劉大志認真地說：「我說，下週校運動會，我要報名五千米。」

同學們都驚呆了。文科班從來沒有一個人參加過五千米長跑。但是，大家都明白，劉大志是在用這樣的辦法證明給何主任看，郝回歸讓大家看 NBA 是有意義的。

陳小武也站了起來：「我也要參加！」劉大志感激地看了陳小武一眼。何世福臉都白了：「不知所謂！不知好歹！你們除了嘩眾取寵，還學到了什麼？」何世福轉身走了。劉大志和陳小武並排站在廁所裡。陳小武疑惑地說：「你什麼時候愛體育了？」

「自從老郝來了以後，我就愛體育了。」

「啊？」

劉大志嘆氣道：「你是不是傻啊？現在老郝被停職，可能很快就不是我們的老師了。如果在運動會上文科班能出頭，起碼還能給老郝掙一些臉面啊。」

「夠義氣！」

「你都不懂，那你報什麼名？」

「我只是覺得你說要參加五千米比賽時，一個人站在那裡很可笑。」陳小武嘿嘿扭頭一笑。

劉大志很認真地看了陳小武一眼，咧開了嘴。

放學後，劉大志和陳小武站在操場上比劃：「操場四百米一圈，五千米可是十三圈！」

「你怎麼算的！明明十二圈半，不過對你們來說也沒區別，反正跑不完。」叮噹嫌棄道。

劉大志蹲下來用手蒙著頭：「你說我怎麼會說出這樣的蠢話？」

陳小武：「是呀，肯定是昏了頭。」

劉大志欣慰地看著陳小武：「幸好，還有你和我一起跑！」

叮噹：「哥，你不會以為兩個人參加五千米就能變成接力吧，一人跑一半啊？」

劉大志瞪著叮噹說：「你看著我的眼睛再說一次！」

叮噹笑道：「當我沒說。」

突然，劉大志一臉鬥志昂揚地對陳小武說：「不就是五千米嘛，來呀！誰怕誰！我就不信了。」

陳小武一臉疑惑。

劉大志看著陳桐騎著山地車已經走遠，立刻大叫一聲，躺倒在操場上：「我的命好苦啊！」

第二天，清晨七點，劉大志頭上綁著條「必勝」的帶子，在操場上慢慢地跑著，簡直比走路還慢。陳小武氣喘吁吁地跑在劉大志身邊：「你真的打算練呀？還是只想裝個氣勢給何主任看？」

劉大志伸手將頭上的帶子紮緊：「當然是真的！為了老郝，老子拚了！」

一群體育生飛快地超過他倆。

劉大志若有所思地說：「你有沒有覺得咱們跑得特費勁兒？」

陳小武點點頭。

「有沒有想過為什麼？」

陳小武先搖頭，又點頭：「因為我們從來沒鍛煉過！」

「錯！因為我們的鞋太不適合跑步。」

「還有專門用來跑步的鞋？」

「有，我們得要去搞兩雙才行！」

一整天，除了上課，劉大志都在發呆。

放學了，叮噹過來說：「放學了，走不走呀？」

劉大志和陳小武抱頭痛哭。

「別裝了。我看，要不就算了。」

劉大志從陳小武的懷裡抬起頭：「啊？真的？」

「你退出，我們不會看不起你。」

「我們？你和誰？」劉大志問。

「我和微笑啊。」

「不不不，絕對不行！我們是絕對不會放棄的。我們是為了老郝！」劉大志緊緊摟住想要放棄的陳小武。

「哥，現在退出，比到時候輸強多了。你贏了，可能郝老師還有點兒面子。如果你輸了，郝老師啥都沒了，你想過沒有？關鍵是，你根本就不會長跑！」

劉大志語氣緩慢，略帶疑問地說：「那就算了？」

陳小武語氣肯定地說：「算了！反正你參不參加，也沒人會記得。」

劉大志瞪了陳小武一眼。

叮噹：「真的沒關係。」

劉大志：「這可是你說的。」

叮噹明白劉大志現在需要台階：「是我勸你算了的。」

劉大志：「我可沒放棄。」

叮噹很認真地說：「是我一定要你放棄的。」

陳小武：「是我們逼你的！」

劉大志：「叮噹，你真的是我表妹！但如果不參加，郝老師怎麼辦？」

叮噹：「我也沒想到你們這麼蠢，真的以為自己跑了五千米就能留下郝老師。你還不如多考二十分呢！」

陳小武：「好了，我們都看到你盡力了，現在走吧。」

劉大志、叮噹、陳小武經過自行車棚，正巧遇到微笑和陳桐在說話。劉大志假裝一瘸一拐的樣子，給叮噹使了個眼色。叮噹特意大聲說：「哥，你都受傷了，就別再去比賽了。你這是榮譽受傷，我們都不會怪你的。」

劉大志對叮噹投去肯定的眼色：「廢話，我都這樣了，我拿命跑呀！」

陳桐回頭看了眼劉大志，沒說話，騎著山地車走了。

微笑走過來，看著劉大志的腿，關心地說：「怎麼了？沒什麼大問題吧？」

劉大志立刻變臉說：「還行！」

「剛才不是說不能跑了嗎？千萬不要逞能，不然腿跑斷了沒人負責。」

「沒事，沒事，我晚上回去用冰敷一敷，爭取復原。不管怎麼說，我代表的是整個班集體，集體的榮譽是在我個人利益之上的。我們一定要努力，爭取讓學校看到郝老師的凝聚力！」

叮噹噁心得要吐了。

微笑看著劉大志一臉偽裝的正氣，笑著搖搖頭：「大志，果然有大志。」

陳小武和劉大志唱著歌往前走，微笑和叮噹在後面跟著。

夕陽下，四個人的影子被拉得長長的。

告別的時候，劉大志偷偷再次跟陳小武確認：「咱明天早上不去了吧？」

「不是已經說好不去了嗎？你腳都傷了。」

「嗯，我就想確認一下。」

第二天，太陽還未升起，操場上一個人都沒有。

劉大志躡手躡腳來到操場上，按了按自己的腳，自言自語道：「真沒用！不然怎麼辦呢？死就死了吧！」

「大志，你怎麼來了？」陳小武突然出現在劉大志身後。

「你嚇我一跳！你怎麼也來了？」

「你腳受傷了可以不跑，但我腳還沒有受傷啊，我怕別人瞧不起……我打算今天來受個傷……你呢？不是說不來了嗎？」

「唉，我都跟微笑發誓了……」

「你怎麼把木桶也帶來了？」

「我怕自己堅持不下去，就帶它來刺激自己。」

「唉，跑吧跑吧。」

「木桶！跟著我們！跑啊！」劉大志在前面衝，陳小武和木桶一大一小在後面追趕著。

少年最好的地方就是：嘴裡說著要放棄，心裡卻都憋著一口氣。

即使跑道孤單、漫長……

太陽升起，劉大志氣喘吁吁，陳小武也已經不行了，木桶卻一點兒事都沒有，圍著陳小武打著轉。

「你真的連狗都不如。再沒用，也要跑完全程好不好？來，一起來發個毒誓！」

「不跑完，我就高中不能畢業！」陳小武喘著氣說。
「不跑完，我媽就打我十頓！」
「不跑完，我們家的豆芽全部爛在水裡！」
「算你狠！不跑完，微笑就會從心底鄙視我！」
木桶停了下來，扭頭看著後方。背對著太陽的方向，一個人大步流星地跑過來。這個影子經過劉大志和陳小武的時候，腳步放慢了，是陳桐。
「你？你怎麼也來了？」劉大志驚訝道。
「跑不動了？」陳桐臉上依然沒有表情，但語氣已不再冷漠，「一起吧。」
「絕對不可能！」劉大志跟了上去。
陳小武在後面驚呼道：「你們等等我！」
朝陽下，三個少年和一條狗，在操場上你追我趕。

你不冷漠，你只是不知道自己會不會被人喜歡。

一週之後，郝回歸出現在了教室裡，大家特別激動。
郝回歸心裡比同學們還激動。他想明白了，如果自己真的留不下來，那麼剩下的兩、三個星期恐怕是他和大家相處的最後時間了。劉大志比自己剛來的時候懂事了，和微笑的關係也開始融洽了。陳桐還帶著劉大志去醫院打了針。自己也和郝鐵梅聊過好幾次劉大志，雖然時間短暫，但也能起到一些作用吧。以前的自己，遇到這樣的情況只能是無止境地等待，而現在的自己明白了，如果還有什麼事沒做，那就盡力去做吧，把每一天當成最後一天，也就不用患得患失了。
七天，他從未如此思念過這群孩子。剛來的時候，郝回歸還把他們當同學，現在相處久了，他們真的成為自己的學生了。更令郝回歸感動的是，他聽說劉大志、陳桐、陳小武為了自己，居然報名了五千米長跑。其他同學也紛紛報名了其他項目。郝回歸記得十七歲那年，自己和陳桐、陳小武確實參加了長跑，但那是被理科班的人激怒了，賽後還和理科班的人打了一架。
「其實你們敢參賽，文科班就已經走出了一步。尤其是五千米，能堅持跑完，文科班就勝利了。不過，輸贏沒那麼重要。明白嗎？」
劉大志想說些什麼，郝回歸沒給他機會。
「我知道參賽的同學想證明一些什麼，我很高興看到大家為了一個目標努力團結，能做到這個就夠了。」
劉大志看了眼陳桐，陳桐面無表情，難道他也這麼認為？
微笑帶來了新消息：「王老師說五千米長跑要放在校運動會開幕式上舉行，因為是全校第一個比賽，所有體育特長生都會參加……連理科班都有三十幾人報名。」
劉大志趴在桌上：「完了完了，這下慘了！陳桐，你聽見沒，全都報名了，他們不會都是衝著你來的吧？」
陳桐若無其事地起身去拿作業：「想贏我的人多了。」
陳小武很積極地靠過來：「你說陳桐是不是也知道這件事，想出風頭所以才來參加？」
劉大志惆悵地看著陳桐的背影：「你知道我最討厭他什麼嗎？」
「什麼？」
「我最討厭他從來不想出風頭，卻總是把風頭出盡了！」

回到家，劉大志驚訝地發現媽媽居然給自己端出了一隻雞。

「媽，在路邊撿到一隻死雞啦？」

郝鐵梅一巴掌拍在劉大志腦門上：「你最近不是在訓練嗎？」

「你不是說要我別跑了嗎？要我以學業為重。」

「反正你學習也不好，媽還是希望你身體好，來，多吃點兒！」

劉大志一邊低頭吃雞一邊抱怨道：「媽，最近跑步腳特別疼。」

「一會兒燒點兒熱水泡泡腳。」

「主要是鞋硌腳，都起水皰了。」

郝鐵梅假裝沒聽見的樣子：「別只顧著吃肉，再吃點兒菜。」

看郝鐵梅不搭理自己，劉大志抬起頭道：「媽，我想要雙跑鞋。」

郝鐵梅臉色一沉：「你還想要什麼？」

劉大志可憐巴巴地說：「就想要一雙跑鞋。」

郝鐵梅沒好氣地說：「你長得就像雙跑鞋，還要什麼跑鞋。」

劉大志繼續哀求道：「媽，我長得像跑鞋，我也不能穿著自己跑啊。再說我報名的那個是運動會開場項目，好多體育生都參加了！」

郝鐵梅滿不在乎地說：「那你肯定跑不過體育生，別浪費鞋了。」

劉大志拖長了音調喊著：「媽——」

郝鐵梅不容商量地說：「不行！你能不能想點兒學習的事？」

劉大志死皮賴臉地說：「你說我成績不好，身體好更重要啊。媽，你給我買吧。郝老師說了，適當滿足一下物質欲望可以培養出更加健全的人格。再說了，我這次報名長跑也是為了給郝老師爭氣。如果能拿到名次，郝老師興許就能留下來，你又不是不知道現在他們實習老師競爭得很厲害。」

郝鐵梅哼了一聲：「你自己想買就是，少跟我胡說八道。」

劉大志一看郝鐵梅有了鬆動，繼續說道：「媽，你就給我買吧。我保證跑個好成績，讓郝老師能留下來。我保證以後好好學習天天向上！」

郝鐵梅看著飯桌說：「還吃不吃，不吃我收了？」

「吃吃！」劉大志馬上閉嘴吃飯。

郝鐵梅起身添飯，走到廚房門口問了句：「要買什麼樣的？」

「耐克的跑鞋最適合長跑了……」

郝鐵梅轉身進了廚房。劉大志見占了上風，於是再度鼓起勇氣道：「小武跟我一起參賽，也給小武買一雙吧，媽……」

郝鐵梅從廚房走出來，臉上沒有任何表情。

第二天中午放學回家，劉大志進屋就看見桌上放了兩個袋子，連忙撲過去。

「謝謝媽！」劉大志快速拆開包裝。怎麼鉤上多了一道杠？劉大志連忙拆開另一雙，也多了一道杠。

「媽……你買的不是耐克啊……」

「你長得就像耐克，還買什麼耐克？」

這兩雙不是耐克的，是回力的。

「啊？媽，我要的是耐克，不是回力……耐克的才能跑步，回力的只能走路啊。」

「你到底要不要？你不要，我就退了。」

「那你退了吧。換兩雙耐克鞋成嗎？」

「兩雙耐克鞋！這個月家裡還要吃飯嗎？」

「那……那就兩雙都退了換一雙耐克鞋好了，不用給陳小武買了……」劉大志說完又後悔了，「算了，算了，就這樣吧。」劉大志把兩雙鞋都放進了書包裡。

下午，劉大志把陳小武叫到教學樓轉角：「看，我媽給你的。」

陳小武眼睛發光地說：「哇，跑鞋！好白啊！我家從來就沒給我買過這麼白的鞋！」陳小武把回力鞋抱在懷裡，高興得不得了。

看陳小武那麼開心，劉大志突然有點兒慚愧：「穿上吧，現在我們去試試。聽說跑鞋要多穿，比賽才合適。」

陳小武換上回力鞋，在操場上來回蹦躂。

「好穿，好穿，太好穿啦！果然專業的就是不一樣。」跑了兩圈，劉大志就拖著陳小武跑到廣播室去找微笑和叮噹商量對策。

劉大志有點兒焦慮地說：「這已經不僅僅是一場比賽了，事關郝老師，事關文科班，事關我們的未來。」

叮噹不敢相信地說：「你什麼時候關心過班集體榮譽？」

劉大志滿不在乎地說：「有羞恥心難道不對嗎？」

「嘖嘖，本來只要跑完就不算輸，現在你要想贏，性質就變了。」

微笑也發愁道：「想贏沒什麼不對，反正是要跑，但也得尊重客觀事實吧。」

陳小武也挺愁地說：「要不，我們換個項目吧？」

劉大志瞪了他一眼：「陳小武！你看著我的眼睛！我們不是跑步不好，我們是體育很差！你怎麼不改報個賣豆芽的項目？」他站起來，把手放在胸前，「不管怎樣，我們一定要爭！取！勝！利！」

陳桐出現在廣播室門口，表情比劉大志還要尷尬。

大家紛紛看著陳桐。

陳桐輕輕咳了兩聲，清了清嗓子，也清了清空氣中微妙的尷尬：「大志說得很對。」

劉大志的手依然放在胸口：「我說什麼對？」

「爭取勝利。」

陳桐這麼一說，大家眼中突然有了一絲驚喜。

陳桐繼續說：「一共有將近五十人報名。我研究了一下，我們學校沒有長跑體育生，他們只是爆發力強，能跑到底的不會超過一半。」

陳小武：「我就跑不完。」

陳桐似笑非笑地說：「跑不完不要緊，落後有落後的策略。」

劉大志一愣：「落後還有策略？」

陳桐點點頭：「剛剛郝老師找過我，給我們出了落後的策略——落後的位置很重要。」

劉大志很感興趣地說：「位置？」

微笑恍然大悟：「我知道了，郝老師真厲害！」

叮噹沒聽懂。陳桐拿起桌上一張紙，畫了起來。紙上的陳小武一直落後，慢慢落後了整整一圈，跟陳桐在同一位置。

陳桐：「郝老師說，就是這樣，這樣就算落後，也能幫忙。」

劉大志：「需要做什麼呀？」

陳桐：「五千米關鍵在最後一圈，只要我們三個人把位置擺對，不讓對方輕易衝刺，就還有勝算。這個術語叫做套圈。」

劉大志：「我知道了，我們會拖住鄭偉他們，你來衝刺！」

陳桐抿了抿嘴唇：「差不多吧。」

任何事情多想想，總會找到以前注意不到的出口。

操場上，劉大志往前跑，陳桐在他身邊，陳小武遠遠落在後面。

陳桐一邊跑一邊說：「你的肺活量有點兒差，需要多練習。吸氣吸氣，呼——集中注意力，別把注意力放在喘氣上，養成習慣。」

劉大志將注意力慢慢集中，呼吸逐漸平順。陳桐一點兒一點兒調整劉大志的狀態：「保持節奏！比賽時，他們都會跟著我，我在前面十圈把速度壓下來，能不能跟上，就看你的了。」陳桐往前跑去，劉大志緊緊跟上。陳桐跑了一圈，來到氣喘吁吁的陳小武身邊，將他往裡一推，陳小武摔倒在地。

「你幹嘛？」陳小武一頭霧水。

陳桐伸出手拉起陳小武：「這是搶位。有人經過你身邊時，你要盯緊，不能讓他們搶位。如果他們繞過你跑，就要消耗更多體力。」

劉大志：「聽到沒有，學著點兒！」

陳小武用身體擠了一下劉大志。

陳桐：「對了！」

離運動會還有兩天。

劉大志和陳桐趴在桌上研究戰術。

陳桐再次強調：「五千米是拚意志力。他們的爆發力好，但耐力不一定。而且他們後面還有比賽，只要我們一開始讓他們覺得吃力，他們就會慢慢放棄。」

「真的假的？」

「我了解體育生。如果前幾圈他們覺得能把對手拖垮，隨隨便便就能獲得成績。但如果覺得很辛苦，他們就會放棄這場比賽，保留體力參加其他專案。」

郝回歸在班上做著賽前安排：「這次是你們在學校的最後一次運動會。我知道大家學習很辛苦，所以最後我們只報了五千米長跑這一個項目。微笑依然做旗手，參賽隊員劉大志……」

「到！」劉大志突然特別緊張。

同學們哄堂大笑。

「現在不是點到。這一次，有三個同學代表全班參賽，陳桐、劉大志和陳小武。大家為他們鼓掌。」

大家熱烈地鼓掌。

郝回歸繼續說道：「五千米長跑非常考驗人，能夠堅持下來的同學都值得大家鼓勵。老師知道你們非常努力，也不是對你們沒信心，但是所有比賽，有第一就有最後，通過比賽學會這些，才是人生寶貴的財富。」

陳桐突然說：「郝老師，我們既然參加了，就要為第一努力。」

大家看著陳桐。陳桐從來不說這樣的話，他總是悄無聲息地拿著所有的第一。

「陳桐說得對，我們一定要為班級爭光！」聽到陳桐這樣說，劉大志也大聲附和。

「文科班必勝！」叮噹大喊。

這個班級從未如此熱血。大家都敲著桌子大喊：「必勝！必勝！必勝！」

看著大家，郝回歸好感動，他想起以前的自己就是這麼熱血，做很多事都超有激情，而現在的自己卻總說「參加了就好」「不要給自己壓力」之類的話。也不知從什麼時候開始，自己的口頭禪從「試試唄」變成「忍一忍」。

他曾經也是一名熱血青年啊！

想到這個，郝回歸堅定地說：「是的！我們必須拿第一。即使名次拿不了第一，氣勢上也要拿第一！」

班上歡呼聲一片。

放學後，叮噹去了微笑家。關上門，兩個人有說有笑。

「過兩天，我們去看電影吧。」微笑笑著說。

「《天若有情》[13]！劉德華！」叮噹激動地想去摸劉德華的海報。

「你別亂摸！弄壞了。」微笑很緊張。

「真是原版海報嗎？摸一下也不行，小氣！」叮噹假裝生氣了。

「是香港帶回來的呢，所以很珍貴啊。」說罷，微笑看了海報一眼。

「好好好，劉德華是你一個人的。」

「好啦，給你摸。」

突然，叮噹鬼祟地笑起來：「我不摸海報，我要摸你！」

兩個女孩子在床上滾成一團。王大千敲門進來，拿著個橫幅遞給她們，上面寫著：「高三文科必勝！」

「笑笑，你看，爸爸弄得行不行！」

「我看看！王叔叔，想不到你還會做橫幅。」叮噹搶先說。

「謝謝爸爸！」微笑很開心。

叮噹把橫幅舉起來，左看右看，突然憂心忡忡：「要是我們不能贏呢？」

「不能贏就更要加油了！」

「那多沒面子啊。」叮噹嘆了口氣，突然想到陳桐，臉一紅，「他一定會贏的。」

「陳桐呀？」微笑看出了叮噹的心事。

「你看他今天一定要拿第一的神態，帥呆了。我覺得郝老師都被他鎮住了！」

「其實郝老師說得沒錯。他們參加了，跑完了，就都值得鼓勵。」

叮噹抱著橫幅，美滋滋地說：「他肯定能拿第一。」

劉大志從水盆裡抬起頭，看到郝鐵梅一臉嚴肅地站在他面前。

「媽，你站這兒一動不動要幹嘛，等我窒息搶救我啊？」

「你一晚上不讀書，把頭埋在水裡，要幹嘛？」

「陳桐說這樣可以練肺活量。」

編註13 陳木勝導演的香港電影，劉德華、吳倩蓮領銜主演，是一個講述非法賽車手與千金小姐的愛情故事。

「你怎麼突然把輸贏看得這麼重？讀書的時候你可不這樣。」

「我變了啊！為了郝老師和我們班，我必須努力。」

「那你怎麼一天到晚板著臉？」

「沒有呀！」劉大志根本不自知。

「媽媽跟你說，你是剖宮產，呼吸道不太好。肺活量這東西，不是這麼練的。」

「媽，我學習不好是不是也因為這個？」劉大志好像突然明白了什麼。

「我懶得跟你說。」郝鐵梅轉身走了。

劉大志又把頭埋在水裡，過了一會兒，隱約聽見媽媽在打電話：「哎喲，我真是擔心……什麼，你們家也這樣？」

陳桐的媽媽正在接郝鐵梅的電話：「是呀，陳桐平時也不在意輸贏的，這一次不知道怎麼回事。自從他去了文科班，整個人都變了。我們家老陳現在還沒鬆口，要讓陳桐回理科班。」

「理科班好。我們大志就是太笨，只能讀文科。不過你們陳桐也在憋氣，那我就放心一點兒了……」

「但是也挺不對勁兒的。」

「什麼不對勁兒呀？」陳桐站在媽媽身後說。

陳桐的媽媽對著電話說：「沒事，回頭再說！」

陳桐的媽媽掛上電話，轉身說道：「陳志軍，你就少說兩句。陳桐也是為了文科班的榮譽。」

陳志軍板著臉道：「有這個工夫為什麼不花在學習上？理科班的其他學生都在為考大學衝刺。你倒好，去了文科班就是去跑步的？」

「我喜歡。」陳桐不想繼續這個話題。

「你再跟我說一句！」陳志軍指著陳桐的鼻子道。

陳桐的媽媽連忙制止道：「跑步怎麼了？考上清華是為了證明自己，跑步難道就不是了嗎？」又扭頭對陳桐說，「媽媽知道你也是想證明自己，但比賽重在參與。我聽說這次競爭挺激烈的。」

陳桐淡淡回道：「媽，比賽只有輸贏。」說完，徑直回到房間。

每個人的青春都不一樣，有的瘋狂，有的純粹。每個人的青春又都一樣，投入去愛，投入去拚，投入去憂愁，投入去證明自己。

運動會當天。

一桶水潑在地上，嚇得陳小武大跳起來：「張姐，你看你！」

菜場張姐：「小武呀，你穿這麼白的鞋在這兒擺攤子做什麼？」

「我們今天運動會！」

小武的爸爸：「他這幾天跟丟了魂似的，每天做夢都在說跑步。」

張姐：「運動會有什麼要緊。」

小武：「張姐，你不知道，我們班現在可齊心了。」

小武的爸爸：「你們班都輪到你去爭光了，還有什麼指望，趁早回來擺攤！」

小武說了句：「爸，我先走了！」急匆匆朝外跑去。

操場旁的路上已擺滿各班的椅子。

劉大志興沖沖地趕到學校，看見早來的微笑和叮噹正在發水。微笑把白T恤紮在一條牛仔褲裡，特別顯眼。他趕緊在一旁用力做拉伸練習。

果然，微笑朝他走了過來。

「劉大志，稍微拉拉就行了，看你都要把自己的筋拉斷了。」

劉大志嘿嘿一笑。

微笑：「小武呢？看見小武沒有？」

叮噹：「還沒來呢。」

劉大志：「這種時候他還出什麼攤，急死了……」

陳桐穿著嶄新的紅色運動短衣、短褲走過來：「準備得怎樣了？」

「哇，陳桐，你這一套好帥啊。」叮噹又犯起了花癡。

劉大志一看，是挺好看的，跟他比起來，自己裡面那件背心顯得太寒酸了。

陳小武急匆匆跑過來。

「怎麼才來？」劉大志趕忙問。

陳小武看劉大志把襯衣釦子解了：「你在幹嘛？」

「脫衣服啊，難不成你穿校服跑啊。」

「我裡面沒穿背心，能光著上身跑嗎……」陳小武怯怯地問。

「你看著我的眼睛再說一次。」

「那……那我還是穿校服跑吧。」

陳桐、劉大志、陳小武站在候場區，三個人穿成了三個季節，周圍投來嘲笑的目光。陳小武和劉大志臉上有掩飾不了的失落，和陳桐站在一起，他倆像是臨時來湊數的。

郝回歸從遠處跑過來，手上拿著三套洗褪色的運動背心和短褲。

「我怕你們都沒有。哦，陳桐有，那就好。跑步穿這個比較方便，大志和小武換上吧。」

兩個人站在更衣室的鏡子前左看右看，雖然是舊的，換上後也舒服多了。出來之後，他倆發現陳桐也把那套全新的紅色運動裝換了下來。

「你……你怎麼也換了？」劉大志很訝異。

「我那套太顯眼了，和你們穿一樣，他們比較分不清楚目標。」

「有道理。果然腦子好使。」陳小武由衷地讚賞道。

「陳小武，你真是笨死了。」劉大志拍了陳小武一下，意味深長地看了陳桐一眼。藍天白雲，激昂的音樂在校園迴盪。微笑伸出手，陳桐、劉大志、叮噹、陳小武也跟著伸出手，五隻手疊在一起。

五個人一起大喊：「GO！GO！GO！GO！」

微笑：「去吧，達達尼昂！」

劉大志：「你說什麼？什麼達達？」

陳桐笑著說：「微笑說得沒錯，我們是三個火槍手[14]！」

陳小武：「火槍手又是什麼？」

所有人都在等待王衛國手中的發令槍。

鄭偉站在陳桐一旁，故意擠了陳桐一下。陳桐目光堅定，沒放在心上。劉大志和陳小武則被其

編註14　法國作家亞歷山大・仲馬（Alexandre・Dumas）一八四四年出版的小說《三個火槍手》，台灣譯為《三劍客》，而其中的主角即是「達達尼昂」，台灣譯作「達太安」。

他人擠到後面。陳小武想往前擠，田徑隊一個壯漢瞪了他一眼，他不敢動了。

田徑場內，文科班女生舉著橫幅站在陳桐的位置。Miss Yang 神情緊張地站在一旁。

叮噹：「Miss Yang，你說我們班誰會贏？」

「陳桐肯定得第一！」

「我也是這麼想的。」

微笑和郝回歸在隊伍後面沒那麼擠的地方正對著劉大志。

「加油！」

「放心！」

「各就各位！預備！」「砰」的一聲，王衛國手中的槍響了。

幾十個人如海浪般湧了出去，陳桐領跑。

「大志！加油！」微笑大喊著。

聽到微笑的聲音，劉大志下意識地朝微笑看了看。

「跑呀！」陳小武拉了劉大志一把。

激揚的進行曲飄蕩在操場上方，一派青春恣意的場面。第一圈已經慢慢拉開距離，陳桐在領跑，劉大志和陳小武跑在最後。陳小武已氣喘吁吁。劉大志穩住呼吸，不急不慢，保持步調。陳桐的話迴響在劉大志耳邊。叮噹在田徑場內追上劉大志：「你太丟臉了，加油呀！」

劉大志沒有理會。微笑跑過來，遞給他一瓶水，劉大志搖搖頭。

郝回歸看著劉大志臉上堅毅的表情，覺得自己少年時還挺帥的。王衛國在一旁鼓勵大家：「五千米是耐力賽，現在不要把力氣都用光了。」

陳桐又往前跑出一個身位，所有人跟著不顧一切地往前衝。

廣播裡的進行曲愈來愈高亢。過了幾圈，大部分選手的速度變慢。陳桐也漸漸放慢，他剛開始跑得太快，覺得身體也開始有點兒吃不消了。劉大志拍了拍陳小武，然後開始加速。他正好落後一個圈，跑過陳桐身邊時，兩人交換了一下眼神。

馮美麗在一旁大喊：「哇，劉大志超過陳桐了！」

叮噹翻了一個白眼：「他落後一圈好不好。」

郝回歸的表情開始緊張起來：「大志，加油！」

第八圈了。五、六個田徑隊隊員和陳桐、鄭偉在第一梯隊。其他選手有的已經停了下來，有的還在後面慢慢拖著。短跑特長生田大壯退出比賽，他看著旁邊喘著氣緩緩移動的陳小武說：「算了吧，你已經落後兩圈了。」陳小武不作聲，繼續慢慢跑。

王衛國跑過來一鞭子打在田大壯身上：「怎麼不堅持？」

「王老師，我不行了，反正拿不到第一，還是把力氣省著參加明天的短跑吧。」

王衛國生氣道：「沒用的東西。」

田大壯不服氣地說：「他要跟我跑百米試試看。」

「算了算了！」

田大壯恨恨地看著陳桐。陳桐漸漸慢下來。鄭偉的臉色也有些發白。微笑在田徑場內發礦泉水。陳桐接過水瓶，從自己頭上淋下去。

理科班的女生分成兩撥，一撥為陳桐加油，另一撥為自己班的男生加油：「理（二）班，加油！」「鄭偉，加油！」

相比之下，文科班所有人都在拚命喊：「文科班，加油！陳桐，加油！大志，加油！陳小武，加油！」沒有參加跑步的人把所有的力量用在了喊口號上，聲浪一波比一波高，運動會很久沒有這樣的熱烈場面了。

第十圈了。劉大志已開始疲憊。他記得陳桐說過：「十圈前，你就跟著我就好，千萬不要暴露。」微笑跑到劉大志身邊：「加油！」她在田徑場內也跟著劉大志一起跑。微笑額頭上都是汗，一臉的緊張。劉大志想哭又哭不出來，咧著嘴，只能乾號。陳小武也追上了劉大志。

叮噹跑過來：「小武，你已經落後三圈了！」

陳小武點點頭，乾脆慢下來，喘著粗氣，朝衝刺位慢慢走去。

最後一圈半。

郝回歸帶著文科班同學在田徑場內跟著跑，加油聲此起彼伏。陳桐第一，鄭偉緊跟其後，理科班另外兩個男生緊咬著不放，再加上田徑隊的四人，第一梯隊共八人。劉大志一個人在第二梯隊。

微笑依然在旁邊陪跑，大喊：「大志，加油！」

「最後一圈半，越過半場，我就開始衝。當然，如果我能跟上的話。」劉大志記得自己的話，大喊了一句：「我可以！」

陳桐看了眼鄭偉，他依然咬得很死，但體力似乎快透支完了。陳小武已經到達衝刺位置。鄭偉已經說不出話，他完全跟著陳桐的節奏。陳桐跑一步，他就跑一步，兩個人膠著著，誰也沒有辦法超過誰。

文理兩科的女生圍著陳桐和鄭偉喊破了嗓子。

陳桐的眼睛突然亮了起來。劉大志超過了他們。

「那是誰呀？」「落後一圈的吧。」

紅色的終點線後，王衛國盯著這幾個人，問裁判：「劉大志落後幾圈？」裁判道：「劉大志在衝刺圈。」王衛國驚呆了。

劉大志超過了陳桐。陳桐頭一次艱難地笑了笑：「別管我，衝！」鄭偉沒有意識到劉大志是在衝刺。王衛國用喇叭大聲喊著：「現在劉大志是第一，劉大志、陳桐、鄭偉三個人在衝刺圈的前三。」鄭偉一愣，他才意識到這個問題，但是陳桐絲毫沒有衝刺加速的打算，而陳小武總是擋在鄭偉前面，他已沒有力氣往前跑了。

劉大志開始朝終點跑。

陳小武緊緊壓著鄭偉，卻被鄭偉一把打翻在地。

眾人大喊：「王老師，有人犯規！」

王衛國大喊：「鄭偉，快，衝刺！」

鄭偉咬著牙越過陳桐，朝劉大志衝去。

還有二十米——劉大志突然慢了下來。

「大志，衝呀！」眾人心急地大喊。

劉大志、鄭偉、陳桐幾乎在同樣的位置，目前劉大志領先。突然，劉大志瞄準位置，一個錯位，他和鄭偉一起摔倒在地。陳桐驚愕。劉大志倒在地上對著陳桐大喊：「衝呀！」

陳桐茫然間衝過了終點。

歡呼聲震天。

裁判的聲音響起來：「陳桐，第一！」

叮噹歡喜地抱住陳桐：「我就知道！我就知道！」

同學們一擁而上，抱住陳桐，接著男生們抬起陳桐往天上扔。

鄭偉立刻爬起來憤恨地踢了劉大志一腳，然後一瘸一拐地走到了終點。劉大志也笑嘻嘻地爬起來，剛跑過終點，便體力不支被郝回歸一把接住。

劉大志：「郝老師……」

郝回歸：「好樣的！第四！」

第二名是鄭偉，第三名是一個體育生。文科班簡直要炸鍋了。

劉大志整個人都是暈的。微笑跑到他面前，張開雙臂，打算給他一個擁抱。劉大志身上全是汗，感覺不好意思，有些退縮。微笑也一愣，便拍了他一下：「劉大志，不錯啊。」劉大志一個勁兒地喘氣和傻笑。

叮噹急忙張羅道：「快快快，趁剛跑完照相吧。這樣最好了！」

劉大志喘著氣說：「小武呢？」

小武還在默默地跑著。

叮噹跑過去說：「陳小武，陳桐已經贏了，你別跑了。」

小武嘴都白了：「我還差兩圈……」

操場安靜了下來，大家都默默地看著陳小武。

微笑大喊：「小武，加油！」

接著所有人一起喊：「小武，加油！」

陳小武已快昏厥，眼前全是人的幻影。他腳下好像有千斤重，已無法維持跑步的姿勢，只能一步步緩慢地移動著。他的雙腳再也無法支撐身體。終於陳小武倒在地上，臉貼著地。

叮噹跑過去：「陳小武，你給我起來！」

陳小武睜開眼睛，視線模糊，他已看不清眾人的臉，只看見不遠處一條紅色的線若隱若現。

鄭偉坐在地上撐著身體，看著陳小武：「哥們兒，差不多行了！」

陳小武踉踉蹌蹌地站起來：「文科班的人一定能……跑完。」

他用盡了最後一點兒力氣，整個人又將倒下。

一雙手堅強有力地撐住了他，是陳桐。

「走！一起衝線！」陳桐語氣堅定地說。

劉大志也奔過來，和陳桐一起架住陳小武，三個人朝終點走去。

郝回歸遠遠地看著這一幕。有些堅持看起來挺傻的，但這不就是青春的意義嗎？終點線後面，大家聚集起來為小武加油。

「你看，這是郝老師的學生！」Miss Yang 對王衛國說。

王衛國的臉上第一次沒有露出嫌棄的表情。陳桐、陳小武、劉大志三個人並肩衝過終點。王衛國吹哨：「男子五千米比賽結束！第十八名，陳小武！」眾人歡呼。陳桐、劉大志、陳小武卻再也撐不住了，一屁股坐在地上。

田大壯伸手去拉劉大志和陳小武：「真有你的！」

王衛國拍了拍陳桐的肩膀，對田大壯說：「好好學著，這就是體育精神！」

微笑拿來一條毛巾給劉大志。劉大志憨笑著接過毛巾，拿在手裡，不知怎麼辦好，是留著還是擦？

陳桐直接一把拿過來，擦了擦滿頭的汗：「為什麼不衝第一？」陳桐剛擦完，手裡的毛巾又被班上別的女生一把搶走了：「陳桐，我拿走了！」劉大志撇撇嘴，灑脫地說：「你看，像我這樣的人，就算得了第一又怎樣，兩天就被人忘了。你就不同，你得了第一，毛巾都變得有意義了。」

「你這樣有意思嗎？」遠處傳來了叮噹的聲音。

劉大志跟陳桐一起循聲望去，叮噹正在數落陳小武。陳小武癱倒在地，見叮噹朝自己跑過來，嘴裡說了些什麼，他什麼都聽不清，只會傻笑。叮噹很生氣地說：「讓你不要跑了，你非要跑，你那叫跑完嗎？你是走完的，二十分鐘前比賽就應該結束了，你讓這麼多人陪著你在這兒走圈有意思嗎？我看你就是想出風頭。也不想想看，你跑那麼慢多丟人。那麼多田徑隊的人，大家沒有名次就不跑了嘛，很正常呀。你平時體育那麼差，跑不完太正常不過了，為什麼一定要這樣？為了出風頭，浪費了全校人二十分鐘！」

陳小武依然傻傻地笑著。

劉大志衝過去一把拉開叮噹：「你瘋了吧！」

微笑在一旁喊著：「叮噹！」

叮噹絲毫不妥協：「我又沒有說錯，明明知道這個結果，為什麼還要去跑？」

劉大志蠻橫地說：「你再說，信不信我跟你絕交！」

陳小武有點兒明白怎麼回事了，起身拉住劉大志：「你別怪她，她也沒說錯，是我對不起大家！」

劉大志對陳小武說：「你還能再慫點兒嗎！」

微笑：「算了，算了，叮噹也不是故意的，小武也沒錯。」

叮噹對微笑說：「幹嘛？我又沒說錯！」

劉大志：「你講不講理！」

郝回歸一看，有點兒為難，但誰都沒錯，不過看大家這麼吵起來，感覺真有意思：「好了好了，別鬧了！比賽結束了，大家都辛苦了，我們去好好慶祝一下，老師給你們慶功！」

劉大志依然很生氣：「我不去！你們去吧！」

陳小武拉了拉劉大志：「大志……」

劉大志一臉怒氣。叮噹一臉「你想怎麼樣」的挑釁。

郝回歸一點兒都不擔心，反而很羨慕他們幾個，想翻臉就翻臉，還有人勸和，不像成年後的自己，要吵架都要忍很久才敢爆發，爆發之後就很難有人能勸和。

陳桐調節氣氛，說了一句：「郝老師，我們去哪裡慶祝？」

叮噹馬上轉換臉色：「去吃冰淇淋好不好？」

郝回歸：「好呀，我請客！」

陳小武默默地低下了頭。

我配不上你，連喜歡都感覺很吃力。

簡陋的豆芽分裝台上放著一張生日卡片。在微弱的燈光下，幾個手繪的粗糙的桃心格外顯眼。卡片下面還有一張信紙，上面是滿滿的文字。

陳小武深情地看著卡片，十幾秒後，站起來默默地將卡片和信收起，折好了放在口袋裡，然後去豆芽棚幫忙。

「你今天累了就去休息吧。」陳石灰關心道。

小武「哦」了一聲，依然清洗著豆芽。

「爸爸沒想到你還能跑完五千米。下次別那麼傻，省點兒力氣回來搬豆芽。」

「沒有下次了。」陳小武用手摸了摸口袋，裡面的卡片和信紙彷彿讓他的胸口隱隱作痛。

第二天，運動會還在繼續，操場上熱鬧非凡。文科班已經沒有比賽了，但大家都很投入地為每一個項目加油。自從運動會最大的項目五千米被文科班拿了冠軍之後，所有人對文科班的感覺都不一樣了，包括他們自己。陳小武、劉大志、微笑在一旁喝水閒聊。

劉大志伸著懶腰：「每天都開運動會就好了。」懶腰還沒伸完，身上突然一陣疼痛。

微笑笑起來說：「大志，昨天的你很帥。」

「真的啊。」突然被微笑誇獎，劉大志的臉都紅了。

陳小武一直沒說話，終於忍不住開口道：「叮噹這個禮拜天生日……」

微笑：「對噢。」

劉大志看著陳小武：「管她做什麼，昨天她那樣對你，我一想起來就氣。她要不是我妹妹，我準揍她。」

陳小武：「我就是有點兒擔心你不一定打得過她！」

劉大志站起來擼著袖子：「廢話，你讓她來試試。」

叮噹跑了過來。

劉大志趕緊坐下，依然擺著個臭臉。

叮噹假裝沒看到，拉著微笑說：「快快，那邊跳高有個帥哥，快去看看。」

「有什麼好看的？」

「都說長得像劉德華……」

微笑被叮噹拽走了。劉大志看著她們的背影，蹺著腳看著陳小武：「你怎麼不去發掘一下有什麼美女……」

一個田徑隊的肌肉女從旁邊跑過。

「喏。」

劉大志撇撇嘴道：「小武，你到底喜歡什麼樣的？」

陳小武低著頭笑，不作聲。

劉大志本來只是一句玩笑話，但陳小武的表情讓他一驚。

「你有喜歡的人了？」

「哪有。」

「你這傢伙，你一撅屁股我就知道你要放什麼屁。你跟我說實話，誰？」

「沒有。就算有，她也看不上我呀！」陳小武很失落地說。

「你有沒有志氣？」

「沒有。」陳小武很誠懇地回答。

遠處傳來叮噹若隱若現的尖叫聲：「好帥！」劉大志一臉的嫌棄。

突然，跳高區鬧哄哄的，有人吵了起來。

陳小武「噌」一下坐起來，拔腿就往人群中跑。

「劉德華」的女朋友見叮噹花癡一樣大叫，帶著幾個人走過來讓叮噹閉嘴。叮噹也不是吃素的，就和他們吵了起來。

幾個女孩特別生氣，上來就要動手。

陳小武撥開人群，擋在叮噹前面，特別緊張地說：「你……你們要幹嘛？」

「劉德華」的女朋友看了眼陳小武，冷笑一聲：「這是你男朋友？你有這麼矮、這麼黑的男朋友挺好的啊，幹嘛要來這邊加油？」

「你……你什麼意思？」陳小武知道自己被羞辱了，卻又不得不硬著頭皮繼續說。

劉大志也不知該怎麼調解女生間的矛盾。

對面的女生變本加厲道：「你剛剛說我男朋友未來會成為你男朋友是吧？你再給我說一句。」

叮噹特別生氣，梗著脖子說：「就是我說的，怎麼了？」

「劉德華」的女朋友揚起手就要給叮噹一巴掌，手腕卻突然被抓住。

微笑緊握著她的手腕，暗暗使勁兒道：「你男朋友跳高跳得好，是很帥，我們也沒叫錯。你不讓我朋友叫，就是你的不對。她說她會成為他女朋友是她不對，但你男朋友會喜歡你這種愛動手的人？」說著，看了「劉德華」一眼，「他不分手，以後恐怕也沒法跳高了。」

「你什麼意思？」她不明白地問。

「他瞎了，還跳什麼。」劉大志在一旁補充道。圍觀的人大笑。

微笑把她的手放下。女孩惱羞成怒，一腳踢過來。劉大志臉色大變，上來就要推她。只見微笑一個轉身，雙手把女孩的腳往她的力道方向一提，女孩整個兒摔了出去。

女孩大叫：「趕緊來扶我啊！」「劉德華」尷尬地跑過來，經過叮噹和微笑身邊時說：「不好意思，不好意思，她性子太急。」他扶起女朋友就往別的方向走。女孩還在不停地罵。

人群散去後，叮噹有些後怕，對微笑說：「幸好有你，你比這些男人強多了。」說著，白了陳小武和劉大志一眼。

「好了，你也是，吃不了虧，性子又那麼急。你說你倆還看不起對方，你們兄妹就是一個性格。」

劉大志和叮噹都不說話，也不願看對方。主席台上，王衛國對著喇叭喊：「本次運動會最後一個項目——男子百米已經結束，請各班準備參加閉幕式。請各班班主任來主席台領各班的獎品和獎狀。」王衛國話音剛落，郝回歸就走到主席台。王衛國按掉喇叭：「領獎品挺積極呀，郝老師。」郝回歸「呵呵」笑著。

田大壯負責分發：「郝老師，您班上的獎狀……」

郝回歸發現有三張。王衛國說：「組委會把組織獎也頒給你們班了。」郝回歸打開，果然有一張寫著「九八年校運動會優秀組織獎 高三文科（一）班」的獎狀。這個獎從來都是頒給獲獎人數最多的班，怎麼會輪到自己班？王衛國看出了郝回歸的疑惑：「湘南五中文科多年來就沒有任何存在感。這兩天不管有沒有你們的比賽，你們全班都在賽場上給大家加油。郝老師，這一點上我還挺佩服你的。」

郝回歸有些不好意思，但又覺得很驕傲。

「對了，那個劉大志，反正成績也不好，要不要加入田徑隊？」

「啊？」郝回歸愣了一下。

「特長生高考可以加分的。」

「不用了。」郝回歸想都沒想地回答。

王衛國沒想到他會這麼快拒絕：「你問問學生呀！我看那小子資質不錯，也機靈。」

「真的不用，王老師，謝謝你。」郝回歸可不希望劉大志成為體育生，從而改變自己未來的人生。

為了慶祝運動會結束，劉大志放學後就跑進音像店，挑了一盒張學友的《餓狼傳說》。郝回歸也走了進來，看到那盒磁帶，下意識地說：「叮噹快生日了吧？」

「對啊，打算給她個驚喜。啊，郝老師，你怎麼知道她生日？」

郝回歸尷尬地說：「我就是突然想起來了。」

「她要不是我妹妹，我真的覺得她是個八婆。吃得多，話又多，還沒一句好話。最花癡的就是她。你是沒看見她，就差流口水了！」

一轉頭，叮噹和微笑站在店外，叮噹一臉的怒氣。

劉大志慌張地說：「我不是……這個意思。」

叮噹拉著微笑說：「我們走！」郝回歸也傻了。叮噹轉頭對劉大志說：「你以為我稀罕做你妹妹嗎？」

劉大志愣在了原地。

郝回歸嘆氣道：「我知道你只是嘴欠而已。」

音像店響起音樂聲：「給我一杯忘情水……」

叮噹在書桌前悶不吭聲。

叮噹的爸爸：「這次爸爸去廣州出差，你想要什麼跟爸爸說……」

叮噹還是不吭聲。

「你怎麼了？」叮噹的爸爸走到書桌前。

「沒怎麼。」

叮噹的媽媽一邊收拾屋子一邊嘮叨：「上次你從廣州買回來的那種裙子，給我姊再帶一條。我跳舞的鞋子也要換了。湘南這破地方，要什麼沒什麼。對了，現在流行那種金項鍊，細細的。你看人家脖子上都掛那麼粗一根，有什麼好看的。你這次去呀，少喝點兒酒。聽說廣州現在香港貨很多。」

「媽，你乾脆跟著去吧。」

「你這是什麼話？我不得在家裡給你做飯呀。我倒是想去呀，要不是為了你，我……」叮噹一臉不高興，轉身進房，關上門說：「我不用你管！反正你還不是每天打麻將。」

叮噹的媽媽放開嗓門喊：「你給我把門開開！」

劉大志覺得自己有點兒傷害到叮噹了，有些心虛，在家裡走來走去。

郝鐵梅邊打毛衣邊嫌他礙眼：「你屁股著火了啊？」

「媽，你發的那些水果要不要給小姨家送點兒去？」

「不是都被你吃完了嗎？」郝鐵梅反問道。

「你上次不是給小姨做了袖套嗎，還沒給她吧？」

「她嫌醜，算了。」郝鐵梅繼續打著毛衣。

劉大志沒話說了。

「來，媽媽給你打件毛衣，比一比袖子。」

劉大志面無表情地走過去，毫不配合。郝鐵梅比劃著。沙發上的毛線球滾下去了。

郝鐵梅放下毛線針：「你怎麼魂不守舍的？你想去你小姨家就去唄。」

劉大志尷尬地說：「你怎麼知道我想去？」

郝鐵梅嘆氣道：「你這麼傻，心裡能藏住什麼事……」

劉大志趕緊去撿毛線球，但手一鬆，最後那點兒毛線散開了。

毛線球的裡面是一個紙團。

劉大志好奇地打開，是一封信：

親愛的志軍，我知道人民警察是個非常危險的職業，但我卻為認識這樣一個你而感到光榮。讓我們為社會主義事業拋灑熱血和青春吧！紅梅。

郝鐵梅傻了：「十好幾年了，這東西怎麼在這兒？」

劉大志好奇地問：「媽，這是小姨寫的？志軍是誰呀？當員警的……志軍？啊，不會是陳桐的爸爸吧？」

郝鐵梅一把將信紙搶過去，板著臉說：「小孩子不要多事！你敢透露一個字，我撕了你的嘴！」

劉大志頓時感到事態嚴重。

郝鐵梅轉身走進臥室，把門關上，撥打電話：「你趕緊過來一趟。著急。」

沒過一會兒，小姨郝紅梅就來了。郝鐵梅把她拉進臥室。劉大志躲在門邊，什麼都聽不見。沒過一會兒，郝紅梅打開門，氣沖沖地往外走。劉大志偷偷瞥了瞥她，她手裡似乎緊握著什麼。劉大志一個人躺在房間裡扳著手指頭，腦補出一幅人物關係圖：叮噹的媽媽郝紅梅和陳桐的爸爸陳志軍談過戀愛。那郝紅梅跟陳桐的媽媽程曉紅就是情敵？媽媽郝鐵梅跟程曉紅是同學，而郝鐵梅跟郝紅梅又是姊妹……

第六章
有人在想你

我們對親近的人撒野，
是覺得他們對自己無論如何都能包容。
但是我們常常忘了告訴他們這一點。

每個人都有祕密，有些是我們活下去的勇氣，有些是我們想藏起來一輩子不願意面對的自己。

微笑正在收拾廣播站的信件，劉大志鬼鬼祟祟地走進來。

「我有重大消息！」

「我忙著呢。」

「真的是重大消息。」

劉大志一把拿下微笑手裡的信，直視著她，語速極快地說：「昨天晚上，我媽在家裡打毛衣，她毛線團裡繞著一封信。我看見是我小姨寫給一個叫志軍的員警的情書。然後我媽連夜打電話叫小姨過來。小姨來後把信拿走了。走之前，我聽她們說，這個志軍後來娶的人姓程。」

微笑顯然沒聽懂：「說這麼多，叮噹還是生你氣，找我也沒用。」

劉大志神祕地說：「陳桐的爸爸是員警，叫志軍，他媽媽姓程，是我媽的初中同學。」

微笑停下來，扭過頭問：「你什麼意思？」

劉大志猛點頭。

微笑不確定地問：「那……是？」

劉大志繼續猛點頭。

「也就是說？」微笑已經明白了，顯得很緊張，忙說：「你千萬別跟其他人說這個，尤其是叮噹。」

叮噹推開了廣播室的門。

三個人面面相覷。

「什麼事情尤其是別跟我說？」叮噹皺著眉頭問。

劉大志看著微笑，微笑很尷尬，他又看著叮噹。

「呀，沒事，都過去好多年了，對現在也沒什麼影響。叮噹，你知道你媽以前和誰談過戀愛嗎？」

微笑攔都攔不住。

郝紅梅摸了一個八條：「哎呀，早知道就把八條留著了……」

下家開心地說：「跟一個。」

郝紅梅悔不當初。

叮噹猛地推開門，黑著臉問：「媽，飯呢？」

郝紅梅抬頭看了一眼：「還早呢，這麼早吃什麼吃！」

叮噹大喊：「你怎麼就知道打麻將？」

郝紅梅也黑著臉說：「怎麼跟大人說話呢！」

牌友們都很尷尬：「要不，我們改天……」

「等等等等，我七小對等著自摸呢！」

「我要你打！」叮噹把桌子掀翻了。

牌友們不知道該怎麼辦。

郝紅梅臉上掛不住了，抄起旁邊的掃帚就朝叮噹打過去：「我打死你個臭丫頭，敢跟老娘掀桌子！」

微笑正很小心地把劉德華的海報從牆上揭下來。

保姆張姨：「笑笑，你電話。」

微笑繼續認真地弄著海報：「等會兒。」

「是叮噹，聽聲音好像有點兒不對勁兒，你快去吧。」

「好，張姨，你先幫我舉著，別弄壞了！」海報揭了一半，上面一半正垂下來。

電話那頭傳來叮噹的哭泣聲。

微笑對著電話說：「別哭，別哭，出什麼事了？」

電話裡沒有聲音。

「你真是急死我了，你現在在哪兒？我去找你！」

街上空無一人，昏黃的路燈將微笑的背影拉得好長。

叮噹坐在花園旁邊的長椅上，微笑站在她旁邊。

「我媽根本就不喜歡我。我一直覺得不對勁兒——別人家的媽媽都把女兒打扮得漂漂亮亮的，只有我媽嫌我礙眼。」

「你胡說什麼呢？你媽對你挺好的，而且在你身邊，還有什麼不滿意的。」

叮噹意識到自己說錯話了：「微笑，我不是那個意思。你知道我有多慘嗎？每天都沒飯吃。她只會打麻將。我媽也不給我買新衣服。我每天都在想，是不是我做錯了什麼？原來她根本就不喜歡我爸。我和我爸的存在都是個錯誤，難怪她對這個家一直那麼冷漠，每天只知道買買買！」

「是因為今天大志說的話嗎？他就是八卦，這都多少年前的事了，你不會為這個事跟你媽不高興吧？」微笑趕緊勸著。

「多少年前的事也是事實！」
「也許就是個誤會呢。你別想那麼多。」
「我知道是真的……」沒說幾句，叮噹就哭了起來。
「別難過了。」微笑摟住叮噹，「好了，好了，你再哭明天眼睛就腫了，不好看了。」
「啊？現在腫了嗎？」
「你看你，哭得像隻貓。」微笑也笑了。

第二天一早，劉大志拎著書包一邊走一邊甩，他還不知道自己給叮噹造成了多大的麻煩。
王大千的車開過，微笑從車裡探出頭來：「大志！」
劉大志下意識地挺了挺胸：「幹嘛？」
話音未落，微笑已從車上下來。
「爸，我跟大志一起走，你走吧！」
劉大志擠出一個笑：「王叔叔掰掰！」
王大千做了個向領導致敬的手勢，掉頭走了。
劉大志看著微笑問：「你幹嘛這麼嚴肅？」
「你……知不知道昨晚叮噹跟她媽媽吵架了？」
「為了那件事？」劉大志緊張起來，「完了，我死定了。」
「但叮噹沒說是你。」
「她沒說我，她媽也知道是我說的呀！」
「她沒提那件事，就是吵架了。」微笑補了一句。

「大姐，話說一半會嚇死人的。」劉大志拍著胸脯，一陣後怕。
「我問你，你表妹生日，你送什麼給她？」
「小武說要買磁帶呀。」劉大志想了想。
「你呢？」
「那你送什麼？」劉大志很神祕地問。
「我不告訴你。」微笑也很神祕地答。
「那我也不說。」
「……我準備把劉德華的海報送給她。」
劉大志很吃驚：「不會吧，那個劉德華的香港原版海報？那不是你的命根子嗎？」
微笑一腳踢過來，劉大志趕忙躲開。
「我去你們廣播站，唱首歌給她，怎麼樣？」劉大志終於鬆口道。

你很難知道什麼是正確的，但你可以覺得只要是年輕的，就都是正確的。

本來已經「認命」的郝回歸在經歷了運動會之後，覺得自己不能坐以待斃了。他看到了文科班的團結，全校的人也都看到了文科班的團結。他看到了全班同學心裡燃起的那團火，那是自己剛來的時候沒有的。如果自己真的離開，那他們是不是會失望，好不容易建立的存在感又會消失？

更準確地說，郝回歸告訴自己，他的存在是有意義的。文科班需要自己，而自己也需要他們。想明白這一點後，他決定去找何世福。如果是以前的他一定選擇走一步看一步，可現在他必須自己去爭取。即使失敗了，他也不遺憾。就像多年前他一直對微笑說不出口的告白，就像這些年來一直鼓不起勇氣的自己。他走進何世福辦公室的時候，一點兒都不緊張，有的是破釜沉舟的自信。

「何主任，我想明白了。當文科班代班班主任的這段日子，我明白了沒有差的學科，只有差的環境。陳桐來了文科班後，成績並沒有下降，不僅還是第一，而且每次考試都是六百三十分以上。微笑也一直很好，連劉大志都有明顯的進步。本來，我也覺得走一步看一步，等到最後的測評，再等學校的決定。但這次運動會讓我看到了希望——文科班之所以一直被瞧不起，是因為大家沒有成就感，所以也就沒有存在感。我希望我可以和大家繼續在一起，讓他們知道自己存在的意義。何主任，我知道這段時期給你惹了很多麻煩，但是我覺得我能，而且一定能做好這個文科班的班主任。」郝回歸一字一句地說完，他以為何世福會罵他不守規矩或自視過高，但何世福沉默了許久，既不認同，也沒有否認。

「何主任……」郝回歸試圖打破僵局。

「郝老師，」何世福開口了，「我替你代班的那一週給我的震撼挺大的。你可能不知道，那一週大家對我的敵意非常大。劉大志也好，陳小武、陳桐也好，他們決定參加運動會，也讓我挺驚訝。尤其是後來，你們全班跟著他們跑起來，那時我在想，什麼樣的老師是稱職的老師？可能只有一個標準吧，就是能讓這個集體煥發出希望。現在的文科班和你接手時確實不太一樣了。你說得沒錯，最後的測評不過是走個流程罷了，能留下來的自然能留下來，要淘汰的也肯定會被淘汰。當初所有人都不看好你，你還記得我怎麼說的嗎？」

郝回歸當然記得。

「郝老師，我是真的希望有一個人能讓文科班的孩子們找到自己的價值，而這一切也需要一位真正願意去發現他們的老師才行。」何世福說得情真意切，「別的話我就不說了。我知道你是年輕人，總有奇奇怪怪的想法，但是無論如何要記住，你是老師，要為人師表。」

郝回歸知道何主任說的是什麼，他也知道自己屬於哪一種人，考慮得更多，才能走得更遠。

「所以……」郝回歸看著何世福。

「你先回吧，我去跟校辦說。」

郝回歸很激動，也很詫異。激動是因為這些年，他從未有過這樣的感覺。參加工作後，他一直都按規矩辦事，所有事情都是按照領導的意思做。而此刻，自己居然敢在領導面前大膽地說出自己的感受，一點兒都不心虛，因為他知道他所說的都是為了做一件真正有意義的事。郝回歸很高興自己居然有了改變。詫異的是他一直覺得何主任是教育制度的反面，是迂腐的代表，但是沒想到他居然會站在自己的立場思考問題。想起那本「與時間對話」的日記，郝回歸自顧自地笑了起來。他習慣了這裡，喜歡上了這裡，喜歡這群十七歲的少年，喜歡跟他們待在一起的感覺。他似乎已經忘記了自己原本的那個世界。

如果你知道自己為了什麼，任何一點因自己而起的改變都值得慶祝。

這樣令人投入的日子過了一段之後，他忽然想起那本《時代週刊》的封面。怎麼突然忘記了這件事？到底是什麼人給的周校工？

精神病醫院裡，周校工坐在郝回歸對面一言不發。在這種地方，一切似乎都變得非常緩慢。郝回歸環顧四周，這裡根本不像治病的地方，相反，本來好好的人進來之後倒像是病人了。周校工盯著郝回歸，像是思考，也像是在觀察。郝回歸也不著急，慢慢打開帶來的零食。

周校工坐不住了，正準備伸手上來拿。

「周校工，有人跟我說我會發財，讓我去……」郝回歸欲言又止。

周校工腦袋微微一偏，神祕地笑了笑。

「讓你去幹嘛？你是不是問我應不應該買股票？房子？」周校工環顧四周，醫生和護士都沒有留意這邊。

「我應該買嗎？」郝回歸盯著他說。

「你想知道答案嗎？」周校工臉上流露出得意的神色。

郝回歸很急切地說：「當然當然！」

周校工站起來，雙手放在背後說：「天機不可洩露啊。」

「那你說我應不應該相信他呢？」

周校工扭過頭，認真地盯著郝回歸，就像看穿了他的靈魂。突然，周校工抓住郝回歸的肩膀：「不！不能相信！絕對不要相信！不然！你就會變得和我一樣！」

郝回歸被抓得生疼，卻又不想驚動醫生。

周校工貌似失去了理智，死死地抓住他的肩膀，然後又去掐他的脖子，反覆說著這幾句話。

郝回歸大叫。

醫生和護士趕緊衝過來把他們分開。周校工依然不停地掙扎，嘴裡還念叨：「千萬不要相信，千萬不要相信，不要相信……千萬不要相信。」

護士給周校工打了針鎮靜劑，他軟軟地躺在沙發上。

醫生看了郝回歸一眼。

「你是？」

「我是他的同事，剛分配到學校不久。學校派我來看看他有什麼需要，沒想到周校工情況這麼糟糕。」

「平時都不錯，但不能給他看電視和報紙，也不能聽到任何與『未來』相關的詞，否則就會像剛才那樣。」

「這是什麼原因？」

「你是老師，我就不跟你瞎扯了。老周總覺得自己知道未來，但又阻止不了未來，整天活在恐懼之中。很多人並不是精神病，而是想不通，所以就胡言亂語，自己嚇自己，然後就崩潰了。」

見郝回歸若有所思，醫生又問：「你知道他為什麼會這樣嗎？」

郝回歸搖搖頭。

他想起自己第一次見到劉大志時，他說自己是來自未來的劉大志，劉大志一副不相信自己的樣子。如果劉大志相信自己真的是來自於未來的他，他會有什麼反應呢？不能理解？覺得未來黑暗，沒有期待？還是會像周校工這樣，徹底瘋掉？郝回歸不寒而慄，為自己第一次見到劉大志的失言感到後怕，幸好劉大志把這當成了一個玩笑，不然自己可能就害死劉大志了。

「醫生，你知道周校工家裡還有什麼親戚嗎？」

「好像沒有。他是在福利院長大的。」醫生一邊填查房情況一邊回答，「對了，那天送他來的司機好像提到他有個遠房親戚，表哥什麼的，去年還是前年找過他，後來就再也沒聽說過這個人了。」

郝回歸的腦子快速地轉著。

我們對親近的人撒野，是覺得他們對自己無論如何都能包容。但是我們常常忘了告訴他們這一點。

課間，生活委員拿來一遝信，叮噹很快地看到寄給自己的那一封。這個筆友用的信封都是一樣的，而且每封信都在封口處用紅色的筆畫了一顆小桃心。換作往常，叮噹一定特別開心。信拆開，裡面掉出一張卡片。叮噹撿起來，沒看幾眼，就生氣地把卡片撕得粉碎，然後把頭埋在桌子上。

微笑擔心地問：「怎麼了？筆友來信說什麼了？」

叮噹抬起頭，眼睛紅紅的：「誰知道他搞什麼鬼，說不會再給我寫信了。」

微笑一愣：「為什麼？」

叮噹很難過：「不知道，還祝我生日快樂。」

微笑想了想：「我就說了是個熟人。」

叮噹的臉一下拉得很長：「怎麼所有不好的事都發生在我身上啊？我真是倒大黴了！」

跳高的「劉德華」正好走過窗邊，朝這邊看了一眼。

叮噹立刻假裝若無其事，輕聲對微笑說：「看，『劉德華』。你覺得他是在看我嗎？」

微笑安慰叮噹：「當然了。」

叮噹疑惑地問：「你肯定？」

「我肯定。」微笑想都沒想。

叮噹突然很生氣：「你是不是覺得我很傻？」

微笑愣住了：「沒有呀！」

叮噹突然嚴肅起來：「他明明是在看你，你幹嘛騙我？」

微笑一時語塞，她不知道叮噹為什麼突然生氣：「我……」
「你就是覺得我特別傻，特別好騙！」氣氛突然變得尷尬。
放學後，叮噹收拾好書包，步子匆匆，頭也不回地往前走。
微笑在後面快步追著喊：「叮噹，別走那麼快呀，等等我……」叮噹並沒有停下來。微笑拉住叮噹：「等等，我有東西要給你。」叮噹不管不顧地說：「我不要。」微笑笑著說：「你都不知道我要給你什麼，幹嘛說不要。」
所有的氣都堵在叮噹胸口：「你的東西我都不要。」
「你怎麼了？」
「我沒事呀，我好得很。」
微笑從未見過叮噹這副模樣：「幹嘛呀？」
叮噹眼睛有點兒紅：「我不要你管。」
「你怎麼了？有什麼不開心的，你告訴我，把話說明白呀。誰欺負你了？我幫你出氣……」
叮噹打斷了微笑的話：「微笑，我最討厭你這樣！」
「我怎麼了？」
「人人都喜歡你，老師也喜歡你，你想要什麼你爸就給你什麼。你做出一副對我好的樣子，實際上是在炫耀，你知道嗎？」
「你別這樣，我的就是你的，我們可以分享呀。」微笑臉上已經有些掛不住了。
「你以為你是對我好嗎？『劉德華』分明就是在看你，你幹嘛說他是在看我？我最討厭你這樣！自以為很體貼，很會照顧人，自以為什麼事都為別人著想，實際上都是為了你自己，為了你自己能心裡好受些。」叮噹說完之後，臉漲得通紅。

微笑去拉叮噹的手：「叮噹，我們是最好的朋友啊。」

叮噹一把將微笑的手甩掉：「誰跟你是最好的朋友。如果不是我什麼都比你差，你會跟我做朋友嗎？」

「我……我從來沒有這麼想過！」

叮噹雙手抱在胸前：「微笑，你知道我最討厭你什麼嗎？虛偽。你以為你假裝得很好嗎？我連喜歡劉德華的資格都沒有，你家裡那張海報，我連摸都不能摸。」

「你！」

叮噹滿不在乎地說：「你不是喜歡聽實話嗎？我就告訴你實話，我一點兒也不喜歡劉德華，我說我喜歡他就是看你喜歡。我也是裝的，你以為只有你一個人能裝嗎？」

「好！」微笑不再忍讓，從書包裡拿出精心捲好的海報，「不喜歡是吧，那就不要了！」微笑把海報打開，唰唰唰，撕得粉碎，頭也不回地走了。

看著滿地碎片，看著微笑離去的背影，叮噹蹲下大哭。

夕陽西下，天色漸晚。

青春總是有種說不清、道不明的情愫。

郝回歸宿舍內，王衛國、Miss Yang 等幾個老師正在打牌。

「郝老師，聽說其他實習老師都托了很多關係，最後測評可能只是一個幌子，你一定要上心啊。」

「嗯，好，我很認真地在準備最後的留崗測評了。」

「不過郝老師，最近文科班好像變樣了，如果五中不留你，那就真的太說不過去了。不過聽說現在有個私立高中正在招聘老師，去那兒也行。」

「郝老師為什麼要去私立高中，他一定能留下來的。」Miss Yang 反駁王衛國。

「王老師也是在肯定我。」能從別人的嘴裡得到認同，郝回歸很開心。

答錄機正在放《餓狼傳說》，郝回歸一邊摸牌一邊跟著唱。

「洶湧的愛撲著我盡力亂吻亂纏，偏偏知道愛令我無明天……」

Miss Yang 好奇地問：「這是什麼歌？挺好聽的。」

郝回歸得意地說：「《餓狼傳說》，張學友的。」

Miss Yang 一臉崇拜地說：「沒想到你還會粵語。」郝回歸想都沒想：「前兩天剛買的磁帶，就練了一會兒。」Miss Yang 更崇拜了：「郝老師，以你的語言天賦，跟我學英語吧。我保證你一個月後就能與外國人交流、溝通無障礙。」郝回歸連忙解釋道：「我讀高中的時候就喜歡粵語歌，以前我學粵語歌的時候特別認真，表妹想來我家吃飯我都沒理她，現在她還對這件事耿耿於懷。」

Miss Yang 笑嘻嘻地說：「你表妹還真記仇。」

郝回歸不敢多說：「她那人就那樣。」

王衛國訕訕地說：「你就聽他吹吧，這首歌我也會唱！」說罷，跟著答錄機，扭著身子大聲唱：「愛會像頭餓狼，嘴巴似極甜……」

Miss Yang 直皺眉頭。

家裡沒人，沒有開燈，飯鍋和冰箱空空如也。叮噹坐在沙發上，十分餓。她拿起電話打給劉大志，剛一接通，便急切地問：「哥，你家吃飯了嗎？」

「啊……」電話那頭，劉大志頓了一下，「早……早就吃完了啊！」
叮噹放下電話，一臉落寞。突然，電話又響。
她趕快拿起電話筒，滿心期待：「哥，我就知道……」
「叮噹呀！」是爸爸的聲音。
「爸爸在外面出差，惦記我的女兒，我的寶貝好不好呀？」
「我挺好的！」叮噹故作堅強地說。
「爸爸在廣交會看到好多巧克力，給你買了點兒！可別吃胖呀！」
「爸，你什麼時候回來？」
「這兩天回不去，好好聽媽媽的話，回去給你一個驚喜！」
叮噹正準備開口說些什麼。
「好了，爸爸晚上有應酬，忙去了，再給你打電話……」
電話裡發出「嘟嘟」的聲音。
叮噹再也忍不住了，哭了出來：「連你也忘記了我的生日……」
叮噹從家裡出來，四下無人，走了很遠，發現一個小攤，走過去問：「有吃的嗎？」
店主抬起頭說：「打烊了。姑娘……這麼晚還沒吃飯呀？！」
叮噹落寞地「哦」了一聲，走了出來。店主熄了燈，一片黑暗。
不知走了多遠，又遇見一家夜宵攤。外面幾桌都是五大三粗的男人，吸著菸，喝著酒，大聲聊天。叮噹在旁邊站了很久，不敢進去，但又餓得不行，忸怩地找了張桌子坐下。
老闆扔過來一本菜單，叼著牙籤問：「喝什麼酒？」
叮噹弱弱地說：「我不要酒……有麵條嗎？」

老闆對著後廚喊：「一碗清湯麵！」

叮噹環顧四周，旁邊幾個男人正摟著女人灌酒，長相猥瑣。一碗麵「匡當」一聲扔在叮噹面前，麵湯灑在她衣服上。看著老闆那張五大三粗的臉，叮噹想說什麼，又忍住了，眼淚在眼眶裡打轉。

「老闆，來一碗清湯麵！」一個熟悉的聲音。叮噹抬起頭，發現郝回歸坐在桌子對面。郝回歸打開一包紙巾，拿出一張攤開了遞給叮噹。叮噹看著郝回歸，委屈地擦了擦眼淚。

吃完麵，兩個人在鞦韆架下散步。

「郝老師，謝謝你今天陪我吃麵。」

郝回歸看著前方說：「叮噹，其實，老師知道你雖然每天笑呵呵的，但是你內心很敏感。」

「我也想自己好一點兒，像微笑一樣，但是我什麼都不如她。」

「你就是你，不用跟任何人比。」

「郝老師，我……」叮噹不知該如何說。

郝回歸扭頭看著叮噹：「我知道家裡大人的事讓你很苦惱，你覺得你媽媽不喜歡你，你來到這個世界就是一個錯誤。其實，每個人都會有這麼想的時候。」

叮噹尷尬地說：「大志跟你說的嗎？」

郝回歸安慰她：「大志其實也很自卑、很苦惱，他不也總是被他媽罵得很慘嗎？他父母的關係也讓他困擾。我跟他說，每個孩子來到這個世界，都有自己的使命。」

「使命？可是我什麼也不會，也沒什麼特長，更沒有什麼理想。」

「叮噹，你記住，其實每個人的使命都很簡單，關鍵是你要問問自己的心，能做到嗎？你知道嗎，父母就是父母，不管他們是在一起，還是離婚，他們都愛著自己的孩子。」

「你說我爸媽會離婚嗎？我不會每天都沒飯吃吧？」

郝回歸搖搖頭：「你父母不會離婚，他們會幸福地在一起。而你，有一天，也會看到他們相愛的證據。」

「什麼相愛的證據？」

郝回歸笑了笑：「你就是這個證據啊。但是如果你信心不夠的話，還會有別的，到時候你就知道了。」叮噹點點頭。

郝回歸：「其實，這些都是大志跟我說的。他不知道怎麼安慰你。他其實很後悔那天把那封信的事說出來，但他這個人就是大嘴巴，管不住自己。」

叮噹已經輕鬆很多了：「郝老師，其實我一直知道陳志軍和我媽在一起過，只是沒想到我媽會主動給他寫信。」

「啊？」郝回歸有點兒驚訝。

叮噹不好意思地說：「對呀。我總覺得奇怪，按說，陳桐的媽媽跟我大姨是同學，為什麼我們兩家人在這麼小的縣城從來不走動呢？我媽什麼人都抓來給我補習，但是她從來不提陳桐。我就知道有鬼。」

「想不到你還挺機靈的。」郝回歸恍然大悟道。

「那當然了。」

「那你現在是不是沒事了？」

「我沒事呀，我本來就沒事。」叮噹看著天上的月亮。

「那剛才是誰邊吃麵邊哭呀？」

「可能……是某人吧。」

「希望某人明天能有一個快樂的生日。」

「郝老師，你怎麼知道明天是我生日？」叮噹很驚喜地說。

「不是說是某人了嗎？」

叮噹咯咯直笑。

郝回歸看著叮噹上樓才放心回去。這麼多年，郝回歸還是第一次認認真真地和自己的表妹聊天。這個表妹看起來很嬌氣，但其實，只要給她一點點關愛，她就會十分感動。這樣的人，都善良。

叮噹推開房門。

「你去哪裡了？」郝紅梅著急地說。

叮噹小聲又害怕地說：「我，出去吃麵了……」

郝紅梅一臉遺憾地說：「你吃過了啊，我剛做好。媽媽剛出去給你買了生日蛋糕，要是你餓了就現在吃，要不明天也行。」

「啊？」

「吃不吃？」

「吃！」叮噹突然笑了起來。

生日蛋糕上插著蠟燭。叮噹閉上眼睛，滿臉的幸福，滿臉的笑容。

吃完蛋糕，叮噹趴在臥室的書桌上，在一本厚厚的少女日記裡，寫下一句話：「今天，我覺得我有種戀愛的感覺，我愛郝老師。」然後把日記抱在懷裡，開心地笑了起來。

道歉不是什麼丟臉的事，只是證明你對我很重要。

以前上學的路上，叮噹特別期待偶遇陳桐，今天她卻想早早到教室。微笑走進來時，叮噹特別不好意思，但她鼓起勇氣朝微笑的方向看，希望她能朝自己的方向看看。整個上午，包括下課，微笑要麼徑直走出教室，要麼一直在課桌上埋頭寫東西。叮噹很失落，趁著最後一節課，她寫了張滿是歉意的紙條。

下課鈴聲剛響，叮噹收拾書包準備跟微笑一起去廣播站，這時郝回歸站在教室門口說：「叮噹，你來辦公室一下。」叮噹心跳得很厲害，她覺得這種感覺前所未有。她一路上臉紅心跳地跟著郝回歸到辦公室。

郝回歸很關心叮噹的心情。叮噹很開心地說：「我沒事了。郝老師，你怎麼這麼關心我？」

雖然郝回歸心裡並非這麼想，可嘴上卻和藹可親地說：「班主任就應該關懷每一位同學，你們也應該對所有的老師報以信任。」

「郝老師，我很信任你。」

「你也應該信任劉大志。你看昨天他心裡一直有你。」郝回歸開始切入正題。

「哦……」好像劉大志也不像自己以為的那麼不在意自己。

「你們兄妹倆一定要互相理解，到時如果家長有什麼不同意你的事情，你需要他的支援。他未來有什麼煩惱，你也應該多聽他說說，幫他分擔，畢竟你們是兄妹啊。」郝回歸苦口婆心地說。

「我挺站在他的立場的啊。」

郝回歸心想：「放屁。每一次我跟你說我想辭職，你就勸我大學老師這個工作特別好，根本不聽我的苦衷。明知道我只是個講師，還老跟別人介紹說我是教授。」

「還有，女孩子啊，不要太虛榮。是什麼就是什麼，不要誇張。」郝回歸說了這麼一句。

「什麼？」叮噹沒明白郝老師怎麼突然來這麼一句。

「算了，沒事。反正你對劉大志態度好點兒。」郝回歸擺擺手，「你不是打算去找微笑嗎？趕緊去吧。」

叮噹直奔廣播室，心裡納悶，郝老師今天怎麼了，拚命讓自己對劉大志好一些，現在她最想做的是要對微笑好一些。她想像了很多種與微笑和解的方式，最後還是決定主動道歉。

廣播室的門開著，叮噹猶豫了一下，正要鼓起勇氣走進去，就聽見微笑和劉大志在裡面說起自己。

「昨晚叮噹給我打電話，說家裡沒人做飯要來我家吃飯，我機智地把她拒絕了。」

「你坐在我的講稿上了。」微笑不想聽。

「你說我總不能讓她看見我在練歌吧，不然下午我在廣播裡唱給她聽就沒有驚喜了啊。」

「你擋住我下午的播音稿了。」微笑冷漠地說。

「唉，你是不是那個來了？」

「滾。」

「你不是也說我在廣播裡給叮噹唱歌很好嗎？你怎麼又這樣了？」劉大志很困惑。

「你愛唱就唱，跟我沒關係。」

「怎麼就沒關係了呢？你和叮噹不是好朋友嗎？是你鼓勵我這麼做的啊。」

「從今往後，叮噹跟我王微笑沒有任何關係，再無瓜葛。」

「你們到底怎麼了？」劉大志受到了驚嚇，微笑從來不會這樣。

「你妹妹說，她一直看我不順眼，喜歡劉德華也是裝的。我之所以跟她做朋友，是因為我覺得她什麼都不如我，我瞧不起她。聽明白了？」說完，微笑又恢復了平靜，「不過，已經過去了，現在沒事了。以後她走她的陽關道，我走我的獨木橋。」

「咯，那那……」劉大志不知道該如何勸慰，「那……那我的張學友，還唱不唱啊？」

叮噹把紙條攥在手裡，轉身下樓。

總有一兩個好朋友是當對方說出某句話，你就認定他應該是自己的朋友。

接下來兩天，微笑和叮噹沒有任何交集。

劉大志去找微笑。

「你有發現叮噹想和你和好嗎？」

「那她主動來道歉就好了。我看她和其他同學玩得挺開心的，也不少我一個。」

劉大志去找叮噹。

「你是不是和微笑吵架了？」

「嗯。」

「那是誰的問題？」

「誰的問題不重要，反正現在她有她的朋友，我也有我的。這樣蠻好的。」

走廊上，劉大志遇見郝回歸：「郝老師，我發現微笑和叮噹吵架了。我該怎麼讓她們和好啊？」

「沒事，她們會和好的。」郝回歸一點兒都不擔心。

「啊？但她們好幾天互相不搭理了，從來不會這樣的。」劉大志很著急。

「沒事，讓她倆去。叮噹會消氣先道歉的。」

「不能吧，她那個臭脾氣。」劉大志完全不能理解郝老師為什麼這麼說。郝回歸想起婚後的叮噹和陳小武吵架，電話裡聽說叮噹一生氣把結婚證都給撕了。郝回歸急得團團轉，打了車連夜趕到湘南，到了叮噹家推開門，人家小倆口正開心著呢。從此郝回歸知道了，這個叮噹就是一個超級沒有原則的人。一看郝老師懶得理小孩的事，劉大志又去找陳桐和陳小武。

「女人和女人吵架真可怕。本來兩個人沒什麼事，一旦發現對方有了新朋友，事情就大了。幸好男的不這樣。」劉大志感慨地說。

「要不我們分頭約她倆，然後五個人一起見面。這樣的話，她們也不好意思當場離開吧？大志，你去約微笑，陳桐約叮噹。」陳小武出主意。

「難道不應該是陳桐約微笑，我去約叮噹嗎？」劉大志疑惑地問。

「叮噹喜歡陳桐，你讓陳桐去約，她……肯定會出來。」

「誰告訴你的？」陳桐和劉大志面面相覷。

「沒有誰告訴我，我觀察到的。」陳小武一副洞若觀火的樣子。

「咦？是不是你喜歡叮噹？」劉大志一眼就把他看穿了。

「你自己喜歡微笑就不要亂猜別人！」陳小武口不擇言道。

劉大志就像被點了穴，立刻勾住陳桐的脖子：「我現在喜歡的是陳桐。」

陳桐趕緊推開劉大志。

「陳桐，你怎麼跟個大姑娘一樣也臉紅。」劉大志調侃道。

「陳桐，叮噹交給你了，一定要約出來。」陳小武認真地說。

「哦。」陳桐也不知道為啥自己就答應了。

大家計劃週六下午一起上山郊遊。

陳桐負責約叮噹，劉大志負責約微笑。為了給陳小武湊出半天休息時間，週六上午，陳桐和劉大志一起去菜市場給陳小武幫忙。整個豆芽攤都被清洗乾淨，青灰色的水泥反著光，豆芽放在上面格外新鮮。

「陳小武每天到菜市場的第一件事情就是用刷子把地面刷乾淨。」劉大志說。

「陳小武刷的？」陳桐驚訝地問。他第一次近距離走進菜市場。

「你們還沒吃早飯吧。我給你倆去弄早飯。」陳小武朝菜市場另一頭的早餐鋪跑去，一路上跟各個攤主打招呼，見有些攤子忙不過來，還停下來幫人收拾。

「陳叔叔，這是我們的同學陳桐。」劉大志跟陳小武的爸爸介紹。

「這不是你們學校的第一名嗎？陳局長的兒子。你來我們這種地方怎麼好意思。」陳小武的爸爸很著急，害怕怠慢了陳桐。

陳桐心裡也很尷尬，飛快地給豆芽裝袋。中午十一點，菜市場的人多了起來，有人經過豆芽攤停下來，跟陳桐打起了招呼。陳桐也大方地說這是同學家的豆芽攤，週六過來幫忙。有了他倆的幫助，一切進展順利，沒到下午，小武家當天的豆芽就全賣完了。三個人叼著冰棒，朝約好的地點走去。

「你怎麼約叮噹的？」大志問陳桐。

「我就問她週六下午兩點有沒有時間。」

「她激動嗎？」

「還行。」

「你不會跟她說我們大家一起吧？」劉大志特別緊張。

「我實在是沒辦法了，就說自己單獨約的她。」這是陳桐第一次主動約女生。

「陳桐太棒了！這下叮噹爬著都會來！」劉大志對著陳小武說。

陳小武雖然不喜歡這個形容，倒也很開心。

「那你是怎麼約微笑的？」陳桐問劉大志。

「我就說我們仨約她一起聊聊天。」

「她會來嗎？」

「她應該會來吧。她特意問了叮噹會不會來，我說沒有約她。」

三個男孩站在公車站，等著微笑和叮噹。

時間一點點臨近，兩個女孩一直沒有出現。

兩點了，沒有出現。

兩點半，路上依然只有三個人。

「她倆不會在路上遇見了吧？」陳小武猜測道。

「我們的運氣會有那麼差？不可能。叮噹在梳妝打扮呢。微笑也不應該遲到啊。」劉大志有些納悶。

一個小時後。

「怎麼辦？撤？」陳桐問。

「我一點兒都不想回去。」陳小武好不容易有一個下午可以逃避豆芽，他不想回去繼續。

「別啊，來都來了。沒有她倆我們難道死了不成，走！我帶你們進山玩！」劉大志重振士氣。

白雲山是劉大志小時候的樂園。劉建國是醫生，以前常常騎著單車帶劉大志進山採藥。哪裡有瀑布，哪裡有山洞，哪裡是小徑，劉大志都一清二楚。山路愈來愈窄，陽光透過密林打在地上，就像到了一個新世界。劉大志一邊走一邊跟陳桐介紹：「看到了嗎？這個花是大麗菊，這個是八棱麻。那邊的幾個是景天三七和虎耳草。前面不遠處還有紅葉石楠、山茶和艾草。這山裡有上百種植物，你看那個，是車前草，葉子用來治蚊子叮咬特別有效。」

「你怎麼都知道？」這裡的很多植物陳桐聽都沒聽過。

「我爸是醫生，小時候常帶我來。」說起爸爸，劉大志開始還特別驕傲，可轉念一想，現在爸媽三天兩頭地吵，心裡很不是滋味。

「快，跟我來，有一個地方特別好，是我的祕密基地！」說著，劉大志向前一躥，消失在山路的拐角。

陳桐和陳小武對山路沒那麼熟悉，跟在後面，腳步慢了許多。

轉彎之後，眼前是峭壁，底下是一池深潭。

劉大志卻不見了。

「大志，你在哪兒？」

「劉大志！」兩個人大喊起來。

「啊啊啊！救命！救我！」劉大志的聲音從峭壁下傳來。

兩個人探頭一看，劉大志掉進了水潭裡，正拚命掙扎。

陳桐的頭一下就炸了。

「大志，你撐一會兒。我只會狗刨，現在爬下來。」陳桐趕緊找路下去。而陳小武衣服都沒脫，一個飛身紮進潭裡。他從潭裡浮出來朝劉大志遊過去，可是一睜開眼，劉大志不見了。

「大志！大志！你人呢？你別嚇我啊！陳桐，大志去哪兒了？」陳小武的聲音在發顫。

「我也沒看到，你等等！」陳桐也已經爬到峭壁底下了。

陳小武紮進水裡，出來，又紮進水裡，又出來，急得不行。一抬頭，劉大志和陳桐正站在峭壁上看著自己。陳小武開心得不行，正準備歡呼，突然明白，媽的，被騙了！

劉大志眼淚都笑出來了。

「小武，你別上來，等著！」說完劉大志在空中轉了個跟鬥，又跳了下去。

兩個人在潭裡打起了水仗。

「陳桐，你也下來。別害怕，不深。」劉大志在水裡揮手。

陳桐自然沒見過野外的這般景象。他一向是好學生，從未做過出格的事。可這時，他的心裡突然有一個念頭蠢蠢欲動。他也想感受一下，不講輸贏、不論名次、完全無拘無束的感覺到底是什麼樣的。脫掉外套，捏著鼻子，「撲通」一聲，陳桐跳了下去。落水的那一刻，好冷、好爽，但也好開心，就好像世界被打開了一樣。

從水裡出來，三個人都冷得不行。

三個人坐著公車回市區，經過電影院時，看見整面牆都是《天若有情》的海報，好多觀眾正從電影院出來。

「你看！」陳小武用手一指。

「什麼？」陳桐、劉大志扭頭，幾輛車開過，什麼都沒有瞧見。

「微笑和叮噹剛剛一起從電影院出來！」陳小武難以置信地說。

「不可能吧？」

「下車下車，回去找她們。」三個人在最近的一站下車，往回跑。遠遠地，叮噹和微笑慢慢走過來，手牽著手。

「到底怎麼回事？」劉大志滿腦子問號。

「你不是不喜歡劉德華嗎？」微笑假裝責怪叮噹。

「那是氣話，其實我……」叮噹欲言又止。

「其實你怎麼了？」微笑問。

「沒什麼啦，不提了。」叮噹擺擺手。

「可惜了那張劉德華的原版海報……」微笑略帶惋惜地說，「不過呢，能讓我們變得更好也值得了，只能犧牲一下劉先生了。」

「剛剛看電影時，你怎麼會主動給我紙巾？」叮噹眼睛紅紅的。

「你哭得太難看了。我怕你的衣服被你弄髒。」微笑也是眼紅紅地笑著說，「其實，看到你在前面坐著，好幾次我想給你遞紙巾，都放棄了。要不是看你最後哭得太慘了……」

「你真好。我再也不惹你生氣了。對不起。」叮噹很不好意思地說。

叮噹和微笑笑了起來，一抬頭，看見劉大志三個人。

街口，五個人就這麼站著，互相笑著。

好像什麼事都沒發生過。

吵架容易，要鼓起勇氣和好才難。有本事吵架的人，都要有敢和好的本事。

叮噹回到家，客廳裡堆著大包小包。爸爸回來了。叮噹的爸爸從裡屋走出來，很神祕地對叮噹說：「對不起，爸爸特別忙，忘記你生日了，但是你看，我給你弄到了什麼。」

說著，爸爸從信封裡抽出一張照片。

「啊！劉德華！簽名照！這是真的嗎？」叮噹興奮地在客廳大叫，緊緊抱住爸爸。擁有一張親筆簽名照絕對是她做夢都會笑醒的事。她想了一下，立刻拿著照片和信封往外跑。

路上的行人紛紛側目。叮噹從來沒有跑得那麼快，一邊笑，一邊跑，手指小心又緊緊地捏著信封。

拐彎，一百米，敲門。

「微笑！微笑！你開門！」叮噹興奮地敲著門。

「怎麼了？」微笑打開門，看著眼前氣喘吁吁又笑得很開心的叮噹。

「這個給你，是我爸爸從香港帶回來的。我走了！」叮噹說完轉身跑了。

微笑打開信封，眼淚瞬間就出來了。除了看電影，微笑很少流露自己的情緒，可她拿著這張劉德華的簽名照，眼眶立刻紅了，眼淚在眼眶打轉。她今天真是哭了太多次。吵架不可怕，吵得厲害也不可怕，只要大家心裡還有彼此，所有的爭吵都能讓大家互相看到一個更真實的對方。微笑跑到街角的照片沖洗店，小心翼翼地把照片過了一道塑封，貼在客廳的牆上。叮噹躺在床上，開心地看著自己對面的牆，那張被微笑撕碎又被她用透明膠一點點黏起來的劉德華在牆上正對著她笑。

第七章
喜歡你

那麼放肆地喊出「我愛你」，
真是青春記憶中最美好的一個畫面。

常常會不自覺逃避很多事，以為逃避就能解決問題。只有在第一次直面問題的那一刻才知道，只有面對，才能解決問題。

「一年多之前，突然有個人來學校找周校工，說是他的表哥。別說，仔細看還挺像。大概過了一、兩個星期，這個親戚就不見了。等大家再問周校工的時候，他也支支吾吾的。周校工本來是個特熱情的人，後來慢慢地變得神經質，不愛外出，說一些奇怪的話，最後就變成現在大家看到的這樣了。」送周校工去醫院的司機說。

「他一直很喜歡寫東西嗎？」郝回歸緊接著追問。

司機想了想，說：「好像那之後，他才開始喜歡上寫東西，寫一些詩歌、文章，到處投稿，也沒人要。反正老周是毀了。」

「投稿？投到哪裡？」

「不清楚。我也是看他沒事就寄信什麼的……」

郝回歸又去學校周圍的報刊亭打聽周校工愛買什麼雜誌，並從傳達室借了十幾本校職工收件記錄，沒事兒就坐在辦公室查閱。辦公桌上有一張最新月考成績單，劉大志從四十幾名提升到了二十幾名。郝回歸剛一抬頭，看到劉大志在門口來回打轉。郝回歸對他使了個眼色，劉大志老老實實地坐在了辦公桌前。

「怎麼了？怎麼感覺不對頭啊你。」郝回歸預感不妙。

「郝老師，有件事想跟你說。我想來想去，好像也只能跟你說。因為，跟別人說，我怕別人笑話我。」

「好，你說。我絕不對任何人說。」

劉大志沉默了一會兒：「我爸媽離婚了。」

「啊？」郝回歸很吃驚，他這麼快就知道了？但他心裡又滿是欣慰，當年自己知道父母離婚都不敢跟任何人說，憋在心裡，極其痛苦。上學的時候偽裝開心，回家之後還要陪著父母一起演戲，那段日子想起來就覺得慘。而現在，劉大志卻能把這些告訴自己，不僅是因為信任自己，也代表著他不再害怕別人異樣的眼光。

他端詳著眼前的劉大志，看起來好像沒有想像中那麼糟糕。

「你是怎麼知道的？」郝回歸問。

「我爸媽每天都吵架，可最近他倆突然不吵了。我想了想，自從王叔叔生日那天過後，他倆就變了，互相非常客氣。我媽再也不讓我催我爸回來吃飯了。我想他們一定背著我悄悄離婚了。」

郝回歸低估了劉大志的敏感。他知道這一切只是時間問題，逃避沒有任何意義。當年的自己整整幾個月的時間都像被一記隱形重拳擊倒在泥潭，用盡全身力量也無法爬起來。不能跟周圍人說，不敢跟周圍人說，只能強迫自己面對，過了很久，他才接受這個事實。而現在，劉大志站在自己面前，主動說出了這些。

「他們為什麼要瞞著你？」

「也許是擔心我？馬上要高考了，不想讓我受影響……」

「那你覺得這樣好嗎？」

「我也不知道。他倆愈是平靜，我愈是覺得自己如果再不變好一些，就對不起他們……他們假裝得也很難受吧。」

「你打算怎麼辦？」「我該怎麼辦？」

兩個人異口同聲地說。

「不如你去問問你爸爸，聽聽他什麼想法？」郝回歸知道，無論如何，這個問題都要劉大志自己去解決。

「我爸？他不會和我聊這些的。小時候，我和爸爸走得很近，後來不知道什麼原因，他跟媽媽愈來愈疏遠，和我也一樣，現在的他對我來說就像個陌生人。」

郝回歸內心感慨，明明是親人，卻在心裡那麼疏離。

「也許他也想跟你說，但找不到機會。與其每天假裝什麼都沒有發生，不如好好找你爸爸聊一次。」郝回歸看著劉大志。

郝回歸想起自己三十歲那一年，和爸爸喝了一點兒酒，說起他和媽媽離婚，卻還假裝在一起的事情。爸爸說他知道給郝回歸帶來了很大的傷害，卻不知道該怎麼開口。他記得爸爸說的一句話：「對不起啊，大志，爸爸媽媽也是第一次做爸爸媽媽，沒什麼經驗。如果有讓你覺得難過的地方，請你原諒爸爸媽媽。」

想起這些，郝回歸眼眶有些濕潤。他連忙站起來掩飾情緒。

劉大志想了想郝回歸的話，點點頭。也許，這也是一條路。

「對了，你跟陳桐關係怎樣了？」郝回歸又問。

「我和陳桐？嗯……沒那麼討厭他了吧。」

「你也可以試著跟他聊聊天，也許會對你有所幫助。」此刻的劉大志應該不會知道，後來，陳桐成為他最好的朋友。

劉大志不明白，只能點點頭：「那個，郝老師，你不要告訴其他人。我不想讓別人同情我。」

郝回歸點點頭：「行，如果你想讓你的朋友們知道，你就自己說。我就當什麼都不知道。」劉大志走到門口，又轉頭說：「郝老師，下週你的考試也要加油。我們所有人都不希望你走。」

「好！我加油留下來。你也加油，加油變得更好！」

雖然自己無法改變已知事件的結局，但郝回歸明白，他可以改變每個人對事情的態度和看法。心態比結果更重要。

當年，自己是逗狗被狗咬，現在劉大志是為了救木桶才被狗咬。

當年，陳桐的山地車無緣無故被偷了，但現在是為了送劉大志去打針才被偷的。

當年，自己得知父母欺瞞自己離婚，深受傷害。但現在，劉大志卻從另一個角度理解了父母離婚欺瞞自己的良苦用心。

我們交換了心事，我們成了朋友。

上學的路上，人群熙熙攘攘。不知道如何找爸爸開口的劉大志背著書包，像背了個秤砣，也像個失去盔甲的士兵。一個熟悉的身影出現在他面前。陳桐瀟灑地停下車，用腳蹬著地面：「走那麼慢，還有五分鐘就遲到了！上車，我帶你！」

劉大志將啃剩的半個饅頭咬在嘴裡，被陳桐揪回了現實。

陳桐這輛新車依然沒有後座。

劉大志搖搖頭：「算了。」

陳桐覺得劉大志整個人不對勁兒，問：「怎麼了？」

劉大志不願意說。

陳桐指著前杠：「等你想好了再說吧。要遲到了，第一節課是趙老師的，不想被罰就趕緊坐上來。」

劉大志看看表，看看車，看看周圍的人，沒人注意自己。

「怎麼跟個女孩子似的……」陳桐嘲笑他。劉大志硬著頭皮上了車，頭撞到了陳桐的下巴，下意識地縮回一點兒。

「坐穩了，走！」學校門口正在修路，路面凹凸不平。陳桐卻非常熟練地繞過一個個小坑。劉大志深埋著頭，一動也不敢動。

「那不是劉大志嗎？變小媳婦了啊！哈哈哈！」

居然被班上的王胖子看見了，他的嘴無敵碎！

劉大志的心裡五味陳雜，亂成一團。他明確了一件事，以後再也不能坐陳桐的車了。語文課上，他的心情依然低沉，一直跑神。

「怎麼了？」微笑遞來一張紙條。

微笑是在關心自己嗎？劉大志心裡暖暖的。

「沒事。」劉大志回了過去，他還是不想讓微笑知道。

微笑想了想，沒再搭理劉大志。他心裡又變得空蕩蕩的。

下課之後，微笑拍了拍趴在桌上的劉大志，示意他出來一下。

一路上，大家投來好奇的目光。換作平時，劉大志肯定特別得意，可今天，面對父母的離異，感覺自己像被拋棄的孤兒，什麼情緒都沒有。站在教學樓的天台上，劉大志不明白微笑為何突然帶自己來這個地方。

「我看你這幾天情緒很差，好不容易成績有一點兒起色，不要又回去了。」哦，原來微笑在意的是這個。

「我，還好吧，有點兒心事。」劉大志強顏歡笑。他突然想到微笑的父母早已離異，她一直生活在單親家庭。

「微笑，我想問你一個問題。」劉大志鼓起勇氣說。

「好啊。」

「當初你父母離婚的時候，你難過嗎？」

微笑沒想到劉大志會問自己這個。劉大志也咽了一口唾沫，好像不應該問這個。微笑盯著劉大志，把劉大志盯得直害怕。

「劉大志，你父母是不是要離婚了？」微笑神祕地笑起來。

「沒有，沒有。我只是想問問，如果父母離婚的話，別人的心情都會怎樣……」劉大志說話的聲音愈來愈小，最後連自己都聽不見了。他真懊惱自己問這個問題。

「那時，我還小，所以也沒什麼印象了。小時候，我還會問我媽去哪兒了，周圍的人就說我沒有媽媽。後來長大了，我知道我媽一直生活在美國。但我也學會了不問，也從來不在我爸面前提這個。我怕我說了，他會比我更難過，畢竟我媽選擇了自己的事業，放棄了我爸和我。你還記得我未來想做什麼嗎？我說想做國際新聞記者，其實我只是很想靠自己的努力出國，能夠找到媽媽問一句，為什麼當初她要拋下我和我爸。所以啊，父母離婚沒什麼，起碼你還能見得到，可是我呢？見不到媽媽，還不能讓爸爸知道我想去見媽媽。」說著，微笑又笑了起來，好像這一切對她來說都不是艱難的事，而是早已明白且要經歷的人生。

「謝謝你，跟我說這些。」劉大志很感激地說。

「你要謝就謝謝郝老師吧，我們不是一幫一，一對紅嗎？你成績不好，最後還是要我負責，不是嗎？走吧。」微笑瀟灑地擺擺手。

劉大志覺得自己比微笑幼稚好多，她的人生早已規劃了未來，而自己還每天苦惱於現在。學校門口，劉大志猶豫了兩秒，走到陳桐車子旁：「下來！」

「什麼？」陳桐沒明白。

「該我載你了！」劉大志笑著說，「總要找回些面子吧！」

「怎麼跟個女孩子似的！」劉大志搶過車把，揚揚下巴。陳桐挪到了車前面。

「坐穩了！」劉大志騎上山地車，好像騎著匹汗血寶馬般威風凜凜。他拚盡力氣往前蹬，根本不繞石子，一路顛簸，一路猛衝，邊騎邊喊：「看看！看看！誰坐在前座！哈哈哈，是你們喜歡又崇拜的陳桐！」

陳桐在前面指路，他的臉被夕陽照得通紅，後來也乾脆硬著頭皮一起大喊：「放學啦！」

周圍有人投來又好奇、又羨慕、又欣賞的目光。

在他們身後，陳小武偷偷走到郵筒前投進去一封信。

陳桐喊著：「到了！」接著跳下車。

劉大志向右一看，夕陽下，「湘南公安局」幾個字泛著光。

「我犯什麼錯誤了？帶我來這兒？」

「你之前不是說想要學拳嗎？」

「你聽誰說的？」劉大志張大嘴問。

「郝老師那天好像提了一嘴，說你想學拳。」說罷，他帶著劉大志進了訓練場。偌大的場館裡只有兩、三個年輕員警。「以前我考試沒考好，或者和家裡有爭執，都會來這裡打兩個小時拳。流了汗，使了勁兒，心情就慢慢好了起來。」

劉大志跟在陳桐身後，想說又不敢說，他怕被陳桐嘲笑，但又想起郝老師說可以多和陳桐聊聊天，還是鼓起勇氣開口了。

「陳桐，你會有那種感覺嗎？就是突然覺得自己無依無靠，本來屬於你的東西，其實也不屬於你。」劉大志剛說完，又立刻改口，「我真傻，你怎麼可能會有這種……」

「當然有。」

「啊？」劉大志一臉的不相信。

陳桐拿來兩張墊子。兩個人坐下。

「我常覺得自己是被排斥的，家裡人永遠告訴我要變優秀，要考第一，考最好的理科大學，要向我姊學習。我覺得自己就像個工具，用來展覽，用來陳列。沒有人在意我的感受，他們幫我把決定都做完了。其實，我也羡慕你。」

「你羡慕我？算了，你不用安慰我了。」

「真的。以前我很看不慣你和陳小武這種人……」

「我們哪種人？」劉大志反問道。

「你別誤會。算了，誤會就誤會吧。就是不愛學習，也沒有目標，問你們一個問題，要麼不懂，要麼假幽默，也沒有解決問題的想法和能力。怎麼說呢？就是覺得是在浪費自己的生命做一些覺得酷但又很愚蠢的事。直到……和你們參加完比賽，才理解到另一種力量吧……哦對，陳小武也比我想的要成熟。」

「原來你是這麼看我們的。」劉大志心裡有些不爽，但想了想，陳桐說得一點兒都沒錯。

陳桐繼續說：「我羡慕你自由，羡慕你可以選擇自己的童年，羡慕你認識那麼多植物，羡慕你和陳小武敢直接跳到水裡。和你們比起來，也許有人覺得我優秀，但我覺得自己不像個活著的人，生活無聊，也沒什麼熱情，沒什麼溫度，每天都一樣。」

「你當然有溫度。你還記得，那天早上跑到我和陳小武身邊，說『一起吧』的那一刻嗎？真的帥爆了。後來，你把你的運動服換成和我們一樣的，雖然你說是為了減少目標……對了，還有你幫我跟趙老師爭執的那一次……」

「啊！」劉大志突然想起來，「所以你轉文科班是因為你想自己做一次人生的決定？」

「嗯……我想看看自己是不是已經足夠強大到能掌握自己的命運了。後來，你會發現你不僅要自己做選擇，而且還要敢於承擔後果。」

「你真厲害，我說真的。」

很多人都羡慕女孩，覺得她們好像分享一包瓜子就可以互掏心窩子了。而男人之間，好像非得要一壺酒，才能打破彼此間的尷尬，而陳桐和劉大志能這麼直接談心，真是回憶起來都覺得暖暖的。

劉大志仰著頭，看著訓練館的棚頂。陳桐說得對，微笑對自己的嚴格，郝回歸對自己的開導，叮噹無助時第一個想到依靠自己，陳小武無條件地相信自己……這些都是自己存在的意義和必要。

猜出父母離異時，劉大志覺得自己好像被全世界拋棄了。跟陳桐聊完之後，卻覺得自己不應該那麼自私，每個人都應該有自己的生活，更何況父母顧及自己的心情還一直在隱瞞，難道這還不叫愛嗎？

「我明白了！」劉大志對陳桐說。

「明白什麼？」陳桐好奇道。

「嗯，到時再告訴你！謝謝你，我想明白了！」劉大志開心了起來。

「你跟郝老師聊過這些嗎？」劉大志突然想起來問。

「郝老師？沒有啊。」

「奇怪了，那他怎麼知道，還讓我來找你？」劉大志自言自語道。

「什麼？」

「沒事沒事，那你教我打拳吧！」劉大志站起來，拍拍身上的灰。

陳桐帥氣地亮相，做了個「請」的姿勢。

劉大志一拱手：「請！」

天色漸晚，昏黃的燈光下，叮噹正看著三毛的《撒哈拉的故事》，表情十分認真。這是郝老師推薦給微笑的課外書，叮噹軟磨硬泡把書借了來。她一邊看，一邊唸：「第二天荷西來敲門時我正在睡午覺，因為來回提了一大桶淡水，累得很。已經五點半了。他進門就大叫：『快起來，我有東西送給你。』口氣興奮得很，手中抱著一個大盒子。我光腳跳起來，趕快去搶盒子，一面叫著：『一定是花。』『沙漠裡哪裡變得出花來嘛！真的。』他有點失望我猜不中。我趕緊打開盒子，撕掉亂七八糟包著的廢紙。嘩！露出兩個骷髏的眼睛來，我將這個意外的禮物用力拉出來，再一看，原來是一副駱駝的頭骨，慘白的骨頭很完整地合在一起，一大排牙齒正齜牙咧嘴地對著我，眼睛是兩個大黑洞。」

叮噹看得毛骨悚然。她很納悶，為什麼微笑說看這一段的時候覺得特別浪漫、特別感動、特別想哭？

收音機裡飄出聲音：

「三十三年一次的獅子座流星雨下週即將來臨。在流星雨的夜晚，你會許下什麼心願？願所有願望都會實現。畢竟，下一次再遇見，要等三十三年。」

叮噹眨巴著眼睛，看著窗外星空。

夜空中的星星慢慢拼湊出一張郝回歸的臉。

暗戀一個人最大的好處是永遠都不會失戀。

叮噹又收到筆友寄來的信。拆開一看，叮噹「啊」的一聲，然後捂住嘴，害怕驚動其他同學。但其他同學已然被她的叫聲吸引過來。叮噹壓抑不住內心的喜悅，手裡舉著一張劉德華的簽名照跟大家說：「劉德華，劉德華，我的筆友寄給我的！哇，我愛劉德華！」

陳小武看叮噹這麼開心，低下了頭。微笑笑起來：「你筆友真好，說不給你寫信，然後又給你這麼大的驚喜。最近怎麼回事，撕碎了一張劉德華的海報，全世界的劉德華突然全跑出來了。」叮噹想了想，說：「上次我打電話去電台，說了咱倆吵架的事，可能他聽到了吧。他說他會在我看不見的角落一直掛念我。你有什麼願望？要不晚上也打一個，沒準兒在這個世界的某個角落也有人會為你實現呢。」

「我不敢，萬一被熟人聽見怎麼辦？」

「熟人聽見也挺好的，這樣他們就會對你更好啦。」叮噹很開心。

叮噹把信放在桌子上，陳桐經過的時候瞥了一眼，感覺這個字似曾相識，雖然故意寫得歪歪扭扭的。

體育課上，王衛國正在帶全班男生拉練。陳小武依然落在最後面，不過現在，再也沒人笑話他了。陳桐跑到劉大志身邊，特別輕描淡寫地說：「小武喜歡叮噹。」

劉大志差點兒栽到地上，呼吸全亂了。

「真的假的？」

「八九不離十！」

「不可能！」劉大志勉強跟上他。

「叮噹有個筆友你知道吧？」

「知道呀，還送了張劉德華簽名照給她。」

「就是陳小武。」

「不可能吧！陳小武每天賣豆芽，哪能搞到什麼劉德華的簽名照啊！」

「劉德華的簽名怎麼來的我不知道，但你會不知道他暗戀誰？」

陳桐奇怪劉大志竟然完全不知情。劉大志摸著頭說：「他喜歡叮噹，瘋了吧！可能嗎？不可能！」

王衛國：「陳小武，你每次都全班倒數第一！跑起來，一、二、三、四！」劉大志回頭看著狼狽不堪的陳小武，再看看陳桐，自言自語道：「玩我吧？這傻小子能有這心思，還瞞過了我？」他愈想愈不對勁兒，趁大家在操場休息，請了假去廁所，繞道回了教室，徑直走到叮噹座位，把她的書包翻出來。信被認真地放在夾層裡。劉大志偷笑，她還真把這筆友當回事。劉大志把信拿出來，看著信封上的字。陳桐說信封上的字是故意寫得歪歪扭扭的，陌生人沒必要這麼寫。

「你在找什麼？」微笑的聲音傳來。劉大志嚇得心臟病都要發作了，扭過頭，看到微笑身後沒人，這才鬆了口氣。

「你幹嘛跟做賊似的……你就是在做賊？」

劉大志嘴巴動著，但沒有發出聲音，好像在講一個巨大的國家機密：「你知不知道叮噹的筆友是陳小武？」

「你啞了？」微笑完全聽不懂。

劉大志站起來說：「你有沒有想過，叮噹的筆友就是小武？」

「哪個小武？」

「陳小武呀！」

「怎麼可能？」微笑大笑起來。

「我也是這麼想的，但陳桐說，信封上的字跡是熟人的！」

「怎麼可能，你看叮噹對陳小武態度那麼差。陳小武如果喜歡叮噹，他就太傻了。」

「他難道不傻嗎？」

「不可能！就算是熟人，也不可能是陳小武。」

「那是誰？」

「你們不是最好的朋友嗎……怎麼不直接去問他？」

「沒什麼。你說得對，我該直接去問他。」

放學後，劉大志和陳小武一起餵木桶。

陳小武：「木桶乖，好吃嗎？多吃點兒。」

劉大志看著陳小武，單刀直入地問：「小武呀，叮噹有個筆友，你知道嗎？」

「知道呀。好厲害，還送了她一張劉德華的簽名照。」陳小武神情自然。

「你覺得，這個人會是我們認識的人嗎？」

「認識的人？有可能吧，你看……那個筆友也沒有寫回信地址，好像對她也很熟悉。」

「他也不用叮噹回信，你說他是怎麼想的。」

「也許是怕被拒絕吧。」

「或者是怕被人知道自己是誰。」

「你怎麼開始關心叮噹這個筆友了？」陳小武繼續餵木桶，沒有抬頭。

「沒什麼，我也想交個筆友了。」

「這是你們養的狗嗎？」陳桐走過來。

「對呀，叫木桶！」陳小武抬起頭。

「叫木頭，木頭。」劉大志趕緊補充。

「木頭？不是你自己取的名字嗎，陳桐的『桐』拆開，就是木同，木桶。對吧？木桶。」木桶乖乖地叫了兩聲。

「陳小武，你真是……你才應該叫木桶！」劉大志簡直不敢相信陳小武的智商。

陳桐假裝給劉大志肚子一拳：「讓你給狗起我的名字，去不去練拳？」劉大志一閃，甩個頭說：「走吧！」

微笑家裡，她用塑膠繩編了個藍白色的蝴蝶。叮噹做了一個紅桃心。

微笑：「你有沒有想過，你的筆友也許是認識的人？」

叮噹掩著嘴說：「也許就是那個跳高的『劉德華』。」

「你一點兒也不想知道是誰嗎？」

叮噹很遲疑地說：「沒有地址，我想知道也沒辦法呀。再說了，我喜歡神祕感。但是，萬一是陳小武呢。」

「啊？你知道了？」微笑大叫了一聲。叮噹一震：「你嚇到我了！你還真以為是陳小武呀！我就舉個例子。」

「你覺得沒可能是陳小武？」

「劉大志都比他的可能性大一點兒好不好。陳小武那種人能做出這麼浪漫的事？再說了，他又遲到又洗豆芽的，哪有時間給我寫信。劉德華耶，陳小武怎麼可能搞得到劉德華的簽名！」

能夠看到自己一點兒一點兒變好，真是一件比什麼都幸福的事。

為了練過肩摔，劉大志的肩沒事，左腳卻扭傷了。

「不好好學習！天天搞這些有的沒的！跟你爸一個德行！」郝鐵梅端著一碗湯走出來。

「媽，我已經夠慘了。陳桐說學習之餘練練拳，對身心都好。」

「陳桐練拳是為了強身健體，不是把自己搞得半身不遂！你怎麼就不長腦子呢？」郝鐵梅說著就用右手指來戳劉大志的腦袋。

門口響起了敲門聲。

「呀，郝老師來了。今天在市場遇見了郝老師，我讓他過來吃晚飯。」

「完了，被他看見我腳傷了，肯定又免不了一頓訓……我怎麼這麼慘啊……」劉大志掙扎著想站起來。

郝回歸提著水果站在門口。

「大志，趕緊去拿個抹布擦一下桌子。」郝鐵梅在廚房端菜。

「沒事沒事，讓大志先坐著，我來拿。腳不嚴重吧？」

「醫生說大概休息一週就差不多了。」

「明天還能去上課？」

「我能不去上課嗎？」劉大志心裡一喜。

「你看著我的眼睛，再說一次。」郝回歸瞪了他一眼。

嗯？怎麼郝老師也喜歡說這句口頭禪？劉大志一愣。

第二天中午，陳小武在自家豆芽棚裡檢查泡好的豆子。旁邊放著個鐵盒子，裡面裝著剩飯，唯一的菜是豆芽炒肉末，看著就不好吃的樣子。

一個燒餅遞到陳小武面前。一抬頭，劉大志正嘻嘻笑著。

「給你！」

陳小武接過燒餅：「腳受傷了，你怎麼過來的？」

「陳桐帶我來的。」

「陳桐都成你的司機了。」

「快吃吧，廢話那麼多。」

「真香！」

「香吧。你吃，我幫你泡豆子。」

日光下，兩個人窸窸窣窣地忙著。

「小武，我爸媽離婚了。」

「啊？」陳小武正嚼著剩下的半個燒餅，表情突然呆滯。

劉大志也停下來，笑了笑。他形容不出自己此刻的心情。

「什麼時候的事？」

「快一個月了。他們怕我擔心沒告訴我，我明天去找我爸。」

「說什麼？要吵架？」

「不啊。郝老師說最好讓他們去過自己的生活，不要因為我有壓力。」

「那陳桐知道嗎？」

「你是第一個知道的。」

「真的啊，謝謝你信任我。」

微笑和叮噹兩個人趴在桌上做作業。

微笑：「上次那本三毛的書你看完了嗎？」

叮噹一邊說一邊從書包裡把書拿出來：「我不看了。你怎麼那麼奇怪，看那麼可怕的書。你知道嗎，竟然有人結婚收到的禮物是駱駝的頭骨，嚇都嚇死了。這個荷西，他怎麼那麼奇怪？」

微笑笑起來：「哪裡可怕了？明明很浪漫呀！」

叮噹做著鬼臉：「哪裡浪漫？沙漠那種鬼地方，喝的水都沒有——曬死了！」

微笑想了想：「我挺願意那樣去流浪的——」

「如果你去流浪，王叔叔肯定會不放心吧。不過你爸讓你從小就學跆拳道，估計也是為了你放飛自我的這一天。可我媽說，不要被這些作品騙了，踏踏實實找個門當戶對的，我要是結婚……最浪漫的事情就是……」

「十台婚車對吧！」

「全都得是大眾的桑塔納[15]，不然有什麼面子呀！」

「不過，郝老師挺喜歡三毛的。」

「郝老師？他也喜歡三毛？他為什麼會喜歡三毛？她到底哪裡好了？」一聽郝老師也喜歡三毛，叮噹對三毛立刻刮目相看。

「我覺得她很性感呀！」微笑隨口回答。

「性感？」叮噹嘴張得大大的。

大多數十六、七歲的少女並不準確地知道什麼叫性感，是周身散發出的氣質，是聊天表達的談吐，還是一件寬寬大大的白襯衣，一個鮮豔欲滴的紅嘴唇？對於十七歲的叮噹來說，性感是紅嘴唇、長睫毛、畫黑的眉毛、一條呢子長裙、一雙高筒靴。

想了一晚，叮噹徑直朝學校走去。

到教室的時候，同學還不多，有人看了她一眼，沒敢說話。叮噹微笑一下，覺得自己的性感已

編註15　福斯桑塔納（Volkswagen Santana），一款由福斯集團生產的車型。

經迷倒了同學，接著她就要迷倒郝老師了。她坐下來，看了窗戶一眼，窗戶上的自己奔放灑脫，已經不再是昨天的那個小女生了。為了給大家一個驚喜，整個早自習，她都低著頭，埋著臉，大家還以為她生病了不舒服。一下早自習，劉大志就走過來，對叮噹說：「喂，週末下午我們去溜冰吧？聽說請來了一個廣東 DJ。」叮噹沒有抬頭，彎著腰在桌子下補著口紅，邊補邊說：「你都成瘸子了，每天都是人家陳桐扶你上下樓，難不成溜冰他背著你溜啊！」

劉大志很神氣地說：「明天我就可以拆繃帶了。你到底要不要跟我們一起去？」叮噹突然抬起頭，那一瞬間，一張抹得通紅的嘴，配合著不可名狀的嫵媚，對劉大志眨了眨眼睛：「去！」

劉大志整個人僵直了，他找不到任何形容詞來描述自己的心情，而叮噹的妝容可以用三個字來形容——嚇死人！

「你……你可以戳瞎我的雙眼嗎？」

「這叫性感，你懂個屁，難怪沒有人會喜歡你，因為你根本不懂得欣賞美麗！」叮噹根本不在意劉大志的意見。

上課鈴聲響起，叮噹昂首挺胸地坐著。周圍的同學都暗自竊笑。叮噹心想，這些人都沒見過世面，大驚小怪的。總有一天，你們也會為了自己喜歡的人變得更美好。

微笑看見叮噹，也呆住了。

郝回歸走進教室。

陳桐大聲喊：「起立！」

叮噹站起來，一張抹得通紅的嘴，一頭淩亂如雄獅的鬈髮，胸前還掛著一大塊玉墜，起碼有五斤的感覺。這樣的叮噹立刻吸引了郝回歸的注意。他也呆住了，也想戳瞎自己的雙眼。

郝回歸鎮定下來：「同學們好！」

叮噹張著「血盆大口」說：「老師好！」

整堂課，叮噹都在搔首弄姿。郝回歸完全不敢看她。好不容易熬到下課，郝回歸對著天花板喊了一聲：「叮噹，來我辦公室一趟。」劉大志眼睜睜看著叮噹昂揚地走向辦公室，看著微笑說：「你真夠朋友呀，就看著她這麼發神經呀。」

「你還是她哥呢，你怎麼不說？」微笑哭笑不得。

「我差點兒被她嚇死好不好！」

「我想說來著，不敢。」陳小武補了一句。微笑強忍住笑：「郝老師不也沒說嗎？忍了一節課。

「我小姨也不這麼畫，她隨了誰？沒道理啊，怎麼突然化了這個妝？」

「陳平。」微笑無可奈何地說。

「啥？」

「三毛！」

叮噹抱著《撒哈拉的故事》走進辦公室，沒等郝回歸開口，先羞澀地表示自己已經把書看完了。

郝回歸有點兒意外：「你也喜歡三毛？」

叮噹立刻道：「我覺得她的流浪特別感人、特別浪漫，要是我有一個那樣的愛人，也願意隨他去天涯海角。今生是我的初戀，今世是我的愛人！每想你一次，天上飄落一粒沙，從此形成了撒哈拉！」

「背了很久呀？」郝回歸接過書，依然不敢直視她。「嗯！哪用背呀？我覺得這就是我心裡的句子。」郝回歸正想著要怎麼委婉地提醒叮噹。叮噹卻花癡地看著郝回歸說：「郝老師，你是不是覺得我很像三毛……」郝回歸不知該怎麼回答。叮噹的眼神朝他緊逼過來，郝回歸面露窘色。

「郝老師……」何世福敲門進來，看見叮噹，愣住一秒，隨後大怒，「誰讓你化成這鬼樣子，你是哪班的學生我都認不出來了！」

郝回歸憋住笑，差點兒憋成內傷。整個走廊都是何世福的怒吼和叮噹的哭泣聲，微笑、劉大志、陳桐、陳小武差點兒笑翻。

洗手間裡，叮噹一遍遍地用肥皂洗臉。叮噹抬頭看著微笑：「還有嗎？何主任那個老古董根本就不懂得欣賞。我感覺，郝老師剛剛看我的眼神有一點兒……」想起郝回歸的眼神，她突然笑了起來。

微笑低聲說：「你不會是喜歡郝……」

叮噹趕緊做一個噓的手勢：「是不是沒想到我會喜歡他？」說完，她拖著微笑的手，就往水池邊走。少女的心事，一牽手，什麼都不說，似乎對方就能懂了。找一個安靜的地方，一個沒有人打擾的時間，彷彿才能配得上心裡的那個小祕密。

叮噹說：「不是因為他是郝老師，而是在你最低谷的時候，老天突然給你安排這麼一個人，難道不是天意嗎？」

「可是，他是老師啊。」

「萬一這次教師測評郝老師被刷下去了，他就不是我們的老師了啊。」

「難道你希望他離開？」

「我……算了，那他還是繼續做我們的老師好了。不過，等我畢業了，那他也就不是我的老師了。」

「算你還有點兒良知。但你別忘了，郝老師是有女朋友的。」

「你確定？為什麼我們從沒見過他的女朋友？」

微笑沒想過這個問題。叮噹接著說：「我覺得 Miss Yang 在追他，沒準兒他就是為了拒絕 Miss Yang 編的。」

「有可能……但是，萬一……」

叮噹想了一下，站起來，特別有信心：「可我喜歡他和他有沒有女朋友有什麼關係？喜歡一個人，和這個人是誰、幹什麼、有沒有物件沒關係。喜歡一個人，幹嘛要想那麼多。喜歡是一件很輕鬆的事。」

「叮噹，陳桐、那個『劉德華』、你的筆友、郝老師，你到底喜歡哪個啊？換來換去，我都不知道你喜歡誰了。」

叮噹倒是滿不在乎：「男人說自己喜歡不同的女人，大家都覺得他有眼光、風流倜儻。為什麼女人不能同時欣賞幾個男的？我也要為我的小孩找個好爸爸啊。如果我看中一個就只能選那一個，只是為了滿足自己，沒有對比，對我的小孩也不公平。你說是吧？」說完，她推了推微笑，意思是說完我了，該你了。

「我？」微笑從未考慮過這個問題。可能是因為父母離婚太早，可能是因為爸爸太優秀，她從不覺得談戀愛有什麼好，再好的感情也敵不過現實。以至於現在的微笑從來不輕易表達自己的情感，她覺得任何能說出來的都不如做到更實在。

「哎呀，別說這個了，我也不知道。」微笑擺擺手毫不在意。

「陳桐？如果他跪下來求你和他在一起，你願意嗎？」

「他為什麼會跪下來求我？」

「呀，這種遊戲最好玩了，你認真想想看。」

很多人在讀書的時候都和好朋友玩過這種幼稚的遊戲吧？明知不可能會發生，卻饒有興致地聊上半天。微笑想了半天。「可能不會吧……陳桐就像是另一個我，什麼都靠自己，好像誰跟他在一起，都很多餘。」

「郝老師？算了，你不能想郝老師，他是我的。劉大志！如果我表哥跪下來求你，你會願意嗎？」叮噹忍不住大笑起來。

「他下跪肯定一點兒誠意都沒有。劉大志認真的樣子很滑稽。」

「我看我哥現在就挺認真的，連我媽都讓我向他學習。」

「他現在不叫認真，只是著急了。」微笑站起來說。

「那認真是什麼？」

晚上七點，劉建國還在醫院門診加班。這時沒什麼病人，急診科空空蕩蕩，偶爾傳來一陣翻報聲。劉建國發現劉大志站在門口。

「大志，你怎麼來了？」

「放學了，也沒什麼事，就來了。」劉大志努力擠出一個笑臉。

「哦，那你坐。我要十點才能回家。」

「我不是找你回家的。」

「哦。」

說完，兩個人又無話可說了。劉大志初中之後就不再纏著爸爸了，也許因為叛逆，也許因為自己不知如何與爸爸溝通，總之，兩個人的關係就像兩道平行線，我知道你是我爸，我知道你是我兒子，僅此而已。

劉大志幾次想站起來回家，可一想到郝老師的話，又坐下了。醫院裡靜得嚇人，呼吸聲都顯得那麼大。劉大志低著頭，爸爸仍在看報，兩個人就這樣靜靜坐著。劉大志悄悄抬起頭，劉建國也在偷偷看著他。兩人目光對視，劉建國趕緊把目光移到報紙上。

「爸。」

「嗯。你說。」劉大志的話剛一冒頭，劉建國就快速接上。劉大志一下笑了出來，劉建國也忍不住笑起來。

氣氛緩和點兒了。「爸，你是不是跟媽媽已經離婚了？」

「沒有啊。怎麼會突然問這個？」

「爸，你看著我……別騙我。」劉大志盯著他。

「啊？」劉建國的眼神剛和劉大志碰到一起就馬上挪開。

「我知道你們離婚了。媽告訴我了。」

「她怎麼說的？不是說好了不能告訴你的嗎？」

劉大志頓時感覺到五雷轟頂。爸爸也太好騙了，隨便指一個坑，他就能跳下去。

「啊……我就知道你們真的離婚了……」劉大志的臉一下就變得很沮喪。他的臉陰鬱下來，劉建國就知道自己被兒子下套了。

「大志，是這樣的……怎麼說呢……其實，這麼長時間了……就是希望別影響到你……所以才……你知道的吧……」劉建國立刻變得語無倫次起來。劉大志見過爸爸給病人看病，什麼事情看一看就知道該怎麼辦，特別有底氣。可剛才的爸爸跟平日完全兩樣，他很在意自己的感受。劉大志也一下心疼起爸爸來。

「爸……其實，也沒事。其實，我找你之前就想到了。我就是想跟你說，你們的壓力也不用那麼大。如果不是因為我，可能你們早就各自有了自己的生活。這段時間，你們沒有再爭吵，我就知道你們可能離婚了。」

劉建國張了幾次嘴，不知道該說什麼。

「爸，我都知道了，你也不用每天在家裡假裝。假裝挺累的，你工作也很辛苦。」

劉建國苦笑了一下。

「對了，你也不用告訴媽媽我知道了，這樣你在家她也不會找你碴兒，不也挺好的嘛。」劉大志像是在安慰自己，也像是在安慰爸爸，他的眼眶慢慢紅了。父子倆面對面坐著，劉大志發現一直語塞的爸爸眼眶也不知何時紅了起來。

「大志……」

「嗯？」

「你什麼時候長這麼大了？」

之後，父子倆在醫院急診室什麼都沒再說，又好像什麼都說了。劉大志從醫院走出來，特別開心，一眼就看見郝回歸坐在醫院院子的石凳上。

「郝老師，你怎麼在這兒？」

「怎麼，跟爸爸聊完了？」

「嗯！」

「怎樣？」

「不知道為啥，我突然覺得我爸媽離婚挺好的。這樣的話，他倆都覺得愧疚我，然後就都會對我更好了。」

「你是不是有毛病？」郝回歸拍了劉大志的腦袋一下，心想：這小子！還真能想，如果當年自己也能這麼換個角度思考問題，可能也沒那麼難過了吧。

「郝老師，謝謝你，還有謝謝你讓我去找陳桐。咦，你怎麼會在這裡？」劉大志突然反應過來。

「我剛去找你爸，看見你在裡面，我就出來了。」

「你生病了？」

「沒病不能看醫生嗎？」

「郝老師，我還以為你今天不來了。」一個熟悉的聲音朝這邊喊。劉大志扭頭，看見劉建國正站在門診科大門口。郝回歸拿出一盒象棋，揚了揚：「你先回去吧，我跟你爸切磋一下棋藝。」

「你們什麼時候……」

「上次我來看病，你爸坐診，一來二去我們就認識啦。你爸每天值班到很晚，有時候沒有病人，我就來陪他下下棋。」郝回歸站起來朝劉建國走去。他心情很好，自從上完父子情的公開課後，他就找到了和爸爸交流的方式，以前不懂得珍惜，他不能讓劉大志也不懂。有些事，他一直很後悔，不是後悔自己長大了才明白，而是後悔爸爸老了自己才明白他們的良苦用心。

「媽！你看！我數學考了九十五！」劉大志揚起手中的試卷。

「那麼開心，滿分是一百分嗎？」郝鐵梅明知道滿分是一百五十分，就是為了打壓一下他的氣焰。

「媽！你不覺得聰明的孩子應該更有精氣神嗎？媽，如果能有一件名牌運動服，我肯定能考逼一百二十分！」此時劉大志的嘴抹著一層蜜。

「聰明的孩子每天穿打補丁的衣服也能得第一。」

「媽！就給我買一件吧。其他同學都有，就我沒有。」劉大志又開始了自己的苦情戲碼。

「你怎麼沒有？你長得就像一件運動服。」郝鐵梅靠在沙發上，一邊嗑瓜子，一邊看電視。

「媽，我到底是不是你親生的啊？你怎麼總是說我長得像這個，長得像那個，我難道不是像你嗎？」

「去去去，一邊待著去。以後能不能許一個讓媽媽覺得驕傲的願望，比如考上個本科啊，給媽媽買套房子什麼的。」

「那你先給我買一件運動服，我就答應你考本科，給你買房子……」劉大志可憐巴巴的樣子，為了一件運動服，他正在出賣自己的靈魂和未來。

「這可是你說的。」郝鐵梅從沙發上坐起來指著劉大志。

「我說的！我說的！你讓我怎麼說都行！好不好……」劉大志瞬間心花怒放，自己的媽媽對付起來實在是太容易了。

「床上放著呢。」郝鐵梅繼續嗑瓜子看電視。

「不會吧？」劉大志衝進臥室，床上果然放了一件運動外套。

劉大志心裡吐了一口血，媽媽兩句話就把自己給坑了。他穿著運動服在鏡子前擺著各種瀟灑的姿勢。

「媽，你怎麼知道我想要運動服啊？」劉大志在裡屋問。

「我跟郝老師打電話了。他跟我說了。你記得啊，考本科，給媽媽買大房子……」

「知道啦！咦，媽，這衣服怎麼外面是耐克，裡面是彪馬？」

「你不天天嚷著要名牌嗎？一件衣服，兩個名牌，正反都可以穿，多好啊。」郝鐵梅的回答讓劉大志很興奮。

劉大志穿著衣服跑回客廳，重重地親了郝鐵梅一下。一件正反兩面都可以穿的運動服儼然讓他覺得自己已成為這個世界的贏家。他穿著這件外套做作業、吃晚飯，睡覺時就把衣服整整齊齊疊好放在枕頭邊。接下來的一整個星期，劉大志一三五穿耐克，二四六穿彪馬，週日洗了，連夜用電風扇吹乾，心情好極了。

「劉大志，這件衣服是哪裡買的？我讓我媽也給我買一件。」課間，王胖子過來問劉大志。

「買不到了，我媽特意托人買的。」劉大志並不想和王胖子穿一樣的衣服。

「為啥買不到了？」

「這你就不懂了吧。讓你見見世面！」劉大志一邊說一邊把衣服脫下來。同學們一聽，全朝這邊看過來。

「你們是不是一直以為我穿了兩件衣服？你看！你們的衣服只能單面穿，我的可以雙面噢！我今天穿這面，明天穿另一面，後天再穿這面，大後天又換一面，哈，其實我只穿了這一件！」

「嘖嘖嘖，哥你不說還好，這衣服真髒啊。」叮噹捂著鼻子道。

「去你的。」

「那你這衣服到底是哪個牌子的？」王胖子很納悶。

「就這兩個牌子，十分難得。學著點兒，你沒見過的可多了。」

陳桐本想說些什麼，看見劉大志那麼開心，想了想，也閉嘴了。

我一直以為被一個人喜歡要很優秀，其實一個人足夠熱烈，也能點燃另一個人。

週末午後，天空晴朗，滾軸溜冰場門前的銀杏已是一樹金黃。

很多人都在這棵樹下等人。劉大志穿著郝鐵梅給他買的運動服，一會兒扣著，一會兒披著，還是覺得太熱了，就綁在腰間。他手裡拿著大家的票，耳朵裡塞著耳塞，聽著張國榮的歌。陳桐最先到。劉大志讓他趕緊進去搶合適的鞋碼。每次稍微一晚，有些鞋碼就被搶沒了。微笑和叮噹一起到的。看到劉大志，叮噹問道：「對了，你今天叫了郝老師嗎？」劉大志匆忙回了一句：「他去找Miss Yang和衛國老師去了。」然後讓她們趕緊進去，自己等陳小武。

到了約好的時間，陳小武還沒到。溜冰場裡響起了全新的迪斯可音樂，歡叫聲此起彼伏。場外銀杏樹下，陳小武不急不慢地來了。劉大志直接把票扔到他臉上：「你又遲到！裡面人滿為患！進去肯定沒有合適的鞋了！我和你的下午全被你給毀了！」陳小武慢悠悠地撿起票，瞥了眼劉大志：「放心吧，我已經算好了。我倆的鞋都是三十八碼的，一般男孩都是四十碼，女孩腳再大也是三十七碼，他們家五雙三十八碼的鞋，如果不是咱倆來，他一雙都租不出去！」

劉大志氣衝衝地進了溜冰場，到了櫃檯，五雙嶄新的三十八碼溜冰鞋果然整整齊齊地排列在鞋架上，其他的鞋全沒了。

「我說了吧。老闆，要兩雙三十八碼。」陳小武把票給老闆。

下週三就是教師留崗的最後測評。宿舍裡，郝回歸拿著全班座次表把每個座位的名字都背得非常熟悉，把每個家長的職業背得熟悉，把每個學生最好的科目和最差的科目也背得非常熟悉，然後對王衛國和 Miss Yang 說：「你們問吧。」

王衛國陪著 Miss Yang 在幫郝回歸做最後的資格測驗。雖然郝回歸心裡很清楚這只是走個形式，但是他還是想要把這件事做好，不是為了測評，而是真的想要記住每一個人，記住每一件事。

正在倒滑的劉大志一個反跳，啪地撞到牆上，再跳，啪地又倒在地上。

「大志，你倒滑方法不對，這樣很難轉彎，只能滑直線啊。」陳桐滑了過來。

「我……」

「我來教你。來，把手給我，你往後滑，我來推你。」說著，陳桐抓住劉大志的手，「原地兩腳平行站立，兩臂側舉，上體稍前傾，做小幅度向後葫蘆滑行。」

「什麼是……」

「葫蘆滑行就是這樣。」陳桐耐心地向劉大志解釋。有人聽見陳桐在教學，也紛紛圍過來學習。劉大志好尷尬，他本想學會倒滑、反跳，在微笑面前出出風頭，沒想到成了陳桐的教學對象。溜冰場的音樂又換了，主持人讓所有人以陳桐為隊首排起長龍。微笑和陳桐二人雙手相對，陳桐帶著一隊人往前走，微笑往後退，慢慢地，微笑身後也多了一些倒滑技巧更好的人。大家開始花式溜冰。

陳小武終於「噌」地滑到劉大志身邊。

「你不是要跟微笑炫技的嗎？」

「炫個鬼啊，分分鐘骨灰都會被吹走。你是不是眼瞎？」劉大志很冷漠地說。陳小武看著陳桐和微笑帶著一群人滑得起勁兒：「他們滑得可真好。」

劉大志點點頭。

「對了，你跟你爸聊了嗎？」

「聊了。他們離婚了，但是蠻好的。又不是說非得黏在一起才是愛，遠遠地，也可以是啊。」

叮噹溜到陳小武身邊：「你會滑嗎？」

陳小武一看見叮噹，一個沒站穩，左腳往左，右腳往右，生生劈了個一字馬坐在地上。陳桐和微笑經過，連忙停下來。叮噹想拉陳小武，沒拉動。劉大志搭了把手：「沒想到你韌帶這麼好！」

「你們先滑……我休息一下。」陳小武尷尬地站起來，扶著欄杆，慢慢地走到場外坐下。

叮噹滑到旁邊，想脫外套。

「我幫你拿吧。」

叮噹把外套扔給陳小武。

她看著微笑倒著滑，羨慕地說：「我也想學。」

「要不，我帶你吧。」

「你會？」

「我脫了溜冰鞋扶你，保證你不會摔跤！」

「太好了！」

陳小武拿著叮噹的衣服就往寄存處跑，忘了自己還穿著鞋，「啪嗒」又摔了一跤。劉大志不好意思讓陳桐再教，於是開始自己摸索。一個人飛快地滑過來，劉大志一閃，失去平衡。眼看才康復的腳踝又要扭傷了，他痛苦地閉上眼睛。突然，有人扶了自己一把，原來是微笑。

微笑擔心地問：「沒事吧？」

劉大志立刻裝作特別不會滑的樣子，踉踉蹌蹌。微笑一直扶著他。本來劉大志還想在微笑面前表現自己的技巧，沒想到被陳桐和微笑無情碾壓，那就乾脆裝白癡好了。角落裡，陳小武小心翼翼地扶著叮噹練倒滑，他已經換下了溜冰鞋。
「哎喲！」叮噹踉踉蹌蹌。
「慢點兒，慢點兒！」
「我有感覺了！」叮噹一激動，又差點兒滑倒。
全場音樂突然停了下來。
「今天是我們溜冰場開業一週年慶典，我們準備了一些禮物給大家。」
大家都停下來看著DJ台。主持人舉起舞台上的一個巨大毛絨熊。這種毛絨熊聽說在香港特別流行，大家都只在雜誌上看到過。女孩們都在尖叫。微笑難得激動地說：「這個毛絨熊！我有一個小號的！從小抱它睡覺。原來還有這麼大的。」
叮噹大喊：「我想要！」
主持人宣布規則：「想得到這隻熊的朋友請上台！如果能穿著溜冰鞋跟我一起跳完一支兔子舞，最後一個沒有摔倒的人，就能得到它！」
全場歡呼。一開始幾乎沒人敢上去。兔子舞不僅難跳，更重要的是極其難看。女孩們都在慫恿自己的男朋友上台。陳小武看著自己腳上根本就沒穿溜冰鞋。
主持人：「怎麼大家看來不是很積極呀？」
微笑看著陳桐說：「快快快，全場你技術最高！」
陳桐為難地說：「啊……我跳舞很難看……」
話音未落，劉大志大喊一聲：「我來！」說著，把綁在腰間的衣服解下來，穿在身上，滑了過去。劉大志一上台，大家陸陸續續開始上台。
劉大志根本不會跳什麼舞，他只是想幫微笑把這個大毛絨熊贏回來。

音樂響起，劉大志跟著主持人的動作開始跳起來。劉大志平衡感很差，本來技術就很一般，第一個動作就差點兒摔倒，他手一撐，沒有倒下。幾個朋友有些尷尬。對於劉大志來說，他一點兒也不在意動作好看不好看，反正是為了微笑。雖然他跳得非常滑稽，但十分努力。其他人紛紛摔倒，他每次都能勉強硬撐住，臉上表情十分豐富。十幾個人，八個人，五個人，三個人，主持人帶頭給剩下的人鼓掌。

叮噹看著舞台上的劉大志直笑：「哈哈哈，笑死我了，他怎麼那麼逗。」

微笑一開始也在笑，慢慢地卻覺得很感動。

陳桐對微笑說：「我發現大志真是個奇怪的人，平時要他幹點兒自己的事，他都很猶豫，一旦換成別人的事，卻很拚命。」

劉大志抱著那個熊下來，人已快虛脫了。叮噹超開心地撲上去：「哇，我的熊！」劉大志吃力地繞過叮噹，把熊交到微笑手上：「給你，長大了就要大熊。」

叮噹抱怨道：「憑什麼不給我？」

「下次！下次贏了給你！」

「要看你跳那麼難看的舞，我寧願不要熊！」

微笑笑著遞給叮噹：「給你嘛，我們輪著抱！」

叮噹撇嘴道：「算了，只有你喜歡抱東西睡——我才不要！」

微笑笑了笑，抱著大熊走在最前面拍照片、喝可樂、吃冰淇淋。五個人有說有笑。這個無所事事的下午似乎毫無意義。可一旦過去幾年、十幾年、幾十年，那個無所事事的下午就會突然變得格外有意義。過了這一小段不為什麼的日子，就再也難有不為什麼的相見了。

路的正前方聚集了很多人，大家都仰著頭看上面。

循著目光，五樓樓頂，一個人站在欄杆旁邊。

「有人要跳樓！」劉大志這麼一喊，其他人嚇了一跳。

底下群眾嘰嘰喳喳，警車已經停在四周。有些圍觀者看了很久，唯恐天下不亂，對著樓頂喊：「你快跳呀！」微笑特別生氣，扒開人群，走過去對喊叫者說：「你怎麼這樣！換作你家人，你也這麼說？」那人惡狠狠地瞪了微笑一眼，沒理會，繼續大聲喊著：「快跳啊，等很久了。」

微笑把熊往劉大志手上一放，一把拽住那人衣領。劉大志一邊抱著熊，一邊趕緊把他們分開。他從未見過微笑如此動怒，居然主動教訓別人。

「呸，一個小丫頭片子也要多管閒事。要不是你同學在，小心老子揍你。」那人邊說邊離開了。

「算了算了，他已經慫了。別生氣了。」劉大志連忙安慰，把大熊遞到她手上。

輕生者在樓頂大哭：「從來就沒有人愛我……」

依然有圍觀群眾吆喝：「你活該呀……」

輕生者大哭：「老婆和孩子都跟人跑了，我……我一個人留在這世上還有什麼意思……」

圍觀群眾：「說那麼多廢話做什麼，跳呀！」

微笑再次上前推這些慫恿者。幾個人圍著微笑嘲笑：「他是你的誰啊？你老公嗎？我們就是喜歡喊，你怎麼著啊？」

對方人多，微笑握緊拳頭，被氣得發抖，眼看就要揍人了。

輕生者依然在大哭：「做人這麼痛苦，我真後悔……真後悔來到這世上！」

「誰在乎你呀！你倒是跳呀！」

幾個人看著樓上，又看著七嘴八舌的群眾，不知該怎麼辦。輕生者已經走到最邊緣，絕望地看著樓下，身後一群保安和員警不敢靠近。

輕生者最後一次大喊：「我不甘心！為什麼這個世界上沒有人愛我？」

樓下的人：「切！」

「我！愛！你！」劉大志突然仰起頭，雙手放在嘴邊，對著樓上大喊。圍觀群眾驚呆了，紛紛看著他。過了幾秒，「哄」的一聲，周圍幾個人狂笑起來，覺得樓上有個神經病，樓下又來了個神經病。

劉大志繼續大喊：「我愛你！我！愛！你！」

劉大志仰著脖子，青筋暴起，滿臉通紅。

微笑看著劉大志，覺得有些尷尬。

「我也愛你！」陳桐用手圍住嘴巴，也開始朝樓上大喊。

陳小武和叮噹對視一眼，也加入到吶喊的隊伍。四個小夥伴一起朝樓上大喊。微笑突然覺得好像一切都不一樣了。看著樓上的人，聽著身邊的話，微笑遲疑了一會兒，把大熊往地上一放，也雙手放在嘴邊，先是輕聲喊了一句，然後就不管不顧地對著樓上大喊：「我也愛你！」

四周都安靜了，只有這五個好朋友站在一起，不顧任何人的眼光，對著樓上大喊：「我愛你！」「我們愛你！」「我們都愛你！」

輕生者聽到樓下傳來此起彼伏的「我愛你」，不知所措，過了一會兒，突然蹲下，大哭起來。趁著他走神，員警趕緊把他抱住從樓頂邊緣解救下來。看著輕生者被救，五個人超開心，眼裡都是淚光。圍觀群眾也開始鼓掌，掌聲愈來愈響。幾個人喊得聲嘶力竭，蹲在路邊大口喘氣，誰都說不上話來，卻又特別開心。

「陳桐，你為什麼也敢這麼喊？」劉大志問。

「我看你一個人在那兒喊，挺可笑的。」陳桐聳聳肩。

自己真的那麼可笑嗎？為什麼當時自己報名參加五千米比賽時，陳小武也這麼說？但劉大志心裡很暖，嗯，陳桐和陳小武真是自己的好朋友。以前，劉大志會覺得好朋友就是要一起蹺課、抄作業，現在他覺得好朋友就是敢陪著你一起丟臉。而微笑，她覺得自己整個人好像有了一種奇怪的變化，但說不上來是什麼。

「沒有媽媽的人生」、「缺失母愛的人生」，微笑討厭這幾個字。她不喜歡聽別人說，自己也不會說。今天之前，她一直認為「過得好，不讓周圍的人擔心，就是『我愛你』的表現」。而經歷了剛才的事，微笑的臉微微發燙，她居然說出了從來就不會說的幾個字。那麼放肆地喊出「我愛你」，真是青春記憶中最美好的一個畫面。

微笑回到家，保姆張姨在廚房做飯，爸爸在客廳看電視。微笑像往常一樣進了自己的房間，然後又走出來，對著看電視的爸爸說：「爸，謝謝你。」王大千一驚，不知道發生了什麼事，女兒為什麼突然要謝謝自己。

說完，微笑進了自己的臥室，把門關上，一個人偷偷笑了起來。

第八章 愛如流星

你微微地笑著，不同我說什麼。
而我覺得，為了這個，我已等待了很久很久。

雖然我一個人會害怕，但只要我發現原來你和我一樣，我就立刻不怕了。

「微笑，你出來一下。」課間，鄭偉出現在文科班門口。

「你想幹嘛？懂不懂禮貌？」劉大志來到門口。

「跟你有關係嗎？」鄭偉並不把劉大志放在眼裡。

「喲，還想追微笑？」劉大志看到了鄭偉手上的信封。

「你連追的勇氣都沒有吧！」鄭偉輕蔑地笑了笑。

「有人說過你有口臭嗎？」劉大志扇了扇鼻子前面的空氣。

教室裡的同學一下笑了起來。鄭偉大怒，一把拽住劉大志的衣領，把他提了起來。劉大志直接用膝蓋向前一頂，鄭偉「啊」的一聲手一鬆，後退了兩步。

劉大志心裡「噌」的一股怒氣上來：「對我不敬就算了，居然敢如此對待我最心愛的衣服。這比我的尊嚴還要寶貴啊！」

兩人小宇宙爆發，一場惡戰在所難免。

十分不湊巧，此時上課鈴響了。

「劉大志，想打架是嗎？要打，放學後教學樓後面。」

「who 怕 who！放學樓後見。」

「大志，真要跟鄭偉打架啊？」陳小武有點兒著急。

「現在不打就是認輸！」劉大志信心十足，自己跟陳桐學拳可不是玩一玩而已。放學後的教學樓後面，文理班的同學默默分成兩隊觀戰。沒人喊開始，兩人把書包往地上一放，劉大志直接衝了上去。鄭偉抬起一隻手，摁住劉大志的臉。文科班的同學都閉上了眼睛。劉大志一著急，開始打野拳，拳打腳踢，手腳並用，劈裡啪啦一陣打，雖沒有打中要害，卻也弄得鄭偉披頭散髮有些尷尬。鄭偉另起一拳，直砸在劉大志左臉，劉大志的腦袋「嗡」一下就懵了。鄭偉再飛起一腳，重重踢在劉大志的大腿上。劉大志踉蹌幾步，摔倒在地。陳小武見狀，要去幫忙。陳桐一把拉住他：「讓他們打，打完就沒事了。」

劉大志發現鼻子濕濕的，一抹，鼻血出來了。鄭偉又一拳過來。劉大志仗著身形矮小，轉身一閃，抓住鄭偉的胳膊，順勢借力，一個瀟灑的過肩摔。「哇！」眾人驚呼。鄭偉已摔倒在地。但鄭偉太重，劉大志也差點兒坐在地上。

鄭偉爬起來，又直接上手去抓。劉大志抓住時機，又一個過肩摔將鄭偉摔倒。劉大志向陳桐揚了揚眉頭。陳桐卻暗說糟糕。鄭偉見劉大志總盯著自己的手臂，只會用一招，便直接用腿去踢劉大志，根本不給他機會。劉大志冒著被踢中的風險，直接上手去攻鄭偉上半身，被踢了七、八腳，才抓到一次機會。劉大志心裡盤算得很清楚，雖然自己一直處於下風，但每次只要把鄭偉過肩摔，他就在心裡給自己加上十分，他覺得微笑一定會給自己加二十分。為了不影響形象，劉大志對鄭偉說等等，然後把衣服脫下來翻了個面。兩人又打了二十幾分鐘。劉大志渾身是傷，但他也把鄭偉過肩摔了四、五次。兩人坐在地上，氣喘吁吁。

「打完了？打完了就各回各家吧。」陳桐走過來，一手拉起劉大志，一手拉起鄭偉。

鄭偉站起來仍然不服氣：「劉大志，別得意忘形。你知道你就是個笑話嗎？正面耐克，反面彪馬，一冒牌貨還每天穿、來回穿，丟死人了，笑話。」

理科班的人笑成一團。

「你懂個屁啊，死四眼田雞！」劉大志很氣憤。

陳桐：「鄭偉，架也打了，說這個有意思嗎？」

「我說陳桐，你現在怎麼這麼虛偽了？難道你不知道他這衣服是冒牌貨？到底是你有意思，還是我有意思？」

劉大志看著陳桐。陳桐不說話，拉著劉大志就走。劉大志一把將陳桐的手甩開，撿起地上的書包，朝另一個方向走了。看到陳桐的表情，劉大志知道鄭偉說的是對的。眾目睽睽之下，不僅自己出醜，還給朋友們丟了人。陳桐也很尷尬，為了不影響劉大志的心情，自己也就沒跟他提這事。

「劉大志！你給我站住！鄭偉！你也給我站住！」

一個熟悉的聲音傳來。郝回歸正朝這邊走過來。看到郝回歸，所有人都呆住了，不由自主地往後退了幾步。劉大志不情願地停下來，低著頭，轉過身，看到郝回歸，也呆住了。

郝回歸瀟灑地走過來，穿了一件和劉大志一模一樣的衣服。

「你們倆寫一篇檢討，不少於一千五百字，明天我要看到。不交的，操場跑二十圈。還有，」郝回歸回過頭對其他人說，「下次再有這種事，你們這些看熱鬧的，每個人都給我跑二十圈！」

「郝老師，你、你怎麼有這件衣服？」劉大志待著沒動。

「好看啊。只許你穿，我不能穿嗎？」

「但……這件衣服是冒牌的。」劉大志很尷尬。

「這你就不懂了。在中國香港、日本這種地方，雖然這不是正牌，但這是潮流。身上牌子愈多愈潮流，懂不懂？」

「啥？潮流？」劉大志似懂非懂。

郝回歸哪懂什麼潮流，他只是發現劉大志穿了這件正反兩面的運動服，想起自己曾經被同學諷刺的情形，很長一段時間抬不起頭來。他甚至還跑回家，把衣服扔在地上對媽媽大吼大叫，覺得她為了省錢讓自己丟臉了。直到自己考大學差幾分，媽媽二話不說拿出兩萬元的積蓄，郝回歸才明白媽媽的苦心。自己也穿一件，這樣劉大志就不會覺得丟臉了。畢竟嘛，一個人丟臉是丟臉，兩個人一起丟臉就變成無所畏懼了。陳桐和微笑聽郝老師這麼說，都笑了起來，雖然他們也不知道郝老師說的是不是真的，但是他們覺得郝老師願意這麼說就是對的。

微笑問叮噹：「你覺得郝老師到底是個怎樣的人？」叮噹立刻花癡地說：「郝老師多帥啊！同樣的衣服，我哥穿就被諷刺，郝老師一穿，大家就閉嘴了。這樣的男人真是有扭轉乾坤的能力，好想嫁給他啊！」

微笑疑惑地說：「我是覺得怎麼好像每次有事情，他都能及時出現解決呢？」

叮噹立刻回答：「這才是緣分啊！你看，馬上獅子座流星雨就來了，三十三年一次，為什麼偏偏在我有喜歡的人的時候出現了？這就是緣分，說明老天爺要讓我表白了！」

微笑很驚訝：「你不會是要……」

「噓！別說。」

回到家，劉大志站在鏡子前，左右端詳著雙面運動服，覺得就是挺帥的，一點兒都不low！媽媽買菜正好回來，劉大志沒頭沒腦地衝著媽媽說了一句：「媽，你好潮噢！」

陳小武七歲的弟弟吃力地嘗試給豆芽換水。陳小武趕緊過去幫忙。電台裡又傳來了熟悉的聲音：「主持人你好！明天就有流星雨了，你說我跟自己喜歡的人告白會不會實現啊？」

「能不能實現不重要，重要的是在這個特殊的日子你敢表達自己的心聲。如果成功了，你就抓住了三十三年一次的告白時刻。失敗了也沒關係，起碼你不用再等三十三年了啊。」

這個聲音很熟悉。陳小武坐在收音機旁邊，心情很沉重。他也很想向自己喜歡的人告白。陳小武很難過，他看了一眼還在給豆芽換水的弟弟，又看了看四周，再聯想到自己，這樣的我，真的有資格去喜歡一個人嗎？

對著流星雨許願真的管用嗎？還是一個說出願望的理由啊？

第二天一大早，郝回歸進了教室。大家都很安靜地看著他。郝回歸覺得很奇怪，今天是什麼日子嗎？

馮美麗站起來說：「郝老師，今天下午是你最後測評的日子。希望你能發揮出最好的水準，希望我們明天還能見到你。」

「現在是在給我開追悼會嗎？一個比一個嚴肅。石頭，你也這麼嚴肅，難得啊！我留下來對你有什麼好處？」班上發出一陣輕微笑聲。石頭有點兒尷尬，摸著後腦勺說：「有好處。還沒人那麼罵過我。」

同學們大笑。

石頭的臉紅了：「有什麼好笑的。本來就是啊。」

陳小武也站起來：「郝老師，我也喜歡你罵我。」

同學們笑得更厲害了。郝回歸忍不住跟著笑了起來。劉大志清了清嗓子，說：「郝老師，你好好加油，今晚流星雨，我們會為你許願的。」

「劉大志，你知道今晚的流星雨是哪個星座的嗎？」

「啊……還分星座啊？」

「你那麼沒有文化，流星雨不僅不會實現你的願望，我還會被你害死的，你還是別許了。」郝回歸讓劉大志坐下，「大家的心意我知道，我會加油的，希望你們也是。」說著，郝回歸拿出課本開始上課。

下課後，王胖子戳了戳叮噹。

「今晚流星雨，聽說告白很靈的。」

「你不會想要跟誰告白吧？」叮噹覺得王胖子最近怪怪的。

「叮噹，你覺得我最近哪裡不同嗎？」王胖子對叮噹笑了笑。

「停！打住！咱倆沒有任何可能！你就當我什麼都沒問過。」叮噹不喜歡胖子，更不喜歡王胖子這樣的胖子。

「不是不是，我不是喜歡你，但是你覺得我現在有沒有多一些競爭力？」

「你，好像，你最近好像憔悴了一些？」叮噹不確定地說。

「我這哪裡是憔悴，是瘦了好多啊，你看看。」王胖子站起來，果然瘦了一大圈。

「你怎麼搞的？」叮噹有點兒驚訝。

「我已經連著一個月沒怎麼吃東西了，只喝水，實在餓了就吃半個水果。減了三十多斤。」王胖子頗有成就感。

「為什麼突然減肥？難不成……是為了誰？」

「唉，不能說。但是你知道那種感覺嗎？只要每天見到這個人，哪怕很餓，也覺得倍有精神。」

叮噹想起自己對郝回歸的感覺，立刻覺得王胖子和自己是同一個世界的人。對叮噹來說，三十三年一次的獅子座流星雨偏偏在她有了喜歡的人的時候出現，這就是緣分，她覺得這是老天爺要讓她表白。

上課鈴響起，王胖子笑眯眯地回到座位。叮噹仔細觀察王胖子，他真的和以前有很大的不同，以前的他聽見上課鈴就垮著臉，但現在居然笑眯眯的。

看來，愛真的能改變一個人。

Miss Yang 穿著特別合身的套裝走進教室：「Hello, everyone.」

「Hello, Miss Yang！」王胖子的聲音格外響亮。

叮噹打了一個寒戰，莫非……

Miss Yang 提問：「誰能用英文介紹一下下流星雨時我們都可以做些什麼？」

王胖子立刻把手舉起來。Miss Yang 指指王胖子：「王龐，很積極啊，你來說說。」王胖子「噌」一下站起來，但沒有立刻說話，沉默了一會兒。叮噹以為他在思考，但沒想到，他沉默了一會兒之後，整個人站在那開始搖晃搖晃，然後，突然就朝一邊倒了下去。陳桐立刻從座位上出來，去扶王胖子，卻還是沒來得及。王胖子就像一座被定點爆破的大廈，瞬間倒下。大家和 Miss Yang 都嚇得不行，班上為數不多的男同學立刻圍過來，手忙腳亂，不知道怎麼把他扶起來。此時的王胖子依然有一百八十多斤[16]，就像一座山。大家怎麼都使不上力。班上有女同學嚇哭了。Miss Yang 踩著高跟鞋風一樣跑出教室，跑到走廊，一眼看見操場上正帶體育生訓練的王衛國。Miss Yang 也顧不上旁邊教室正在上課，扯著嗓子大喊：「衛國，你快來，你快來！」

王衛國突然聽到 Miss Yang 在喊自己，覺得是在做夢，這分明是女主人公呼喚男主人公的那種嗓音與急迫。王衛國扭頭，看見 Miss Yang 正站在三樓走廊向自己狂揮手，他不知道發生了什麼事，撒腿就往三樓跑。幾個體育生也不知所措，只好跟著他跑。

陳桐他們依然沒辦法挪動王胖子，幾個人滿頭大汗。王衛國走過來，觀察了一下，擺擺手，讓大家讓開，然後蹲下，把手往王胖子的脖子和小腿處一伸，先掂量了一下王胖子的份量，然後用力一個起勢，用公主抱的姿勢把他整個人抱了起來。

全班譁然。

「哇，王老師好厲害。」

「他真的是省舉重比賽的亞軍……」

Miss Yang激動得不得了：「快快快，衛國，我們把他送到醫院去。我先去打電話叫救護車。」

Miss Yang又跑了出去，遇見聞訊而來的郝回歸。

「怎麼了？」

「王龐暈倒了，衛國正準備把他抱下樓。我去叫車，你幫我管管其他同學。」Miss Yang把高跟鞋脫了，拎著鞋跟在王衛國身後下了樓。王胖子很快被送到醫院。站在醫院走廊上，Miss Yang特別狼狽，一手叉著腰，一直喘著氣。想到王衛國衝進教室，一伸手就能把所有人都弄不動的王胖子抱起來，她特別感激：「衛國，如果沒有你，今天我肯定會被嚇死。」王衛國有點兒羞澀，眼神瞟向別的地方：「你放心，只要有我在，不會讓你嚇死。」

王胖子因減肥而暈倒這件事像是時間汪洋中的一朵浪花，飛出浪頭，便倏地消失了。青春期裡，每個人都做過一些傻事。這樣或那樣的小浪花絲毫不會影響潮水的方向，每一朵只是當時想要不一

編註16 約等於一百公斤。

樣，想證明存在感。王胖子喜歡英語老師而減肥暈倒，在日後的高中同學聚會上並不算最轟動的事。班上的謝秋花和李大滿早戀，為了證明他們是真愛，兩個人用502膠水把手指黏在了一起；郭勝利遲到，不敢在傳達室寫自己的名字，硬著頭皮寫了張學友；陳小武帶了西瓜，分成兩半，全班在晚自習傳著吃，一人一口……

現在想起來，這些事真的挺傻，但傻並不代表不好，人生也只有那時，遇見那樣的一群人，才能幹得出這些事吧。十七歲時也並非都是煩心事，只是自己忘記了而已。從教師留崗測評的教室出來，郝回歸表現得非常自信，只是結果要第二天才公布，他多少還是有點不安。放學後，何世福約他一起和教育局領導吃晚飯，同去的還有Miss Yang。

郝回歸問了一句：「什麼事？」

何世福說：「去了就知道了，是件好事。因為還有別的學校的老師，所以我們一定要表現得好一些。」

郝回歸向來很討厭和領導吃飯，看著其他同事從頭到尾拍領導的馬屁，覺得純粹是浪費自己的時間。何世福一看郝回歸猶豫，開玩笑地說：「郝老師，不要以為自己是正式老師了就能我行我素，晚上吃飯也是工作，知道嗎？」Miss Yang比郝回歸懂事，何主任一說晚上吃飯，她就接了句：「能跟主任一起吃晚飯這是哪裡來的好事。」

郝回歸瞪了她一眼。等何世福一走，Miss Yang就跟郝回歸攤底：「郝老師，你啊，跟個小孩一樣。你得改一改你的性格了。」我？小孩？他最討厭別人給自己的評價就是像小孩。微笑說劉大志像小孩，Miss Yang說自己像小孩，我都三十六歲了！Miss Yang一看郝回歸臉色不好了，就笑著解釋：「郝老師，你看啊，如果你不想去，那就第一時間拒絕，無論別人怎麼說都別去。我最討厭那種心裡不想去，全表現在臉上，但最終還是會權衡利弊妥協的人。你，我、何主任都知道你最後肯定會去，又何必擺出一副不開心的表情，讓大家都不舒服呢？既然主任叫我去，我肯定是不能不去，那乾脆就爽快些。」

郝回歸語塞：「為什麼我肯定會去？」

「郝老師，你真的是不了解自己。雖然你是個很有想法的老師，但你也是一個永遠想照顧所有人情緒的人啊。」

「是嗎？那即使我最後還是會去，也總比假裝很開心要好吧？」

「反正你自己都不開心了，那你為什麼還要讓我們不開心？一個人能很爽快地決定某件事，才能很爽快地拒絕某件事。如果你每次都半推半就，大家只會覺得你是那種半推半就就能說服的人，你的決定一點兒都不重要。」Miss Yang 朝他笑笑，拎著包出了辦公室。

郝回歸站在原地，Miss Yang 說得一點兒都沒有錯，自己真的就是這種半推半就的性格。總想考慮每個人的感受，卻一直在忽略自己。這種半推半就，讓自己一步一步走到了今天，看似自己每一步都是做了衡量的最正確的決定，但其實全都是退而求其次的結果。

「走啊，何主任等著呢。」Miss Yang 又探頭進來。

「哦。」

劉大志他們匆匆回到家扒了口飯，又回到學校集合。他把大家帶到廣播站的樓頂露台。這裡少有人來，算是他一個人看風景的祕密基地。劉大志帶著大家上樓，手裡拿著一根鐵絲。露台的鎖年久失修，被雨水淋鏽。劉大志蹲在通往露台的門邊，用鐵絲掏了半天，但鎖沒有一點兒動靜。

「哥，你到底打不打得開？流星雨已經結束了！」叮噹坐在樓道裡熱得滿頭大汗。

「等等，等等，讓我的鐵絲熟悉一下這把鎖。」劉大志繼續掏。

「你走開，看我的。」陳小武把劉大志趕到一邊，蹲下來，用耳朵仔細聽，調撥，「吧嗒」一聲鎖開了。陳小武一臉得意。

推開門，涼爽的風吹過來，露台零星散落著幾把椅子，空曠的地面上長了幾株野草，地面倒也很乾淨。站在露台上，視野開闊，沒有任何遮擋物，滿眼星空。劉大志讓大家待在露台，自己站在門外把門又關了，剛才自己的技術有點兒丟臉，必須再試一試。大家把帶來的好吃的正準備一一放在地上，陳小武拿出一條七彩床單：「等等，放在這上面。」

陳桐：「小武，看不出來你這麼細心呢。」

叮噹看了眼床單：「好噁心。洗了沒有，是不是用過的啊？」

微笑笑著說：「我看挺乾淨的，而且床單嘛，本來就是用來坐的。小武，我們弄髒了沒關係吧。」陳小武連忙擺手：「沒關係沒關係，我特意洗好的……」

叮噹依然一臉嫌棄。

大家開始把書包裡帶的吃的一一拿出來。

「幫我開開門，我認輸啦！這個鎖我打不開了！」劉大志在門外喊。陳桐跑過去開門，轉了兩下門把手，根本轉不動。他蹲下來觀察了一會兒，對劉大志說：「這個門鎖壞了，只能從你那邊開，我讓小武過來教你。」

「啊，萬一我打不開呢？我是不是看不到流星雨了啊……」

叮噹、微笑和陳桐三個人繼續聊天，陳小武則蹲在門邊教劉大志怎麼開鎖。劉大志著急，明明說好了一起看流星雨，怎麼變成微笑和陳桐聊天了？陳小武也著急，明明說好了一起看流星雨，怎麼變成叮噹和陳桐聊天了？

到了吃飯的地點，郝回歸才知道何世福帶他們來是為了爭取教育局即將分配的一筆教育基金，每個學校都有，但金額不同。教育局約了幾個學校的骨幹私下碰頭，打算聊一聊就直接分配了。這是最後一個爭取份額的機會，一同晚餐的除了教育局李主任，還有其他幾個學校的校長和主任。剛落座，大家有些拘謹，一個私立學校的楊校長看見何世福三人，特別高興：「久仰大名，久仰大名。湘南五中最厲害的主任、現在最受器重的班主任，還有從國外留學回來建設家鄉的女老師，三位老師，我敬你們一杯。」

何世福正愁不知道怎麼跟大家介紹郝回歸和 Miss Yang，這個楊校長這麼一介紹，何世福臉上全是光彩。他一貫看不上私立中學的老師，此刻對楊校長卻頗有好感。郝回歸坐在桌前，看著場上各派內功切磋，一句話都插不上。有些人靠動作，有些人用眼神，有些人嘴角揚一揚就綿音入耳，說的是教育基金私下溝通會，完全是場鬥法大會。何世福不停用眼神暗示他和 Miss Yang 今晚一定要讓李主任對湘南五中刮目相看。楊校長則一直在開懷大笑，好像只有他毫不在意這個基金，就像真的來吃飯的一樣。雖然郝回歸是第一次和楊校長見面，可他卻隱約覺得這個楊校長似曾相識。李主任對誰都微微一笑，每個人都覺得李主任對自己格外欣賞。郝回歸又觀察了一會兒。他發現，在場每個人的話都沒有結尾，因為永遠都有人在別人的話說到中間時攔腰打斷，不顧情面地硬插入自己的話題。只有李主任一直很投入地聽每個人說著，還微微點頭表示認同。

突然，Miss Yang 站了起來，所有人熱鬧的表演被她打斷。她舉起杯子說：「好事都發生在今天，能和李主任一起共進晚餐，還能見到幾十年難遇一次的流星雨，我敬李主任一杯。您隨意，我乾了。」其他人一看，都特別懊惱，全忙著介紹自己學校，竟然忘記第一個給李主任敬酒。何世福滿意地點點頭，感覺Miss Yang已經為湘南五中又多爭取到了一成的經費。李主任依然是微微一笑，說聲「謝謝」，然後端起杯子。所有人都看著李主任喝多少。Miss Yang把自己杯子裡的白酒一口氣先乾為敬，李主任輕輕抿了一口。何主任的心一下就掉到了地上，這就是不給面子啊！其他學校一看都竊喜，這一回合湘南五中並沒有占著便宜。Miss Yang剛把杯子放下，其他學校的人也開始敬酒，現場恢復嘈雜。

聽到Miss Yang說晚上是幾十年一遇的獅子座流星雨，郝回歸突然想起多年前自己帶著大家看流星雨，然後出事了……他突然開始擔心起來。

「郝老師，來，上次你的課黃局長聽完之後回來大肆宣傳，說你的課上得好，上得呱呱叫，我敬你一個。」教育局的李主任給郝回歸敬酒。

在場的都知道那堂課被揭發出作假，郝回歸只能硬著頭皮舉起酒杯繼續喝。何世福看出郝回歸的尷尬，也看出他可能是想走，臉部的表情各種暗示，堅決不讓郝回歸離席，眼看就要成功征服李主任了，絕不能在這個關頭撤退。

「各位，我聽說Miss Yang唱英文歌很好聽，一會兒吃完飯我們一塊去唱卡拉OK吧。」李主任提議。

「求之不得，而且我們聽說李主任你的歌才唱得好呢！」大家紛紛附和。Miss Yang走過來悄悄說：「郝老師，一塊去吧。我都沒聽過你唱歌，隨便唱幾首再走。莫非你也在等流星雨？」Miss Yang看了看錶，「還早呢，不到九點，早許的願也不靈啦。」李主任好像對每家學校的態度都一樣。郝回歸也沒看出他對湘南五中有何不同。只是Miss Yang讓他刮目相看，在這樣的場合，每一句話都不讓人難堪，說得恰到好處。郝回歸真心佩服Miss Yang。如果說別人都是在應酬，只有她一個人是真的把這兒當成了交朋友的場合。好像在她看來，既然來了，那就盡興，自己得要開心。在 Miss Yang 的感染下，李主任也漸漸一杯一杯下肚，臉色紅潤起來，開始跟 Miss Yang 學英語。

楊校長不知什麼時候坐到了何世福旁邊，兩個人特別熱絡地聊著天。何世福一邊聽一邊很開心地點頭。突然，郝回歸一拍自己的腦門，他想起為什麼感覺楊校長似曾相識了。郝回歸想起來了，自己畢業後的第二年，何主任帶著一大批老師去了楊校長的私立學校，導致很多學生跟著轉學，湘南五中此後的高考升學率也一落千丈，原來是李主任這次的邀約促成了何世福的跳槽。郝回歸腦子裡飛速轉著，這件事和自己關係大嗎？自己到底要不要出手干涉一下，也許起不到作用，但沒準兒也能改變一些什麼。但他看見楊校長和何世福說得非常熱切，沒法打斷，然後又轉念一想：反正也是一、兩年後再發生的事，其實和自己早就沒什麼關係了。也對，和自己無關的事情堅決不碰。所以無論何主任帶走了多少老師多少學生，其實與自己的人生並沒有多大的瓜葛。再說了，自己在這個年代還能待多久也不清楚，他們要挖人就挖人吧，反正和自己確實沒啥關係。何主任還在說著什麼。郝回歸直接舉杯迎了上去：「謝謝楊校長，先乾為敬。」何世福一愣，這郝回歸什麼時候變得這麼豪爽了？郝回歸覺得 Miss Yang 說得對，既然來了就盡興，和自己無關的事就放棄，沒有人能把每件事都辦好，但每個人總可以自己徹底決定一件事。反正何主任帶著老師跳槽這件事對自己產生不了任何影響，他只知道何主任跳槽之後被周圍的家長和老師罵翻了，說他見錢眼開，不配做一名人民教師，不顧學生的前途……這是何世福自己做的決定，所以他也應該為自己的決定負責。

露台上，劉大志終於把鎖打開了，灰溜溜地坐到陳桐旁邊。

「一會兒那麼多流星，到底要對著哪顆許願啊？」

「你看準哪顆就對著哪顆許願。」

「如果很多人都看準了同一顆，流星那麼小，怎麼顧得過來那麼多願望？」

「肯定顧得過來。」

「別擔心，你看寺廟裡就那麼幾個菩薩，每天那麼多人許願拜佛，他們怎麼顧得過來？晚上回去，他們自己會分配這些願望的嘛。」

其實在人生的某個時間之後，就再也找不到有人跟你那麼認真地說這些無聊的話了。一個人若能找到幾個這種「說屁話」的朋友，應該算是一件幸福的事吧。

「如果我們的願望真的實現了，怎麼還願啊？流星都燒沒了。」

「每個願望被實現的人，死了之後都會變成流星，幫其他的人實現願望。」

「哇，真的啊，死了都那麼美。」

「所以……一會兒天上來的流星雨全是死人啊？」

「陳小武！你給我閉嘴！不說話會死啊！」叮噹十分氣憤。

陳桐和劉大志忍不住笑了起來。叮噹是真的很生氣，好不容易做好了對郝老師告白的準備，心情瞬間就被陳小武攪了。

「啊！流星雨來了！」劉大志往天上一指。

大家抬起頭，紛紛閉上眼睛，開始許願。這個場景，一輩子都忘不了。一整張天幕出現了絲絲閃亮的軌跡，先是五六道，然後十幾顆流星同時出現，那小半邊天空也開始被照亮了。

「好美啊！」五個少年都叫了起來。

劉大志閉著眼大喊一聲：「不要忘記先幫郝老師許個願，希望他能順利留下來。」

許完第一個願，劉大志偷偷睜開眼睛，走到微笑身邊，把耳朵靠近微笑嘴邊。

「哥！你要幹嘛？」叮噹看著劉大志。

微笑被嚇得睜開眼睛，眼前突然有個碩大的腦袋，二話不說抓起來就是個過肩摔。瞬間，劉大志天旋地轉，眼前全是星星，根本就不用看天上的流星雨了。

「劉大志，你要幹嘛？」微笑警惕道。

「我……我只是想聽聽你許的什麼願。」劉大志痛得站不起來。

「我許的願跟你沒關係！你再這樣，小心我把你給許死。」微笑揚起手臂，假裝要再揍他一頓。

劉大志連忙用胳膊擋住自己的臉。

「啊，好大一顆！」

幾個人立刻不理劉大志了。劉大志躺在地上，看著星空，成群結隊的流星劃過。他也連忙閉上眼睛，雙手放在胸口。「流星啊，別人都是站著許願，你們只能看見他們的臉。而我是躺著許願，你們可以完全看清楚我整個人。我想變得更優秀，我想我喜歡的女孩……」劉大志偷偷睜開眼，瞄了一下微笑，繼續許願，「我想微笑也對我有好感，我希望考上一個好大學，希望你能記住我——唯一一個躺著向你許願的湘南五中高三（一）班的劉大志！」

陳小武也雙手合十，學叮噹的樣子，閉上眼睛，開始許願：「各位流星啊，請幫我一個忙吧。我身邊有個女孩，心裡很喜歡另外一個人，她正在向你們許願。你們如果聽到我許的願，能不能讓她的願望失靈啊。我願意每天都感謝你們。我死了之後，也願意成為流星，為更多的孩子帶去希望。謝謝你們，各位流星。」

許完願，叮噹笑了。

陳小武也笑了。

叮噹覺得自己許的願肯定會成功。

陳小武也覺得自己許的願會成功。

「啪嗒！」一陣風吹來，被木頭擋著的門又關上了。

空氣瞬間安靜。大家彼此看了一眼，劉大志大叫著朝門口奔去。他用力轉了幾下把手，又踹了門兩腳，一點兒動靜都沒有。

三個男孩站在門前搗鼓，做著無意義的努力。

微笑說：「回不去了，今晚要露宿了呢。」

叮噹說：「我還從沒有露宿過呢，應該蠻有意思的吧。」

半小時後，兩個女孩站在露台大喊：「救命啊救命啊，幫幫我們啊。」

「完了完了，回不去了。我爸媽肯定會打死我。」

「我爸媽也是。」

「我爸媽才可怕。」

流星雨結束了，月色愈來愈沉，溫度愈來愈低，兩個女孩瑟瑟發抖。男孩們都把自己單薄的外套脫下給女孩，卻依然不管用。陳小武想了想，把自己帶的七彩床單拿起來，拍了拍灰，但又不好意思主動拿給叮噹。

「快點兒給我們，快冷死了！」叮噹不由分說地把床單搶了過去。

微笑偷偷笑起來：「那你們呢？都穿短袖，怎麼辦？」

「沒事，你忘記了，我們可是長跑健將。」

劉大志三人圍著露台跑起來。

「今天晚上，我們不會被凍死在露台上吧？」叮噹帶著哭腔說。

「別瞎說，過了十二點，父母肯定會來找我們的。」

外面溫度已經很低，呵出的氣立刻成了白霧。

「啪啪啪！」有人在外面使勁兒拍打鐵門。五個凍得瑟瑟發抖、本已絕望的少年，一下子全部衝到門邊上。

「你們都在嗎？」

「郝老師，是你嗎？」叮噹大叫。

「是我是我，你們別著急，我來給你們開門。」

「天哪！我許的願望實現了。」叮噹看著微笑，特別激動。

「劉大志，把你的鐵絲從門縫底下遞出來給我。」郝回歸在門外說。劉大志不知道郝回歸怎麼知道自己有鐵絲，也顧不上那麼多，把鐵絲遞了出去。「郝老師，你會開鎖？這個鎖有個特點，它在……」劉大志還沒說完，「啪」的一聲門開了。

郝回歸氣喘吁吁地站在門外，看著發抖的五個人。雖然白天才見過，可現在每個人都是劫後餘生般的驚喜，連微笑和陳桐都朝郝回歸撲過來。一群人抱在一起。

「郝老師，你怎麼知道我們被困了？」叮噹問道。

「什麼事情我不知道。你們有幫我許願嗎？」

「許了許了，你今天測評怎樣啊？」劉大志突然想起來。

「嗯，學校通知我了，我正式成為你們的班主任了！」

「啊！我們許的願靈驗了！」劉大志超級開心，衝上來就又給了郝回歸一個擁抱。其他人也開心得不得了，一群人在一起摟摟抱抱，不像師生，像朋友。大家的命運冥冥之中被牽扯到了一起的感覺真好。因為做到了一些事，自己被自己鼓勵，自己為自己感動，自己為自己驕傲，原來是這樣一種感覺。

「郝老師，你真好。」叮噹還是盯著郝回歸。

郝回歸看了眼微笑：「微笑，你們趕緊走吧。」

微笑會意，立刻拖著叮噹下樓。叮噹下了幾級台階，突然站住，轉回身去，踮著腳在郝回歸耳邊說：「郝老師，我喜歡你。」

「郝老師，我喜歡你！」

「郝老師，我喜歡你！」

這七個字就像山谷回聲，蕩漾在郝回歸耳邊。

叮噹一看郝回歸臉紅了，又悄悄地說：「郝老師，你可以考慮怎麼回覆我，我不會給你壓力的。」說完，叮噹笑了笑，轉身下樓，跟其他人一起走了，留下銀鈴般的笑聲。

陳小武和微笑一看叮噹喜悅的表情，都猜到了些什麼。

「走吧。」叮噹歡快地往前走。微笑跟在後面，說不上來的心情，想問又不想問。陳小武很失落地走在最後，手放在褲子口袋裡，捏著一封沒有送出去的信，像捏著自己的一顆心，難受、糾結，想扔了卻鼓不起勇氣，繼續捏在手裡，心裡卻一直隱隱作痛。

謝謝你表揚我，我會記得一輩子。

十分鐘之前，那群少年冷到冰點。此刻，換成了郝回歸冷到冰點。

他有預感叮噹會說出一些過分的話，但當叮噹真的對自己告白之後，郝回歸仍然很吃驚。他能理解任何事，但完全沒有想到自己回到一九九八年，事情會發展到叮噹對自己告白——這是一個怎樣的邏輯和情感發展。郝回歸的腦子變成一座沉睡萬年突然爆發的活火山，岩漿汩汩往外冒，每一股胡思亂想都灼心燒肺。

郝回歸回想事情的發展。為了幫劉大志解開叮噹對他長達十幾年的心結，自己在叮噹最低落的時候勸慰了她。在叮噹看來，自己最無助的時刻，一個非血緣異性的關懷，顯得格外溫暖。郝回歸比「跳高劉德華」更現實，更有男人味。郝回歸比陳桐更親近，更觸手可及。叮噹在心裡進行了多番對比之後，覺得郝回歸才是值得自己託付的那個人。

郝回歸的腸子都悔青了。他不停地罵自己：誰說過去發生的遺憾就必須彌補呢？反正過了十幾年，大家也都沒有絕交，也沒有誰因為這樣的誤解而死翹翹，那不就讓它繼續得了。郝回歸往自己臉上「啪啪」扇了幾下，讓你自作多情！讓你自討沒趣！讓你自以為是！現在好了吧！他的臉火辣辣的，是疼痛，是自責，是羞愧，是各種狼狽不堪。尤其是當郝回歸想起叮噹最後那句話：「郝老師，你可以考慮怎麼回覆我，我不會給你壓力的」。

郝回歸特別焦慮，回宿舍的路上走得跟風一樣飛快。怎麼辦呢？郝回歸了解叮噹的性格。如果自己不直接回覆她，她一定會用各種手段告白、示愛，弄得滿城風雨。直接拒絕？可是他都能想到他倆之間的對話。

晚上十二點，有人在郝回歸的宿舍外敲門。

「誰？」

「郝老師，是我……」

陳小武為什麼這個時候來找我？

打開門，陳小武耷拉著腦袋站在門口，身邊還站著一個人——他的爸爸陳石灰。郝回歸連忙請他倆進屋。燈光下，陳小武的臉上有一個十分明顯的紅巴掌印。陳石灰很少來學校，平時在菜市場為人也拘謹，但此刻看起來特別生氣。他不相信陳小武被反鎖在樓上，兩個人吵了起來，一定要到郝回歸這兒對質。

「小武爸爸，今天晚上我們學校天文小組確實組織了觀測流星雨的活動，有一部分同學被反鎖在了樓頂。陳小武沒有撒謊。」

陳小武微微抬起頭，眼神裡流露出一絲感激。但陳石灰好像壓根兒就不在意陳小武是不是撒謊，他好像早就想來學校一趟了。

「郝老師，我這個孩子沒有什麼腦子，讀下去也學不到東西，每次考試都是最後一名，待在學校臉都丟完了。有這個時間，我打算把孩子帶回去，也能多幫家裡賣些豆芽。」

陳小武毫不驚訝地低下頭，他早知道會有這一天。郝回歸也一早就知道會有這麼一天，但他不希望陳小武走得這麼窩囊。

「小武爸爸，別看陳小武現在成績倒數，他在朋友眼裡可是很可靠的。我們在學校除了考試之外，更重要的是學會做人。有些人成績不好，整天想著去幹點兒壞事證明自己，還有些人成績不好，覺得自己哪兒哪兒都不好。但陳小武不是，他雖然成績不太好，但做別的事都很有幹勁兒，人緣也好，他不是那種會讓人丟臉的孩子。」

陳小武從沒聽郝回歸說過這些。郝老師不是一直都不太喜歡自己嗎？陳石灰也一愣，那麼多年來，每次面對老師，老師要麼從頭到尾把陳小武批一頓，要麼就是連正眼都不會瞧自己一眼。聽郝回歸這麼一說，陳石灰一時也不知道該說什麼。陳小武忍不住抬起頭又看了一眼郝回歸，鼻子酸酸的。

在每個人的成長過程中，印象最深刻的應該都是老師在家長面前表揚自己吧，無論是對的，還是誇大的，好像老師這麼說了，自己就真的要變成那樣才行，哪怕拼了命也想要去做到，不想讓老師失望，不想讓信任自己的人失望。

「那……老師，你看，陳小武待在學校還有意義嗎？」陳石灰半天擠出了這句話。「小武爸爸，現在離高中畢業還有大半年，你就讓小武把畢業證拿到吧。他以後肯定會有出息的，而且比你們想像中還有出息。」郝回歸說完這句話，看著低頭不語的小武。雖然用錢來衡量一個人是否成功過於片面，但就眼前這個邋遢孩子，怎麼就能在十幾年之後賺到那麼多錢呢？雖然大家都用「暴發戶」去諷刺一個人有錢沒品位，但在這個社會，一個人不偷、不搶、不做違法的事，家裡也沒有背景，單憑自己努力，一步一步地，最後改造和承包下湘南整個菜市場，就是一種最難得的腳踏實地。

窗外明月掛空，青雲無跡，安靜的校園飄蕩著各種蟲鳴聲。

一個被周圍所有人都瞧不起的人要成功該有多難，首先他要突破自己，要不懼怕陌生人的眼光，最難的是不被周圍那些熟悉的眼光、固定的評判所影響，鐵了心去保護心裡那一點兒小小的火苗。他需要在生命的河流中逆流而上，需要為內心那股勇氣遮風擋雨，需要藏著一顆死不放棄的決心不被世人隨時點評，然後一躍而出。這一路的奔波與坎坷，光靠運氣不行，光靠人幫助不行，它是人生最高難度的雜技，需要在一根鋼絲上穿過崇山峻嶺、冬暖夏涼、薄霧晨光，如此才能到達彼岸。能做到的人又有多少呢？

郝回歸很想問問陳小武此刻的心情，卻又不敢驚擾他心中正在刮起的那股颶風。陳小武低著頭一直在吸鼻子。可能是因為被郝回歸表揚了，可能是覺得自己實在是太不爭氣了，可能是覺得爸爸太辛苦……總之，所有的情緒一股腦兒上了頭，鼻涕也出來了。郝回歸立刻對陳小武說：「你啊，還不好好認認真真讀書，把高中的課程學好，拿到畢業證，不然以後賣豆芽連算帳都算不對。」

「是的是的，郝老師你說得對。我就是覺得這個孩子在學校學不到東西，就希望自己帶著他學一點兒東西。」

「要不，小武爸爸，你再給陳小武一段時間，看看他的表現。起碼等高中會考考完再說。」

拒絕一個人最好的方式是讓對方死心，而不是找藉口。

第二天中午下課，郝回歸把叮噹叫進辦公室。他特意把門敞著，可轉念一想，又把門帶上了。

叮噹看在眼裡，很感動。

郝回歸的表情很嚴肅：「叮噹，我不想跟你說老師和學生的身分⋯⋯」

叮噹笑起來了：「我就知道你不會在意這個！」

「等等等等，我還沒說完。我想說的是⋯⋯其實我有女朋友。你看，這是她的照片。」

叮噹瞟了一眼：「哦，我知道，之前劉大志說過。」

「所以我不能接受你。你是個好孩子。」

「你們關係好嗎？」叮噹滿不在乎地問。

「好啊⋯⋯當然好，我們在熱戀期。」

「熱戀？為什麼你從不給她打電話，也不寫信？」

「啊？」

「郝老師，我問過傳達室的大爺，你來學校後從未收到過信，也沒有跟人打過長途電話。你不會被人騙了還不知道吧？她心裡根本就沒有你。」

「你……你調查我？」郝回歸語塞。

「你看，你根本就沒有女朋友對吧？郝老師，你到底害怕什麼？你告訴我，我們可以一起解決。」

郝回歸感覺渾身被速凍，然後被一個晴天霹靂劈得粉碎。叮噹真的很可怕，她絕不會打沒有準備的仗。郝回歸此刻才認識到，叮噹和陳小武，表面上都毫無城府，心裡真是比誰都清楚，難怪能做成大事。他倆得在一起，自己絕不能破壞一樁好婚姻。

「郝老師，請問你還有什麼想說的嗎？」叮噹雙手背在身後。

「那個……你讓我好好想想，我明天找你。」

「那好，我等你。」說罷，叮噹轉身離開了。

郝回歸很懊惱，剛才就應該一上來就說「我不喜歡你」，什麼「我有女朋友」「你還是學生」之類的都是藉口，怕傷害對方。難道自己沒有女朋友，叮噹不是學生，自己就會接受她了？很多人總用善良做幌子把事情搞得更糟糕。

郝回歸坐在辦公桌前焦頭爛額，他腦子轉了好幾圈，能幫自己解決這個問題的人恐怕只有郝鐵梅了。郝回歸站起來，他知道郝鐵梅一定有能力把這一切神不知鬼不覺地扼殺在搖籃裡，並且誰都不會尷尬。

郝回歸立刻打電話到劉大志家，接電話的果然是郝鐵梅。

「郝老師，你放心，」對付這樣的事，郝鐵梅一向理智而自信，「這件事我幫你搞定。你放心，我絕不會讓叮噹知道是你告訴我的。這個鬼丫頭，不好好學習，連老師都不放過！」

重要的時刻，還是媽媽靠得住。

「郝老師！」郝鐵梅在電話那頭叫了他一聲。

「嗯？大志媽媽，怎麼了？」

「郝老師，我突然想起來，不是我說你啊，你那麼大的人了，又能幹，又優秀，還是單身，叮噹喜歡你也是正常。這樣吧，你答應我，等我把這件事解決了，就幫你介紹幾個女孩。人都特好，都是大學畢業生，家裡條件也不錯。你別怕，也別緊張，就當認識幾個新朋友。」

這世上，所有的「突然想起來」，都是「一直放在心底」。郝鐵梅明顯已經想了很久，她只是等到了一個郝回歸自投羅網的機會而已。

電話這頭的郝回歸被郝鐵梅的語氣完全封印住了，這種語氣他太熟了。研究生還沒畢業，郝鐵梅就一直旁敲側擊要他談女朋友。後來當上大學老師之後，郝鐵梅隔三岔五就操心郝回歸的單身問題。好不容易從二〇一七年的世界中逃到一九九八年，沒想到在這個世界裡，郝鐵梅依然在為他的終身大事操心。媽媽對兒子的愛，真是能超越地域，穿越時空。他覺得如果再不跟郝鐵梅交底，她第二天絕對會開始給他安排相親。

「大志媽媽，謝謝你，其實、其實我一直有喜歡的女孩……」這是郝回歸第一次跟媽媽主動說起這些，還真是有點兒不好意思。

「啊？什麼意思？你有喜歡的女孩？你們在沒在一起？」

郝回歸想起微笑手上的那個戒指，心裡一沉，但是依然說：「我不知道她現在是不是跟別人在一起，但是我知道她前些年一直是單身。」

和自己媽媽說這些還真是不好意思。沒想到郝鐵梅聽完之後，立刻說：「郝老師，我跟你說，如果你喜歡一個人，就一定要主動一點兒。如果你連主動都不敢，你肯定是不夠喜歡這個人。」郝回歸第一次聽郝鐵梅說這種話，感覺像是電視台賣假藥的老專家。「你看啊，你喜歡一個人，又不敢告白，是不是怕被拒絕？」郝鐵梅循循善誘。

「嗯。」

「你怕被拒絕，是不是怕沒有面子？不知道以後怎麼和對方做朋友？」

「嗯……」

「所以啊，你在意自己的面子大於你在意對方喜不喜歡你。所以你根本不夠喜歡對方。」

郝回歸被郝鐵梅瞬間繞懵圈了。我媽居然是個愛情高手，以前真是小看她了。自己不夠喜歡微笑嗎？當然不是。郝回歸立刻回答：「也不是，我倒不怕沒面子，我是怕被拒絕之後不能再和她做朋友了。」

「我真是不懂你們年輕人。明明喜歡一個人，就是要和這個人一起生活。如果這個人不願意和你一起生活，那你為什麼還要和這個人做朋友？每次看到她，心中滿是漣漪，這不是給自己添堵嗎？」也對，郝回歸居然覺得郝鐵梅說的有那麼一點兒道理。

「郝老師，我跟你說，你別看我跟大志的爸爸現在關係非常一般……」郝鐵梅主動提到了劉建國。郝回歸心想：你們的感情很糟糕，都糟糕到已經離婚了，現在還硬說關係非常一般。

郝鐵梅接著說：「當年下鄉當知青時，很多女孩喜歡大志他爸，覺得他工作努力，又老實，長得也帥，我一看好像真是這樣。所有的女孩當中只有我一個人找了一天在下班路上把他堵著，就直接問要不要交往。我可是做好了準備，不交往就翻臉，再也不要聯繫了。他爸半推半就就同意了，後來我們處得還行，就結婚了。所以說，每個人的幸福都要靠自己爭取。如果當年不是我主動，大志的爸爸永遠都不會跟我在一起吧。」郝鐵梅說到以前的愛情史，特別自豪。

不知怎的，郝回歸從電話裡聽郝鐵梅說起這些，居然很感動。他從來就沒有聽媽媽說過這些，也不知道父母是怎麼認識的。他一直以為父母感情不好，覺得他倆在一起就是一個錯誤，沒有想到居然是媽媽主動追求的爸爸。想到這兒，郝回歸覺得莫名地開心，他知道原來媽媽是喜歡爸爸的，爸爸是被媽媽主動追求的，原來他倆不是為了生育才結的婚。

「你在想什麼呢？我是不是說太多了？」郝鐵梅聽電話那頭沒聲音了。郝回歸揉揉眼睛，笑著說：「沒有沒有，比起大志媽媽，我真是差得太多了。我以前怎麼就沒有想過呢？總覺得鼓不起勇氣，原來還是因為沒想明白呢。」

「你放心，叮噹的事情我幫你解決，絕對不出賣你。你自己也要加油，喜歡的人就跟喜歡的東西一樣，看中了就要買，你一定要相信自己的眼光。你喜歡的東西，肯定是好東西，別人也一定會喜歡。你貨比三家，肯定就被人買走了。」郝鐵梅真的是金句大王。郝回歸第一次佩服媽媽。掛了電話，郝回歸開開心心地往宿舍走，不僅解決了一個難題，同時還解決了自己很多年的困惑。

微笑站在郝回歸的宿舍門口，捧著要還的書。

「郝老師，我估計你在外面轉悠，所以就等了你一會兒。」微笑笑著說。

「怎麼樣，這幾本書哪本最好？」郝回歸和微笑說話似乎不再覺得緊張了。

「我喜歡《飛鳥集》，裡面的好多句子都喜歡。世界以痛吻我，要我報之以歌。」

「只有經歷過地獄般的磨礪，才能練就創造天堂的力量。只有流過血的手指，才能彈出世間的絕響。」郝回歸也誦出自己喜歡的一句。

「對對對，還有，我們把世界看錯了，反說它欺騙我們。」

郝回歸一直覺得和女孩子聊詩是一件特別酸的事，但當他和微笑真的在走廊上聊起來的時候，一切都那麼美好。沒有下午茶，沒有交響樂，沒有漂亮的裝飾品，也沒有舒服的沙發，空空的走廊，比什麼都好。

你微微地笑著，不同我說什麼話。

而我覺得，為了這個，我已等待了很久很久。

這句詩，彷彿就是為了微笑而寫。

「郝老師，你知道嗎，我覺得泰戈爾的詩句美好，人也美好，他明明和妻子沒有太多的感情，但時時刻刻地照顧著她，愛著她，從不背叛。」

「因為他為妻子做出了犧牲嗎？」

「能為另一半做出犧牲的人就沒那麼自私吧。」

「其實，你想過沒有，一個人活著的意義，究竟是為了別人活著證明自己不自私，還是為了自己活著尋找真正的價值？」

微笑蹙著眉頭思考郝回歸的話。

郝回歸突然問：「微笑，你是不是很想見你媽媽一面？」

微笑一驚：「誰告訴你的？劉大志嗎？」

郝回歸搖搖頭：「你比大多數的同齡人都要成熟。但和你聊天當中，感覺你一定有很多想不明白的問題想問你媽媽。上次我和你爸聊天，他說你特別懂事，從來不提媽媽的事。其實你也不用給自己太大的壓力，有什麼話就表達出來，你爸一定能理解的。」

微笑沒想到郝老師會說這個。她立刻繼續之前的話題：「聽說泰戈爾後來喜歡上一個寡婦，但他的好朋友也喜歡她，所以他以好朋友的名義寫了首詩給寡婦。他用自己的影響力更改了當時的法律，允許寡婦再嫁。只可惜他把自己喜歡的女人讓給了自己的好朋友。郝老師，如果你遇上喜歡的人，而你的好朋友也喜歡她，你會怎麼辦？」

郝回歸心裡好像被電了一下。他走到微笑身後，不想讓她看到自己的表情：「如果是我，我還是會喜歡，但我可能不會告訴對方，直到我覺得時機到了的那一天。」

「什麼時候才算時機到了呢？」

「就是兩個人都感覺得到彼此的感情吧。」

想到自己這些年對微笑的感情，所謂的時機真的到過嗎？還是到過，但是被自己錯過了？如果自己早一些問這個問題，是不是一切都不一樣了呢？郝回歸沉默了一會兒，反問一句：「你們女生，是不是覺得陳桐這類型的男孩比劉大志這樣的更有吸引力？」

雖然不明白郝老師為什麼突然問這個問題，但微笑還是回答：「應該是吧。陳桐比較符合女生的審美，但是劉大志……」她回想著這段時間發生的事，「劉大志是那種可以看到他的改變，可以從他身上感受到很多東西的人。他很真實。」

夕陽已緩緩離開微笑的臉，陰影開始遮蔽校園，郝回歸和微笑就站在走廊上這麼聊著，他希望自己和微笑能這麼一直聊到地老天荒。他想，如果自己哪天突然離開了這裡，該怎麼辦？

第九章
人生總有許多奇妙

人生總是奇妙的，一旦你努力去做一件事，
如果結果不是你想像的那樣，
那麼老天一定會給你一個更好的結果。

> 知道未來的結果，人生便不再有期待，只有死一般的等待。

郝回歸站在周校工的宿舍四下環顧。

宿舍已被重新粉刷，一些完好的雜誌和書本整齊地堆在牆角。他從裡面把所有的《科幻世界》都翻了出來。周校工從三月開始訂閱《科幻世界》，難道這和那個未來的人有關？郝回歸翻開其中一本，看了起來。一則廣告引起了他的注意——第五屆科幻故事徵文大賽。徵文的截止日期是十月，十一月公布獲獎名單以及刊登優秀作品。十一月的雜誌並沒有到。他覺得周校工一定給這個徵文大賽投稿了，於是抄下了編輯部的電話。

郝回歸把門帶上準備離開。突然，他踩到了一件東西。宿舍門口的地上放著一個大信封。剛來的時候還沒有，怎麼突然出現在地上？郝回歸彎腰撿起，仔細看了看，是《科幻世界》寄來的雜誌。

看看周圍，一個人都沒有。郝回歸拆開信封，正是十一月這一期，翻開目錄，第三頁便是獲獎作品名單。他快速掃了一眼作者姓名，十篇獲獎作品中有兩位姓周的。

周曙光和周建民。

獲獎的文章分別是《消失的二十三個小時》和《遇見未來的自己》。

郝回歸脊背發涼，他幾乎能肯定，《遇見未來的自己》的作者周建民就是周校工的名字，而文章裡的內容一定就是他那段不為人知的經歷。他把雜誌卷起來，揣在外套裡，匆忙回到宿舍。

《遇見未來的自己》　周建民

「十年之後我會怎樣？在哪裡？幹什麼？是否變得有錢？是否過上了想要的生活？……」相信絕大多數人都在心底想像過自己未來的模樣。但也只是偶爾想想而已，未來畢竟太虛幻、太縹緲。

我是個孤兒，從小在福利院長大，習慣了一個人的生活，從來不會對誰有任何念想。可是有一天，我在打掃衛生時，撿到一個寫著「與時間對話」的海藍色的日記本。本來想還給失主，但整本日記裡沒有任何資訊，只有扉頁上印著三個問題：

想像一下，十年之後你是一個怎樣的人？

如果十年後的自己突然出現在你的面前，你想問他什麼？

你會利用他改變自己現在的命運嗎？

每個問題後面都用括弧標注了「請回答，你敢嗎？」的字樣。

起初，我覺得這很幼稚。可是，也許是那天太無聊，或是太累了想放鬆，我竟坐了下來，把回答寫在了橫線上。

不知道為什麼，之後的每天凌晨，我都忍不住要翻開這本日記，看看自己寫上的回答，想像十年後的自己。一個星期過去了，有一天，有人在傳達室找我，說是我的遠房親戚。

我是個孤兒，哪有什麼親戚？雖然我們的身材、面容和裝扮都有差別，但當我見到那個人的瞬間，我便本能地意識到，他就是十年後的我。那是一種奇怪而強烈的直覺，恐怕只有一個人遇到另一個自己的時候才會有。

我不害怕，也不質疑。

我長時間一個人待著，想像過更多更離譜的場景。我問他我的未來，以及那些可供利用的未來資訊，根本沒考慮過後果。他告訴我未來要經受的災難，告訴我未來做什麼最掙錢，告訴我某個領導會坐牢，哪個同事會死。他告訴我周圍所有人的未來。我特意把他說的那些會出事的日子在日曆上一一圈出來。

他說，我可以利用這些資訊，成為這個世界上最強大的人。本來我們都有些擔心，如果改變了現在的我，會影響到未來的我嗎？這點我和他都不知道。但能知道的是，無論這個世界的我如何改變，都不會影響到這個世界的他。比如，我在手腕上劃一道傷口，他的手腕卻沒有任何異樣。

因為他的出現，我以為我會成為這個世界的先知，通曉一切，強大無比。

但是我錯了。

當他離開後，我才發現，我的生活已經完全被打亂，我的神經一點兒一點兒地崩潰。

我根本無法繼續生活。

現在，我剛吃了鎮靜劑，抓住僅有的一點兒理智，拚命寫下這個故事。從知道未來的那一刻開始，我每天都提心吊膽，害怕那些日子的到來；我想去拯救每一個認識的人，害怕自己眼睜睜地看著他們失去什麼。憧憬、希望、刺激、等待、害怕、緊張、內疚……我的每一個感官都被已知的未來放大。我睡不著，平靜不了，永遠醒著，等待著每一件事情的發生，等待每一個結果的揭曉。

我寫下這個故事，只是想說：我錯了。

我想告訴每一個讀到這篇文章的讀者：千萬不要試圖去了解自己的未來，否則你會失去整個人生。

最後，我還想說：不是每個人都有機會遇見未來的自己，但是未來的世界會流行算命、星座、塔羅牌。

當所有人都沉迷於預知未來，人生注定走向崩盤。

文章底下有雜誌社編輯的評語：「該文章採用自述式寫作，原稿兩萬字，雖被刪節，但字裡行間依然使讀者身臨其境……組委會一致認為，本文為本屆科幻故事徵文大賽的金獎作品。」

諷刺，真是天大的諷刺。郝回歸合上雜誌。

周校工用最後的理智給所有人提的醒，卻被認為是虛構創作。

為什麼只有我們相信的、見過的、經歷過的才叫真實？

為什麼那些超過我們預想的、別人身上的都叫「傳說」或「科幻」？

一個人只願意相信普通的世界，所以這個人就一直普通。

一個人願意相信所有可能，所以這個人不平凡。

郝回歸第一次正視自己所處的環境。這不是夢，這就是事實。

郝回歸也留意到一句話：

「如果改變了現在的我，會影響到未來的我嗎？這點我和他都不知道。但能知道的是，無論這個世界的我如何改變，都不會影響到這個世界的他。比如，我在手腕上劃一道傷口，他的手腕卻沒有任何異樣。」

這就意味著在這個世界裡，無論劉大志發生怎樣的事情，對郝回歸都沒有影響，但回去之後，生活會不會改變卻不得而知。但萬一自己在這個世界做錯了一件事，也許就會改變自己回去之後的生活。如果他引導錯了一個人，也許在十幾年之後的世界裡，這個人的命運也會徹底地被改變。

郝回歸腦子裡閃過這段時間他干預的很多事，突然覺得害怕。

他改變不了曾經發生過的事情的結果，但能改變每個人面對未來的態度。但這種態度卻直接決定了每個人未來的生活。人生就是那麼好笑。剛來的時候，什麼事都想插手，反正和自己無關，等到發現自己要對一切負責時，反而害怕了。郝回歸終於知道自己和周校工能夠穿越到這個世界的原因——那本日記。那本日記現在並沒有出現在劉大志的生活中。也許……當它出現的時候，自己就可以穿越回去了。

他把雜誌社的聯繫方式記下來，立刻跑去了傳達室。

如果總是因為害怕失去而不敢改變，那麼永遠都不會得到。

「各位聽眾，下週六就是《將愛情進行到底》劇組的湘南演唱會了！我們的節目已經送出四張門票！廣告之後，趕緊撥打我們的熱線電話，最後一張門票等你來搶！」

陳小武正在給豆芽換水，聽到這個消息，立刻放下手中的活，急匆匆跑到街口的小賣舖。

「又給電台打電話？」店主問陳小武。

陳小武點點頭。

「算了，你哪次打通過？」

陳小武很焦慮。叮噹最近老在哼《將愛情進行到底》的主題曲，如果他能為叮噹搞到一張門票，他能想像到叮噹會有多開心。

忙線。

忙線。

每次撥到最後一個號碼，陳小武都在嘴裡祈禱一次。

「如果這一次電話接通，我寧願再泡十桶豆芽！」

「十桶夠嗎？起碼要一百桶啊！」老闆哈哈大笑。

「一百桶就一百桶！」

聽筒中傳出了電台的廣告聲。

「謝哥，你能不能把你的收音機關掉，聲音太大了，聽筒裡全是廣告聲。」

「你聽筒裡有廣告和我的收音機有什麼關係？我這聲音再大也進不到你電話裡啊。」謝哥大聲應道。

廣告結束，聽筒裡傳來陌生的聲音：「您好，您是我們今天的最後一名幸運聽眾，一會兒我們會把您接進直播間，您直接跟主持人對話就好。」

「我？」陳小武還沒反應過來，就聽見話筒裡說：「恭喜最後一位聽眾，請問你得到這張門票是自己去，還是送人呢？」一秒之後，謝哥的收音機傳出了相同的話。

陳小武沒敢說話，表情特別緊張，他覺得好像是自己，但又不敢肯定。

「喂，你好。」

「你、你好……是我嗎？」陳小武跟所有不相信自己被接通的聽眾一樣。

「對！恭喜你！就是你！請問你打算怎麼處理這張票？」

「真是我啊？」陳小武還是不敢相信，「打了大半年，第一次打通。」

「功夫不負有心人！請問你打算怎麼處理這張票呢？」主持人似乎有點兒不耐煩。

「我……我想送給我喜歡的女孩。」陳小武在店老闆面前很不好意思地說。
「你把這張票送給自己喜歡的人？你自己不去？」
「可是你們只有一張票啊，我當然要給自己喜歡的人啦。」
「如果我告訴你，我們能送你兩張呢？」
「啊？兩張？」陳小武呆住了。你給我兩張也沒用啊，叮噹要是知道跟我一起去，她才不會去呢。
「我不需要兩張！我只要一張！」陳小武非常快速地拒絕。
主持人呆住了，這種聽眾真是百年難遇。
「啊，為什麼呢？」
「不為什麼啊！一張才更珍貴啊！」他也不明白自己說了什麼。
「哦……真的是很奇特的聽眾呢，那好的，那我們就送你一張吧，謝謝你撥打電話。導播同事會跟你聯繫的。」
陳小武激動萬分！他真的成功了！
《將愛情進行到底》是一九九八年超紅的偶像劇，每播出一集，第二天學校裡所有人都在討論。它的劇組一般只去大城市宣傳，但這次居然會來湘南。消息傳出，整個湘南都沸騰起來。這樣的活動，有錢都買不到票。
第二天，陳小武來到學校，大家全在討論週末的演唱會，聽說誰有票，大家都羨慕得要死。陳小武心裡特別得意，他感覺自己有了一種特權，哪怕這種特權是打電話中獎得的。
微笑開心地走了進來。

叮噹見狀，走過去問：「是不是有什麼好事？」

「你猜？」

「啊？你不會弄到了週末的……」

「噓！剛好這場見面會的電視台導演是我爸的朋友，給了我五張票，讓我帶朋友坐前幾排。因為要直播，找一些自己人比較好控制。」

「天哪，五張！」幾分鐘之前，叮噹還在羨慕別人有一張後排票，幾分鐘之後自己竟已是VIP。

「那……你打算叫誰去啊？」

「不就是你、我、大志、陳桐、小武囉？」微笑一笑。

「你不叫郝老師啊？」

「郝老師？他會對這感興趣嗎？」微笑很尷尬，自從知道叮噹向郝老師告白了，她就覺得大家待在一起很不自在。「那，我也問問吧……」微笑不忍叮噹失望。當微笑問郝回歸去不去的時候，勾起了郝回歸的很多回憶。郝回歸拿著門票，若有所思地對微笑說：「當時你可能覺得它只是一部偶像劇，可過了好多年你才發現那是你的青春。就像很多人，你當時可能覺得他只是個過客，過了很多年你才發現其實他是你的唯一。」

「想不到郝老師居然把一部偶像劇說得如此清新脫俗。」

郝回歸指著門票上的幾個人：「你看，這個女孩叫徐靜蕾。」

「我最喜歡的就是她。你看，就是跟她學的。」微笑把頭側過來，上面用手絹綁著一個馬尾。

「這女孩一看就不僅僅是個演員，她以後可能會做導演，很有才氣。」郝回歸告訴微笑。

「這個男主角叫李亞鵬，聽說他正在和徐靜蕾談戀愛，我們都很喜歡他。」微笑說。

「嗯，他倆一看就走不到一起。李亞鵬這個樣子可能會和歌手結婚，不過看起來也蠻容易離婚就是了。」

「郝老師，看不出來，你還會算命。」

「很多事都是注定的，不用算。」

郝回歸很想告訴微笑，這部劇之後，他再也沒看到一部真正的、能影響那麼多人的青春愛情偶像劇。每個擁有共同時代回憶的人都是幸運的，歌曲、電視劇、服裝、遊戲、書籍，或是其他。我們在不同的地方，幹著同樣一件事，那種回憶極其美好。

從郝回歸辦公室回來，微笑有點兒犯難了，這麼算起來，還少了一張票。

「我去問問陳小武，他去，我再問陳桐，如果也去，那就我不去了。」這個時候的劉大志必須表現出一點兒捨己為人的精神，才能讓微笑覺得自己是個真正的男子漢。

陳小武剛好走進教室，劉大志招招手讓他過來。

「週末不是有個演唱會嗎？」劉大志特別神祕地說。

「糟了……劉大志不會是知道我有演唱會的門票了吧？這個可是給叮噹的啊。不行，絕對不能承認，打死也不能承認！不做兄弟也不能承認！」陳小武心裡默默念著。

「你想去看嗎？」劉大志問。

「嗯？」陳小武心想，原來不是問我要票，太好了！

陳小武猛搖頭，一顆碩大的腦袋從來沒有搖得如此迅速過。像裝兩把蒲扇在他耳朵上，這種速度都能讓陳小武飛起來。

「你不去就不去，幹嘛一副要和我們劃清界限的樣子？」劉大志無法理解陳小武的反應。

「叮噹，我有事想跟你說，你出來一下。」陳小武朝劉大志笑了笑，然後把叮噹叫出教室。

「你是不是想去看這個週末的演唱會？」陳小武特別嘚瑟，臉得意地微微揚起，感覺擺好了姿勢等著叮噹來親吻自己。

叮噹瞟了陳小武一眼，說：「是啊。」

「那你怎麼去呢？」陳小武一臉嘚瑟。

「微笑有五張 VIP 的票，剛好你不去，所以就郝老師、微笑、我、大志和陳桐去囉。」

「啊？」陳小武下巴都要掉到地上了，整個人就像被雷劈過一樣，裡外都焦透了。

「怎麼了？你不是不去嗎？為什麼問這個？」叮噹不解道。

所有的努力、所有的付出、所有的希望，都被自己的嘚瑟給弄沒了！早知道這樣，就應該一上來就說自己有票給叮噹留著！這樣的話，不管叮噹要不要，好歹算是自己的心意，可是現在再說自己有票，就是自掘墳墓。

陳小武把一切都咽了下去，耷拉著腦袋回了教室。放學後，陳小武磨蹭了一會兒，跟在微笑他們後面，突然把票往地上一扔，然後立刻撿起，匆匆忙忙追上微笑他們，開心地說：「你們看，這是什麼？」他手裡拿著一張演唱會的門票。

「陳小武，你怎麼有票？」

「我剛剛撿到的！我們可以一起去看啦！」陳小武臉不紅、心不跳地說。

「不會吧？是不是我們掉的？」劉大志一把將票搶過去，看了一眼。

「還真是別人掉的。哇，你的票座位好好啊。微笑，我們是第三排，陳小武是第一排呢！」

幾個人一聽，紛紛圍上來。第一排那該離舞台多近啊，都能很清楚地看見明星們的臉了！陳小武突然腰桿又挺直了，說：「叮噹，如果你需要的話，我們換一下，你坐第一排！」劉大志接著說：

「嘿，我就說嘛，怎麼可能比我們的好，陳小武撿到的這張票是二樓的第一排。哈哈哈！」
所有人大笑。陳小武臉憋得通紅，尷尬得要死。叮噹連忙搖手表示不跟陳小武換票。二樓，還不如坐到場外去得了。

每個人心裡都應該留著一點兒小小的光，萬一哪天燃了呢。

演唱會當天，大家在外場集合。叮噹的臉上烏雲密布。
「你大姨怎麼知道？難道大志知道這件事了？」微笑很納悶。
「我把自己喜歡郝老師的事寫到日記上了，可能她在我家的時候，看到的吧……」叮噹猜測道。
「那怎麼辦？」
「我總不能讓大姨跑到學校去找郝老師麻煩。雖然我覺得郝老師可能也喜歡我，但我不能毀掉他的前途。我答應大姨了，絕對不再想這件事。你知道我大姨什麼事都能做出來。」叮噹覺得很遺憾，但她覺得自己為愛做出了犧牲。
「難過嗎？」
「難過。可能愛情的道路上，這些都是必經的挫折吧。」
「不過大姨也說了，因為我年齡小，所以接觸的世界和人都不夠多，剛好一個男老師出現在我的世界裡，就容易崇拜，容易動心。大姨說不是因為老師太好，而是因為我們見識太少。只有等我們真的走出去，不再因為盲目崇拜而喜歡，而是因為相互合適而珍惜，可能才是真正的愛。我覺得大姨說得也對，喜歡老師不僅顯得自己見識太少，也會給老師帶來非常不好的影響。」叮噹好像一夜之間長大了很多。

少女情懷總是詩，把一切不如意詩化，也是好的選擇。

「走吧，我們開開心心地看演唱會去吧。」叮噹見郝回歸遠遠地走過來，拉著微笑迎了上去，眼神裡再無傾慕，而是自豪。她覺得自己為愛情做出了犧牲，做出了忍讓。

陳小武一個人坐在二樓第一排，睜大了眼睛也只能看到叮噹那螞蟻般大小的後腦勺。導演看見微笑，走過來打招呼：「一會兒我們有互動環節，大家一定要熱鬧一點兒哦。這樣我們電視直播的畫面會更好看。微笑，拜託你們啦！」

「喂，微笑，你看。」叮噹推推微笑。

順著叮噹眼神的方向，微笑看到一個高高帥帥酷似金城武的男孩坐在那邊。

「怎麼了？」

「好帥，好像金城武。」

叮噹確實可以隨時從悲慟中走出來，也可以隨時讓自己沉浸在開心的情緒裡。

「好了好了，演唱會快開始了。」

燈光暗了，主持人走出來簡短地介紹之後，主創團隊上場。

導演出來，全場尖叫！

主題曲演唱者出來，全場尖叫！

女二號出來，全場尖叫！

男二號出來，更是尖叫！

徐靜蕾和李亞鵬出來，全場 high 翻了。

郝回歸對這場演唱會記憶猶新。每首歌全場都能大合唱，唱到動情處，女孩們都在抹眼淚。過了那麼多年，歡呼聲、音樂聲、心裡的激動，一點兒都不曾改變。主創們在舞台上說：「謝謝大家喜歡這部劇。我們這些人也是因為這部劇才認識，成為好朋友的，希望不管過去多少年，我們還能是你們今天看到的這樣。」聽到這句話，郝回歸笑了起來，心裡特別暖。他看了看身邊的陳桐、劉大志，他們都十分投入。如果能一直這樣，該有多好。劉大志本來覺得，這種演唱會就是湊個熱鬧，到了現場才知道，原來演唱會最重要的不是聽歌，而是去感受別人的感受，這樣自己就會有更不一樣的感受。

互動環節，主持人走上台：「大家在自己的座位底下是不是發現了紙飛機和鉛筆？現在，大家可以把自己的願望寫在紙飛機上，寫好後，我喊三二一，大家都朝舞台上扔。被我們撿到的紙飛機，主創就能滿足你的願望噢。」

一瞬間，空中全是密密麻麻的飛機，特別浪漫。

「大志，你寫了什麼？」微笑問。

「嘿，亂寫了一點兒東西。」劉大志聳聳肩。

劉大志看著自己的飛機飛啊飛，飛啊飛，朝主持人飛了過去，直直打在主持人的臉上。全場哄堂大笑。主持人也尷尬地笑了笑，扶了扶眼鏡說：「我們來看看，到底什麼樣的願望，那麼著急想被看見。」

微笑和叮噹也特別為這個紙飛機的主人感到激動。

劉大志的臉已經開始變色。

主持人開始念：「主持人你好！和她認識的時候，我五歲，正被街道上的小朋友欺負。當時，她站出來幫我打架，我特別感動……」

微笑覺得有些不對。

「她是短髮，我以為她是男孩，後來發現她是女孩，從小練跆拳道。」

叮噹扭過頭看著微笑。

「後來我就一直關注她，小學、初中，現在高中，她成了我的同桌。」

陳桐也轉過頭看著劉大志，而他整個人已經縮到了座位底下。

「我想為她點一首電視劇的主題曲《遙望》，表達我的心聲。如果能看到我的飛機，我很希望大家都一起唱，我也把這首歌獻給她。」

五個人的臉色全變了，各有各的心思。全場響起了雷鳴般的掌聲。主持人也有些感動：「請這位同學站起來，讓我們看看是誰。」

劉大志不敢動。

主持人繼續說：「我們來看看這個紙飛機的編號，一樓三排七號！」

一張臉出現在了舞台的大螢幕上，劉大志的腦袋「嗡」一下，空白了。

郝回歸的腦袋也「嗡」一下，同樣空白。

「這位男同學，恭喜你，你的願望一會兒大家會幫你實現，你的女主角呢？」鏡頭轉向叮噹，叮噹連忙搖頭；再一轉，微笑的臉已出現在螢幕上。

這之後的事，劉大志完全不記得了。一散場，微笑背起書包衝了出去。其他幾個人看見，立刻追了上去。

「你們先回去吧，我送微笑回家。」郝回歸不知道該怎麼解決。

他追上微笑：「微笑，你不要太生劉大志的氣，雖然他……」

「郝老師，我沒生他的氣，我先走了。」微笑直接打斷他的話。

郝回歸站在原地。

微笑也不知道自己怎麼了。她摸摸自己的臉頰，還在發燙。

叮噹曾說：「雖然有些男孩我不喜歡，但我還是喜歡他們喜歡我。」可是，微笑不覺得被劉大志喜歡是件好事，但自己討厭劉大志嗎？好像也並不。那自己究竟應該生氣，還是應該怎樣？每天朝夕相處的好朋友突然說喜歡你，而且從五歲開始就一直在關注著你，這期間的心情，包括今天要鼓起的勇氣，該有多大？微笑不會去想周圍人的看法，只是突然面對了一個從未想過的問題，不知道如何面對。

「微笑，睡了嗎？要不要喝杯牛奶？」微笑的爸爸在外敲門問。

微笑平靜地打開門，接過牛奶，一口氣把牛奶喝完，然後關上門，靠在門上，突然「撲哧」一聲笑了出來。

比起優秀，我更想做一個真實的人。

「郝老師！你們班的兩個學生做的好事！電視台求愛！湘南五中的文科班可出名了啊！」周校長大罵。何主任陪著郝回歸挨　。

「校長……劉大志就是想免費點首歌，然後編了個故事……你說得太嚴重了。」郝回歸硬著頭皮解釋。

「郝回歸，你們班劉大志真的要徹底管教管教了，蹺課打電動，又在電視直播時求愛，實在太過分了！再這麼下去，我看他的書也不要再讀了！」

「校長，那個，其實大志平時還是很努力的，他的成績提高得也很快……」何世福幫著郝回歸說。

「很快能有多快？能考上重點本科？考不上重點，別跟我談成績。你們出去吧，每天那麼多破事還不夠煩的。」

走出校長室，何世福欲言又止，猶豫了一下，問道：「郝老師，你覺得湘南五中到底怎麼樣？」

「還不錯吧。老師都挺好的，學生也努力。何主任你管理得也很好，今年文科班應該會有幾個人考上重點吧。」

「嗯。」何世福點點頭。

「怎麼了？」

「你想過去別的高中當老師嗎？更大的空間、更高的工資，也許那裡還會完全尊重老師的教育方法。」

郝回歸不敢相信自己的耳朵。難道上一次教育局李主任的聚會上，何主任已經與那位楊校長達成一致啦？在他的記憶中，何世福確實帶著大批老師跳槽，這讓湘南五中此後五年默默無聞。不過，這件事不應發生在今年啊！

「郝老師？」

「啊？這也太突然了。」

「是啊，我也覺得是不是下個學期再考慮，但我發現好像現在校領導對很多事的態度和我想像的不太一樣，而對方隨時歡迎咱們。」

「如果有學校尊重老師的教育理念，自然最好不過，但現在面臨高考，所以……」郝回歸只好先穩住何主任。

「郝老師，你考慮考慮，考慮好了可以隨時來找我。」

郝回歸希望一切都按原來的時間發展，最好能拖過這一屆畢業生。萬一何主任走了，其他老師、學生跟著轉校，鬧得人心惶惶，很多人的命運都將改寫。

演唱會告白的事在學校傳開了。

「劉大志，沒想到，挺行的啊。就你，敢跟微笑表白？笑死我了。」鄭偉哈哈大笑。

「偉哥，我還敢跟你表白呢，要不要感受一下？」劉大志嬉皮笑臉。他本想躲著眾人的目光，可轉念一想，喜歡一個人有錯嗎？說出來有錯嗎？

「滾你的，劉大志我告訴你，也許對你來說做任何事都沒底線，但你不要忘記了微笑是文科班的尖子，你離她的人生太遠了，別以為自己做了什麼了不得的事。如果你真喜歡她，請你不要把她拉到和你一樣的層次。」鄭偉很鄙視劉大志。陳小武聽了，十分不爽，立刻便要上去和鄭偉動手，被劉大志一把扯住。他拽著陳小武往教室走，一路迎著各色目光。進教室之後，也不知他是對陳小武說，還是對自己說：「鄭偉說的是對的。」

整個上午，劉大志和微笑沒有互動。大家也都等著看熱鬧。

微笑並沒有什麼異常，似乎整件事就沒發生過。可是，她愈是無所謂，劉大志愈是覺得有壓力。他好幾次想跟微笑道歉，卻又不知道從哪裡說起，張了幾次嘴，發出一個「那個……」然後就說不出話來了。

微笑遞給他一張紙條，上面寫著：「變聾啞人了？」

捏著紙條，劉大志覺得自己這個禍闖大了。

放學、回家、上學，一切如常。

週二中午，照例沒有廣播，但廣播卻開了，傳出一個熟悉的聲音。

「大家好，我是高三文科班的劉大志，我想跟我們班的微笑同學道歉，也想跟所有人道歉。我撒謊了，我在電視直播上說自己喜歡微笑，其實這只是我隨便編造的故事，我只是想讓劇組的主創唱一首電視劇的主題曲而已。為了這個目的，我編造了一個假故事，給微笑帶來困擾。我對不起她，對不起大家，希望大家不要再以訛傳訛。我說完了。」

眾人驚呆了。劉大志到底想幹什麼？叮噹和微笑正走進校園，也站住了。郝回歸立刻往廣播室沖去，趕到的時候，劉大志正從廣播室門上的窗戶裡爬出來。

「劉大志！」郝回歸異常憤怒。劉大志嚇得差點兒從窗戶上摔下來。

「你是不是瘋了？」

「郝老師，怎麼了？」

「你知道你剛剛做了什麼嗎？」

「我在跟微笑道歉啊。我不希望別人把我和她扯到一起。」

「你知道你這樣做會給你帶來多大的影響嗎？上次已經被校長口頭警告！現在又偷偷爬進廣播室，你還想不想繼續讀書了？」

「我沒想過你會說這個……我覺得現在大家指指點點，給微笑帶來了很大影響。鄭偉說得對，我不應該為自己的私心把微笑拉到和我一樣的層次……這件事因我而起，我必須自己去解決……如果真要受罰，那也是應該的。」劉大志低著頭，說出心聲。

「郝老師，如果是你，你會怎麼做？」

是啊，如果是自己，會怎麼做？我是把頭埋進沙子裡，等這件事完全不被人記得，再假裝什麼事都沒有發生；還是會像劉大志一樣，不想讓微笑受到任何委屈。

郝回歸想了想，說：「算了，先回教室，走一步看一步吧。」

劉大志有些意外，剛剛郝老師還在生氣，怎麼突然就變了？

這一次，郝回歸覺得劉大志是對的。他不僅覺得劉大志做對了，而且覺得這是他在劉大志身上學到的最好的事。十七歲的自己能做出來，為什麼到了三十六歲，什麼都做不出來了？劉大志走進教室。所有人看著他。他聳聳肩，走到自己的座位，不敢看微笑。過了一會兒，微笑遞過來一張紙條，上面寫著：「你真是我見過的最幼稚的人。」他不知道這是讚美還是諷刺，只好把紙條認真疊起，和上一張紙條一起放進書包最裡層，然後繼續聽課。校方責令劉大志在下一次升旗儀式時在全校師生面前做檢討，認真反省，並記大過，留校察看。

周校長把何世福叫到辦公室。

「何主任，當初我就說，學校不能建什麼廣播站，天天播歌，現在還在廣播裡告白！搞那麼多鬼名堂！」何世福低頭聽著。

「下週！下週你就把廣播站給我停掉！」

「周校長……」

「沒什麼好商量的，告訴微笑，別做廣播站了！豈有此理！」

在告訴微笑之前，郝回歸先把劉大志叫到辦公室。

「劉大志，我要告訴你一件事，但你先冷靜。」

「啊？我又怎麼了？」

「廣播站因為你的道歉被校長關了。」

「啊？」劉大志的腦子一下空白。他太清楚廣播站是微笑一直以來的夢想，曾經在班會上，微笑也說過，未來想做一名記者。為了這個廣播站，她付出了很多努力。然而他卻把這一切毀了。

「郝老師……我……」劉大志張著嘴，眼神放空，半天說不出一句話，「我也沒想到會這樣。」

「是不是完蛋了？」劉大志可憐巴巴地看著郝回歸。兩個人面對面，久久沒有說話。他倆都很清楚，如果微笑失去了廣播站，劉大志和她絕對連朋友都做不成了。這個世界上很多事不是你覺得好就好了，你覺得對得起自己的良心就算是好辦法了。如果一件事的結果不能讓絕大部分的人滿意，那麼處理這件事的辦法就是自私的。

「郝老師，你千萬不要放棄我，我也不知道自己最近怎麼了？總是想做好事，卻總是變成壞事。」

郝回歸拍拍劉大志的肩膀：「好了，沒事，我們一起來解決問題吧。你先回去，我想辦法。」

十分鐘之後，郝回歸從教室把微笑叫出來。劉大志特別緊張。

微笑滿腹疑惑。郝回歸問道：「你還記得校園電視新聞比賽的事嗎？」

「記得啊，電視台舉辦的比賽，每個學校組織老師帶隊，學生參加。電視台會和獲得一等獎的學校聯合開辦校園電視台，設備都由他們來贊助。」

「那你有興趣參加嗎？」

「我？當然想，但我們學校你也知道，一直以理科活動為主，從來不支持文科學生參加這種比賽。」

「如果你想，老師支持你。」郝回歸很認真地說。

「可是……」

「沒問題。我來帶隊，你組織人參加。我看劉大志、陳桐他們就行。你沒興趣？」

「不是。我在想，如果參加會耽誤大家的學習時間。」

「你放心，這個我來搞定。」

「而且，如果參加的話，可能就沒有時間繼續做廣播站了……」微笑很遲疑地說。

「微笑，做廣播站只是為了學習經驗。你已經做了這麼久，需要嘗試一點兒新的挑戰。」

微笑想想也對，如果真的能夠嘗試一些新的事物，也能讓自己學到更多。

「廣播站不做的事情，回頭我跟主任說，你現在回去把劉大志他們幾個叫來辦公室。放學之後，大家一起分工。」

劉大志等著微笑回來扇自己耳光，等著微笑換座位，等著微笑把自己打入冷宮。可是，微笑竟一臉笑意，臉上甚至洋溢著從未有過的開心。微笑確實開心，郝回歸對這個大賽的熱情超過了她的想像，她一直以為學校對這個比賽不感興趣。

「天哪，郝老師是給微笑下藥了嗎？太不正常了。」劉大志心裡想著。

「微……微笑，廣播站還做嗎？」劉大志仍有些緊張。

「郝老師跟你說了？原來你知道了啊。廣播站不做了。」微笑終於對自己開口了。劉大志鬆了一口氣。

「那你……為什麼還那麼開心？」

「嗯？我很開心嗎？我哪裡很開心？對了，郝老師叫你們幾個去一趟，千萬要記住，跟我沒關係，主要還是看你們自己的興趣！」說著，微笑忍不住笑了出來。

辦公室裡，郝回歸把前因後果說了一遍。劉大志一聽，崇拜得恨不得當場就給郝回歸跪下來。其他幾人一聽劉大志又闖了禍，臉上都流露出一副「你最好離我們遠一點兒」的嫌棄表情。

郝回歸看著大家。

「反正我不考大學，我幹什麼都行，只要你們覺得我行。」陳小武先表態。

「以我的成績也考不上重點，隨便考個學校，到時候嫁個好老公就行。我參加。」叮噹接著說。

「該看的書早就看完了，我就等著高考了，我也可以參加。」

劉大志第一次覺得陳桐嘚瑟的樣子很帥。

雖然我知道我們現在走的路不是你想去的地方，但能和你一起走，我去哪兒都可以。

郝回歸不知道自己這麼做的結果會是什麼。他不懂新聞，也不了解記者這個職業，當帶隊老師的胸有成竹也是裝的。

放學後，幾個人留在教室裡。

「沒想到大家都很有新聞理想嘛，我們的黃金之隊成立了！我們的目標就是做出最棒的校園新聞！」郝回歸覺得此刻的自己就像幼稚園的大班老師，「接下來，我們要確定一個好的選題，然後大家各司其職。陳桐會用家用攝像機，你來拍攝。微笑寫稿、採訪和出鏡。小武和大志負責外聯。叮噹你來統籌。我來帶隊。大家還有什麼意見？」

「絕對沒問題，保證圓滿完成任務！」劉大志像打了雞血一般。

「行，那大家晚上都想想，我們應該拍什麼樣的新聞。明天繼續開會，各自報一下選題。」

回家的路上，陳小武非常不理解地問：「你怎麼那麼激動？你懂什麼叫新聞嗎？」

「雖然不懂，但我知道如果不努力拿個第一名，微笑就要跟我絕交了。」劉大志低聲說。

郝回歸坐在辦公室，拿出一張白紙，把腦子裡能記住的還沒有在一九九八年發生的新聞大事件全都用簡單的代號寫了下來。什麼三聚氰胺，什麼蘇丹紅，什麼松江上漂死豬。他寫了又劃掉，如果真帶著大家把這些選題給做出來，最後肯定是吃不了兜著走。

第二天放學後，大家各自報選題。

劉大志拿出筆記本，上面寫著他搜集到的選題：本市再現離婚潮，錯版人民幣升值潛力大，克隆技術的前景猜想。

「哥，我們要參加的是校園新聞大賽，要和學生有關係，你這都是什麼啊！」叮噹一臉不屑。

「啊？其實我的這個也可以啊，比如離婚潮對學生族群的影響，比如學生收集錯版人民幣變富豪，學生立志成為克隆技術專家……」

「行了行了，你閉嘴。」郝回歸轉頭問微笑，「微笑，你有什麼方向？」

「我昨晚想了想，一方面要關注學生群體本身，另一方面還得囊括本市各個學校，不能孤立地關注一個標本。比如關注學生群體的早戀現象？」微笑說。

「早戀？你怎麼拍？暗戀算嗎？」劉大志很驚異。

「還有別的嗎？」

「或者學校暴力？老師體罰學生？」

「嗯，這幾個選題都還可以。陳桐，你呢？」

「我想了一下，現在教委不允許學校占用學生太多時間，增加太多功課，也反對補課，我們可以調查各個學校的補課現象。」

「這個好！做起來肯定特別帶勁兒！」劉大志最恨補課。

「大家的選題都不錯，但都存在一個問題。其實大家都知道校園裡存在著早戀、體罰、補課的現象，如果我們做的話，只是讓大家更深入地了解。如果我們真要不一樣的話，可能要做一些大家不知道的事。通過我們的調查，讓大家認知一個新的世界。」

「啊，郝老師，還有這種新聞？」大家都很好奇。

郝回歸故作沉思道：「陳小武，我問你，你家豆芽分幾種？」

陳小武很不好意思，特彆扭捏地說：「郝老師，這是什麼意思啊？」

劉大志見陳小武不好意思，搶著說：「我知道。他家豆芽分兩種：一種泡了藥水的，賣給餐館；一種沒泡藥水的，賣給熟客。」

陳小武瞪了劉大志一眼。

「小武，你家居然還賣泡了藥水的豆芽？」叮噹很驚訝地問。

「哎呀，其實也不是。我們賣不泡藥水的，但不好看。泡了藥水的，又大又白，很多餐館都用那種豆芽。」陳小武連忙解釋。

「那我問你，菜場有很多菜，晚上賣不完，一般怎麼處理？或者有一些被人挑選之後的次品菜，會怎麼處理？」郝回歸接著問。

「有一些收入比較低的顧客會來買，還有一些單位因為便宜也會來採購。」陳小武回答。

「你們想過沒有，這些單位裡有沒有學校食堂？」

大家沉默了一會兒，然後一起發出「不會吧！」的驚嘆。

「難道我們食堂用的蔬菜可能都是剩下的？」陳小武從未想過這個，他回想了一下，「郝老師，你這麼一說我倒想起來了，好像隔壁的蔡姐就曾經把一些廢肉賣給過學校食堂……」

「對，我就是這意思。要不調查一下學生食堂的進貨管道？」

微笑一下興奮了起來，覺得自己能做一些對社會有意義的事情。

「郝老師，你怎麼想到這個的？」微笑問。

「啊？做新聞嘛……就是要關注生活中的每一個細節，只有時時刻刻去問為什麼，生活才會不停地給你各種令你驚訝的答案啊。」郝回歸不可能告訴她「這是我二〇一五年的時候在電視上看到的……」

「那我們就做這個吧？大家覺得怎麼樣？」微笑詢問大家的意見。

「特別好！小武可以去市場調查，看看有哪些學校會進劣質菜品。我可以去別的學校食堂調查什麼菜受歡迎、什麼菜大家不喜歡、什麼菜貴、什麼菜便宜。萬一剛好跟小武的調查重合就太棒了！」劉大志搶先發言。

「嗯！」微笑點點頭，「這個規劃方向是對的。我也可以從側面了解一下學生食堂是如何經營的，是學校的老師負責，還是承包給了個人？包括學生食堂的衛生情況。如果陳桐能潛入學校的食堂看看菜品就最好不過了。」微笑非常迅速地進行了分工。劉大志覺得微笑的腦子真的很好使。

「那我幹嘛？」叮噹問。

「你陪小武去菜市場取證吧，不然小武一個人太顯眼。」劉大志建議道。

「啊？我不要和陳小武一組，我對菜一點兒研究都沒有，都是我媽買的。」

「沒關係，叮噹，你跟著我就行。」陳小武絲毫沒有感覺到叮噹對自己的嫌棄。

「叮噹，你長得很像有錢人家的女兒，很多時候小武不方便問的，你可以問，說你爸管學校食堂，看看對方有沒有什麼貓膩的東西可以賣給你？」

郝回歸看著他們，覺得一切都很有意思。每個人的青春中印象最深的事莫過於和一群夥伴完成同一目標。郝回歸自然也懷念那段日子，沒想到過了那麼多年，又要和這些人一起完成一件事。

叮噹一想到自己要做「臥底」，變得很興奮：「那我是不是要穿得很好看才能去菜市場啊？這樣別人才會覺得我是富家小姐啊。」

「你不用穿得很好看，你現在就很好看了。」劉大志說。

「那好吧，看在你誇我的面子上，我就跟陳小武一起吧。」叮噹應允下來。陳小武笑得合不攏嘴。

等到開始調查，劉大志才發現，原來做這件事還蠻困難的，不是一句話說完那麼簡單的。有些學校進門需要檢查學生證，他就去借學生證；有些學校需要穿校服才能進，他又先去借校服；有些學校需要在傳達室登記才能進，他就只能翻牆進去。

以前，有些事覺得麻煩，他往往就不做了。可現在，他卻覺得只要是麻煩就都能解決。以前他特別討厭事情不遂人願，現在卻等著意外發生。只有把問題一個一個地解決了，才能離自己想要的東西愈來愈近。

調查雖然折騰，但真的發現了好多問題。有些學校的米飯特別好吃，有的卻一點兒米香味都沒有。同樣的菜，有些學校放油，有些學校放水。有些學校由老師自己承包，有些學校則外包給了某領導的親戚。有的學校的教師櫥窗和學生櫥窗的菜不一樣，哪怕一樣的菜，菜品也不同。有些學校的炒肉，上面還連著毛皮，一看就是蔡姐割掉不要的廢肉。愈是調查，劉大志愈覺得心慌，沒想到學校食堂有這麼多內幕。

他從一面牆翻出來，沒站穩，四仰八叉摔到地上，可是他居然一點兒都不覺得疼。劉大志順勢躺在地上，想著這段時間發生的事。他從來不知道自己能跑完五千米，也不知道自己原來會學習。很多事他以前根本不會懂，也不會理解。自己究竟是因為郝老師才變成現在這樣，還是自己本就是這樣，只是自己從未相信過自己？

劉大志寫了很長的調查總結，交給大家。

有些學校食堂是外包的，比如二十二中包給了副校長的親戚，時間五年。

有些菜看起來很黑很黏，有些菜味道特別重，因為很多菜賣不完就冷凍，冷凍了味道不好，就要加很多的鹽、味精、辣椒醬之類的，把味道蓋住。

有些蔬菜很難看，很大可能是菜市場被挑剩下的菜。

學校和學校間的米飯味道不一樣，難吃的飯很有可能是用劣質大米鋪一層，反覆蒸，然後再攪和開，繼續蒸。看起來量就很大。

很多肉雞以下嚥。陳小武說有些是死豬肉，是瘦肉和皮之間的「串串肉」。

十六中食堂的蔬菜就往盆子裡一放，過一道水，根本談不上清洗。髒，而且有土。

三十七中上個月發生了幾起學生食物中毒事件，因為食堂的食物是過期的……

「這些人真是……」微笑想了半天，沒有找到合適的詞，她的臉氣得通紅，「太缺德了！槍斃一百遍都不夠！」

微笑拿起粉筆，唰唰唰地在黑板上迅速寫了個調查流程，每個字都寫得很用力。在劉大志心裡，微笑一直是個很懂得控制情緒的人，而現在，微笑真的生氣了，這種生氣是因為認真，是因為熱愛。劉大志有點兒羨慕，什麼時候自己也能有一個愛好，也能為這個愛好而開心、生氣？

「如果可以的話，你們最好再調查一下學生食堂的利益鏈，利益是怎麼分配的。要知道現在食堂之所以會出現問題，都是為了掙錢，要麼就是學校靠學生食堂掙錢，要麼就是承包食堂的人靠省材料掙錢，關鍵是這種錢是不能掙的。」郝回歸插了一句話。

大家很專注地拿出本子記錄。大家本來只是打算幫幫微笑，沒想到現在真的在做一件很重要的事，每個人都有了一種責任感。

「現在大志把學校食堂的漏洞和菜品的供應鏈找到了，那相關部門我們要怎麼才能採訪到？」

「我爸有個機關小冊子，上面有政府各部門領導的電話和名字，我可以抄出來。」

「我和叮噹配合得也不錯。有些學校專門挑剩菜，昨天還有商販要把過期的雞蛋賣給叮噹，說可以做茶葉蛋賣給學生。這樣的雞蛋批發更便宜，還能賣得更貴。但我們要換一個菜市場，那裡太多人認識我。」陳小武也很激動，原來自己每天做的事居然能做出這麼厲害的新聞。

「我的天……」茶葉蛋是劉大志的最愛。

「非常好。但這些都是負面內容，我們最好再調查一兩家有標準、做得好的食堂，進行對比，不要給學生和家長們造成無端的恐慌。」郝回歸很清楚，只做負面新聞，有失公允。

放學後，陳桐戴著帽子，偷偷坐在學校食堂的角落，盯著食堂工作區的狀況。打算趁人不注意，進入工作區，躲進倉庫，等工作人員下班就可以拍食堂內部的衛生狀況和菜品了。

「喂，做臥底應該帶上我啊。」劉大志不動聲色，悄悄坐到陳桐身邊。

「你怎麼來了？」

「我看這有個人高高大大、陽陽光光，卻鬼鬼祟祟，一猜就是你。」

「我……哪裡鬼鬼祟祟？」

「你本來就高，還戴個帽子，不就是告訴別人——快看我，我準備做些不法的勾當！」

陳桐想了想，把帽子摘下，放進書包。

「一起唄，打個照應，工具都準備好了。」劉大志眉頭一揚，掏出一根鐵絲。

看到這根鐵絲，陳桐笑了起來。

「那次是因為生銹，這一次我真的可以。」

「噓，走！」陳桐立刻站起來，扯了下劉大志的衣角。

有工作人員從工作間把蒸好的大鍋飯抬了出來，門開著。兩人立刻走進去，左轉直走再左轉，一陣腐臭傳來，兩人捂住鼻子。倉庫裡，燈光昏暗，各種菜都堆在一起，散發著惡臭。還來不及觀察，就有食堂師傅提著籃子走過來拿東西。陳桐立刻拽著劉大志往暗處蹲下。這地方陳桐之前踩過點，但只能容納一人，兩個人擠在這裡，屏住呼吸，面對面，特別拘謹。

食堂師傅左摸摸，西摸摸，從這邊走到那邊。

「你呼吸聲怎麼這麼重？」劉大志小聲地問。

「啊？」

「我說你呼吸的聲音太重，要不要我約我爸給你看看，可能呼吸道有問題。」

「氧氣被你分走一半，缺氧了。」

兩個人蹲了快一個小時，從呼吸到出汗，再到身高，陳桐到底一米八四還是一米八五，聊了個遍。終於有人過來拉閘，關門，遠遠地傳來食堂大門的關門聲。陳桐趕緊站起來，大口呼吸，腿完全麻了。他拿出手電筒，打開，隨意掃射了一下。所有的菜密密麻麻堆在架上，有蔬菜，有醃好的肉。兩人一點兒一點兒走過去，發出惡臭的原來是雞蛋架，有些蛋已經碎了，沒人清理。陳桐拿起一個雞蛋照了照，搖了搖，裡面的蛋黃似已散了。

「大志，你幫我拿手電筒，我來拍。」

從一堆菜到一缸漂著灰的油，一併拍下來。

「啊呀，太麻煩了。」劉大志走到牆邊，「啪」地把燈全打開了。

整個倉庫一目了然，如垃圾場一般。

「打手電筒怪麻煩的，這多方便。」劉大志揚揚下巴，卻發現陳桐的臉色已變，「這樣不行。」

「哥，你把整個食堂的電源都打開了！」

劉大志開的是總閘，倉庫、工作間、食堂裡的所有燈同時亮起。

從校園裡看，食堂似乎又營業了。

「快跑！馬上就會有人來。」陳桐把攝像機收好，就去開門，拉了兩下沒打開。劉大志還準備掏出鐵絲。陳桐指著貨架一旁的牆上的窗戶：「來不及了！爬上去！」兩人慌手慌腳地把幾袋大米、麵粉挪了過來。外面已響起保安的聲音。

「踩著我的背先上。」陳桐蹲下來。

「那你呢？」

「我比你高，能直接翻上去。」

當保安進來時，兩人已翻出了學校的外牆。劉大志不敢久留，趕緊從草叢裡往大路上跑，陳桐卻有點兒慢。

「你沒事吧？」

「沒事。我就是看看他們是不是追上來了。」

到了大道的路燈下，劉大志很緊張：「糟了，你臉上流血了，趕緊去醫院。」

「不用不用。」陳桐用手一摸，可能是磕到了窗檽，他直接擦掉臉上的血，用手指稍微感受一下眉頭的傷，一道小口子，並不嚴重。

「沒事，明天就癒合了，不用去醫院了。」陳桐揮揮手。

「不行，必須得去。上來。」劉大志走到陳桐面前，蹲了下來。

「幹什麼？」

「我背你……」

「滾！我是男人。」

「上次我練拳扭傷的時候，你也背過我啊。」劉大志沒管陳桐，依然背對著陳桐蹲了下來。

陳桐走上去，踢了一腳，把劉大志踢翻：「說了不用，我腿又沒斷，只是臉上擦傷。」

「不行不行。」劉大志非得攙扶著陳桐往醫院走。陳桐幾近被劉大志劫持去了醫院。

陳桐和微笑也有進展。

他們拿到各個部門負責人的名字和電話號碼之後，直接在單位大門口圍堵採訪。一邊拿著校園新聞大賽組委會的介紹信，一邊直接架好了機器，被訪人只能硬著頭皮半推半就接受了採訪。

劉大志看著微笑他們拍回來的採訪，很著急地說：「這個應該不行吧？他們怎麼每一個人都「嗯嗯嗯啊啊啊」的，教育局的領導都是啞巴嗎？」

微笑點點頭：「嗯，我一開始也覺得這樣不行，但是你不覺得他們都裝啞巴，不回答問題，反而表明了一種態度嗎？這種推卸責任的態度，其實比正面回應更有說服力。」

「對，讓他們啞一輩子得了！」劉大志恍然大悟。有時候沉默比表態更能代表一個人的態度。

凡是沒有經歷挫折，就不算真正努力過，只能算是順流而下。凡是經歷挫折，還能存在，挺立的樣子就是努力後的風骨。

麻煩很快就來了。

有人給陳志軍打電話，投訴陳桐對自己進行了拍攝。工程單位的領導也給王大千打了電話，說絕不能把自己的採訪剪輯成節目。

幾個人坐在教室，愁眉苦臉。

「我有一個朋友，做廣告銷售的。」郝回歸這樣開頭。

「郝老師，你怎麼有那麼多朋友？」劉大志垂頭喪氣。

「你別廢話！要不要聽！」一截粉筆頭直接飛向劉大志的腦門。

所有人哈哈大笑，沉悶的環境有了一點點活力。

「我朋友說，做廣告銷售，在成功找到客戶之前，都要經過拒絕。客戶不拒絕你，你就不可能開單……」

「我懂了！」劉大志搶先說。

「懂什麼？」

「千萬不要做廣告銷售，注定會失敗。」

「劉大志，你過來。」微笑瞪著他。劉大志笑著跑到教室後面：「我懂我懂，不遭遇挫折，這新聞就沒什麼意義了。遭遇困難，就說明我們開始觸犯到別人的利益了。」

陳桐點點頭：「雖然我爸跟我說了，但有種他就打死我。」

微笑也站起來：「我回去跟我爸談判，他必須支持我！不然我跟他絕交！」以前，微笑覺得做新聞只要敢於表達就行，這才剛剛邁出半步，就體會到了做新聞的艱難。

「要不，我們換一個選題？」劉大志不想微笑太為難，「找一個不需要和周圍人打交道的怎麼樣？」

「不行，這條新聞不是為我做的，是我們一起努力的結果，不能因為我而放棄。」

「沒關係的，微笑。這條新聞就是為你做的。」劉大志繼續說。

「大志，雖然我真的非常感謝你，但是我更希望大家在做這件事的時候，知道這件事的意義，不是為了我，而是我們真的很想改變一些什麼。如果你想安慰我，我知道了。但如果你真的覺得做這條新聞只是為了幫我，那你接下來不用再幫我了。」

劉大志目瞪口呆。陳桐趕緊把他拉出教室：「我知道你是不希望微笑有壓力，但現在微笑需要的是鼓勵，是把眼前的事解決，而不是幫她另外再找一條路。這麼幹，她當然會生氣了。」

劉大志想想也對，自己這段時間已經克服了遇見困難就掉頭的毛病，但對於微笑，他又產生了慣性的思維。

回家之後，微笑坐立不安，她不知道怎麼跟爸爸聊這件事。

晚飯時，王大千再一次提起校園新聞大賽。微笑問：「爸，你昨天不是說有人給你打電話問我採訪的事嗎？他們是不是說不能用採訪他們的片段？」

「嗯。」

「但是這條新聞真的很重要，你知道現在很多學校的食堂……」

「微笑，不用跟爸爸說，爸爸不想聽這個。」王大千放下筷子。

微笑一下僵在那兒。王大千接著說：「你幹好自己的事就好，不用跟爸爸說，我只是隨便問問。」

「那你問我……不是希望我不播嗎？」

「你還是不夠了解爸爸。我走到今天，絕不是靠關係。不就是採訪嘛，答得好是他們的本事；答得不好，是他們自己能力不夠。」

微笑完全沒有想到爸爸會這樣說，她擔心的問題原來完全是多餘的。她特別興奮地跑過去重重地抱了抱爸爸。

「你上高一後就再也沒抱過爸爸啦。」王大千有點兒不好意思。

經過近一個月的採集和拍攝，一條十分鐘的新聞終於交到了組委會。一開始大家特別激動，每天都在等電視台的回覆。可是，一連兩個星期都沒有消息，又過了幾天，大家都有種石沉大海的感覺。再後來，大家已經不怎麼提這件事，害怕希望愈大失望愈大。

一天晚上八點，和往常一樣，微笑在家吃飯，突然電話響起，是叮噹急促且顫抖的聲音：「快快快，快看新聞，我們的、我們的那個新聞，在播出。我的天，你穿那條天藍色的裙子實在太好看了。你快看啊！」

「真的？」微笑立刻把電話掛了，朝電視機飛奔過去，調到新聞頻道，已經播到自己採訪教育局領導的畫面。領導很尷尬，面對微笑連珠炮似的提問，一個都答不上來。爸爸和張姨一邊看一邊感嘆：「現在學生食堂太過分了。微笑你們這條新聞做得太好了。我們真為你驕傲！」劉大志在家也對著郝鐵梅說：「媽，這條線索是我挖到的，厲害吧？」

「怎麼挖到的？」

「我像臥底一樣潛伏進其他學校，暗中調查了很久，我愛上這個工作了！」

「你想做記者？」

「不，想做一個臥底！」

「啪！」劉大志的腦門挨了一巴掌。新聞還沒結束，微笑家的電話已急促地響起。王大千接電話，那邊立刻劈頭蓋臉一頓罵：「王大千，你是怎麼答應我的？你不是說盡最大努力讓你女兒不用我的採訪嗎？你個王八蛋！」

王大千也不惱，一直道歉：「主任，我是說我會盡最大努力，但我跟我女兒關係一直不好，她已經兩個星期沒理過我了，我現在自身難保啊。主任，我明天就登門給您道歉。」

電話剛掛，又立刻響起，又是來罵人的。

「爸，謝謝你。」

「不就是道歉嘛，你爸最不怕的就是道歉了。既然道歉能解決問題，那就別怕自己犯錯誤。你使勁兒犯，我使勁兒道。」

第二天一早，路上的同學看見微笑紛紛打招呼，也紛紛給微笑看自己帶的飯盒，很多媽媽一大早就起來做飯，死活不讓自家孩子再吃食堂的飯菜。郝回歸正在教室等著，一看見微笑就說：「新聞昨晚播出了，效果非常好。聽何主任說，今天一大早教育局領導就組織開會，把分管學生食堂的主任痛批了一頓，讓各學校徹查呢。分管的主任估計會被降職。」

劉大志和陳桐走進教室。劉大志高興地說：「昨天微笑帥炸了，我們是不是鐵定得獎了啊？」

「還早，這只是優秀作品的展示，不過應該八九不離十。」

這條新聞不僅引發了全市學生食堂的整頓，相關部門領導被撤，所有進貨管道被重新規定，有專門部門監督，嚴禁學生食堂轉包給私人。電視臺也對此次整改進行了跟蹤報導。學校的老師也紛紛預祝郝回歸拿獎。叮噹也不忘提醒微笑：「你千萬要記得噢，當了台長，一定要選我在校電視台主持個點歌節目。」

這段時間，不僅有新聞媒體來採訪，微笑他們也會被邀請跟同學們分享經驗。大家都跟小明星似的，不過他們最期待的還是下週一的表彰大會，這決定著他們能不能開創校園電視台。

週一，劉大志等人在學校上課，郝回歸一個人參加表彰大會。

放學後，眾人留在教室。郝回歸從外面回來，面露難色。

幾個人似乎都察覺到了什麼。

「郝老師，是不是……我們沒有獲獎？」陳桐問道。

郝回歸點點頭，又搖搖頭，想了想：「組委會主席找到我，跟我說，由於新聞造成了不良影響，所以取消了評獎資格。我們與大賽的要求不一致。」

幾個人聽了，有些失落，但又紛紛看著微笑，最難過的應該是她吧。見眾人看自己，微笑反而笑了起來：「其實，我早就想過萬一沒有得獎怎麼辦。但我覺得那天新聞播出的時候，我就已經心滿意足了，更何況我們真的改變了好多事。這段時間，我才真正理解什麼叫理想，不是為了獲得什麼而去努力，而是因為你的努力可以改變一些什麼。我做新聞不是為了獲獎，而是為了讓更多人能對得起自己的良心。而且，當有很多人開始找陳桐的爸爸，找我爸爸的時候，我在想為什麼新聞那麼難做，今天我才明白很多事情正是因為難做，所以才要繼續做。大家開心一點兒，我真的沒什麼，而且大家都在幫我，真的很感謝你們。再說了，做不了電視台，我還可以繼續做廣播站啊。」聽見最後一句話，大家才發現，兜兜轉轉一大圈，又回到了原點。

「微笑，我要跟你承認錯誤，我一直沒有告訴你。」劉大志不想再隱瞞了。

「嗯？」

「上次我闖進廣播站之後，校長決定把廣播站停了。我們都瞞著你，為了不讓你難過，郝老師才想出這個方法，希望能得獎，開設校園電視台，但是沒想到我們被取消資格了。廣播站做不了了，都是我的錯。你說大家在幫你，其實大家是在幫我，我們騙了你。」

微笑看了看劉大志，又看了看郝回歸。

郝回歸對她點點頭。微笑咬著下嘴唇想了想：「沒事，做不了就不做吧。反正我以前做廣播站也是為了學習經驗。現在自己要學的還有很多，不一定非要在廣播站裡學。我要考北京廣播學院的新聞專業，還有很多東西需要準備。沒事的，你也不用太自責。如果不是你讓廣播站停了，可能我們永遠都沒有機會來做這件事，也不會知道我們能做成這件事，對吧？」

「真的？」劉大志不敢相信地問。

「你過來，跪下。」微笑看著他。

「啊？」

「我都說了沒事了，你非要問，那你就在這兒跪一晚吧。我就原諒你。」

「不是不是！」劉大志連忙解釋。其他人都笑了起來。

郝回歸在一旁看著，心裡長舒了一口氣。雖然沒有拿獎，但這不就是自己最終的目的嗎？讓微笑和劉大志和解。

「走走走，老師請你們吃冰淇淋！」

「好啊好啊。」大家立刻把剛才的不快拋之腦後。

少年就是好，容易開心，也容易忘懷。但凡走了心，一切都有意義。又過了一週，電視台打來電話，市教育台要做一檔採訪高考狀元的節目，大家覺得微笑在學生食堂的採訪中表現很好，希望邀請她做節目主持人。在電視上看到微笑採訪歷年高考狀元的樣子，郝回歸不禁感嘆：「人生總是奇妙的，一旦你努力去做一件事，如果結果不是你想像的那樣，那麼老天一定會給你一個更好的結果。」

第十章 青春的祕密

青春裡有很多祕密，
但父母的祕密才是真正困擾我們的啊！

「郝老師，有電話找。」Miss Yang 在走廊上小聲叫著郝回歸。

上課期間，誰會打電話給我？拿起話筒，是郝鐵梅的聲音，有些急促：「郝老師，大志外公的身體一直有點兒不好，剛醫院來電話讓我趕緊過去。今晚我可能不會回家，麻煩你照顧一下大志。」接到電話，郝回歸立刻想起來，十七歲那年外公病危，媽媽沒有告訴自己，最後連外公最後一面都沒見到。小時候，外公一直帶著他玩，帶他認字、爬山，給他零花錢，後來外婆離開了，家裡人本想把外公接到湘南，但外公更喜歡待在鄉下，待在外婆生前常在的地方。

這時，外公的病情已經惡化。郝回歸當然希望劉大志能見外公最後一面，但他不知道怎麼開口，他總不能跟郝鐵梅說外公已經快不行了吧。郝回歸立刻做了個決定，他讓 Miss Yang 照顧劉大志去吃晚飯，自己立刻去客運站坐車去外公家。

外公家離湘南三百公里。坐著大巴，郝回歸很仔細地看著眼前熟悉的風景，一條隧道、連綿不絕的高山、時隱時現的河流，他永遠都忘不掉這些。他一直埋怨媽媽為什麼沒有讓自己見外公最後一面，聽說外公走之前，一直在唸叨自己的名字。從此，每次去給外公上墳，郝回歸總要陪外公說很多話，怕外公走了就不記得他了。

想著想著，郝回歸已然滿臉是淚。透過重症監護病房門上的小玻璃，郝回歸看見郝鐵梅正坐在裡面握著外公的手。外公的鼻子插著氧氣管，手上打著吊瓶。外公似乎在跟郝鐵梅費力地說著什麼。郝鐵梅湊過去，耳朵貼在外公嘴邊，不停地點頭。

郝鐵梅起身，朝門邊走來，想必是要找護士。郝回歸立刻轉身躲到相反的拐角處。郝鐵梅出來，在醫護辦公室門口跟護士溝通了一會兒，然後跟著護士下了樓。郝回歸溜進病房。房間裡消毒水的味道十分濃，但郝回歸聞得到外公的味道，這味道無論過多久他都記得很清楚。外公已經瘦得不行，躺在那兒特別可憐。郝回歸站在床邊，看著外公，好像一下回到童年。他不禁伸出手去摸外公的臉，然後又摸摸外公的耳垂。小時候郝回歸最喜歡摸的就是外公的耳垂，又厚又大。外公老說自己是彌勒佛，大耳垂能保佑郝回歸平平安安。

此時，彌勒佛的耳垂已癟了、小了、乾枯了，一如外公的臉。

外公好像醒了，微微睜開眼睛，看見病床前有個人，很費勁兒地張開嘴，小聲問道：「你是誰？」郝回歸緊緊握住外公的手，眼淚「唰」地就流了下來。他身子前傾，貼在外公的耳邊，輕輕地說：「外公，我是大志，我是大志。」

外公拚命地抬了抬眼睛，臉上浮現一絲笑意：「大志啊，大志你來了啊，外公好想你，長這麼大了啊。」

郝回歸緊緊握住外公的手，把頭埋在外公的被子上，不敢發出太大的聲音，拚命吸了幾口被子上的味道。

「大志啊，不要哭，你一定要好好的，外公是彌勒佛，不管在哪裡，都會看著你的啊。」外公很使勁兒地說完這句話，感覺鬆了一口氣。突然，心電圖開始變快，病房急救鈴響了起來。郝回歸握著外公的手，捨不得放開。他知道，一旦放開，就永遠見不到外公了，可他又不得不放開。郝回歸噙著淚花，後退兩步，在病床前跪了下來，重重磕了三個響頭。

一個為十七歲沒有送別外公的郝回歸。

一個為今天沒有到場的劉大志。

一個為自己。

起身，郝回歸用袖子抹了抹眼淚，走出病房，遠遠地坐在走廊另一頭的椅子上。郝鐵梅和護士跑回來。醫護人員推著儀器衝進病房。郝回歸彷彿還能聽見外公心臟急促跳動的聲音。心電圖的頻率慢慢變慢，變慢，變慢，終於成了一聲長長的「嘀」，那「嘀」聲好長好長，好久好久。

郝回歸坐在病房外遠遠的長椅上。

郝鐵梅坐在外公病床旁的凳子上。

郝鐵梅根本就沒有想到父親會這麼快離開，一點兒徵兆都沒有。她把父親的手緩緩放在床邊，幫他整理著頭髮和衣服，然後深深地呼吸，站了起來，告訴醫生和護士可以開始處理後事了。

接下來的幾個小時，郝鐵梅一直忙前忙後。郝回歸在角落裡看到了很多親戚，看到了很多家人的同事。郝鐵梅很自然地問好、鞠躬、擁抱，感謝每一位來醫院的人。郝回歸遠遠看著，覺得心疼。以前他還責怪媽媽沒有告訴自己外公病危，卻未曾想過自己失去的是外公，而媽媽失去的卻是自己的爸爸。四、五個小時過去了，該來的都來了，該走的也走了。郝鐵梅走到病房外的長椅邊，慢慢彎下身子低著頭，靠了上去。全身像是卸下了一個重擔，也像被抽走了一根筋骨。

低著頭的郝鐵梅看見一雙腳突然出現在自己面前，強撐著準備繼續謝謝來的人時，一抬頭，突然發現眼前站著的是劉建國。他站在郝鐵梅的面前，一臉焦急，一看就是剛剛趕到。

「你怎麼來了？」郝鐵梅愣了半天，擠出一句話。

「你怎麼不告訴我？」劉建國反問。郝鐵梅不知道怎麼回答，也許認為自己和劉建國離婚了，所以這些事情都沒有辦法再開口。

沒等郝鐵梅回答，劉建國輕輕地說：「這是咱爸啊……」

一直堅強的郝鐵梅聽到這句話，眼淚就跟開了閘似的，突然大哭起來。此時站在劉建國面前的郝鐵梅就像個小女孩一樣無助、失落、難過、孤獨，各種情緒交織著。整個走廊上回蕩著的都是郝鐵梅的哭聲。劉建國伸出雙手，緊緊摟住郝鐵梅，拍著她的後背。

「別哭了，我來了，我來了。」

聽著媽媽的哭聲，郝回歸坐在遠遠的長椅上也忍不住又哭了。

他一直以為的堅強媽媽，其實並不堅強。她只是不想被人看到她的難過，不想讓人覺出她的慌張。她總是給人一副胸有成竹的樣子，什麼事都想得很明白，其實她也有她的脆弱。

也許，一個女人的脆弱就是你能理解她為什麼要堅強。

郝回歸一直以為爸媽的關係很差很差，今天他才明白——原來爸爸依然是家裡的頂樑柱，原來看起來厲害的媽媽在爸爸面前就是一個小女孩。

劉建國等郝鐵梅的情緒緩和下來後，一個人跑上跑下處理外公的後事。郝回歸看著爸爸把所有的事情處理好，然後和媽媽坐在了一起。媽媽靠著爸爸的肩頭沉沉地睡著了。

郝回歸靠在最晚一班回湘南的公車座椅上，心情一言難盡。他突然覺得自己的名字可能不是媽媽亂起的，「回歸」，他很感激這一次的回歸，讓他看到和感受到太多太多的東西。

這些東西是任何財富都無法換來的，這就是財富。

我知道你愛我，我也知道你太愛我，所以很多話都堵在心口不知如何說。

陳程戀愛了，而且直接帶老公回了家，說待兩週就直接結婚。老公是法國人。這種事在湘南小城一下子傳遍了。

陳桐帶著劉大志等人飛奔回家，來見見自己的法國姊夫。法國姊夫高高大大，濃眉大眼，很像電影裡的飛行員。當員警的陳志軍平日裡高大威武，跟法國女婿站在一起，只到他肩頭。

「陳桐，你爸怎麼了？」劉大志問。他已察覺到整個屋子裡尷尬的氣氛。陳志軍的臉一直垮著。親戚朋友來了一家又一家，但他的表情毫無變化。

「我爸也是今天才知道這件事。」

「啊？你爸媽之前沒見過外國女婿？」眾人吃驚道。

「嗯。我姊說沒必要見，無論父母見了喜歡或不喜歡，她都要嫁，所以不如不見，直接回家結婚就好。」陳桐說起來，語氣倒有幾分驕傲。「陳程姊好厲害，我要是不給我媽看男朋友，她肯定打死我。」叮噹十分崇拜。「難怪……」微笑若有所思。

一會兒工夫，陳志軍已走出去抽了好幾支菸。

劉大志等人看了一眼外國人，也趕緊離開。

「我覺得你家有麻煩了……」劉大志憂心忡忡。

「挺好的啊，這下我爸媽的心思就不會都花在我身上了。」

陳桐自己決定學文科，而陳程自己則決定下半輩子和誰在一起。

無論陳志軍反應如何，婚禮還是要辦的。陳程出嫁，伴娘是微笑、叮噹，伴郎是陳桐、劉大志。陳小武見他們四個穿得漂亮，忍不住摸了一把叮噹的伴娘裙裙擺。叮噹「啪」一下打掉陳小武的手：「可別弄髒了，等我結婚的時候還要留著穿呢。」

「你結婚穿的是婚紗，穿這個幹嘛？」陳小武笑嘻嘻地說。

「我結婚想穿啥穿啥，穿盔甲也不用你管。別給弄髒了！」

穿西服的陳桐帥得不行，像是港台新出道的小天王。劉大志穿上襯衣，打上領結，各種不習慣。陳程看了之後，倒是誇了他。

微笑換上了粉紅色伴娘裙。四個人站在陳程面前。

「來，大家靠近點兒，我給你們拍張照。」陳程拿著照相機。本來，照片順序是劉大志、陳桐、微笑、叮噹。劉大志非得找個機會和陳桐換了位置。劉大志心裡暗示自己這是他和微笑的婚禮，陳桐是伴郎，叮噹是伴娘。陳志軍還沒到，陳桐的媽媽特別著急：「你爸說馬上到，馬上到，馬上要開場了，還沒到。陳桐，趕緊去找找你爸。」

陳桐剛跑到大廳，就看見爸爸從酒店洗手間裡出來，神色匆忙。

「爸，都等著你呢，怎麼還不換衣服？」

「哦哦哦，好。」陳桐的爸爸整個人都不在狀態。自從姊姊把姊夫帶回來之後，爸爸的情緒就一直不高漲，也很不自然。

陳桐跟爸爸說：「爸，今天是姊姊的大喜之日，有什麼不開心的等過了今天再說。不然姊姊會很難過的，覺得我們都不祝福她。」

陳桐的爸爸依舊一副靈魂出竅的樣子，點點頭，看不出任何喜悅。一切就緒，司儀上場。法國姊夫十分緊張，滿頭是汗，回過頭用生硬的中文對陳桐和劉大志說：「我都忘記了一會兒我要說什麼。」

「姊夫，想到什麼就說什麼，說得不好，我姊也會嫁給你的。」

「對，姊夫，第一次結婚都這樣，以後就不會了。」劉大志接著陳桐的話說。

燈光暗了，陳志軍牽著陳程的手走在前面，離姊夫愈來愈近。

真是一種奇怪的感覺，這麼嘈雜的環境，這麼多人，一下子全部安靜下來，看著一顆心靠近另一顆心。劉大志的心也在撲通撲通跳。燈光下，站在陳程後面的微笑是那麼安靜、那麼甜美。

全場的目光都聚集在陳志軍身上。他還沒開口講話，很多人便開始感動得嚶嚶地哭。不得不說，婚禮最感人的環節就是爸爸把女兒交出去的那一刻。

叮噹哭著對微笑說：「我也好想結婚，看看我爸爸會說什麼。」

微笑眼眶也紅了，拍拍叮噹：「我也是。」

劉大志也淚眼婆娑：「我也好想結婚了。小武，你怎麼也哭了？你能跟誰結婚啊？」

陳小武擦了擦眼淚：「我不想結婚，我在想如果我女兒結婚，我會對她說些什麼。」

劉大志哽咽著說：「都沒人跟你結婚，誰給生女兒啊……」

「噓，聽陳桐爸爸說什麼。」

每個人都想聽聽陳志軍要說什麼。陳志軍把陳程的手往新郎手上輕輕一放，停了停，然後一揮手說：「好了，大家今天，吃好喝好。」話音未落，他轉身下了台。

全場尷尬，所有人都愣在那兒。司儀立刻提議：「為新娘、新郎的幸福鼓掌！」每個人都使出了全身力氣鼓掌，生怕其他人看見自己的尷尬；法國姊夫不明所以，喜氣洋洋；陳程努力擠出笑臉，跟老公擁抱；劉大志瞟了瞟陳桐，發現他的臉色從沒有這麼難看過。

從台上下來，陳程提著婚紗衝進休息間，關著門，誰都不見。

隔著門，陳桐等人聽見了裡面的哭聲。

陳桐理解姊姊的難過。從小他們姊弟都被爸爸嚴格管理，任何事情都按照計劃的標準，他倆也不負眾望，一直很優秀，讓父母都很滿意。尤其是姊姊陳程，讀了大學，去了香港，一個女孩終於有了自己的家庭，期間經歷的事情太多太多，姐姐就是想聽聽爸爸今天說些什麼，說什麼都行，心裡話就行。那麼多年了，姊姊和爸爸的溝通就很少，錯過了婚禮，可能他們再也沒有機會坐下來讓彼此看到最真實的自己。但他也能猜到為什麼爸爸那麼生氣，自己理轉文還在和家裡嘔氣，這下姊姊直接帶回老公加入戰局，好像一夜之間姊弟倆都不聽爸爸的話了。所有的矛盾積累在一起，也難怪爸爸會失態。

陳桐的媽媽急匆匆從宴會廳出來，對陳桐說：「快讓你姊換衣服，要給客人敬酒了。你爸也不見了，他的事我們回頭再說，所有人都在等我們呢。」陳桐讓服務員拿鑰匙把休息間的門打開，看到妝都哭花了的陳程。

女人再優秀，終究也是女人。

劉大志、陳小武他們坐一桌，正在開心地聊天。突然陳小武的爸爸出現在了宴會廳的門口，目光四處搜索著陳小武。

「你爸！」劉大志一驚。

陳小武順著劉大志指的方向看，爸爸穿著菜場賣菜的服裝，怒氣衝衝地站在宴會廳的門口。糟了，自己忘記出攤的時間了。他跟爸爸說今天陳桐的姊姊結婚，自己去去就回，然後一熱鬧就忘了時間。

陳小武趕緊跑到門口，跟爸爸道歉。劉大志一看大事不好，趕緊找郝回歸求助。大家都望著門口，陳小武很尷尬。

「陳小武，你怎麼跟我說的？」

「爸，對不起，我錯了。」

「我也不跟你多說了。我交學費讓你讀書是讓你來這種地方吃飯的嗎？上次你們老師表揚你，說你有進步，我看一點兒用都沒有。你明天就給我退學！」

「陳叔叔，你也來了。」劉大志跟在郝回歸背後，給陳小武使眼色。

「啊，老師，你好。這小子每天騙人，今天說二十分鐘就回，兩個小時了都不回來。」然後又衝陳小武說，「你不好好做事，你一輩子都不可能在這樣的地方請客。」郝回歸心想，可能陳石灰老罵陳小武一輩子不可能在大酒店請客，所以他女兒的百日宴才要請一百桌，也許只是為了爭口氣吧。「老師，我回去也想了想，高中畢業證對他也沒什麼用。最近家裡人手是真不夠，幾百斤黃豆都在家裡放著搞都搞不贏。」陳石灰也很實在，無論老師怎麼表揚自己的兒子，家裡的豆子賣不完才是最大的事。

「小武爸爸，要不這樣，反正你讓小武回去也是賣豆芽，不如給陳小武一個機會，讓他幫家裡先處理一百斤黃豆怎樣？」

不僅陳小武的爸爸一驚，陳小武也一驚。

「啊？」郝老師什麼意思？陳石灰也不明白老師在說什麼，陳小武怎麼可能幫家裡把一百斤黃豆賣出去？郝回歸一看陳小武的爸爸猶豫，就立刻對陳小武說：「家裡現在有困難，你幫家裡賣一百斤黃豆出去。」

「郝老師，你知不知道一百斤黃豆可以發多少豆芽啊……」陳小武覺得郝老師太不懂行了。

「一斤黃豆可以發十二斤豆芽，一百斤黃豆可以發一千兩百斤豆芽。你別給我放增大劑啊，我的意思就是你幫家裡賣一千兩百斤豆芽，聽明白了嗎？」

郝回歸心想，我跟你是這輩子最好的兄弟，過去十幾年都沒少幫你家賣過豆芽，難道我還不清楚一百斤黃豆能發多少豆芽？

「郝老師，看不出來，你對我們這個行業也這麼了解啊。」陳小武的爸爸十分佩服。

陳小武呆住了，這郝老師懂我不懂的，也懂我懂的，還懂我想隱藏著的……陳小武對郝老師的感情從害怕，到畏懼，到感激，再到此刻的敬畏。

「那……那我怎麼弄？我弄不了啊，那麼多。」陳小武一下恐慌起來，自己怎麼能賣出那麼多？

「你不是幫劉大志請了個假媽媽來學校嗎？現在輪到劉大志幫你了啊。」郝回歸瞪了陳小武一眼。劉大志在後面偷笑，陳小武很尷尬。陳石灰一聽自己的兒子還做過那麼荒唐的事，揚起手就要給陳小武一個巴掌。郝回歸連忙拽住陳石灰的手臂：「沒事沒事，小武爸爸，你就等著小武幫你處理掉一百斤黃豆吧。」

那邊，陳志軍說完一句話就下台了。陳程很難過。陳桐心裡也憋得慌，他決定找爸爸當面對質到底有什麼不滿意的。乾脆一家人把話說清楚，也總比這樣不明不白要好。陳桐樓上樓下跑了個遍，都沒看到爸爸的身影。他想了想，跑進洗手間，也沒有人，準備離開的時候，聽見洗手間最裡面傳來壓低了的抽泣聲。陳桐覺得聲音很熟，貼著門，仔細聽，然後敲了敲門：「爸，是你嗎？」

陳志軍走了出來，眼睛紅紅的。

「爸，你怎麼了？」陳桐第一次看見爸爸如此模樣。

看見爸爸手上拿著一小遝紙，陳桐伸手去拿，把紙打開，三頁信紙上寫滿了密密麻麻的字。

程兒：

從來沒想過會用這樣的方式跟你說話。爸爸怕在現場說不出來，所以寫在紙上。請你見諒。

……

你一定覺得自從你帶男朋友回來後，我的狀態就很奇怪，我也覺得自己的態度很奇怪，但就是改不過來。

不怕你笑，從你出生的那一天開始，我就擔心著這一天的到來。這一天，終於還是來了。我應該跟你說些什麼呢？我想，有些話我還是先說給自己聽吧。

我的女兒是世界上最優秀的女孩，爸爸覺得沒有人可以配得上你。你小時候問我，你是不是世界上最漂亮的女孩，我怕你驕傲，跟你說，女孩子最重要的不是外在。但其實，爸爸想跟你說，你就是最漂亮的。

爸爸後悔。

後悔沒有讓你多穿幾次裙子。

後悔讓你剪短髮。

後悔六一節給你少買了一個冰淇淋。

爸爸後悔讓你考重點大學。

其實你考不上，一直留在爸爸身邊該有多好。

爸爸後悔這些年工作占用了太多的時間，沒有更多的時間陪陪你。

逢年過節，你趕不回來，爸爸在電話裡跟你說讓你好好照顧自己，那是爸爸最後悔的。

後悔為什麼不跟你說哪怕路上辛苦你也要回來。

後悔為什麼要告訴你我們都很好。

其實你離開家的每一天，我們都很想你，卻不得不說服自己這是你成長的路。

我想說謝謝你啊，給爸爸留下那麼多美好的回憶。你還記得嗎？當爸爸第一次出警受傷的時候，你媽媽和桐桐哭得稀裡嘩啦，只有你忍住眼淚拿著繃帶要幫爸爸包紮。那時起，爸爸就知道，你一定是一個堅強的姑娘。

……

所以這些年，你從來不跟家裡抱怨自己有多苦，你也不說自己學習有多累，甚至你說你要結婚，不讓我們見你的男朋友，你說無論我和媽媽喜歡不喜歡，你都喜歡，反對不反對，你都要嫁。你決定去做一件事，就會投入去做，你決意去愛一個人，就會毫無保留地去愛。

……

無論如何，我希望你會一直做一個純粹的女孩，去追逐你想要的，不用害怕受傷。你站在那裡，就有力量。你笑起來，任何困難都無須言談。我會一直愛你，就像你從來不曾嫁人一樣。

爸爸

眼淚在陳桐眼眶裡打轉，原來爸爸並不是生氣姊姊私訂終身，而是害怕失去姊姊。他把信折好，放在口袋裡，深吸一口氣，笑著對爸爸說：「爸，寫得不錯。要不要幫你潤色一下？」

「臭小子，你學了文科了不起嗎？」

陳桐一時沒有反應過來。陳志軍拍拍他的肩膀：「走吧，陪爸爸去給大家敬酒。」

陳桐點點頭，跟在後面。一件天大的事好像就這麼過去了。

婚宴大廳裡，王大千正興高采烈地跟郝鐵梅說著他準備承包的政府專案，許多住這一區的人擠在一邊旁聽。其他人聊天的聊天，喝酒的喝酒。宴會持續了四個多小時才結束。現場只剩下陳桐一家和劉大志等人。陳桐喝了一點兒酒，開心地跑上已經被拆了的舞台，對著台下說：「歡迎新郎、新娘、伴娘、伴郎以及新娘的父母。」

陳程有些不明白。

「有請我的爸爸陳志軍！」陳桐接著說。

陳志軍臉紅紅地走上舞台，清了清嗓子，打開信紙開始唸起來。

如果時間會開花，那麼這一刻是春季。

如果時間有溫度，那麼這一刻是夏季。

如果時間沉甸甸，那麼這一刻便是秋季。

如果時間有顏色，那麼此刻的冬季便是幸福的純白色。

我們總錯把喜歡當成愛，殊不知愛的複雜讓我們沒有資格隨便說喜歡。

叮噹推開家裡的門，客廳一片漆黑。

「今天怎麼樣？」聲音自陽台傳來，郝紅梅站在月光下抽著菸。

「什麼怎麼樣？反正你不願意去。」

「這個陳程真是被她爸媽寵壞了。」

「我覺得他們挺幸福啊。兩個人真心相愛，為什麼要在意別人的眼光？」

「你懂什麼叫愛？互相喜歡就叫愛了？」郝紅梅把菸掐滅。

「就像你一樣？」叮噹反問。

「你什麼意思？」

「就像你和爸爸。」

「我和你爸怎麼了？」郝紅梅臉色一變。

「你不是在利用爸爸嗎？他願意養家，又能掙錢。一個月二十天在外面，你也覺得無所謂。」

「你！」

「你喜歡陳桐的爸爸，卻嫁給我爸。嫁給我爸之後，還對陳志軍念念不忘……」

「啪！」叮噹臉上挨了一記耳光。

「你給我閉嘴！」

叮噹捂著臉，帶著生辣的疼痛，默默走進臥室。

門裡門外，一片寂靜，一片漆黑。

最熱血的事不是有多衝動，而是你的衝動並不是為了自己。

教室裡。

「郝老師要我先幫家裡處理掉一百斤黃豆。」

「媽呀，一百斤？這怎麼弄啊？」

「你覺得呢？」

「我怎麼知道？」劉大志想了想，心生一計，扭過頭看著陳桐，「陳桐，你有多少存款，認購二十斤吧。你姊結了婚，生孩子要母乳，要喝黃豆燉豬腳湯。你二十斤，我十斤，微笑十斤，叮噹十斤，這就五十斤了！」

「生孩子要十個月，我現在要不要先為我姊準備一頭豬啊？」陳桐十分無奈地說。

廣播裡傳來微笑的聲音：「非常感謝獲全省作文大賽一等獎的葉歡同學的分享。如果你有什麼有趣的經驗願意分享給同學們，可以來廣播站進行分享。今天的午間節目就到這裡，放學後見。」

陳桐指著廣播：「去找微笑吧，她跟校長提了申請，廣播站會做到期末，正好可以讓她邀請小武去分享自己的經驗。」

「採訪我做什麼？我只會賣豆芽！」陳小武嚇出一頭汗。

「沒錯，就是去說你賣豆芽的經驗。」

「我說什麼？我什麼都不會啊。」

「對噢，跟你玩那麼多年，我都會發豆芽了。我們可以鼓勵大家買了黃豆自己在家發，簡單又健康，自己吃自己發的多有意思，不會發的，你就在廣播裡教。」劉大志開足了腦力。

「陳桐、大志，你們真好。」陳小武憋了半天，只憋出這一句。

「那接下來我們幹嘛？」

「週五你去做廣播，我們賣黃豆！」劉大志鬥志昂揚地說。

週五下課，劉大志立刻借了桌椅，拉上準備好的橫幅：「親口吃掉自己發的豆芽，你想嘗嘗嗎？」陳小武看見，感覺太殘忍，趕緊用毛筆另寫了幾個字：「五天，吃上自己發的豆芽，你準備好了嗎？」

來來往往都是看熱鬧的人，真正買的沒幾個。

黃豆一斤一袋，附泡發說明書。遠遠地，陳桐騎著山地車過來，把書包往椅子上一放，直接走到桌子前拿起一袋黃豆，交了一份錢；同時，教學樓裡傳來微笑的宣傳廣播。有了他倆的加入，看笑話的少了，大家都圍了上來。很多同學擔心自己發不出豆芽，東問西問。劉大志大手一揮：「這樣！大家聽好了，如果你擔心自己發不出來，可以交錢寫上自己的名字，我們幫你發，五天之後自有豆芽送上。」這麼一說，同學們紛紛打消了擔心，開始交錢登記。劉大志特別得意地對陳小武和陳桐揚揚下巴。陳小武看著擁擠的人群，充滿了擔心。

不到一小時，一百斤黃豆就賣光了。

陳小武看著記錄本，本來開心的臉又耷拉了下來，露出苦笑：「大志、陳桐，需要幫忙發的黃豆有七十五斤！」

「七十五斤？」劉大志搶過本子，看了一眼，癱倒在椅子上。七十五斤黃豆能發出九百斤豆芽，每天要換兩次水，一個教室都裝不下。

「完了，收不了場了，怎麼辦？同學肯定會說我們很沒有信譽的。我們是不是要把錢退給大家啊？」陳小武很著急。

「別急，我有辦法！去找郝老師，他肯定有辦法！」

「叮噹呢？」劉大志這才發現，今天居然沒有人諷刺自己。

「我以為她不願意來，都沒好意思問。」陳小武小心翼翼地說。

「不對啊，她答應得好好的，說回家取點兒東西立刻就來。不管了，我先去找郝老師，你倆去找找合適的場地吧。」

何世福正在郝回歸宿舍勸他轉校。

「主任，我一定認真考慮，過兩天回覆您。」

何主任拍著郝回歸的肩膀：「郝老師，不要忘了我是如何一路支持你的啊。」何世福前腳剛走，劉大志就來了。

「你們打算怎麼辦？」郝回歸問。

「只能退錢給大家吧。」

「你覺得大家為什麼要買你們的黃豆？」

「吃自家種的，感覺不一樣啊。」

「所以，只要是黃豆，只要能吃，都會不太一樣吧。」

「黃豆只能出豆芽啊，還能幹嘛？」

「你早上喝的是什麼？」

「豆漿啊。」

「還有呢？」

「啊！」劉大志明白了。

「如果我們能把一斤黃豆變成豆漿、豆腐，那就比單獨發豆芽有趣多了。」

「去吧，別再找場地了。陳小武一定知道怎麼辦這件事。」

陳小武自然知道，不僅知道哪裡可以磨豆漿，還知道怎麼做豆腐。之後幾天，陳小武連軸轉，除了上學，其他時間一個人待在豆腐坊。劉大志和陳桐輪流送飯接應。七十五斤黃豆分別變成豆芽、豆漿、豆腐，輪番被帶到學校。同學一個比一個驚喜，連之前那些看笑話的同學都流露出了一些羨慕。劉大志在思考，為什麼陳桐能想到找微笑求助？為什麼郝老師能想到換一個角度思考問題，而自己卻想不到呢？

這是不是就是人和人的不同？他發現，總有人在慢慢改變世界，而自己那麼多年只會隨著別人定的規則生活，錯了就錯了，被拒絕就被拒絕，完不成就完不成，好像自己就沒有一個叫作「改變世界」「挑戰規則」的開關，也並非扮演思考者的角色。這恐怕就是自己一直以來都不優秀的原因。

「大志，謝謝你噢。」陳小武遞了一瓶可樂給劉大志，「為什麼我們常常在一起，但是你卻會想得和我不一樣？」

「啊？」劉大志一驚。

「我覺得自己好像很愚蠢。你們都很厲害。陳桐能想到找微笑，你能想到幫別人節約時間，郝老師能想到做各種豆製品。我覺得自己好像一點兒用都沒有，只會埋著頭做傻事，只會發豆芽。」

被陳小武誇了，劉大志有一點兒開心。

但一想到陳小武和自己一樣在惆悵同一件事，他又失落了，原來自己和陳小武的水準一樣啊！

「但是呢！」陳小武突然又振作起來，「我以前賣豆芽時就覺得，反正那些客人都是我爸的，跟我沒關係。但這一次，當我把東西賣給同學時，我才理解為什麼陳桐要我去做廣播，為什麼你讓我在校門口賣黃豆，為什麼郝老師讓我們把黃豆變成豆漿、豆腐。這世界永遠都有解決問題的方法，就看我們想不想解決，對不對？」

「陳小武，你怎麼了？你發燒開竅了？」劉大志摸摸陳小武的額頭。

「我是真這麼想的，我很想變得像你們一樣，知道自己在幹嘛。」

或許，每個人都會這樣，在很長很長一段時間內，根本不會明白別人所說的「動腦子」是什麼意思。可是，當你突然覺得想要變得不一樣時，這個世界就開始浮現出一些或明或暗的規則，一一對比，才知道自己到底差了多少。這種人開始會出現一些特質，比如說敬畏，開始敬畏任何自己做不到的事情、比不過的人。這種敬畏不是自卑，而是開始學會尊重。劉大志又有了一點兒開心，覺得自己和陳小武也像黃豆一樣，開始有了發芽的跡象。

你以為的就真的是你以為的嗎？多少人一直活在「以為」當中。

「我爸被抓了。」叮噹腫著哭紅的雙眼對大家說。

「什麼時候的事？」

「就是大家幫小武賣黃豆的那天，他去香港談生意，然後就失去了聯繫，說是被員警帶走了。當時我不知道發生了什麼事，不敢和大家說，後來警察局來電話說我爸涉嫌走私，要被遣返深圳。」

「什麼時候送回來？」

「我不知道，他們沒說。」叮噹一邊說一邊哭，「我媽托了好多朋友，現在都沒消息。」

「小姨爹真的走私嗎？」劉大志不敢相信。他小時候電視看多了，總感覺「走私」和「槍斃」是同義詞。

「我們也不知道，他一直在外面做生意，做什麼我也不知道。」

「好像深圳公安局有我爸的戰友，我放學就去找我爸。」陳桐突然想起來。

劉大志和微笑對看一眼，神情尷尬。

「怎麼了？」陳桐問。

兩人把陳桐單獨叫出來。

「陳桐，有件事要提前告訴你，又怕影響你的心情。」劉大志怕自己的表達會出錯，「哦，微笑，要不你說吧。」

微笑也有點兒不好開口。

「你爸和叮噹的媽媽談過戀愛，在很早很早之前，後來你爸和你媽在一起，生下了你。」劉大志一股腦地把事情跟陳桐說了。

「我還以為有什麼了不得的事情呢。」陳桐並沒有很驚訝，「我爸那麼帥氣，喜歡他多正常。」

「聽說是我們的外婆不同意，然後叮噹的媽媽把你爸給甩了，你爸才和你媽在一起的。」劉大志補充道。

「大志，說這個有什麼意義？」微笑阻止劉大志。

「我總要把我知道的資訊說完啊，萬一陳桐覺得無所謂去找了他爸，但是他爸曾被叮噹的媽媽傷害過，那多尷尬。」

「也是。如果真的發生過那樣的事情……」微笑回答。

三個人陷入思考。

屋子裡，陳小武還在安慰叮噹。

「叮噹，別哭了。你爸肯定不願意看到你這麼擔心。」

「你不明白，我爸只有我了，我媽根本不在意他。說了你也不懂。我爸回不來，我就去香港找他，哪怕不讀書，賣房子，我也要陪著他。」叮噹一直哭。

「如果你去香港，我也去。」陳小武說。

「你去幹嘛？」叮噹止住哭聲，抬起頭。

「我……我們都去陪你，你一個人太危險。」

「不行，大家都要高考，肯定不行……」叮噹又哭了起來。

陳小武很想說自己可以不高考，但他也知道，這根本不是重點。

三個人從外面進來。劉大志清了清嗓子，對叮噹說：「我們商量好了，陳桐單獨找他爸爸會很尷尬，最好的辦法是你和陳桐一起去。等陳桐說到一半，你就哭，陳爸爸心一軟沒準兒就同意了。」

「萬一他不願意呢？」

「你忘記陳程姊結婚了？陳爸爸心特軟，女孩子一哭，準得心軟。」

叮噹看看陳桐。陳桐點點頭。陳小武卻沒有聽懂，為啥陳桐的爸爸會不同意？

「唉，說了你也不懂。」

「你們老這樣，每次都不說，又說我不懂，不說我就更不懂了。」

「行了行了，慢慢你就懂了。」劉大志敷衍著。

「那我們放學就去吧，我帶你。」陳桐說。

放學後，叮噹坐在陳桐山地車的前杠上，一起去公安局。

「如果哭也沒有用怎麼辦？」叮噹很害怕。

「放心吧，我一定會想辦法的，別擔心。到了，我們上樓。」

陳志軍的辦公室在公安局大樓五層的走廊盡頭。

「張姐，我爸在嗎？」陳桐問局長祕書張姐。

「在。不過他正在見客人，半小時了，估計也快結束了，你們等等。」

陳桐和叮噹在走廊上等著。叮噹坐立不安，多一分鐘，便覺得爸爸會多遭一分罪。

五分鐘、十分鐘、二十分鐘，客人還沒出來。

陳桐跟叮噹說：「算了，直接進去，等不了了。」說完，兩人就往辦公室走。陳桐正準備進去，透過虛掩的門往裡一看，卻僵住了。叮噹不知發生了什麼，陳桐讓出位置，讓她自己看。

叮噹一看，也愣住了。

門縫裡，郝紅梅坐在沙發上，滿臉是淚。陳志軍給她遞紙巾，說：「紅梅，放心，我一定會幫忙，一定把他轉送回來，你放心。」

叮噹捂住嘴，眼淚「唰唰」地流。

「志軍，對不起，以前是我對不起你，我一直沒說出口，希望你能原諒我。當時我年輕，不知道如何面對家裡的壓力，真的對不起。希望我的錯誤不要影響到你對叮噹她爸的判斷。」

「紅梅，你放心，我一定盡力。」

突然，郝紅梅跪了下來：「志軍，謝謝你，真的謝謝你。是我不好，請你原諒我。我不敢想像如果沒了他我該怎麼辦，叮噹該怎麼辦，這個家該怎麼辦！」

叮噹不敢哭出聲，立刻轉身跑下樓，她再也忍不住了。她根本就沒想到，媽媽有一天會為了救爸爸放下自尊。陳桐在後面追她。

公安局大樓的樓下，叮噹哭得很厲害。她心裡百感交集，內疚、自責，也有幸福和感動。真正的愛，就是為了對方可以放下尊嚴，可以改變自己。

叮噹一邊哭，一邊說：「謝謝你們。」

陳桐感慨了一句：「如果當年我爸和你媽能這麼敞開聊天，恐怕現在就沒有你，也沒有我和我姊了。」叮噹邊哭邊笑，特別狼狽。

叮噹的爸爸在陳志軍的相助下被接回了深圳。而陳小武沒有等到陪叮噹一起去深圳，還是退學了。當陳小武再來找郝回歸時，他並不驚訝。他知道陳小武遲早會退學的，只是沒想到會這麼快。這一次並不是陳石灰逼他退學，而是菜市場收保護費的流氓打傷了陳石灰，導致他中度腦震盪需要靜養。家裡還有弟弟和妹妹，單靠媽媽，沒法扛起這個家，最後陳小武自己決定退學。

「你想清楚了嗎？」郝回歸問。

「嗯。」

「沒有讀完高中，可能未來對你而言，會一直處於一種自卑感裡。即使未來你成功了，你還是會覺得自己低人一等，然後用其他外在的東西去證明自己。」

郝回歸對陳小武說的這些不是擔心，他看見的陳小武就是這樣——高中退學之後，長時間自卑，不願意再和自己有過多的接觸，只在郝回歸考上大學時，他才出來和大家聚會喝了幾杯酒，看起來生活的壓力很大。後來把整個菜市場承包了，生活條件變好，他才慢慢和大家恢復聯繫，但每次見面都使勁兒在用錢證明自己很厲害。而真正的好朋友待在一起根本不用努力證明自己很厲害啊。

陳小武很認真地點點頭，說：「郝老師，你放心，不會的。其實我很感謝你，上兩次我爸讓我退學，你都幫我攔住了。那時我完全沒有做好準備，不知道自己能做什麼。如果那時我退學了，可能我這輩子都抬不起頭來。你讓我留下，幫我賣了一百斤黃豆。在那個過程中，我想了很多，也明白了很多。我知道我能做什麼，無論是郝老師你、大志、陳桐，還是微笑、叮噹，都讓我知道我能變得更好。我知道未來還有好多事等著我做，雖然很辛苦，但我知道了方向。」

「我相信你，你也要記得，有任何需要都可以來找我們。」郝回歸很想用錄音設備把這段話錄下來，錄給三十六歲的陳小武聽，讓三十六歲的陳小武看看十七歲的他是多麼懂事啊！如果三十六歲的他也像現在這樣的話，自己怎麼可能和他吵起來，怎麼可能和他打一架。

陳小武感動地點點頭。

「去跟你的朋友們告別吧，記得，無論在哪裡，你們都要在各自的地盤生根開花。」

聽說陳小武退學，大家決定出來吃夜宵歡送他，陳桐也難得出來了。大家圍坐在一起。陳小武雖然看得很開，氣氛卻依然沉重。對十七、八歲的孩子來說，退學是一件大事。畢業之所以感傷，是因為離別。退學更是。一個人的離開，那種孤獨，誰都不願去想。陳小武給大家各倒了一杯啤酒，眾人面面相覷，不知該說些什麼。

「你們幹嘛啊，我只是退學，又沒死。」陳小武招呼大家乾杯。

「你死了還省事，燒了就沒了。你沒死，天天賣豆芽，萬一豆芽養不活你呢？賣不出去呢？還得找我們……」

「大志，你關心是關心，但……」微笑不想讓陳小武難堪。

「其實大志說的也是我擔心的。你們放心，我一定不會一輩子賣豆芽，也絕不會拖大家後腿。乾杯啦！」陳小武哈哈大笑，先幹為敬，「從明天開始，我就不用早起上早自習了，哈哈哈！」

叮噹鄙視地看了他一眼：「但你要三點鐘起床準備豆芽啊。」

大家大笑起來，尷尬的氣氛一掃而空。

「好了，好了，我們敬陳小武一杯，他是我們當中第一個養家糊口的人，希望陳小武早日成為『豆芽王』。」微笑舉起杯子。

「微笑，還是你最好。」陳小武喝光了手上的整杯酒。

「喝那麼快幹嘛？咱們還是高中生，一口一口喝。」叮噹白了他一眼。

「我、我不是因為開心嘛，所以就想喝。」

「小武，咱倆乾一杯。」劉大志滿上第二杯，兩人又一飲而盡。話不夠填滿未來的縫隙，就往裡面灌酒。後來誰也沒有談未來，未來太遙遠，未來也太現實，好像和小武談也不合適。大家低頭吃菜、喝湯，湯在夜色中很容易就從熱氣騰騰變得如湖水一樣沒有波瀾。

「你們還記得嗎，郝老師上公開課的時候？」陳小武自顧自地笑了起來。

「那天你說得實在太好了。」

「這幾天，我早上三點就起來。天氣真的就跟當時瞎掰的一樣冷，我給十幾桶的豆芽換水，換完之後，腰真的都快沒知覺了。後來搬桶、搬豆芽……重！但我感覺不到它很重，而是感覺到一種壓力，沉甸甸的，感覺如果自己不扛起來，家就摔到地上了。」陳小武的臉有點兒紅紅的。

「我媽特別害怕我扛不住，就在旁邊隨時想幫我。我都夠矮了，我媽比我還矮那麼多，她能幫到什麼啊，萬一我一失手，還把她給砸了。所以我就只能咬牙，我都能聽見自己牙齒『咯嘣咯嘣』的聲音，真的。這些年，我爸他怎麼過來的……太累了，我爸真的太累了……」說著說著，陳小武的狀態從剛開始的灑脫變成難受。

微笑雙手抱著一杯熱茶看著陳小武。陳桐拍拍他的肩，叮噹也愣愣地看著他。劉大志第一次看見這樣的陳小武，反而笑了起來。

「哭什麼哭，多好啊，起碼你父母一起拚搏，我都搞不清我父母的關係。哎，來，再乾一個。」

兩人又喝了一杯。

「大志，你說你不能理解你爸媽的關係，什麼意思？」微笑問。

「啊？我說啥了？」

「大姨和大姨爹他倆怎麼了？」叮噹也攪和進來。

劉大志看著陳桐，又看看陳小武。

「算了。他倆離婚了，為了我的高考，現在還假裝住一塊。我可跟你們說啊，尤其是你，叮噹，絕不能跟任何人提起！不然我自焚給你看！」

「啊？離婚了？」叮噹很吃驚地說。

「閉嘴，別說了。你再提，我就說你爸走私了啊。」

「你爸才走私！我爸是被陷害的！不信，你問陳桐。」

「問陳桐幹嘛，覺得你倆親上加親了？嘿嘿。」

「親上加親？」陳小武一愣。

「你還不知道啊？陳桐的爸爸以前和叮噹的媽媽談過戀愛。」

「劉大志，你夠了，別喝了，我們走，明天還要上課。」陳桐不由分說，直接背起劉大志就走。

青春裡有很多祕密，但父母的祕密才是真正困擾我們的啊！

第十一章 推開世界的門

人只怕生銹，一旦關上與外界的門，鎖一生銹，
別人走不進去，自己也走不出來了。

雖然我不能陪你再走同一條路，但我保證會在自己的路上認真走下去，讓你回頭的時候，不至於擔心我。

陳小武辦理退學的時候，大家正在上課。

劉大志一個轉頭，陳小武正從走廊經過。劉大志一直盯著他，陳小武卻並沒有往教室看，直直走了過去。看來陳小武並沒有真正做好告別的準備。都說畢業難過，現在比畢業還要難過。畢業是大家都掉頭走，而現在，只有陳小武一個人走了。

下了課，劉大志衝出教室。陳小武果然在養木桶的廢樓裡。

「辦完了？」

「完了。」劉大志順勢坐在陳小武旁邊。

「你可要祝福我，我終於擺脫倒數第一了，再也不用提心吊膽抄作業了。」

劉大志側過身，拍拍陳小武的肩：「嗯，祝福你。」

「我走了，木桶就交給你了，每天餵兩次。放學沒人陪你走，你就找陳桐，他人還不錯。以後記得來看我，我怕沒時間找你們。」

「能不能別像交代後事一樣，要不再去班上看看？」

陳小武想了一會兒，兩人走向教室。退學並不丟臉，他是要養活全家的人。嘈雜的教室靜了下來。陳小武有點兒尷尬，自己本就不屬於那種人緣很好的學生，就算自己突然消失，也不會有太多人發現。

石頭率先說話：「陳小武，可以啊，比我們還先走。」

陳小武和石頭的關係一般，唯一的共同點是成績差，有種沒談過心的惺惺相惜。預備鈴響起，彷彿在催促陳小武趕緊離開。陳小武想了想，走上講台，給全班同學鞠了一躬。他想起好多事，想起自己一次又一次遲到，想起自己被罰站，想起每次被老師叫到名字時的緊張，想起跑五千米時全班同學給自己的掌聲，想起自己提著豆芽、豆腐、豆漿進教室，同學們的欣喜和熱情。

告別了，我的青春。

告別了，我的同學。

陳小武面帶微笑，向後門走去，經過劉大志時，停了下來，打開書包，遞給他一支鋼筆：「這是我用去年的壓歲錢買的，我全身上下最值錢的東西。收下它，讓我們在各自的地盤上生根開花。」

劉大志不想把氣氛搞得太沉重，接過鋼筆說：「謝謝你的遺物啊，帶著你的遺願好好生活。還有別的遺言要交代嗎？」他依舊不知如何面對告別。

「你還記得你以前問過我喜歡誰嗎？」陳小武突然摟住劉大志的脖子，貼著他的耳朵，「我喜歡叮噹。嘿嘿！」陳小武說完，看著劉大志，感覺自己舒了一口氣。

果然是叮噹，這個陳小武！得到確認的劉大志心裡那個翻江倒海。陳小武是不是瞎了？但劉大志此刻必須假裝平靜，畢竟得到了陳小武的信任。而他還要做出對等的回應。劉大志摟住陳小武的脖子，悄悄對陳小武說：「其實我發覺自己有點兒喜歡微笑。」

「這是祕密嗎？這個世界除了你和微笑不知道之外，所有人都知道了。」陳小武指著全班同學道。劉大志趕緊把他的手拍下來。劉大志再度輕聲對陳小武說：「我是說，我在演唱會上說的是真的，其實我一直喜歡微笑。」劉大志看著陳小武咧開嘴笑，感覺互相知道了彼此喜歡的人，交換了這種祕密，大家就從好朋友變成真兄弟了。

其實少年幼稚起來，真沒女孩們什麼事。

盡了力，才有資格看戲。

Miss Yang在郝回歸宿舍門口，神情凝重。

「郝老師，你不跟何主任一起去私立高中？」

郝回歸一下沒反應過來。

「我看到轉校的名單中沒有你，但何主任說你也會一起去的。」

「你也要走？有多少人？」

「從高一到高三，一共二十位老師，一些成績好的學生也會一起過去。郝老師，這真的是個好機會。」

「這不會影響學生升學嗎？」

「只要老師還在，市里就能保證升學率。剩下的事，上頭不管。」

「Miss Yang，你能不走嗎？」郝回歸脫口而出。

「其實，我也不想走，但對方答應，只要現在過去的學生能考上大學，每個人都有一筆獎金，而且從現在到高考食宿全免。後來我想，只要是真的願意讀書的孩子，在哪兒都一樣，而且那邊的條件更好。」Miss Yang也很為難。

何主任要帶老師和一些學生轉校的事情很快傳遍了學校，從上到下都惴惴不安。家長們也坐不住了，紛紛打聽誰會走。理科班第一名鄭偉便是轉校生中的一位，除了他，理科重點班還要轉走三十三位。文科班也有十七位要轉走。一時間，湘南五中的學校領導、郝回歸、其他老師、學生家長都亂作一團。

郝回歸先去找何主任，想試試看能不能把他留下。他已經完全猜到了結局——何主任把郝回歸羞辱了一頓，讓他覺得留在湘南五中就是耽誤自己的青春。郝回歸問何主任：「主任，難道你不覺得這麼一離開，這種動盪對這一屆的高考生有特別大的傷害嗎？」何主任搖搖頭：「郝老師，我也沒有辦法。你也看到了，如果今年不走，明年還是有新的高考生，而且對方學校無論是老師的待遇、對老師的尊重，還是對好學生的渴求都比這邊高。作為湘南年輕教師中優秀的一員，我還是很希望你能夠在更好的地方任教。」

現在郝回歸要面對提出疑惑的學生。

「郝老師，聽說 Miss Yang 不再教我們了，那我們的英文誰來教？」

「郝老師，我媽讓我轉學，因為那邊的老師更好……」

「郝老師，你也知道我家有一些壓力，那邊說成績好的同學可以免食宿費，所以我也想轉學……」

每天都有家長聞訊而來：「郝老師，你會走嗎？」

「郝老師，我家小孩的數學成績很重要，所以我們打算跟數學老師一起走。」

「郝老師，如果我們留下來，湘南五中會減免什麼費用或者獎勵獎學金嗎？」

好在第一名陳桐沒有要轉學的意思，讓郝回歸鬆了一口氣。反倒是何主任勸王大千讓微笑轉去新的學校。王大千也來找郝回歸說了自己的擔憂，說自己認識何主任很多年了，何主任向他保證幫助微笑考上一個重點本科。郝回歸被氣得只差沒說：「王叔叔，咱倆認識三十年了，我剛上小學你就認識我了！」但他不能說，也找不到更好的理由說服王大千，只說讓他先想一想。

如果微笑真轉學走了，她還會去美國嗎？如果現在微笑就走，跟大家的關係肯定愈來愈淡，去了美國也不會再和大家聯繫。剛開始郝回歸被各種資訊風暴捲來捲去，弄得狼狽不堪，面對各種紛擾，他就像處於風暴中心，後來漸漸冷靜下來。他試著釐清整件事。他回到這個世界，最重要的事情是幫助劉大志一群人改變，讓他們變得更好。事實上，在這個過程中，他發現自己也在改變以前的觀念。

陳小武脫離小團隊之前，心裡已經很明白自己要做什麼了。可對於微笑來說，她和劉大志的關係從演唱會鬧僵，一起做新聞時走得更近了，但他並不知道此刻微笑心裡是如何想的。如果在他回來的這段時期，沒有讓微笑和劉大志的關係有質的飛躍，自己回來就算是失敗。

所以必須留住微笑。郝回歸決定給王大千寫一封信。信的內容不是保證讓微笑考上重點大學，而是因為郝回歸知道接下來王大千的專案會出巨大的問題，他無法提醒王大千，只能這麼寫道：

微笑爸爸，接下來政府的拆遷專案勢必會占你未來幾年所有的時間，所以這一年對於微笑來說很重要。如果微笑轉學的話，首先她要適應新的環境，其次還要面對你更少在家的局面。湘南五中是她熟悉的環境，包括很多朋友。以微笑的成績，正常發揮考上重點本科沒有任何問題，更何況陳桐還在重點班，他們也能相互幫助。從全域考慮，作為微笑現在的班主任，我還是不希望微笑的生活同時會發生多種改變。

郝回歸寫清楚工程的重要性，這樣的話，王大千才能真正理解郝回歸的苦心。而王大千未來一定會把事業重點投入到拆遷工程上。郝回歸相信王大千看到這封信一定會表示認同。郝回歸把信封好，又拿起了班上其他十幾位要轉學的學生的名單——語文課代表馮美麗，來自縣城的顧大海，文章寫得很好、數學很差的蘇欣，英語口語在市裡拿過第一名的邢嘉芸——邢嘉芸在英語上非常有天賦，可是家裡父母靠種地生活，她的願望就是能考上大學，靠自己的能力去一個說英文的國家旅行……郝回歸想到他們，每一個人都活生生地浮現在眼前。郝回歸當然也知道，這樣一別，就不知道未來他們的人生是否還有交集，多少人都是因為一個選擇、一個轉身，就成了訣別，就成了最後一次相見。

放下名單，郝回歸嘆了口氣。

週一放學後，文科班把要轉學的學生和家長召集起來開了最後一次家長會。氣氛凝重，但每個人都無能為力。有同學在座位上輕輕抽泣。郝回歸也很難受。交代完一切，郝回歸看著大家，從這裡走出去，就很難再相見了。他從資料夾裡拿出了一遝信，這是昨晚他給每個要轉學的學生寫的。郝回歸走到他們面前遞給每個人，然後同時說：「去了那邊也要繼續加油。」

拿到信的同學很吃驚，率先打開信的是馮美麗。

信裡寫道：

美麗，第一次看到你時，是何主任把我帶到文科班時。

他在問你為什麼不參加高考總動員，你很認真地跟他說學習的重要性。那一刻我就覺得，你是一個特別認真的女孩。無論對錯，你都願意把最真實的自己呈現在別人面前。

經過這些天的接觸，你勤奮、努力，想讓自己變得更優秀，這一切老師都看在眼裡。

本來老師以為我們還有更多的時間可以相處，可以相互改變，現在看來恐怕難了，所以老師對你有幾點希望：

一、不要給自己太大的壓力，不要告訴自己一定要考上北大。學習應該是一件讓人開心的事情，考上北大也應該是一件讓人開心的事情，如果你做不到開心，很多事情就會成為你人生巨大的負擔。

……

二、所有的功課當中，你的政治成績是最弱的，你完全可以像學習歷史一樣學政治。你的歷史成績之所以好，是因為有興趣，是因為古人在代替你思考。學習政治也一樣，加入自己的思考，理解了一切，成績自然也就上去了。

……

郝回歸

馮美麗看到一半，尤其是看到郝老師讓自己不要給自己太大的壓力時，眼淚大滴大滴地落下來，打在信紙上。馮美麗的媽媽不知道發生了什麼，把信紙搶過去看，看到老師對自己女兒的各種交代，也被打動了。

十七位學生和他們的家長沒有立刻告別，站在座位上看著郝回歸寫給他們的最後一封信。時間好慢，教室裡開始有了啜泣聲。郝回歸深深地呼吸一口氣，看著窗外。

天上飄著雲，慢慢地會合又分離，就像人和人的關係。

盡情地告別就像拿著一台相機，「咯嚓」一聲，留下最好的回憶。他回過頭看著眼前的一切，明知道要告別，卻滿滿都是幸福感，不留遺憾可能是幸福的另一個名字吧，他想。馮媽媽先離開教室，馮美麗擦乾眼淚，雙手抱著所有的課本和習題集跟著媽媽走出去，郝回歸在心裡說：再見啦，希望我們一切都能愈來愈好。馮美麗走了幾步跟媽媽說：「媽，我可以不轉學嗎？」馮媽媽回頭看女兒。馮美麗想哭又不敢哭，眼眶裡都是淚水。馮媽媽許久沒說話，點了點頭。

馮美麗破涕為笑，背著書包，雙手又抱著滿滿的課本和習題集回到了自己的座位上。郝回歸很疑惑地看著她。馮美麗低下頭，忍住不哭，然後仰起頭吸吸鼻子，不讓眼淚流下來。她把書本重新歸類放在書桌上，然後對郝回歸說：「郝老師，明天見。」

一直忍著的郝回歸因為這三個字，「唰」的一下，眼淚出來了。他立刻轉過身，面對著黑板，不想讓其他人看到自己的失態。然後他陸續聽見背後有學生說：「郝老師，明天見。」有的聲音很小，有的帶著哽咽，還有家長這麼說。郝回歸沒有回頭，只是揚起了自己的右手，表示知道了。郝回歸從未想過自己會被這些學生打動，他不是一個主動去關心其他人的人，也不會主動去跟人生沒有太多交集的人打交道，而昨晚他給十七位同學寫了信，不是因為想要挽留，而是因為想要珍惜。而他們大多數人居然因為自己的這封告別信而留了下來。

原來，很多事情當你徹底放棄、重新面對的時候，才有可能是新的轉機和開始。這不是一個複雜的道理，但直到今天，郝回歸才真正懂得。

雖然我們是對手，但如果沒有你，我也失去了一半的意義。

鄭偉走的時候，特意來找陳桐。陳桐不在，鄭偉想了想，想托微笑帶個話，剛好也能跟微笑正式告個別。

鄭偉在微笑面前有點兒尷尬：「有些話本來想當面跟陳桐說，看來沒有這個機會了。我真把他當朋友的，打心底佩服他。我很努力做到的事，他很輕鬆就能做到。因為他，我才有了一個目標。

對我來說，陳桐就是這樣的存在吧。我要轉校了，我一定會考上清華，你也要加油噢。」鄭偉推了推眼鏡框。

微笑也很感動，點點頭，說自己一定會轉告給陳桐。

接著，鄭偉笑著說：「本來很早寫了封信給你，想告白，但是被劉大志那混蛋給攪黃了。那封信我還留著，希望未來有機會能夠給你。」

微笑也笑了，理科班的男孩其實還挺可愛的。

「希望你們到了那邊也繼續加油。理科學霸走了，我們文科今年要出頭了。」

「好，再見。」

「再見。」

「哦，對了。」準備下樓的鄭偉又返回來，站在教室門口，對正在做題的劉大志喊了一句，「喂，聽說你最近成績不錯，功夫也有長進，希望能和你在大學裡打一架，我考的是清華噢。」

劉大志抬起頭，看著曾經很討厭的鄭偉，也笑了起來，重重點了兩下頭。看著鄭偉轉身離開，他心裡竟也湧起一股莫名的失落，明明不是很熟的朋友，為什麼也會有這種感覺？

很多同學來跟 Miss Yang 告別，眾人哭作一團。

突然，王衛國闖進辦公室。

「楊老師，你要轉校？怎麼不告訴我？」王衛國上來直接就問。

「我……」Miss Yang 不知如何回答。

「你走了，我怎麼辦？」一向木訥的王衛國說。

Miss Yang 也怔住了，她沒想到王衛國會問得這麼直接。

「我、我沒有想過這個。」Miss Yang 很尷尬。

「楊老師，留下來！為了我！我要和你在一起！」

王衛國竟單膝下跪。

原本充滿離別和壓抑氛圍的辦公室一下子變得很有戲劇性。這是什麼情況？所有人都呆了，Miss Yang 更是驚慌得不知如何是好。她的人生規劃裡並沒有這樣的場景。她欣賞的男人要瀟灑、風趣，王衛國不過是一個愚蠢的舉重冠軍，一個四肢發達、木訥而不解風情的體育老師，一隻手能舉起一個胖子又能怎樣？

我可不能把自己的人生交給這麼一個體育老師。

然後 Miss Yang 開口道：「好的。」

Miss Yang 本想讓他站起來，不想自己那麼尷尬，沒想到脫口而出的竟是這兩個字。什麼？別說她自己和周圍的人驚呆了，這兩個字一出口，王衛國也驚呆了。

王衛國盯著 Miss Yang。Miss Yang 臉「唰」地紅了。難道是因為他能讓自己有安全感？還是因為他一直在照顧著自己？王衛國喜歡吃醋，喜歡沒事就來找自己，每次大家聚會都拿他開玩笑，自己能準確地說出關於王衛國的所有細節，難道自己心裡早就有了他？

Miss Yang 撫住自己的額頭：「Oh，my god！」王衛國站起來，又興奮又用力地把 Miss Yang 摟住，一把抱起來。

「你們的楊老師不走了，不走了！」

辦公室瞬間響起一片掌聲，看著眼前這一秒就轉變的劇情，看著這之前自己還有些瞧不起的體育老師，此刻郝回歸十分佩服他們，佩服他們能心繫一處，在最關鍵的時候表達自己內心最真實的聲音。

不少同學太開心，反而哭得更厲害，紛紛跟他倆抱在一起。在這個時候，一位高一學妹來找微笑，讓她去一趟周校長辦公室。

周校長先是表揚了微笑沒有轉校的高度覺悟，然後為要關停廣播站的事表示歉意。他問一句，

「我？」微笑想，這個時候找自己，估計也不是什麼好事。

微笑答一句，東扯西扯了半天，最後才問道：「微笑，聽說你爸爸接了一個政府的拆遷工程是吧？聽說對待不同的拆遷戶有不同的政策？你問下你爸，像我們這樣的級別，有什麼更優待的政策嗎？」繞了老半天，原來是這件事。

「周校長，要不我跟我爸說一下，讓他過來找您？」

「啊，不麻煩，要不你幫我約一下，我過去找他也行。」

「好。那校長還有別的事嗎？」

「沒了，你約好了記得告訴我啊。」

有時，微笑真的感覺這個世界複雜到令人討厭，尤其是跟成年人打交道，他們完全知道自己的嘴臉，卻覺得自己裝得天衣無縫。校長室外，劉大志跑過來，一邊跑，一邊開心地說：「微笑，你知道嗎？我們是鄰居了。」

房子，又是房子。

微笑不想理他。劉大志卻繼續說道：「等我們成了鄰居，就可以每天去你家吃飯了。」

微笑停下來說：「你真的那麼喜歡吃飯？」

「啊？」

微笑看了他一眼，直接走回教室。

我總覺得自己的命運是由別人操縱的，但自己也能改變別人對自己的態度。

轉校的事告一段落，文科班並沒有傷筋動骨。學校對郝回歸大加讚賞，許諾再過幾年，何世福的位子就是他的。

原來升職是這種感覺。郝回歸不在意何世福的位子，他在意的是這種感覺。原來，只要把事情做好，不捅簍子，對學生們好，自然有人看得見。大家重新忙著準備高考。劉大志偶爾跟郝鐵梅特意去看陳小武。每次陳小武看到他們都會熱情地問好，問學校的近況。可慢慢地，劉大志覺得好像他和陳小武之間起了一點兒小變化，也說不上什麼具體的事，大概就是沒聊幾句，陳小武就忙著掐豆芽尾、換水、跟客人說話。他也不是故意把劉大志晾在一邊，但劉大志就是覺得陳小武好像變了。他覺得可能也是自己太敏感。

這一天，劉大志叫上大家一起去看陳小武，看看是不是自己真的敏感。遠遠地，陳小武的豆芽攤沒什麼客人，他正低著頭在看什麼。等大家一走近，聽到那一聲「小武」，他就像觸電了一樣，立刻把手裡的書塞到桌子底下，站起來對著大家笑：「你們來了。」

幾個人就站在豆芽攤旁邊聊天，先聊學校，然後聊菜場，好像大家都在刻意地找話題。沒聊幾句，陳小武果然開始忙起來，一會兒換換水，一會兒搬搬豆芽，一邊工作一邊聊天。大家互相看一眼，感覺好像已經影響了他的工作，只好和他告別，說下次再來。

陳小武走到攤子外面送大家，直到大家拐過街角。

劉大志偷偷返回來，趴在牆根偷偷看陳小武。陳小武朝這邊看了看，重新坐回攤子裡，不再忙碌，發了一會兒呆，也不知在想什麼，又從桌子底下拿起一本書。劉大志想起陳小武離開時說的那句「我走了，你不要難過」。他確實難過，難過自己還有一群朋友，而陳小武卻變成一個人。他能想像陳小武的孤獨，陳小武之前是一個看到書的封面就能失憶的人，現在他卻看起了自己曾經最不喜歡的東西。可是劉大志又無能為力，好朋友處於低谷，任何安慰都好像是炫耀，只能靠他自己走出來。或許這是每個人都要經歷的時刻，只不過陳小武先經歷了。劉大志經過文具店的時候，想了一會兒，進去買了一個嶄新的筆記本。叮噹笑他是不是又要從頭再來。之後幾天，劉大志把舊筆記本上做的筆記從頭到尾特別認真地抄在新的筆記本上。這些公式、這些題目，陳小武可能都不懂，但劉大志希望陳小武依然能在這本筆記上找到當初和大家在一起時的感覺，不為他真能學會什麼，只為他明白，大家並沒有扔下他。

就在劉大志要把筆記全部抄好的時候，陳桐告訴劉大志，陳小武鬥毆，進了派出所。

「肯定是搞錯了！肯定是有人故意找碴兒，他絕對不可能主動打架，他還有爸爸媽媽弟弟妹妹呢！」劉大志完全不相信。

「你還記得他爸被打傷吧。那群人又去收保護費，小武帶著十幾個攤主拒交，雙方起了衝突但不嚴重，只弄壞了一些公物。」

「那現在怎麼辦？你一定要把他給弄出來啊。」

「放學後，我們先去派出所，先把他弄出來，免得他家裡擔心。」

「要不跟郝老師請個假，現在就去，拖得愈久愈不好，畢竟他爸的身體剛剛好。」

「那也行，我去取車，你去跟郝老師請假。」

劉大志焦急地站在派出所外面，陳桐已經進去十幾分鐘了。陳小武終於出來了，臉上還有瘀青，看到劉大志，表情很尷尬。胖員警對陳小武說：「看在你是陳桐同學的份上，今天就先這樣。一個學生，不好好讀書，學人打架，下次再敢鬧事，你可要小心了。」

陳桐走出來對胖員警道了聲謝。陳小武從台階上下來。劉大志迎上去：「沒事吧。牛逼啊，居然能團結大家一起對抗惡勢力了啊。」陳小武自嘲地笑了笑，想說什麼，卻又覺得不應該把這些齷齪的事告訴大家，這是自己的生活，和他們無關。

「要感謝陳桐，如果不是他，你還得在裡面待好一陣呢。」

陳小武轉過頭對陳桐說：「謝謝你啊。」

「打了一架，事情解決了嗎？」陳桐問。

「他們近期應該不敢再來了。」

「那也好，給他們一點兒教訓，不是誰都能一直被欺負的。」

「嗯。」

「你怎麼了？好像很不開心？」

「沒事……」

回菜市場的路上，劉大志一直在問前因後果，陳小武也是問一句答一句。陳桐覺得可能是因為自己，讓陳小武有些話沒法跟劉大志說，於是主動說：「大志，你陪小武吧。我還有些事要先回學校，你們聊。」

「你先走了，我怎麼回學校？」

「沒事，我把你交給小武，好好聊。」陳桐笑了笑，「小武，照顧好大志啊。大志，放學後我幫你把書包送回家，你就不用去學校了。」陳桐用力踩了一腳踏板，瞬間走遠。劉大志有點兒莫名其妙，不過他也管不了那麼多，就問陳小武：「你到底怎麼了？磨磨嘰嘰跟個娘兒們似的。」

「我餓了，去吃點兒東西？」小武說。

「好啊。你是老闆你請客。」

果然，陳桐一走，陳小武的話匣子也打開了。

在路邊擺攤，陳小武說起整件事。收保護費的不過十來人，整個菜市場好幾百個攤主卻都交了管理費和保護費。他們常來騷擾，員警也不管。陳小武團結了一條街的攤主拒交，跟他們談判。陳小武一直忍著怒氣講道理，但對方早已吃透了菜場攤主多一事不如少一事的心理，威脅其他人。果然，有幾位攤主慢慢動搖，說要不少給點兒，交了算了。陳小武堅決不同意，對方先動手，他才反擊的。

「那之後怎麼辦？你不怕報復？」劉大志給小武倒了一杯啤酒。

「這麼躲著確實不是辦法，我打算主動點兒。」陳小武很認真地說。

「怎麼主動？」

「我打算去找菜場所有攤主，跟他們一個一個談，大家必須團結，我們那麼多人為什麼要怕他們，全都不交，難道他們還能把我們怎麼著？」

「媽呀，小武哥現在這麼猛呢？膽真肥！」

「別諷刺我了。你說，是不是像我們這樣的人就活該被人欺負？他們欺負我爸，欺負其他攤主，現在又欺負我。如果沒有人反抗，他們的兒子是不是還會欺負我的兒子？是不是就是因為我們沒權沒勢，就會被人從心裡瞧不起？」

「可能吧……覺得你們好欺負，沒背景，也不敢惹事，怕擔不起責任。」劉大志也不知自己為啥要這麼說，這不是火上澆油嗎？可他又覺得自己應該這麼說，有時，安慰和欺騙差不多，說的人和聽的人都明白。他突然想起什麼，轉過身，把衣服撩起來，一個筆記本插在皮帶裡，貼著背，濕淋淋的全是汗。

「都濕了！我發誓這是一本新的筆記本！我都忘記這回事了！」

「這是？」

「這是給你的，還剩一點兒沒抄完，反正你也看不懂。」

陳小武打開筆記本，裡面寫滿了整整齊齊的公式：「你給我的？」

「嗯。給你的。」

陳小武從第一頁翻起，一頁一頁看著。讀書的時候，一個都看不懂，現在更是，可他這一次卻特別認真地在看，一頁一頁，直到最後。

「是不是很感動？以後孤獨的時候，沒事看看這個，就會覺得我們還在你身邊了。」

陳小武把筆記本放在一邊，什麼都沒說，自己又乾了一杯。

「反正你也知道我們的心意，關鍵是你，一定要強大起來，不要退縮。」

「我發誓，就算沒文化，只要心是善良的，就不應該被欺負！我必須讓他們看看，賣菜的也能成事。」

「你成事了，養我。」

「好！養你！」

「你還要養我爸媽！」

「我養你全家！」

「等我娶了微笑，你也要一起養！」

「行！」

「萬一我有了小孩……」

「好好好，都一起，好不好？」

這種打屁的對話被劉大志和陳小武翻來覆去地聊著，饒有興致。路邊攤老闆娘看著他倆，問正在炒菜的老闆：「你當年也是這麼騙我的，現在每天跟你擺攤，我好苦啊。」

老闆「呵呵」笑了起來。本打算隨便吃點兒東西，劉大志和陳小武就這麼一直坐到晚上九點。兩個人聊什麼呢？兩個十七歲的少年，第一次裝成大人模樣聊起未來。從你想怎樣聊到我想怎樣，聊到怎樣才能把豆芽賣得更好，而不是永遠重複每一天。聊到劉大志人生的無限可能，聊到萬一劉大志真的考上了大學怎麼辦。

找到合適的人聊人生真是件有趣的事。

「我弟讀小學了，他現在能幫我送豆芽，我就讓他幫我跑腿，每天都能多賣十幾個人，我打算以後增加送豆芽的項目。」陳小武說起未來信心滿滿。

「真好。乾一杯！」

「你別喝了，你可還是學生，喝可樂吧。我是湘南菜市場豆芽大王，我喝啤酒。老闆！拿一聽可樂。」

借著酒勁兒，陳小武說了他在電台裡聽到叮噹的聲音，怎樣給她寫信不留地址，怎樣想告白，但是錯過機會。劉大志說：「要不要兄弟幫你？我來搞定我妹。」陳小武連忙擺手：「千萬別，求你了，別別別。你也知道叮噹有多討厭你，她討厭我都沒討厭你多，你千萬不要開口提任何事，不然我一輩子的幸福就會被你毀了。」

「你怎麼還那麼清醒啊？沒勁兒，繼續乾！」劉大志一杯一杯喝著可樂，陳小武一杯一杯喝著啤酒。

「木桶還好嗎？」

「好得很，每天早晚餵兩次，一直在長大，聰明得很。別人叫都躲著，我們一去就跑出來！」

「我也很想牠啊！」陳小武有些醉意。

借著酒意，劉大志問：「欸，為什麼每次我們找你，都感覺你在躲我們啊？」陳小武看著遠遠的路燈，笑了笑，說：「覺得自己沒那麼好，沒什麼臉跟你們見面，還老耽誤你們的時間。」

「唉，你想太多了。」

「以前就是想得太少。」

兩個人繼續聊，好像永遠都沒有結尾，原來人生有那麼多可以聊的東西。他倆聊到郝老師，都覺得人生遇見了這麼一個人真是幸運。從一開始不停地懲罰自己，到一次又一次站在自己的身後，明明不長的時間，卻感覺發生了好多事，而每一次都有他的存在和陪伴。

「我以後一定要成為一個厲害的人，不讓郝老師失望！」陳小武說。

「那我未來要成為像郝老師那樣的人。」劉大志突然笑起來。

接著兩個人聊未來，聊父母，聊自己，聊抄作業，聊郝回歸，聊運動會，聊木桶，聊到那雙回力洗乾淨了放在陳小武的櫃子裡，聊到陳小武偷偷打電話搞到一張演唱會的票，聊到劉大志演唱會告白。聊著聊著，陳小武哭了起來。

劉大志握著陳小武兩邊胳膊：「你沒事吧？」

陳小武一把推開他，紅著眼，有點兒喝多了，一邊哭，一邊斷斷續續地說：「劉大志，咱倆小學開始就是好朋友，你說你的任何事，我是不是第一個回應你的，一起打遊戲，一起賣啤酒瓶，一起賣破爛，我以為我走了你會特別難過、特別孤獨，但是我沒有想到我才走兩天，你就跟那個什麼陳桐混那麼熟！他跟你收過啤酒瓶嗎？他知道我們在哪裡抄作業嗎？你們關係好當然好，但是他那麼快就超過了我，你說，你是不是從來就沒把我當成過好朋友！」

劉大志聽傻了，陳小武是在吃陳桐的醋嗎？

劉大志特別想笑，但聽著聽著，也覺得感動，原來在陳小武心裡自己那麼重要。他一把摟住陳小武：「不會的，不會的，你永遠第一。」

誰說只有女孩才會吃醋？男孩子吃起醋來，那真是嚇人。

以前，劉大志和陳小武待在一起，只會打發時間，而現在，因為郝回歸的出現，他們更多的是彼此鼓勵，他們知道彼此會走什麼樣的路，也會給予更多理解。有時，當你說某個人變了，也許不是他變了，而是你們的關係本就沒有到真正了解彼此的內心而已。

劉大志的十七歲，生活的風浪一波又一波，每扛住一波，都能欣賞到這一刻潮退的靜謐，等待下一個浪頭的衝擊。如果說父母離婚和陳小武退學只是他青春海洋中的一朵浪花，那王大千即將面臨的困境則是他生命中的一場海嘯。

還記得我們曾經一起做的事情嗎？雖然時光再也回不去了，但我們做的事情還能再做一次。

王大千的工程正在有條不紊地進行，中間也發生過居民抗議、建築工人受傷等一系列問題，最後都得到了妥善的解決。每天微笑來上學，郝回歸都會暗自觀察她的表情。如果開心的話，那就意味著她爸的工程還沒出事；如果不對勁兒的話，那可能就是發生了一些什麼。

一連很多天，微笑沒有任何異樣。郝回歸回憶了很多次，沒道理啊，如果真的按以前的時間來算，現在應該已經出事了。但郝回歸也知道因為自己的存在，總會在不經意的地方改變一些事情的發展速度，就像何主任跳槽一樣，提早了大半年。難不成，王大千的工程也會推遲出事？

郝回歸在辦公室正這麼想著，微笑突然推開門，一臉嚴肅和緊張。他已經做好準備，但還是很緊張，他為自己能幫到微笑而覺得自豪，但也擔心微笑會控制不住情緒，萬一撲倒在自己身上哭怎麼辦。

郝回歸重重地咽了一口唾沫，展示自己男人魅力的時刻終於來了。他一定會讓微笑知道，這個世界上除了她爸，他也值得依靠。

「郝老師，怎麼辦？」

「沒事，不要緊張，什麼事郝老師都見過，只要你相信我，我一定會認認真真幫助你。人生沒有過不了的坎，人生沒有過不去的事，只要有信心，就一定會有好結果。」

微笑突然不說話了，郝老師怎麼了？為什麼要說那麼多？

「微笑，你說。老師剛剛激動了。」

「郝老師，是這樣，湘南每年都要舉辦高中元旦文藝會演，每個學校都要出節目。今年我主持，周校長說今年節目由文科班來出，但我們從來沒參加過，怎麼辦？」

啥？

自己醞釀了那麼久的感情，居然等到這件事！郝回歸高三時曾參加了這次文藝會演，這一次會演對於郝回歸來說簡直是噩夢。當年文科班沒有任何人願意參加文藝會演，最後決定全班二十個男生一起參加，表演的節目是小虎隊的舞蹈串燒。二十個男生苦練一個月之後，終於要上台表演了，最後發現文藝會演的舞台不夠大，根本就站不下二十人，最後的結果就是讓個矮的同學不上台了。可憐郝回歸苦練了一個月，最後連上台的機會都被剝奪了，只能跟著音樂在後台跳。那個節目很受歡迎，下來之後，女生的尖叫聲讓郝回歸特別懊惱！憑什麼因為自己身高不高，就不讓自己上台！再想起這件事，他依然耿耿於懷。他決定指定三個人跳，發揮出他們最大的魅力，於是對微笑說：「行，不用焦慮，你去找陳桐和大志，讓他們再找一個男同學，三個人跳小虎隊的《青蘋果樂園》，肯定受歡迎。」

「他們會跳舞？」

「沒問題的。」

「我怕他們學不會。」

「他們肯定學得會！」

微笑想了想畫面，如果真的學會了，應該還挺好。臨走時，郝回歸叫住她：「家裡還好吧？」

「挺好的啊。」

「你爸最近很忙吧？」

「嗯？」

「他心情好不好啊？」

「蠻好的啊。」

「這樣啊……」

「郝老師，你不會也是想要了解拆遷戶的福利吧？」微笑最近非常討厭別人跟她聊她爸，繞一百個圈，最後都想要住新房子。

「啊，不不不，我沒那個興趣。」郝回歸連忙搖手，「你快去吧，湊成小虎隊三個人就行了。」

陳桐和劉大志都傻了。劉大志一想陳桐一米八的個子，那麼硬的身板，就笑了起來；陳桐和微笑一想劉大志跳兔子舞的滑稽樣子，也忍不住笑了。

「不行不行，我們肯定不行，郝老師簡直是開玩笑。」陳桐不敢相信地說。

「看起來，他是認真的。」微笑順手從旁邊桌上拿過一本雜誌，裡面就有小虎隊的大幅照片。

劉大志一想到自己會很帥氣地站在舞台上，不由得興奮了起來。

「搞，搞，搞！」劉大志打了雞血一般，「但是需要三個人，另一個是誰？」本來文科班的男生就少，又轉走了幾個，三個人把所有男同學討論了一遍，覺得都不行。

「要不……」微笑說，「小武？」

「我覺得挺好的！陳桐你覺得呢？」劉大志說。

陳桐當然也贊成。如果能讓陳小武加入，他肯定很開心，大家又能在一起，他就不會覺得那麼孤獨，可是劉大志又擔心，退了學的陳小武還有沒有參加的資格。

「這不是比賽，他本來就是我們班的同學。」微笑打消了劉大志的顧慮。

菜市場打烊，陳小武正在收攤，微笑和劉大志出現了。

「小武，有件事需要你幫助。」劉大志先開口。

「啊？」

「我知道這對你來說有些為難，但對我們所有人來說也是。」

「我有預感，不會是好事。」

「確實不是什麼好事。」劉大志一張賴皮的臉。

「別打嘴仗了。小武，文科班要選送一個節目參加高中元旦文藝會演，郝老師讓你和大志還有陳桐一起表演小虎隊的舞蹈。」微笑說。

「跳舞？你讓我跳樓還差不多。」

「你看，我就說了吧，他肯定不敢。」

「大志，你還說我，只要你一跳，所有人的風頭就會被你搶光，跳那麼難看，居然有膽量參加？何況我已經退學了，每天要弄豆芽，沒有時間啊。」

「沒事沒事，我和陳桐商量好了，每天等你收攤後再來練習。」

「找別人吧，我真的沒時間，大哥。」

劉大志心想糟了，陳小武一定還在吃醋。

「是不是因為陳桐？你放心，你在我這裡永遠是第一。」劉大志靠近陳小武，指了指自己心臟。

「哎呀，那天我喝醉了，你別當真。陳桐人特好，他一直幫我呢，我是真沒時間。」

「你很久沒有看到叮噹了吧？她可是現場觀眾噢，我們練好的話，沒準兒她會覺得你挺帥的。」

「別瞎說。」陳小武有點兒慌張。

「微笑，你告訴他，看見男孩跳舞跳得好，女孩是什麼感覺。」

「怎麼說呢？舞台是會給人加分的，如果一個男孩在舞台上很投入，你就會覺得這人和你之前看到的不一樣，還記得上次劉大志幫我贏的大熊玩偶嗎？跳得那麼滑稽，可我居然覺得還蠻帥的。」

劉大志一聽，耳根都紅了，這可是微笑的真心話？

「那你們也別放學後再來我這兒了，多麻煩，我想想看什麼時間合適吧。」

「你這是答應了啊！那我等你消息，我們先去準備舞蹈動作了！」劉大志伸出手要和陳小武擊掌，陳小武沒有理他，他尷尬地把手撫在額頭上。每一年的高中元旦文藝會演是湘南市中學生最重視的活動，因為每個學校拿出的都是自己最拿手的節目，都是專業水準。今年湘南五中理科班受轉校風波影響極深，只好把這種活動放在文科班。聽說今年陳桐要跳舞，學校的女生都格外興奮，但一聽說還有劉大志和陳小武，大家瞬間就洩了氣。劉大志表面上雖然笑嘻嘻的，心裡多少也有些遲疑，他跟微笑討論道：「你說如果陳桐自己表演跆拳道的話是不是也很帥？小虎隊這個舞我們都弄了一星期，連動作都不連貫。」

「郝老師的意思是想送一個集體節目，展現一下文科班的活力。」其實，微笑也很忐忑，她也不太懂郝老師的意思，那麼重要的會演，寧願缺席，也不要被人笑話啊。一連幾天的放學後，幾個人把教室桌子都往前挪，空出一塊地，特別生硬地練習。每天練一個多小時，可什麼都練不成，沒什麼進展。三個人特別洩氣。

「陳小武還沒加入，我們就失敗了。」劉大志說著拍拍屁股，又站起來比畫兩下，腳沒站穩，又把自己絆倒了。叮噹在教室後門，看著一籌莫展的幾人：「就知道你們不行，這事還得靠我。」叮噹把音樂打開，跳了起來，每個動作都很果斷，連起來怎麼看都好看。劉大志不得不承認叮噹這個舞好帥，一個女孩都能跳那麼帥，換成自己還得了？

「快快快，叮噹，快教哥哥。你想對我幹啥都行。」

「閉嘴。」叮噹白了他一眼。

練了兩個小時，眾人滿頭大汗。劉大志卻絲毫不累，一直在練。

「大志，休息一下，小心肌肉勞損。」陳桐招呼他。

「我就是太沒天賦，跟你比起來我很拖後腿，我要再練。」

微笑看在眼裡，覺得陳桐說得沒錯，劉大志就是認準了方向能死拚的人。不僅死拚，他還打算逼死叮噹。當晚，他回家便收拾換洗衣物，跑到叮噹家去住了。不得不說，劉大志真的毫無舞蹈天賦。叮噹在一旁，根本懶得諷刺他。以劉大志的難看程度，不需要外界諷刺，他自己很快就會放棄。

「我是不是跳得很難看？」

「你剛剛在跳舞？我一直以為你在打太極呢！」

劉大志尖叫一聲，往沙發上一躺。怎麼辦？難道自己失去了一個變成蘇有朋的機會？

「哥，還有一個辦法。」

「快說！」劉大志立刻跳了起來。

「換舞蹈，這首歌太難了，他們還有一首歌，叫《愛》。」

「那還不是一回事！這個跳不好，換一個不也一樣。」

叮噹擺擺食指：「不，這個歌不是舞，幾乎全是手語。我看你天天打格鬥遊戲，手也挺靈活的，換這個吧。」

「還有這個？」

「來，我教你，肯定和其他節目完全不一樣！」叮噹愈想愈興奮，其他學校肯定也有很多人跳舞，如果自己能讓三個男孩學會全套手語，那該有多帥！她一躍而起，把磁帶換成小虎隊的《愛》，音樂一起，跟著就比畫起來。不用腿只用手，果然是劉大志的長項，不到兩個小時，他就記住了全套動作。劉大志深深沉浸在「說聲我愛你」的手語動作裡，他覺得自己實在太帥了。如果自己對微笑做這個動作，她一定會眩暈在自己的懷裡吧。叮噹睏了，劉大志在客廳繼續練。劉大志指著鏡子裡的自己說：「你！真是為舞蹈而生！」完全忘記了剛開始自己打太極時的艱辛。

第二天一整天，劉大志感覺整個身體都不聽使喚一樣，手不停地抖啊抖啊。課間也一個人偷偷地跑到操場的角落去練習，一切的準備都是為了放學後讓所有人對自己刮目相看。郝回歸站在辦公室看著每節課下課都在操場上狂練的劉大志，十七歲的自己能為一件事那麼拚，現在的自己卻不知何時丟掉了這腔熱血。十七歲的自己為了得到周圍人的認可，不停地努力，而現在的自己為了得到別人的認可，只能偽裝自己。郝回歸一直覺得是十七歲的自己出了問題，了解劉大志愈久，愈發覺並不是劉大志有問題，而是現在的自己有問題。如果劉大志知道未來的自己是這樣的話，一定會非常失望吧。

雖然郝回歸一直在用自己的方式改變和幫助劉大志，讓劉大志有更多機會去發覺更真實的自己，但他心裡很清楚，每當劉大志表現了一個更真實的自己後，郝回歸也重新跟著找回了自己。現在的郝回歸已經不覺得劉大志笨了，他超愛劉大志，就像愛自己的兒子一樣。一曲《愛》作罷，劉大志滿頭大汗，陳桐、微笑和叮噹都看呆了。跳完之後正準備嘚瑟一番的劉大志一看到大家如此的表情，一愣。他以為會有人諷刺自己，所以做好了嘚瑟的準備，可一看到大家都真心覺得他很棒的時候，劉大志突然變得很不好意思，臉上沒有得意，沒有炫耀，反而流露出了一種從未有過的害羞。「那個……我們就跳這個好不好？不是特別難，我這種人一學就會……」眼神還不敢看大家。「行啊，大志，有模有樣的，我覺得你一個人就能撐住場子了。」陳桐完全沒想到劉大志這麼拚。「不不不，這就是三個人一起的，不然就失去了意義。那我現在教你吧？等咱倆學會，小武也方便學。」郝回歸走進教室了解節目準備的情況時，劉大志正在給陳桐拆解手部動作。二〇一〇年，解散很多年的小虎隊在春節聯歡晚會上重聚，當三個人一起跳起手語舞蹈動作時，郝回歸就蹲在電視機前淚流滿面，那都是妥妥的青春啊！郝回歸很開心，他讓劉大志和最好的朋友，在這樣的一個晚會上跳出青春的印記，這對於劉大志來說是一件多美好的事情啊！

是告別都沉重，還是好的告別會輕鬆一些？

陳小武退學之後，劉大志負責給木桶帶吃的。每天從早飯裡省一個饅頭和一個雞蛋，晚上放學後再去肥姐那兒要一些吃剩的肉骨頭拌米飯。雖然上午劉大志總餓得肚子咕咕叫，但他看見木桶長得很快就很開心。木桶很聰明，一聽見劉大志的腳步聲，就會從廢棄教學樓裡搖著尾巴飛快地跑出來，嘴裡發出「嗚嗚」的歡快聲。

「木桶，長得好快噢。乖，過來讓我摸摸你的肚子。」劉大志伸出手。木桶就靠在劉大志的腿邊，翻了個身子，肚皮朝上任劉大志摸。

「過幾天，你的小武爸爸也過來看你嘍，趕緊長大一點兒，等你小武爸爸發財了，就把你接回家了。」木桶繼續「嗚嗚嗚」地回應，就好像聽懂了劉大志在說什麼。「還有，你是不是偷偷跑到學校停車場，在輪胎上撒尿了？如果你再這麼做，小心我把你當狗肉火鍋燉了啊！聽到沒有？」劉大志雙手捧起木桶的臉，很嚴肅地對牠說。劉大志已經兩三次聽學校保安說看到木桶在轎車的輪胎上撒尿，可能是長大了，就想要擴大自己的地盤吧。木桶一臉無辜地看著他。「你只能待在這裡，曉得吧。以後等你大了，你想去哪裡都可以，現在不行噢。」劉大志拍拍木桶的臉。

突然，木桶警覺起來，朝著劉大志來的方向「汪汪」叫了起來。劉大志扭頭，看到叮噹跑過來：「哥，小武到了，郝老師讓你去排練。」

劉大志跑了兩步，又折回去，把木桶抱起來，用校服包著，悄悄地說：「木桶，帶你去看舞蹈排練哈，你要乖，不要叫噢。」

劉大志抱著木桶經過停車場的時候，後勤處管理科的宋科長正在保衛科破口大罵：「你們連條狗都看不住，你看！又撒了一泡尿在我的輪胎上！」劉大志和叮噹聽見，都捂住嘴偷偷地笑，用身體擋住他們的視線，抱著木桶快速往教室跑。

劉大志有點兒擔心木桶，就問：「叮噹，如果我把木桶帶回家養，你覺得我媽會同意嗎？」

「大姨連你都不想養了，你覺得她還想養狗嗎？」

「呃，萬一她喜歡狗勝於喜歡我呢？」

「那你試試唄。」

練完舞，回到家，劉大志試圖跟郝鐵梅說一下養狗的事情。郝鐵梅果然說：「現在家裡的條件，我只能養一條狗，你看是你還是牠。」劉大志很尷尬地說：「媽，不養就不養嘛，說話怎麼那麼難聽。」

「狗還會看家，你呢？整天瞎跑！」

劉大志給陳小武家街口的小賣鋪打電話。店主喊了一嗓子，過了一會兒小武過來接電話：「咋了？那麼急。」

「你家能養木桶嗎？木桶最近老在停車場撒尿，我怕保安抓牠呢。」

「我回去跟我爸說一下，應該可以，反正我已經退學了，我來照顧。」

「那明天老時間見？」

「好的。我中午收完攤，下午出攤前去。」

一大早，劉大志照常拿著雞蛋和饅頭去餵木桶。廢棄教室的門關得好好的，劉大志把門推開，木桶並沒有撲上來，教室裡也沒有木桶的蹤影。劉大志心裡一沉，看了看教室，木桶不可能從前後門跑出去，只有可能從椅子跳上桌子，然後從桌子跳上窗台，從一扇破窗子鑽出去。他一想糟糕，木桶不會又跑去停車場了吧？萬一被抓到怎麼辦？劉大志撒腿就往停車場跑，遠遠地看見圍了幾個保安。

劉大志扒開人群，看見木桶躺在地上一動不動。

「木桶！木桶！」劉大志把手裡的東西一扔，就過去抱木桶。

保安在旁邊說：「最近宋科長的車不是總是被狗尿嘛，所以她就放了一些毒餌在輪胎旁邊，估計狗是昨晚吃了毒餌死了。可惜了，如果沒有吃毒餌，這狗還能拿回去吃，肉挺嫩的。」

聽到這句話，劉大志眼珠通紅惡狠狠地瞪了保安一眼。保安剩下的話咽了回去。劉大志抱著木桶的屍體，連溫熱都沒有了，都冰冷僵硬了。也許木桶是昨晚吃了毒餌，然後躺在這裡，慢慢地停止了呼吸。旁邊的人還在嘰嘰喳喳地討論，劉大志心裡就像突然被挖空了一塊。他都不知道自己是怎麼把木桶的屍體抱到學校的後山，放在平時自己餵牠的地方。劉大志看著木桶，感覺牠隨時都會醒來，還會搖著尾巴，發出「嗚嗚」的聲音。他怎麼都想不到，只是為了不讓狗撒尿到輪胎上，居然有人用毒餌去毒死一條小狗。劉大志不相信這個事實，一邊輕輕地摸著木桶，一邊輕輕呼喚牠的名字：「木桶木桶，你醒來一下。」喊著喊著，劉大志什麼都不想說了。

上課鈴響了，劉大志把木桶輕輕地放在了一棵大樹下，找了兩張報紙輕輕地蓋著，他希望自己一會兒再來的時候，木桶又活過來了。

劉大志擦擦眼淚，往教室跑去。整堂課，劉大志都在放空。他很自責，認為木桶的死跟自己的大意有關，既然昨天都知道保安在找狗，為什麼自己不直接帶回家呢？即使被媽媽罵，也只是被罵一晚而已，木桶就不會吃毒餌了。他也很恨宋科長，只是輪胎被小狗尿了，就要下毒餌，這樣的人太惡毒了。

微笑看劉大志很難過，問劉大志怎麼了。劉大志怕自己說出來會哭，就寫了張紙條遞給微笑：「木桶死了，被人下毒餌毒死了。」

看到紙條，微笑呆了。

「為什麼？」紙條上問。

劉大志沒有再回答，把頭埋在課桌上。剛見到木桶的時候，牠還是只被遺棄的小奶狗，牠跟著他們跑五千米，每天陪著他們聊天、閒逛，一天一天長大，牠是陳小武退學之後再三叮囑劉大志要照顧好的一條生命。劉大志接受不了這個事實，也不知道如何跟陳小武交代。昨晚才通了電話讓陳小武今天把木桶帶回去……

微笑又遞來一張紙條：「你也不要太自責了，小武肯定能理解，木桶如果沒有遇見你們，可能早就走了，最起碼這幾個月你們也給了牠家的感覺。」

當陳小武到學校時，劉大志直接把他領到大樹下。陳小武還很疑惑，按道理木桶會活蹦亂跳來迎接自己。大志把報紙揭開，還沒說話，眼眶紅了。劉大志把前因後果告訴陳小武，陳小武什麼都沒說。劉大志以為陳小武會責怪他，以為陳小武肯定會很生氣，但陳小武把木桶摟在懷裡，特別認真地摸了摸，說：「你看，像不像睡著了？我說了把牠帶回去，還是要把牠帶回去。我怕隨便埋了牠，牠還是會孤獨。」說著，用報紙輕輕將木桶包起來，抱在手上。

「你不難過嗎？」

「難過，當然很難過，但難過也沒有用。你問我氣憤那些把我爸打傷的人嗎？氣憤，但對他們無可奈何。我明白了，只有自己強大起來，才能保護自己珍惜的一切。」陳小武看著懷裡的木桶，很平靜地說。

劉大志覺得陳小武的改變是以天來計算的，每一次見面，他都比前一天更堅韌、更明白自己的目標。而他明顯地感覺到這種變化是對自身認識上的。雖然陳小武這麼說了，但劉大志心裡還是沉甸甸的，此後的幾天即使排練得熱火朝天也興奮不起來。郝回歸看在眼裡，明白是怎麼回事，所有的告別都需要時間去平復，更何況是每天見面，一點點看著牠漸漸長大的木桶。這給了郝回歸另一個提醒，如果有一天自己離開了，劉大志他們會怎麼辦？這個問題不能想，一思考就覺得頭疼。

第二天上學。

學校停車場擠滿了人，大家都在看熱鬧，後勤處管理科宋科長那輛黑色桑塔納被潑滿了黃色油漆，像個馬戲團的小丑，格外扎眼。宋科長氣得跳腳，大發雷霆，責令保衛科必須找到潑油漆的人，抓到是學生就立刻開除。一整天，一下課就有整班的同學過來對桑塔納進行圍觀，很多同學暗地叫好，大家早就看不慣宋科長了，為了開車方便，制定了一條不允許學生在校園內騎自行車，只能推自行車的規定。打著改進校服的幌子，兩年都已經換三次校服了。所有人敢怒不敢言，這下看到宋科長的車遭殃了，一個個特別解恨。劉大志跟著大家一起圍觀，表情平靜，心裡卻覺得特別爽。

「你別被發現就行。」微笑瞟了劉大志一眼。

微笑為什麼會說是我？

「我們三個人發現不算，你別被人發現就行。」叮噹補充了一句。陳桐看著那輛桑塔納，偷偷笑起來。劉大志一頭霧水，為什麼他們三個人會認定是自己幹的？離開停車場，劉大志不甘心地問：「你們為什麼說是我幹的？你們不要誣陷人好嗎？」

微笑直接揪住劉大志的耳朵：「劉大志，你的智商是不是有問題？如果不是你幹的，你早就放鞭炮為作案的人鼓掌了，你怎麼會那麼冷靜？你就是怕被人看出來。你真的……太傻了。」微笑很無奈。

「呀呀呀，你放手你放手，是我是我，就是我潑的……但他們不如你們了解我，我很小心的。」

劉大志連忙承認，果然逃不過他們幾個的法眼。

「但聽說保衛科的人昨天晚上有看到穿校服的學生提著油漆桶進了學校，他們很容易就能查出來是你啊。」

「那就查吧，如果真的查出來是我，我就認了。誰讓她下藥把木桶毒死呢？我也是被逼的。」

「你不知道宋科長那個人，如果她知道是你弄的，非得把你開除了不可。你上次硬闖廣播站已經被記過一次了，如果再犯錯，你就要被退學了。」微笑很嚴肅地說。

「大志，要不還是去找一下郝老師吧，直接承認，那天那麼多人看到了你把木桶抱走，不然到時真的找到了你，再解釋都來不及了。」陳桐也很擔心。

劉大志還沉浸在對木桶的復仇中，停了一會兒，又說：「那就等她來找我吧，反正我不承認就是了，他們又沒有人證。」陳桐和微笑對視了一眼，他們知道劉大志犯倔了，也就沒再說什麼。

過了一週，也沒有人來找劉大志，但他已經做好了被調查的準備。又過了幾天，劉大志聽說學校已經找到嫌疑人了，也已經對嫌疑人做了處分，整件事情就算是水落石出了。劉大志很詫異，明明這件事情是自己做的，為什麼學校還找到了別的嫌疑人，如果還懲罰了，那個人豈不是被冤枉的嗎？本來不打算承認這件事的劉大志想了半天之後，決定去找郝回歸承認這件事，他不能讓本來沒有做這件事情的人被冤枉。當他去辦公室找郝回歸的時候，郝回歸一點兒也不訝異，似乎早有預料。

劉大志問：「我需不需要給宋科長道歉？」

郝回歸說：「不用了。」

劉大志又問：「聽說他們找到了另外的人，但這件事情是我做的。」

郝回歸點點頭：「我知道。」

「啊？他們沒有懷疑過我？」

「他們懷疑的就是你，也準備讓你退學了。」

「什麼意思？」

同樣的事在十九年前發生過，郝回歸也是最後才知道事情真相的，就跟今天的劉大志一樣。

郝回歸說：「宋科長認為一定是你幹的，要給你記第二次過，相當於直接開除。這事陳桐知道了，他直接去了校長室，跟周校長承認是他幹的。他跟周校長說狗是他養的。因為宋科長把狗毒死了，所以他很氣，一氣之下潑了油漆，做了錯事。所有人都不相信是陳桐幹的，但陳桐堅持說就是他一時衝動犯下的錯。」

因為陳桐主動承認了錯誤，加上他爸的關係，又是年級第一，所以周校長把這件事壓了下來，但是取消了他評選省級三好學生的資格，相當於陳桐高考可以加的二十分沒了。劉大志呆住了，當年郝回歸知道真相的時候也是這樣的。此刻想起來，郝回歸覺得陳桐真是為自己付出了很多，自己知道這件事情的時候已經過了好久，他也曾對陳桐認真表示過感謝。可自己卻在丫丫百日宴上對陳桐公務員的做派挑三揀四，如果不是取消了他高考的加分，也許陳桐能考上一個更好的大學，也許不會過上今天這樣的生活……

重新看一切，郝回歸好慚愧，他覺得自己太自私了，很多事情都站在自己的角度去思考。陳桐做了一件拯救自己人生的事情，而他卻因為陳桐的官腔覺得厭煩。郝回歸恨不得立刻就對三十六歲的陳桐說：「對不起，我以後絕對為你做牛做馬。」而現在他只能對劉大志說：「大志啊，你一定要記住，也許有一天，你們都長大了，如果好朋友之間產生了什麼矛盾，你要時刻記住陳桐為你做的這些，不然就太自私了。」

「知道了……」劉大志默默地退了出去。他想起自己問陳小武，難過嗎？陳小武說難過，但是需要自己更強大。陳桐什麼也沒說，直接就幫自己把責任給頂了。因為他知道，如果自己再被處分，連書都沒法讀了。劉大志前幾天還在自鳴得意，覺得自己幹了一件特別酷的事情。到了現在，才明白，自己才是這個世界上最傻的人。就像郝老師說的一樣，有多少人，為了一時爽，不考慮後果，然後為此埋了半輩子的單。打架容易，潑油漆容易，出氣容易，但要徹底解決一件事情卻不容易。劉大志頭一次覺得自己幼稚，很幼稚，覺得自己給周圍的人帶來了巨大的麻煩。就像在演唱會上跟微笑告白一樣，就像自己闖進廣播室又給微笑道歉那樣。有些人總是希望別人好，於是打著為了別人好的幌子處事，其實到頭來只是因為自己這樣會覺得舒服，都是為了自己的感受而已。而自己，好像就是一個這樣的人——只顧自己，不考慮別人。即使感覺是考慮了別人，也是為了自己。

劉大志從未覺得自己這麼失敗過。每個人的人生當中都有過這樣的時刻吧？突然一下全盤否定自己，覺得自己做人失敗，處事失敗，沒有成功過，也找不到自我，前途渺茫，一切灰暗，好像做什麼都是錯的，好像身邊的任何人都比自己優秀。而這時，看起來是最差的時候，其實也是最好的時候。因為只有這時，你才聽得到外界的聲音，才能意識到自己的錯誤。人不怕優秀，人只怕生銹，一旦關上與外界的門，鎖一生銹，別人走不進去，自己也走不出來了。

郝回歸在走廊上看著操場上一個人待著的劉大志，內心五味雜陳。木桶是劉大志養了四個月的一條狗。為了木桶，劉大志不顧一切，沒有考慮任何後果，最後搭上了陳桐。而自己呢，一個活生生的人，這幾個月幾乎與劉大志他們朝夕相處，他在想，自己終究是要回到三十六歲的生活中，如果有一天自己消失的話，大志他們會怎麼辦？狗走了，尚且如此。人走了，又該怎麼辦？

自己能毫不留情地走掉嗎？就像燒了一張白紙？走的那一天，他會跟周圍重要的人告別，說自己要走了嗎？他能告訴所有人，他來自十九年之後嗎？答案他知道。他知道周校工的下場。如果自己真的說出這些，劉大志根本就不會相信。他不能為了一己私欲，而置其他人於不顧。不能為了自己心裡不內疚而和盤托出一切的真相。當意識到這個問題，郝回歸知道留給自己的時間不多了。

任何事情盡心去做，在人短暫的一輩子裡總會派上用場的。

陳桐代替劉大志接受處分這件事，讓陳小武覺得陳桐和自己想像中的不太一樣。他之前覺得陳桐明知道自己優秀，卻假裝一切都不在意，很虛偽。而現在才知道，陳桐是真的不在意。陳桐心裡是澄澈的，雖然話不多，但是能見底。陳小武決定自己也盡力。

三個人的舞終於有模有樣了。

「你們真像小虎隊啊，一個帥高，一個虎頭虎腦，一個很普通。」叮噹在一旁鼓掌。

「你說誰普通了？為什麼要說陳小武？」劉大志為陳小武打抱不平。

「我是說你！」叮噹回道。

「對了，小武，最後你那一跪，俐落一點兒，現在太軟，要特別瀟灑才行！」叮噹邊說邊糾正。

「啪！」陳小武立刻跪下。

「比上次好了很多，要快，要一氣呵成！」

「啪！」陳小武站起來又跪下。

「對對對，就是這感覺，好帥。」

陳小武很不好意思地摸摸頭。

郝回歸拿著幾瓶可樂進來，看著大家嘻嘻哈哈鬧成一團。他知道這樣的日子不多了，過一天少一天，他喜歡這樣的感覺。也許只努力了三十天，卻能一直回憶三十年。這就是為什麼很多老朋友喜歡聚在一起，可以聊未來，但更多的是聊從前。

元旦文藝會演前一天，郝回歸對劉大志揚揚下巴，說：「走，我們去逛街。」

「就我們倆？」

「嗯。」郝回歸徑直往前走，劉大志忙不迭地跟在後面。

走著走著，郝回歸從錢包裡掏出五百元。

「拿著，給你的。」

「給我？」

「你不是老缺錢嗎？」

「可是……」

「可是什麼？你不是常常在想如果誰能給你十塊錢，你寧願給他磕頭嗎？」

「你怎麼知道？」

「我當然知道。」

「郝老師……」

「嗯？」

「你是不是喜歡我？」劉大志舉著五百元在郝回歸面前揚起來。

郝回歸被想像中的對話嚇到，立刻清醒過來，趕緊把五百元又放進錢包。劉大志看見郝回歸把錢從錢包裡拿出來傻笑，然後又著急放回去。

「郝老師，我們逛街做什麼？」

「你想吃什麼？」

「啊？」

「你想吃什麼？」

「我，我都可以啊。」

「炒板栗？」

郝回歸立刻買了兩斤炒板栗，邊走邊吃。

「行啊。」

「郝老師，明天那個舞，晚上要不要再練一下。小武最近瘋了，早上練，中午練，晚上也練。」

「想吃糖葫蘆嗎？」

「啊？」

「老闆，來兩串糖葫蘆。」郝回歸拿過兩串糖葫蘆。

劉大志吃了一口，繼續問：「郝老師，你覺得呢？」

「好啊，那就晚上練。脆皮冰棒，吃不吃？來兩根。」

一路吃過去，兩個人坐在百貨大樓外的凳子上。

「大志。」

「嗯。」

「如果未來你的人生過得不好，你會失望嗎？」

「比如什麼不好？」

「比如你做的工作不是你自己喜歡的。」

「那為什麼還要做？」劉大志反問。

「因為周圍人都覺得那份工作很好，都勸你應該繼續做下去。」

「這樣啊。什麼工作聽起來那麼奇特？」

「大學老師。」

「大學老師？大學老師好啊！大學老師很有文化的樣子啊！」

郝回歸一臉黑線，劉大志也覺得大學老師好，那自己為什麼那麼討厭這個工作？

「這個工作工資不高，每天上課，也升不了職，感覺就是在浪費生命……」

「嘿嘿，這不是我媽罵我爸的話嗎？我媽老說我爸工資不高，每天加班，升不了職，還把工資給病人去墊醫藥費。但我爸還是喜歡這個工作，因為他覺得他能幫助到別人。」劉大志看著廣場上放風箏的人。

「郝老師你喜歡現在的工作嗎？」劉大志突然扭過頭問郝回歸。

「我？喜歡啊。」這句話說出口的時候，郝回歸也愣了一下。為什麼自己討厭大學老師的工作，卻喜歡高中老師的工作呢？按道理來說不應該啊。他想起這段時間的種種，他大概明白自己的心情了，有些工作只是工作，但有些工作能讓你找到奉獻自己價值的機會。不是工作的問題，而是自己是否投入的問題。郝回歸看了劉大志一眼，這個孩子，未來一定要過得比自己好才行。自己如果能回到三十六歲，一定要過得好才行，不然真的對不起十七歲的劉大志啊。

湘南高中元旦文藝會演在市民廣場舉行，內場一票難求，外場早早就有學生來排隊。廣場上，每個人都拿著一張節目單，用螢光筆畫出自己喜歡的人。王大千派了兩輛車把大家送到現場。郝回歸帶大家去休息室，穿過人山人海。好多女孩看見陳桐，都在嘰嘰喳喳地說：「那不是五中的陳桐嗎？好帥啊。他居然跳小虎隊的舞蹈，天哪！」走了幾步，又聽見別的女生竊竊私語：「那個穿毛衣的是五中的語文老師吧？」「對對對，聽說特別帥，還跟學生打遊戲呢！」劉大志立刻轉過頭去，跟那群女生說：「對對對，就是跟我打的，把我贏了。」一看劉大志，女孩們紛紛閉嘴，扭頭談論別的事。

劉大志心裡有些失落。

「咦？你是不是那個？」突然有女同學指著劉大志大喊了一聲。

劉大志心花怒放，點點頭，還是有人知道我的嘛！

「你是在演唱會上跟人表白的那個吧？校花接受你了嗎？」眾人大笑起來。

「陳小武怎麼又遲到了？」劉大志趕忙看看表，在後台到處轉。各所學校的節目都在做最後排練，精彩異常，看得劉大志都傻了。

時間一點點過去，還有一個小時，陳小武依然沒有出現。

「要不，我和叮噹、司機去找小武，郝老師你在這邊準備？」微笑很著急。

「微笑，你要主持，你別去了。我去，我去找陳小武好了。」

叮噹剛跑到場外，看見一個小男孩正哭著跟保安說著什麼，多看兩眼，發現是陳小武的弟弟。

叮噹趕緊過去蹲下來安慰他：「我是你哥哥的同學，你哥哥呢？」弟弟一邊哭一邊說，大概把事情說清楚了，陳小武特別想把舞蹈練好，每天都在練。陳小武覺得自己最後跪那一下不夠俐落，所以一直練習，然後突然痛得起不來了，被送到醫院，發現膝蓋已經骨裂。叮噹一聽特別內疚，覺得陳小武都是聽了自己的才這樣。她讓陳小武的弟弟先回去，然後趕緊跑回去告訴大家這個消息。

劉大志和陳桐正焦慮地等著陳小武，看見叮噹一臉憂愁地出現在面前，就知道完了。

「怎麼辦？這個舞蹈是小虎隊的，總不能兩個人跳吧。」劉大志很沮喪，覺得這段時間所有的付出都白費了。

「要不就咱倆跳，可以嗎？」陳桐問劉大志，也是在問大家。

郝回歸沒有說話，大概是在想解決的辦法。

事已至此，沒有別的辦法了，只能硬著來了。

「這樣吧，我來頂陳小武的位置。」

「啊？」

現場所有人都驚到了，郝老師跳？

這舞蹈大家練了快一個月，而且是手語！怎麼說代替就代替？

「郝老師，你會跳這個舞蹈？」劉大志一副「都這個時候了，你別騙我們」的表情。所有人都看著郝回歸。郝回歸心裡一陣酸爽，這個舞蹈十九年前就應該跳了，現在居然派上用場了。

「我都看你們排練那麼多次了，看都看會了好嗎？」

大家不相信，雖然微笑很信任郝回歸，但還是很疑惑地問：「郝老師，你確定？要不你們試一試吧？」

「湘南五中的節目，候場了啊！」

「來不及了！來不及了！郝老師，你趕緊先去換衣服，穿小武的吧？」叮噹趕緊翻出陳小武的衣服遞給郝回歸。

郝回歸穿上陳小武的牛仔衣，整個小一號，穿在身上緊緊的，好好笑。微笑「撲哧」一下笑出來，然後趕緊伸出拇指：「嗯，郝老師，身材不錯不錯。」

舞台上，尖叫聲此起彼伏，郝回歸跟著劉大志、陳桐在擁擠的後台快速走了一遍動作。劉大志和陳桐擔心地看著郝回歸。郝回歸也開始有點兒緊張了。

「你倆緊張嗎？」

「有點兒。」

「放開了跳，一定會成功的。」

「加油！」

「下面這個節目是由湘南五中帶來的小虎隊舞蹈串燒《愛》和《青蘋果樂園》，表演者：陳桐、劉大志，以及他們的老師郝回歸。」

這種組合前所未有，哪有老師跟學生一起跳舞的？微笑報完幕，場下響起了雷鳴般的掌聲，排山倒海般的。一切都安靜了，劉大志走上台，燈光刺眼，眼前只能感覺到密密麻麻的全是人，卻看不清楚。陳桐站在自己的左邊，很鎮定。郝老師站在自己的右邊，看著自己點了點頭。剛剛經過微笑的時候，微笑對自己說了一聲：「加油。」

這種場景又回來了。郝回歸想起十九年前的那場晚會，自己站在後台看台上的人。十九年後，自己終於站在台上了，和十七歲的自己。這種感覺，真是棒極了。

音樂響起，開始了。

舞台下尖叫聲此起彼伏，站在中間的劉大志略微緊張，他瞟了一眼郝老師，郝老師特別投入地跟著節奏跳著。三個人換位的時候，劉大志又看了一眼站在中間的陳桐，陳桐也很投入，每個動作都在和觀眾互動，劉大志的緊張一下就沒了，對啊，自己就是最帥的。

在參加元旦文藝會演之前，劉大志總是不敢登上正式的舞台，他覺得登上舞台的人都很喜歡出風頭，可當他真正投入地站上舞台之後，他才體會到不一樣的感覺。自己以前不敢上台是怕別人不會喜歡自己，怕自己的表現沒有人會在意。舞台是個奇怪的東西，它能讓自己格外有信心，也能讓大家對自己格外寬容，他進場時看見那些為別人尖叫的女孩都在很用力為自己打著拍子，劉大志笑了，他也不知道自己在笑什麼，總之他覺得自己在這個過程中好像完全變了一個人。

「向天空大聲的呼喚說聲我愛你，向那流浪的白雲說聲我想你，讓那天空聽得見，讓那白雲看得見，誰也擦不掉我們許下的諾言。想帶你一起看大海說聲我愛你，給你最亮的星星說聲我想你，聽聽大海的誓言，看看執著的藍天，讓我們自由自在的戀愛……」

此刻，劉大志只聽得見心臟「怦怦」的跳動聲，眼前大家都在熱烈鼓掌，叮噹臉漲得通紅，在底下很大聲地喊他們的名字，但他一個字也聽不清。他看了看郝老師，郝老師對他豎起大拇指；他看看陳桐，陳桐咧開嘴對他笑。

結束後回到後台，每個人都咕嘟咕嘟喝完一整瓶水。

整個人都是懵的。

叮噹尖叫著跑進來：「帥爆啦！大家都好喜歡你們啊！哥、郝老師、陳桐，你們太酷了。我都激動死了。」

微笑也從台上下來：「大家都好喜歡。」

「真的啊？」劉大志明知故問似的問微笑。

「乾脆你們三個人組一個組合吧，肯定受歡迎。」

「我和陳桐組可以。要是郝老師在，等我們三十歲正值巔峰，郝老師都快五十歲了，不行不行。」劉大志連忙擺手。

「等一會兒結束，我們去看小武吧，也不知道他怎麼樣了。」

「正有此意。可憐的小武，錯過了一個在叮噹面前展示自己的機會呢。」劉大志嘻嘻地笑。

叮噹很尷尬地說：「我都已經夠內疚了，哥你別提了。」

微笑：「大志不是那個意思。」

「那他什麼意思？」

陳桐也加入進來：「反正不是你以為的那個意思。」

「啊？」只有叮噹一個人蒙在鼓裡。

第十二章

不見不散

世界上最遙遠的距離不是我不能說我愛你，
而是想你痛徹心扉卻只能深埋心底。

雖然我不是真正地了解你，但是我已經記住了你給我的感覺。

週五晚上電台讀信時間，叮噹早早就躲在房間打開收音機。

主持人說完簡短的開場之後，開始讀信。

「這是一封來自聽眾小灰灰的信，他說：『我有個朋友，挺帥，也挺能玩。好多人喜歡他，但他娶了現在的老婆，大家都很不理解，怎麼他就突然收心了呢？後來朋友說，他們認識後，朋友告訴了這個女孩自己的淒慘身世，這個女孩為我這朋友哭了一整晚，然後我這朋友就認定這個女孩了。』小灰灰說，他也好希望自己能遇見一個那麼善良、有同情心的女孩。嗯，不光是希望你能遇見一個善良的女孩，也希望所有人都能遇見善良的另一半，能感受到自己的感受，能站在自己的立場思考，和這個人在一起就覺得有安全感，希望大家都能幸福。」

「好，我們下一封信來自一位老朋友——三毛的愛。」

叮噹一聽嗆到了自己的信，趕緊抱著收音機鑽進被窩。

上週她給電台寫了一封信，說了和筆友認識之後發生的事，筆友對自己的幫助和開導。在經歷了和朋友絕交、被老師開導、告白失敗、誤會媽媽之後，她很想和自己這個筆友見一面，跟他說說自己的故事。筆友說如果想要見面，就寫信給電台，他一定能聽到的。自己想了很久，鼓起勇氣寫了這封信，她很想知道這個人是誰，在信的末尾她加了一句：不見不散。

這邊病房裡，劉大志正在陪陳小武，也聽著電台。聽到叮噹的信，劉大志一個激靈：「這不是叮噹嗎？天哪，她想要和你見面？」

陳小武不好意思地點點頭。

「但，那個字不像你寫的啊？」

「我故意寫成那樣的，怕被你們看出來。」

「那你從哪裡搞到的劉德華簽名照？」

陳小武很尷尬，想了想對劉大志說：「我跟你說了，可別跟別人說，不然我會完蛋的。」

「我發誓我絕對不說！」

「那是假的，我買了張劉德華的照片，自己練習劉德華的簽名，練了兩個星期。可千萬別說出去啊。」

「你居然幹這種事，你太無恥了，哈哈！」

「你之前不是讓我模仿你媽的簽名在試卷上簽字嗎？我覺得自己有這個天賦，就想讓她開心一下。」

劉大志仰天長嘆：「我早就應該知道是你的啊。不過，叮噹要見面，你要和她見嗎？」

「我跟她約好了，如果她想見面的話，就寫信給電台，我一定聽得到。我會給她寫信約時間和地點的。」

「但是，萬一……」

「萬一叮噹很失望怎麼辦？萬一她根本就不喜歡我怎麼辦？」

陳小武接著說：「其實我也想過，有些人是被外表吸引，進而去了解一個人。還有一些人是被內心吸引，然後才接受一個人的外表。我做不了前者，只好努力做後者，如果這也不行，那就是我不適合。但起碼，在這段時間，叮噹快樂了很多。」

「陳小武，你賣豆芽太吃虧了！你真該去做情感導師！你看你，寫信表面是交筆友，其實是談感情，這是暗度陳倉。模仿劉德華的簽名是瞞天過海，不正面告白，只在後方安慰，就是圍魏救趙。而且自己不主動告白，等著叮噹主動來約你，是以逸待勞、守株待兔。你又受傷了，叮噹正在內疚，你這就是趁火打劫。陳小武你太可怕了！」劉大志這麼一分析，覺得以前真是錯看了陳小武，他真是扮豬吃老虎。

「小武，咱們可是說好了，如果以後真的發財了，可千萬不要忘記兄弟我。你要養我養微笑養我爸媽養我孩子！」劉大志覺得他真是人不可貌相。

「唉，你別嘲笑我了。我現在就是個殘疾人，要不是爸爸身體恢復了一些，我們家過了今天都沒有明天。叮噹看不上我的。我真的只是想盡力而為，平等地和她交個朋友，沒有你想的那麼複雜。」說著，陳小武有一絲落寞。

「其實我也知道，我和她見面那天就是整件事畫上句號的一天。我希望我們能一直做筆友，但是對她不公平，畢竟她在明我在暗。」

後來我終於明白，不想失去一件東西，比能得到一件東西更難。

劉大志的桌子裡莫名其妙收到了好多賀卡，皆是低年級學妹所寫。

大志哥哥，你好帥，我能和你交朋友嗎？

大志，看了你的舞蹈，我成了你的粉絲，祝你新年快樂。

大志，以前我從未發現學校還有你這樣的男孩，我向你道歉，我關注你太晚了，希望這是我們相識的開始。

劉大志把賀卡手忙腳亂地收起。

原來被關注的體驗是這樣的。他偷偷走到陳桐座位邊：「你有沒有收到什麼卡片嗎？」

「沒有。」

「不可能！我都收到好多。」劉大志的臉上竟然有一絲欣喜。

「是嗎？那不挺好嗎？」

「這是什麼？」劉大志從陳桐桌子裡拿出一大把明信片。

「你喜歡就拿去吧。」

「都是寫給你的啊！我怎麼拿！明明那麼多。」劉大志有點兒失落。陳桐果然是陳桐。

劉大志捧著明信片嗆了起來。「太噁心了！怎麼那麼噁心？」

「我從來不看，沒什麼感覺。」

劉大志拖來一張凳子，坐在陳桐面前：「我問你一個問題，你有沒有喜歡的女孩？」

「沒有。」

「不可能。你太不把我當兄弟了。」

「確實沒有把你當兄弟。」

「虧我還把你當好朋友。」

「我代表我感謝你。」

「你真沒有喜歡的女孩？你看著我的眼睛！」

陳桐看著劉大志，面無表情。一秒、兩秒、三秒，劉大志被陳桐看毛了，推了陳桐一把。

「你太無聊了。」劉大志回到自己座位上。

陳桐怎麼可能沒有喜歡的人呢？

大家關係愈是好，郝回歸愈是想確認自己離開的日子。他跟省會雜誌社打了電話，那個編輯已經出差回來，說可以寄一份手稿影本。郝回歸等不及，約好週六去取。他知道手稿裡一定會有答案，但他又害怕知道答案。

郝回歸回到辦公室，桌上也多出了很多賀卡。他隨便翻了翻，被其中一張吸引。卡片上寫著：「第一次見到郝老師就有心動的感覺，但因為是老師，所以一直告訴自己不能這樣，後來聽了郝老師的很多課，包括郝老師對自己單獨說的一番話，再到臨時頂替陳小武上台跳舞，我決定要表達自己的心聲，不能再壓抑。週五放學之後，學校後山的櫻花樹下，不見不散。」

學校後山的櫻花樹下是學校情侶最常去的表白地。

本來，郝回歸絕對不會赴約，甚至不會看完這種信。但他讀完了，而且很認真。他知道這張賀卡是誰寫的。微笑的字他一眼就能認出來。郝回歸心跳加速，他沒想到微笑居然要跟自己表白。

這下闖大禍了。郝回歸心情十分糾結。他當然喜歡微笑，但他絕不能讓微笑喜歡自己，她必須在心裡留一個位置給劉大志。郝回歸是當沒看到，冷靜處理這次告白，還是應該赴約？可赴約又能說什麼？拒絕，還是表達心跡？或者直接跟微笑坦白所有的一切？

郝回歸決定去，他必須阻止微笑喜歡自己，這件事不能逃避。郝回歸朝牆上的鏡子笑了一下，他為自己感到驕傲，微笑終於喜歡上了自己。但他立刻又收回了笑容，心裡另一個聲音提醒他態度要端正，要時刻記住劉大志才是自己的未來。

「三毛的愛，聽到了你給電台寫的信，你說我給你寫信的這段時間是你最有安全感的日子，其實我也是，和你通信的這些日子我過得最踏實。其實最近我家裡發生了很多事，人生可能也要面臨重大的選擇，只有在給你寫信的時候我才感覺到自己的存在，也是你讓我感覺到了希望，每次寫完信就在期待你的回信，現在真的很期待和你見面。其實我很害怕和你見面，怕見了之後我不是你想像中的樣子，最後連說再見的可能都沒有。不過這次不見以後可能也沒有機會了吧，見面之前先謝謝你這些日子的陪伴，這週六下午三點，人民公園門口右邊第二個涼亭見。你說的，不見不散。」

叮噹收到筆友的信，一個人躲在座位上反覆讀了很多遍。她被打動了，只是不明白為什麼筆友會如此悲觀。如果還有機會，叮噹想對他說：如果你覺得不見面能夠讓我們彼此心存掛念，覺得踏實，也不是非見面不可。是啊，媽媽從小告訴她一定要找一個門當戶對、家庭條件好的，叮噹眼裡也一直都是那些在人群裡發著光的男生。可是，爸爸並不符合媽媽的擇偶標準，但媽媽卻能為爸爸改變那麼多，那才是真正的愛啊！很多女孩覺得 Miss Yang 是自己想要成為的那種人，可她最後也選擇了王衛國。一眼看中只是好感，兩個人是否能走到一起，持續走下去，更重要的是看兩顆心的齒輪是不是合拍。

叮噹把信收好，她實在想像不到對方究竟長得多難看才會如此悲觀。

郝回歸拿著微笑寫給自己的卡片，一遍一遍地讀，裡面每一句話似乎都飽含深意，她把每個字都記得很清楚。也許微笑如今向自己表白並不是她的錯，確實，自己給了她太多的與眾不同。他必須為這個結果道歉，因為他沒有把握好尺度。好了，要去赴約了。郝回歸有種奔赴戰場的壯烈，要親口拒絕自己暗戀女孩的告白，殺死十七歲的微笑對自己的好感。他走到一半，又折回宿舍，換了件高領毛衣和大衣，照照鏡子，覺得自己很不錯。愈是靠近約定的地點，郝回歸愈是緊張。自五歲認識微笑之後，將近三十一年的時間裡，他一直在練習如何跟微笑告白，幻想了無數種告白的場景和後果，但唯獨沒有設想過有一天微笑居然會跟自己告白。難道拒絕才是唯一的出路？郝回歸心裡一直做著鬥爭，也許這是自己和微笑唯一的機會，以前沒有可能，以後也絕對不可能。哪怕就是在兩個人交錯的時空裡，哪怕相愛一個月、一週，哪怕一天，郝回歸心裡也是幸福的啊！可是他要考慮的不僅僅是時間，更重要的是自己——那個十七歲的劉大志。

遠遠地，一件粉紅色棉襖在光禿禿的櫻花樹下甚是打眼。郝回歸想了想，走了過去。走得愈近，心跳聲愈大，全世界似乎只剩下心跳聲和「沙沙沙」的腳步聲。第一句話應該說什麼呢？也許，無論怎樣開口都是錯的。他開始覺得自己來赴約就是個錯誤，極大的錯誤。有些事不一定要去面對和解決，放在心裡，默默地感覺就很好了。腦子裡響起一個聲音：「快回去吧，留住這段美好，保存起來，就像小王子對於玫瑰的愛一樣，放在玻璃罩裡，任何細菌都不能進來！」對，沒錯，就是那種！郝回歸說服了自己，他決定臨陣脫逃。穿粉紅色棉襖的人正仰起頭看著後山，大概是在醞釀情緒，投入情感，並沒有注意到郝回歸。

郝回歸下定了決心，立刻轉身，縮著脖子，低著腦袋，拔腿就朝學校大門方向跑。

「郝老師！你為什麼要跑？」微笑的聲音傳來。

郝回歸立刻石化，就像被狙擊步槍爆了頭，腦漿和靈魂四射飄散，雙腿發軟。

「我……我……」他轉過頭。

穿粉紅色棉襖的人居然還在櫻花樹下，看著遠山。是錯覺？郝回歸自嘲地笑了，然後繼續跑。

「郝老師！你怎麼了？」微笑的聲音又響起。

不對，不可能是幻覺，多清晰的聲音。郝回歸抬起頭，微笑直立立地站在自己的正前方，穿著白棉襖。

郝回歸糊塗了。微笑在我前方，那櫻花樹下穿粉紅色棉襖的又是誰？

「郝老師，你來了。」穿粉紅色棉襖的轉過身，與郝回歸目光相對。

馮美麗！可明信片明明是微笑的字跡啊！郝回歸管不了那麼多，他要趕緊用最快的方式逃離。

馮美麗還沒有開口，郝回歸就劈頭蓋臉教訓道：「馮美麗，你不轉學是為了考大學，不是給老師寫信的！今天是你給我寫，所以我來了，目的就是告訴你不能寫！明白嗎？你現在還在想這些，你的未來怎麼辦？你的大學怎麼辦？你對得起老師的良苦用心嗎？對得起你媽媽對你的理解和支持嗎？對得起自己這些年的努力嗎？」

馮美麗的臉一下就紅了，眼眶裡立刻噙滿了淚水。

郝回歸連珠炮似的把局勢控制住，然後立刻和顏悅色道：「好了，就這樣吧，就當一切沒有發生過。我走了，你也趕緊回去吧。」郝回歸揚揚手，讓馮美麗回家。

微笑站在自己前方，沒動。

「你來幹嘛？」郝回歸還沒整明白這是一出什麼鬧劇。

「馮美麗讓我陪她過來。我怕你不來她會傷心，所以就來了。但我沒有想到，郝老師你居然來了……」微笑的語氣讓郝回歸聽不明白自己來微笑到底是開心還是失望。

「我來是因為要看看到底是哪個學生在這麼重要的時候還做這種事。」郝回歸很嚴肅。

「哦。知道了。」微笑吐吐舌頭。

「快回家吧，以後別做這種事了。」郝回歸心跳漸漸恢復，在心裡長舒一口氣，最壞的結果並沒有發生。經過微笑的時候，郝回歸突然想起什麼：「以後不要幫同學抄賀卡，會讓人誤會的。」

「啊，你看出來是我幫馮美麗抄的啊？那個，她覺得自己的字不好看。」微笑有點兒尷尬。

「你的字我認識。」郝回歸甩下這句話，朝宿舍走去，「你欠我一張真正的新年賀卡。」

「好的，郝老師再見！」

郝回歸的心情既像一塊石頭落地，又像失去了一大塊心臟。

叮噹早早就到了人民公園門口右手邊第二個涼亭，先是坐著等，然後靠在柱子上等。看看時間，還有二十分鐘。她突然閃過一個念頭，不如遠遠地躲著，看看筆友是誰，再決定自己是不是要出現。她也知道這麼想很不好，但她突然開始害怕萬一真的出現不好的情況，起碼兩個人不用那麼尷尬。想著，叮噹便躲在涼亭旁邊的一排小賣部後面，偷偷地看著涼亭。

三點快到了，叮噹很緊張，她看見一個老頭慢慢走了過來，坐在涼亭裡，心都碎了。她不停告訴自己不能這麼想，這個筆友心地特別善良，自己也不能太勢利，哪怕就是這位老爺爺，做個普通朋友也沒什麼不可以，起碼這老頭看起來很和藹可親。老頭坐了幾分鐘，站起來走了。原來不是他，叮噹心裡鬆了一口氣。又來了兩個社會青年，戴著墨鏡，抽著菸，蹲在涼亭的凳子上。叮噹很害怕，不可能是這樣的人吧，紙上寫得人模人樣的，現實中居然這麼沒有素質。如果和沒有素質的人在一起，是不是只要對方對自己好就行了啊？叮噹閉上眼睛，努力地想了想，其實沒有素質可以糾正，但明明說好是兩個人單獨見面，多帶一個朋友就不講信用了。叮噹覺得如果是這兩個社會青年的話，自己死都不會出去的。叮噹睜開眼，那兩個社會青年也不見了……

時間一點點過去，三點，三點十分，三點十五分，難道第一次見面對方就遲到了？還是說對方也跟自己一樣，躲在暗處觀察？叮噹這麼一想，警覺起來。她就像個女特工一樣，貼在牆角，小心翼翼，不露身影，觀察其他地方的布局，看看是不是在某個地方也有一個和自己一樣的人，也在偷偷地觀察著自己。

公園本來人就少，當發覺整個廣場只有兩、三個人的時候，叮噹覺得自己就像個神經病，一個人在演諜戰劇。看樣子，筆友不會來了，叮噹的心情說不出來，像是舒了口氣，也像是有點兒遺憾，但沒有結果也未必不是一個好結果。

三點二十分，她打算離開了。也就是這時，她遠遠地看見一個人影朝第二個涼亭走過去，非常緩慢。叮噹有些看不清楚，特別仔細地盯著。人影慢慢近了，她看出來了是一個人，拄著拐杖，一點點朝第二個涼亭走過去。叮噹突然懵了，她繼續盯著看，好像整個世界都靜止了。

拄拐杖的人是陳小武。

陳小武吃力地一步又一步朝涼亭走去。他的傷還沒有好，因為叮噹要見面，他從醫院逃出來，誰都沒有告訴，拄著拐杖走了一個小時，但還是遲到了。陳小武滿頭是汗，上了台階，環顧了四周，並沒有人。他把拐杖放在石凳上，坐了下來，用袖子擦擦汗，深深呼吸了幾口氣，實在是太累了。

這時叮噹才醒悟過來，為什麼那封信上要寫那麼多的「如果」，她也才醒悟過來為什麼這個筆友似乎對自己的生活和心情瞭若指掌。陳小武就一直像個隱形人一樣默默地看著自己，自己在運動會上批評他、嫌棄他，多數時候覺得他就是一個跟班、隨從，一個可有可無的物件。他退學，她沒有表示更多的慰問；他爸爸被打傷，她也沒有過多地關心。反而是自己遇到了那麼多事情，陳小武面上什麼都沒說，卻把所有的關懷都寫在了信裡。

為什麼這個人是陳小武呢？叮噹心裡產生了被欺騙的感覺。她覺得自己被耍了，覺得自己受了委屈。她一直以為自己的筆友高高的、帥帥的、陽光的、青春的，不是陳小武這樣矮矮的、土土的，拄著拐杖走幾公里滿頭大汗的。她希望自己的筆友有自己的事業，而不是每天賣豆芽；她還希望自己的筆友成績好，像陳桐那樣，能考上一個好的大學，自己跟他在一起也會變得更努力，更有安全感。

無論筆友是怎樣的，但絕對不是陳小武這樣的，一點兒都不一樣。這麼想著，叮噹特別難過，是失望，是遺憾，是願望落空，也是失去了一個希望的方向。她開始躲在小賣部後面哭，止也止不住。她討厭陳小武，討厭陳小武贏得了自己的好感。她討厭陳小武假裝是個品學兼優的人給自己寫信。她討厭陳小武把這個祕密隱藏了那麼久。她也討厭陳小武那麼關心自己，知道自己每一點兒心情的起伏，知道什麼樣的話會讓自己開心。

叮噹哭得特別難受。陳小武毀掉了她對於未來所有美好的想像。她喜歡的是跳高的「劉德華」，是郝回歸，是陳桐那樣的人，雖然她告訴自己之前的想法都是錯的，但就算是錯的，也絕對不是陳小武這樣的人啊。

陳小武的一件白T恤穿得都泛黃了，一隻腳是球鞋，一隻腳是拖鞋，瀏海因為流汗而分叉，坐在涼亭裡休息，駝著背，根本就不像是個人生會勝利的人，也不像是個同齡人。短短失學的日子，讓他已經沒有了青春的洋溢，這根本就不是我的筆友！叮噹「嗚嗚」地哭，就好像要把所有的委屈一次性哭出來。

陳小武在涼亭坐了十分鐘，拿著拐杖站了起來，又想了想，坐下，從身上拿出一張紙和一支筆，寫了起來。他草草寫了幾十個字，把紙疊好，放在涼亭顯眼的茶几上，艱難地挪到台階下撿了一塊石頭，壓著紙條，怕它被風刮走。

做好這一切，陳小武朝自己來的方向離開。

遠遠地，等陳小武走遠了，叮噹看著他的背影也哭累了，再走到涼亭裡，看到了放在茶几上的那張紙。叮噹打開，上面寫著：

對不起，叮噹，我遲到了，我是陳小武。雖然我們不能在現實中成為好朋友，但我一點兒也不後悔。你曾經那麼相信我。謝謝你。

很多年以後，叮噹回憶起這一切，她說：雖然這個人和我無數次幻想中出現的那個人不一樣，甚至有著天上地下的差別，但是比起得到一個新的朋友，我更不想失去這個老朋友。

叮噹看著紙條，依然在抽泣，往事一幕一幕重新放映了一遍，然後她衝下台階朝陳小武離開的方向狂奔。她明白了這種感情，她害怕失去陳小武，也害怕失去這種感覺，她不要這種感覺只停留在信紙上，她要讓這一切成為自己的生活，成為自己可以摸得到、看得到的真情實感。這麼多年，只有陳小武一個人讓她覺得有安全感，這種感覺是喜歡嗎？叮噹不知道，她只知道她不想失去陳小武這個朋友。陳小武拄著拐杖，默默地朝醫院的方向走著。沒有人注意這個拄著拐杖的年輕人，他的表情並不痛苦，也沒覺得自己失去了什麼，反而有了一絲輕鬆，也許本來這些就不該是自己得到的吧。

「陳小武！陳小武！你給我站住！」叮噹在後面一邊跑，一邊大喊。

陳小武沒有聽見，繼續往前慢慢地走著，他看著這個城市，感覺陌生，就像第一次看見那樣。

「陳小武，你給我站住！站住啊！」叮噹帶著哭腔，她害怕如果陳小武不停下來，她就永遠失去了這個人。她頭一次覺得心裡有痛的感覺。

陳小武好像聽到了什麼，是不是有人在叫自己。他停下來，想了半天，覺得應該不太可能。叮噹又大喊了一聲：「陳小武！是我！」

陳小武聽清楚了，是有人叫自己，而且聲音很熟悉，是叮噹！他背對著叮噹，不敢相信叮噹會來追自己，也不敢相信這一切是真的，但是聲音就是那麼真實，陳小武呆呆地站著，不知道回過頭會面對什麼。陳小武下定決心扭過頭，叮噹就站在十幾米之外，兩個人面對面站著，中間有路人穿過。

叮噹看見陳小武停下來，自己也停了下來。陳小武看著叮噹。叮噹追得筋疲力盡，正大口喘氣。兩個人就這麼站著，相互看著，然後叮噹高高地舉起右手，帶著哭腔對陳小武說：「你的紙條……忘拿了。」

陳小武從來沒有哭過，被爸爸打沒有哭，爸爸被打傷沒哭，退學沒哭，跟人打架沒哭，骨裂沒哭，他也不知道為什麼會因為「你的紙條……忘拿了」而哭。叮噹一看陳小武哭了，她也忍不住了。兩個人面對面默默流著眼淚，來往的行人詫異地看著他們。

當我知道被你喜歡，就開始有了面對這個世界的勇氣。

微笑正在文具店選新年賀卡。很多人喜歡一次性買很多張，送給很多人，以此交換更多的明信片，有種收穫的感受。但微笑每年就買幾張，只送給最重要的朋友。微笑先選了四張，分別送給叮噹、劉大志、陳桐和陳小武，然後想起了什麼，繼續打算挑一張不太一樣的。

微笑一邊挑，一邊想那天郝老師跟自己說的那些話。

「你的字我認識。」

微笑臉上突然有種後知後覺的發燙，她看了看四周，並沒有人看著自己。她趕緊選了一張中國的山水畫賀卡，看了一眼，上面寫著「思往事，惜流芳，易成傷。擬歌先斂，欲笑還顰，最斷人腸」。都要付錢了，又覺得這句詞不妥，換了一張「兩岸猿聲啼不住，輕舟已過萬重山」。

微笑現在才想明白，莫非郝老師是因為那是自己寫的賀卡，所以才赴約的？他赴約並不是為了教育馮美麗，而是為了教育我？還是……微笑不敢再往深處想。回到家，院子裡很多街坊鄰居等著領回他們簽的協議，已經有很多人從自己的房子裡搬出去住進了政府臨時騰出來的小樓裡，所有人都熱火朝天，很有幹勁兒，看見微笑回來，大家臉上都笑開了花。王大千看著牆上劉德華的照片對微笑說：「微笑，等以後搬了新家，換張照片吧。」

「劉德華別的照片嗎？」微笑欣喜地問。

「不是，換張爸爸的照片吧。」王大千壞壞地笑。

「不行，你沒劉德華好看。」

「微笑，你可別這麼說，你爸年輕的時候可比劉德華好看多了，現在是太忙於工作了。」隔壁來簽協議的張阿姨說。

「等哪天我爸又重新比劉德華好看了，我就貼他的照片吧。」微笑笑著對王大千說。

「這可是你說的，從今天起，爸爸決定要開始減肥嘍。」

「爸，你在我心上，劉德華只是在牆上。」

王大千大笑。

微笑進了臥室，躲在房子裡開始寫明信片。她把給其他幾個小夥伴的寫好之後，輪到給郝回歸寫，卻不知道該使用什麼語氣，是老師和學生呢？還是像朋友？微笑糾結了老半天，她想起和郝回歸一起聊泰戈爾那天，郝回歸和她背了同樣的一首詩，《世界上最遙遠的距離》。她把這首詩抄在了賀卡上，寫完之後，覺得寫得特別工整，可看來看去，又覺得好像哪裡不對。這是一首情詩，為什麼自己要抄寫一首情詩給郝老師呢？微笑覺得有些不妥，又在最後加了一句：「謝謝你，郝老師，讓我認識到了那麼美的詩句和那麼偉大的詩人。希望今後還能學習到更多的東西。」

寫完這句之後，微笑覺得挺好的。

第二天一早，教室裡，劉大志從抽屜裡又翻出了十幾張賀卡，他一張一張地翻著有點兒沮喪。

多是多，但是沒有一張是自己想收到的。

微笑走進教室，剛把書包放下。

「咦，你今年還送賀卡嗎？」劉大志問。

「幹嘛？」明明是一件很溫暖的事情，被劉大志一問就顯得特別俗氣。

「我就是看你會不會送給我，我一會兒也要去買賀卡，看看要回給誰。」劉大志只是想知道微笑會不會送給自己。

「那你不用算我的那份了，我不會送給你。」微笑斷了劉大志的念想。

「哦……這樣子。」劉大志自討沒趣。

他看見微笑把書包打開，從裡面拿出了幾張疊在一起的明信片，上面還寫著字。最上面那張寫著：「親愛的郝老師，有一首詩你還記得嗎？《世界上最遙遠的距離》……」

劉大志突然產生了好奇，直接伸手把最上面那張明信片搶了過來：「嘖嘖嘖，親愛的郝老師……」劉大志迅速看了幾行，這不是情詩嗎？微笑一把將寫給郝老師的明信片搶了回去。

「這不是給你的。」

氣氛突然尷尬，劉大志腦子裡全都是微笑寫給郝回歸的情詩，他沒有讀過泰戈爾的詩，現在滿腦子都是微笑對郝回歸說「世界上最遙遠的距離就是我在你面前，你卻不知道我愛你……」這……到底是怎麼一回事？

「啪！」微笑換了另外一張扔到劉大志的桌上，「喏，這張才是給你的。」

劉大志趕緊拿起微笑給自己的明信片，多少挽回了急速墜入深淵的絕望。微笑給自己的賀卡上寫著：「劉大志同學，自從我們成為同桌之後，你的學習成績穩步上升，這充分說明了和我同桌的重要性和必要性。希望你在新的一年，繼續向我看齊，成為一個真正優秀的人。微笑。」

「哈？」劉大志臉上在微笑，心裡早哭了出來。

他很想問為什麼微笑會給郝老師寫情詩，而對自己這麼冷漠。

難道微笑和郝老師的關係超越了老師和學生的關係？劉大志努力回憶大家在一起的時刻，他倆在泳池裡相遇，郝老師安排自己和微笑坐，郝老師還去微笑家吃飯，陪王大千喝酒，微笑還找他一起商量元旦文藝會演的節目，他還借書給微笑看……哪個老師會找那麼多的機會跟女學生互動？劉大志這麼一想，心裡就清楚多了：原來郝回歸是一個人面獸心的老師，他借著老師的身分，暗暗地接近微笑，獲得微笑的好感，從而和微笑產生感情。

劉大志想著郝回歸找自己談了那麼多次心，自己甚至還告訴了郝回歸自己喜歡微笑，可是這個老師不僅不在意學生的尊嚴，甚至還要進一步地踐踏。原來郝回歸接近自己，只是為了假裝和自己稱兄道弟，用這樣的方式接近微笑。

想到這裡，劉大志毛骨悚然，他沒有想到自己如此信任的老師是這樣的一個人。一整天，劉大志都在觀察郝回歸和微笑的互動。微笑對郝回歸表面上是學生對老師，但他倆站的距離，比自己和微笑說話站的距離要近很多。他倆對話都帶著笑，但對話內容完全不好笑，所以他們一定是笑一件外人不知道的事情。微笑並沒有當著眾人的面把明信片給郝回歸，可見她一定是要私下會面的時候給。

劉大志感覺整個世界都黑了，他一方面覺得郝回歸人面獸心，另一方面好恨自己為什麼要偷看微笑的明信片。

他試探性地問陳桐：「你覺得郝老師是一個怎樣的人呢？」

陳桐說：「很好啊，凡事都為大家考慮。」

「那萬一他人面獸心，表面人模人樣，其實一肚子髒水呢？」

「你是說何世福嗎？」

「不是不是，我是看新聞說有些學校愈是偽裝得厲害的老師，愈是喜歡對女學生下毒手，我就隨便舉個例子。」

「你是懷疑郝老師，還是擔心誰？」陳桐問。

「你是擔心微笑吧，她能被下毒手？你都快被她弄死了。」陳桐笑了笑，沒再理劉大志。劉大志寧願相信是郝回歸欺騙了微笑，也不願意相信他倆是兩情相悅。他跑到廁所的洗手池洗了把臉，他必須冷靜冷靜。他不知道自己為什麼生氣，微笑並不屬於自己，那郝回歸和自己就處於同一起跑線，就像鄭偉一樣。可自己對鄭偉追求微笑一點兒都不生氣，但為什麼自己對郝回歸就那麼生氣呢？僅僅是因為他是老師嗎？

劉大志想了一會兒，得出一個很不想承認的理由：雖然郝回歸是老師，但無論從任何方面他一直都在照顧自己，像兄長，像老師，像父輩，在劉大志的角度，郝回歸是自己的兄長，微笑是自己喜歡的女孩，本來這兩個人都屬於自己，可一旦郝回歸和微笑在一起，他覺得自己同時失去了兩個對自己來說最重要的人。說背叛是自己的錯覺，但說被拋棄可能才是他最難過的地方。從世界上最幸福的人，變成一無所有的人，劉大志難過得要死。他也沒有和陳桐一起回家，一個人慢慢地在街上走著，突然想起媽媽跟他說下課早點兒回家，家裡沒有煤氣了。劉大志趕緊往家裡跑，一推開門，正準備問煤氣罐在哪兒，就看見郝回歸坐在客廳和媽媽聊天。

劉大志呆了。

「放學都一個小時了，你又去哪裡混了？要不是郝老師，我看你今晚吃什麼！」

「哦。」原來郝回歸幫家裡把煤氣罐灌滿後給扛回來了。劉大志看了一眼郝回歸，什麼都沒說就進屋了。

郝回歸覺得劉大志哪裡不對勁兒。文藝會演之後，劉大志一下就成為大家欣賞和喜歡的人，他應該每天都開開心心的才對，可為何他看自己的眼神如此幽怨……

「郝老師，你先坐著啊，要不要唱會兒歌？我先做菜，你就隨便吃吃，你一個人待在宿舍挺無聊的，以後常來。」郝鐵梅超級熱情。

裡屋的劉大志聽見媽媽這麼說，一肚子火。郝回歸一出現，生命中最重要的兩個女人全變成他的了，郝老師郝老師，真是白吃白喝的白癡老師！

劉大志在紙上「唰唰唰」地寫「我討厭郝回歸」，一遍又一遍。

不解氣！又用筆在郝回歸三個字上畫叉叉！

突然耳邊響起一個聲音：「我怎麼你了？」

劉大志被嚇得一扭頭，郝回歸碩大的臉疑惑地看著自己。劉大志的幼稚被暴露得一覽無餘，他慌亂又羞愧地把寫了郝回歸名字的紙撕下來，揉成團扔進垃圾桶，好像這一切做完，郝回歸就會忘記剛才發生的一樣。

「說吧。」郝回歸看著劉大志。

劉大志看著郝回歸。這是他第一次那麼仔細地看郝回歸，因為這個人的出現，自己的生活發生了翻天覆地的變化，自己就好像進入了一個騙局，所有的一切都在他的掌握之中，而自己也變得愈來愈沒有力量。他說的好像都是對的，他預言的好像也都是對的，因為他的存在，自己做著好多順理成章的事情，也正是因為這樣，劉大志發現自己被裹挾了。而一切的罪魁禍首就是郝回歸！

「郝老師，你是不是喜歡微笑？」劉大志終於說出了憋在自己心裡的這個問題。郝回歸突然愣住了，他沒有想到劉大志居然會這麼問自己。這個問題很難回答，無從解釋，郝回歸半天沒說話，冒出一句：「喜歡你妹啊。」

「我妹？你喜歡叮噹？」劉大志震驚。

「不是！『你妹』的意思就是指空穴來風。」

劉大志也管不了那麼多：「那你是不是喜歡微笑？」

郝回歸硬著頭皮反問：「你問的什麼？我怎麼會喜歡微笑？」

「那她為什麼給你寫情詩？為什麼和你關係那麼近？你和班上其他女同學都不是這樣的。我跟你說過我喜歡微笑，因為我把你當朋友，不是當老師，但是你卻沒有告訴我，你也喜歡她！」劉大志連珠炮似的說了一堆話。完了，自己總不能騙劉大志說不喜歡微笑吧，而且他的觀察沒錯，自己就是跟微笑走得更近，但自己做這一切都是為了劉大志啊。

郝回歸知道如果此刻不給他一個真正的回覆，劉大志心裡一定會產生巨大的陰影和障礙，可他如果要解釋劉大志的所有疑惑，就只能告訴他全部的真相，不然說了一個謊，就要用無數個謊去圓，萬一露餡，他和劉大志再也不可能成為朋友了。自己能跟劉大志說這些真相嗎？他反覆考慮過這個問題，無論是此刻要解釋，還是未來要告別，真相才是所有事情發生的來龍去脈。可周校工有前車之鑒，現在的人根本就不可能理解未來的事情。劉大志盯著郝回歸，感覺兩個人已經撕破臉了，如果郝回歸不能說出一個真正能說服劉大志的理由，劉大志一定會從心底徹徹底底拒絕郝回歸。

「劉大志，好，接下來我要跟你說的話，你一定要聽仔細了，而且不能對任何人說，只能你自己心裡知道。我敢保證，接下來我說的話會讓你驚訝，或者不相信，但是你一定要相信我，不然我們所有的努力都白費了。你明白我的意思嗎？」郝回歸很嚴肅。劉大志並非情緒上的失控，而是他想不明白為什麼事情會變成這樣，如果給自己一個完全信服的理由，他也能想通，現在最關鍵的就是自己想不通——很多人也跟劉大志一樣，不是接受不了很多事，而是想不通很多事。

「那你說。」劉大志一臉嚴肅。

郝回歸看著劉大志一字一句地說。

「微笑喜歡你。」

「相信我，微笑喜歡你。」

「啊？什麼？別開玩笑了！」劉大志的腦子因為這句「微笑喜歡你」突然就短路了。

郝回歸看著劉大志突然凝固、立馬癡呆的表情，在心裡鬆了一口氣，他覺得自己瞎掰的這個理由絕對是世界一流，不這麼說的話，指不定自己會說出什麼讓劉大志發瘋的理由。劉大志目瞪口呆，他萬萬沒有想到郝回歸居然會告訴自己這樣一個祕密。

「微笑喜歡我？微笑真的喜歡我？」劉大志把對郝回歸所有的質疑全都拋之腦後，這個才是他真正在意的。

「郝老師，你說的是真的？」

「我什麼時候騙過你？」郝回歸表情很嚴肅。

「她為什麼會喜歡我？」

「你很熱血，想把每一件決定了的事情都做好，愈來愈像個男人，打扮打扮也挺帥的，以後會更帥的。最重要的是，你很想讓自己變得更好。」

郝回歸又補充了一句：「但你一定要記住，既然微笑喜歡你，你就不用再懷疑這一點，盡量做一個值得被喜歡的人，也千萬不要去問她，女孩子嘛，都是害羞的。」

「嗯。」劉大志掩飾不住內心的喜悅，猛點頭。

劉大志沒有想到自己暗戀了這麼多年的微笑，原來心裡是喜歡自己的，但為什麼自己從來就沒有感覺到呢？劉大志拚命回想，微笑希望他的成績更好，微笑強迫他聽課，微笑在自己告白後假裝什麼都沒發生過，微笑還把自己帶回她家吃飯，認識她爸爸，這一切好像真的是她喜歡自己的徵兆啊，怎麼之前一點兒都沒有感覺到呢？

「行了，別瞎想了，吃飯吧。」郝回歸看了一眼劉大志桌上的紙說。劉大志趕緊把紙收起來放進抽屜，很不好意思。

第十三章
朋友別哭

有人幸福，有人失落，
有人想靠自己的成績闖出一條路，
有人要去陌生的環境，有人做著離去的準備……

很多事我已知道結局，我所做的一切只是為了確認而已。

週末一大早，郝回歸來到省會取周校工的手稿影本。

他知道真相即將大白，但心裡卻總有一個聲音在勸自己不要知道這個真相，或者慢一點兒知道。從省會車站換乘公車，到雜誌社只需十分鐘，但郝回歸選擇步行。天上下著小雨，像某種徵兆。

郝回歸終於還是走進了傳達室。

「請問您是？」

「您好，我之前和編輯約好，來取一位作者的手稿影本。」

「您就是郝老師吧。您好，我是周建民的編輯，我姓范。」范編輯戴著一副黑框眼鏡，頭髮整理得服服帖帖的。

郝回歸沒想到編輯會專門等著自己。

范編輯請郝回歸坐下，倒了一杯茶。

「郝老師，接到您的電話後，我就想著必須和您見上一面。手稿我已複印好，可以給您一份……」范編輯欲言又止，「實不相瞞，這篇文章在我們雜誌社內部引起了很大爭議。在評選過程中，很多編輯覺得這篇文章文筆太差，邏輯混亂，但它很真實，就像真的一樣。我當時就想，這篇文章的作者沒準兒是個精神分裂症患者。」

聽完這番話，郝回歸心裡很難受，在周圍人眼裡，周校工確實是個瘋子。就好像此刻的自己，如果把所有真相說出來，無論是說給誰聽，別人也一定覺得自己是個瘋子。

「郝老師，我想問一下，現實中周校工到底是個什麼樣的人？」

郝回歸沒有直接回答問題：「范老師，我和您一樣，對周校工充滿好奇。如果要問我的意見，這個世界太大，任何事都可能發生在任何人身上，不相信的人認為是科幻，相信的人認為是事實。」

范編輯點點頭表示認同，追問道：「那現在周校工的情況是否如他文章裡寫的一樣？他是真的有精神病嗎？」

「我不知道是因為他已經有了初步的精神症狀再寫的文章，還是寫了文章之後出現的症狀，但無論如何，文章裡的內容都已經開始困擾他了。」郝回歸誠懇地回答。

「其實，雖然這篇文章是虛構的，但我相信文章裡的情節。」范編輯停頓了一會兒，「我小時候，一個冬天的晚上在公園湖上玩，突然冰面裂開，我掉了進去。就在瀕死之時，突然有個人把我救上岸，等我緩過神來，那人已經不見了。這件事我記了很多年，直到有一天，我在鏡子裡看到現在的自己，我才發現，記憶中救我的人好像就是鏡子中的那個人。你有沒有過這樣的經歷，某個時刻，突然會出現一個人幫助你，告訴你某個道理，然後消失在人海中。」

聽范編輯說完，郝回歸心裡多少有了一些安慰。「我相信您的說法，我也覺得有些人的人生之所以轉折，也是因為受到一些突然的外來幫助。我也曾這麼想過，這也是我為什麼要來取周校工的手稿影本。」

「這是他的手稿影本。如果您在看文章的過程中有任何新想法，請務必告訴我。」范編輯從包裡拿出一遝周校工的手稿影本。

「謝謝，那我先告辭了。」郝回歸站起來，外面的雨愈下愈大，他用塑膠袋把影本包好，放在大衣內側走了出去。他找了一家人少的小店，要了一碗麵，坐在角落，把影本拿了出來。

手稿中，有些話被重複了好幾十次，比如「為什麼他會告訴我這些」。整篇手稿當中也常常使用感嘆號。郝回歸心想難怪范編輯會懷疑它並不是一篇虛構類文章。郝回歸細細閱讀，從略微混亂的敘述中，他明白了周校工的全部經歷：從小在福利院長大的周校工突然遇見自稱是遠房親戚的表哥，這位表哥就是未來的周校工。表哥並沒有考慮此刻的周校工對事情的接受程度，把未來所有的事以及自己的身分都一一透露。周校工無法理解，而且即使預言準確，他也無法改變事情的結局。

整篇文章邏輯很亂，郝回歸努力釐清了幾個要點。

一、自己回到一九九八年是因為那本劉大志寫給未來的自己的日記。

二、未來的周校工看到了現在周校工的日記，所以消失了。

三、日記在未來出現，未來的人就能回到過去；在過去出現，未來的人就要回到未來。

四、自己不能跟劉大志提任何有關未來的一切，他肯定接受不了。

五、當劉大志開始給未來的自己寫信時，就意味著自己離回去不遠了。

郝回歸收起手稿。周校工之所以走到今天，表面看起來是無法承受那麼多對未來的預知，實質是對已知未來的無能為力。但即使改變不了眼前的世界，我們也能通過努力對之後的人生負責啊！即使自己無法改變十七歲的劉大志的人生，但是當他開始改變劉大志對很多事情的態度之後，十八歲、十九歲、二十歲之後的劉大志是不是就能變得不一樣？甚至哪怕劉大志從十七歲到三十六歲，依然過著和郝回歸一樣的失敗人生，那沒有人知道的三十七歲的郝回歸，是不是就能變得更強一些？我們改變不了我們已知的現在，為什麼不能為未知的未來負責呢？

郝回歸突然頓悟，看起來，未來的周校工把如今的周校工給毀了，但實際上是現在的周校工並沒有為之後的自己負責。他完全已被當下擊垮，他根本懶得為自己的四十歲、五十歲、六十歲的人生負責。如果自己能改變十七歲的劉大志自然是好的，但就算改變不了，那自己也應該為自己的三十七歲負責。

後悔了，才想改變過去；強大了，才敢對未來負責。

郝回歸要立刻去見周校工，他相信周校工一定能明白自己的想法，他也相信自己一定能幫周校工走出困局。

該發生的總會發生，但我們可以換一種態度去對待，結果在我們內心的映射可能就會不一樣吧？

微笑家出事了。

「謝主任不見了。」祕書小張突然推開王大千辦公室的門，慌張地說。

「什麼意思？」

「謝主任的電話關機，他的老婆和兒子幾個月前出國也沒回來。我們剛剛已經報案，謝主任可能攜款逃跑了！」

「怎麼可能？謝友良跑了？」王大千整個人呆住了，怎麼可能？昨晚他還和謝主任一起喝酒，聊接下來的規劃。

陳志軍也來了電話，沒等王大千開口，他就說：「老王，應該聽說了吧，謝友良跑了，帳戶裡六千多萬元的資金全部轉移到了國外。他家人也早都移民到了美國，其他親戚我們聯繫上了，他們都不知情。看來謝友良早有準備。我們需要你一會兒來局裡配合一下調查，我安排車來接你。」

王大千趕緊說：「好好好，一定配合。你也不用派車來接我，我現在就過去。」

如果謝友良真的逃了，王大千借來先墊付的那一千多萬元也就全打了水漂。如果政府撥款被騙，要麼追回撥款，要麼等調查結案後政府才有可能繼續撥款。在這期間，整個工程相當於癱瘓了。現在該拆的房子拆了，該搬的搬了，所有人都等著新房完工，抓不到謝友良，王大千這輩子可能就到頭了。王大千交代祕書不要走漏消息，工地繼續，不要影響大家的情緒，自己急忙趕到公安局。出入境管理處證實，謝友良已飛往澳洲，整件事證據確鑿。王大千無法想像那些殷殷期盼的老街坊，更無法想像整個家之後的狀況。這一次，他不僅搭上了家裡所有的資金，還向幾個信得過的老朋友湊了好幾百萬元。

公安局外，小張迎了上來。王大千知道消息已經瞞不住了。

「微笑知道了嗎？」

「還不清楚，已經有人成群結隊找到工地辦公室去了。」

「我現在回家一趟。工地絕不能停工，任何人問就說正常進行。如果有人問是不是謝友良逃跑了，你就說有政府在，相信政府。」

「好。」

安置房社區裡全亂套了。

郝鐵梅趕緊請假回家，還沒進安置房社區，就遇見了幾群人都要去工地。

「媽，這是怎麼了？」剛放學的劉大志也不知道發生了什麼。

郝鐵梅不知道事態有多嚴重，讓劉大志先回家待著。

「謝友良跑了，我們絕對不能再讓王大千跑了，不然我們下半輩子就完了！」有人喊道。

「當初我就說了不要相信什麼回遷房，你看，現在是不是出事了！」兩口子在人群裡吵了起來，各種吵鬧交雜著。

劉大志找了個大叔問了情況，還沒聽完，拔腿就往微笑家跑。

王大千趕回家時，院子門口已經聚集了很多群眾。一看到王大千，一時不知該憤怒還是質問，所有人突然安靜了。

「王老闆，聽說謝友良捲款跑了，回遷工程是不是出問題了？」

王大千雙手舉起往下壓，示意大家安靜：「不瞞大家，我也是剛剛才知道。大家請放心，這是個大工程，不是離開一個人就停工的專案，要相信政府，也要相信我王大千。你們想想，政府沒有撥款之前，我就把專案做了，就算我傾家蕩產，也要保證這個項目繼續進行。請大家先回去，也請轉告給其他人，工程不會停。大家請放心，我會給大家一個滿意的答覆。」

人群漸漸散去。王大千打開門進了院子。他把家裡的房產證、存款、車本一一翻出來，看看能湊齊多少錢，起碼還能再緩一緩，絕對不能讓工地停工，一停工這個事情就變大了。

微笑從外面跑了進來，看見爸爸的樣子，就明白原來這一切都是真的。

「爸……」微笑有點兒哽咽。

「我在，我在。傻孩子，哭什麼！過來。」王大千走過去摟住微笑，拍拍她的背，「不用擔心，都會過去的，不是什麼大事，你爸肯定解決得了，但可能要辛苦你一段時間。」

「爸，我怎樣都可以的。你不用考慮我，我都這麼大了。」

「微笑，在嗎？」門口傳來劉大志的聲音。

王大千打開門。劉大志很著急，看見微笑的爸爸：「我……我來看看微笑。」

「你倆聊。叔叔沒事，不用擔心。」

劉大志走進去。微笑正在發呆，看見他立刻站起來。

「我來看看你。」

「嗯。」

兩人沉默了一會兒。微笑打破僵局：「對不起，讓你們從老房子搬了出來，可能一時換不成新房子了。」

「嘿，我不是來問這個的，王叔叔不也是希望大家住得更好嗎？何況王叔叔也是受害者，我們不過是換到了小一點兒的新房子，你們家墊了不少錢吧？」

「謝謝阿姨和你。」

「沒什麼。」劉大志的臉紅了，他又想起郝回歸跟自己說的話，他一定要讓微笑沒有喜歡錯人，但他也不知道自己能幫什麼忙。

「現在還差多少錢？我媽那應該還存了一些。」

微笑搖搖頭：「前後大概還有五、六千萬元的缺口吧，如果停工的話，就徹底沒有希望了；如果繼續開工，最起碼也要一千多萬元。」

一千多萬元？劉大志咽了一大口唾沫。在他的概念裡，錢只要上了六位數，十萬和百萬，百萬和千萬，一千萬和一個億都差不多。反正自己掙一輩子都掙不到。

「那接下來打算怎麼辦？」

「可能我們要提早做鄰居了，我們也要搬到安置房去住。」

「嗯，有什麼需要幫忙的叫我們就好。」自從劉大志被郝回歸告知微笑其實喜歡自己之後，他覺得自己肩上的擔子似乎重了一些。

會客室裡，郝回歸和周校工面對面坐著，周校工的狀態很穩定。

「周校工，我相信你說的一切，也相信你對未來的判斷是真的。」郝回歸開門見山地說。

「你為什麼會相信我？」周校工笑了笑。

郝回歸決定和盤托出。

「我也遇到了這樣一個人，他告訴我的所有事都發生了，但所有的事都沒有辦法改變，我一度非常失落。但現在我明白了，其實所有預言都是觀察。」

「你是什麼意思？」

「我是說我們認為的預言其實不是預言，絕大多數事的發生都有先兆，就看你能不能觀察到。預言者，更準確地說，應該叫觀察者。平日仔細觀察生活的暗流，自然就知道潮水的走向與湧動。」

「所以郝老師，你的意思是別人跟我說的那些我改變不了的結果，其實不是命運的擺弄，而是每個人的性格使然？」

「對，周校工，你終於能明白我的意思了。」

突然，周校工哈哈大笑起來：「我才不會相信你這套荒謬的理論，一個人的命運早就注定了，老天讓你過得好就好，讓你差就差，它隨時都可能讓你進入絕境，或者升往天堂。我們都是被命運玩弄於股掌之上的道具而已。」

郝回歸還想繼續解釋，周校工卻站了起來：「我不想再跟你聊天了。你不要以為說能理解我，就能把我的話給套出來，讓我告訴你未來發生了什麼。我不會上當。你們所有人都想利用我的預測，為你們自己謀利！」周校工又進入到一種被害妄想症的情緒中。

探視的時間到了，郝回歸十分挫敗。離開前，周校工饒有興致地看著郝回歸笑了一下。郝回歸不知道周校工究竟是真傻，還是裝傻。他最後跟周校工說：「雖然我說的你不信，但不管你知道多少的未來，都不重要，你不僅要花時間在你知道的人生上，也要為你所不知道的人生負責。也許你現在知道的東西很多，但是你不知道的東西更多，那才是你真正該去的地方。」

人之所以活得糟糕，百般不順，並不是某個選擇出了問題，而是一個人每天的狀態注定了他最終可選擇的範圍，而一個人的性格注定了他在關鍵時刻會做出怎樣的選擇。

郝回歸把心裡所想的表達出來，這些話不僅是對周校工說的，也是對自己說的。他要對劉大志負責，更要對未來的自己負責。

有些掛在嘴上只是因為喜歡，有些放在心裡，才是因為愛。

微笑像往常一樣上學放學，她已能感受到周圍人對她態度的變化。周校長找了微笑幾次，除了著急就是埋怨。郝回歸看在眼裡，不知如何安慰。每每同學討論這件事時，劉大志就用眼神示意叮噹去陪微笑，自己則讓那群同學閉嘴。

「劉大志，你家不是一樣被坑了嗎？你是她家女婿嗎？你以為她家真窮啊？窮了就會看得上你？拉倒吧，聽說謝友良逃跑前分給她家不少錢，他們勾結在一起，受害的都是窮人。」

劉大志好幾次控制不住要跟他們打上一架，都被陳桐攔了下來。

過了幾天，放學後，微笑對劉大志說：「你們放學後有時間嗎？幫我搬個家。我爸把院子賣了，我們也要搬到安置房。」

「沒問題！我叫上陳小武。」劉大志應允下來。微笑家的安置房只有不到四十平方米，很多東西沒法帶走，一併留給新的房主。

「微笑，劉德華的照片怎麼辦？」王大千問。

「我來，我自己弄。」微笑趕緊跑過來，小心翼翼地從照片的邊角慢慢揭開。王大千略感欣慰。微笑四歲開始學跆拳道，拿到黑帶那天，微笑說：「在黑暗中，雖然眼睛看不見，但是一定要保持感覺，只有這樣，才知道如何出招去應付那些眼睛看不見的進攻。」此刻的微笑依然對自己喜愛的東西保持著熱情與尊重，王大千站在後面，很驕傲。郝回歸也在思考怎樣才能跟王大千聊一聊。他怕說多了引起懷疑，說少了又不能改變什麼。

王大千拿著湊來的五百萬元還給當初借給他錢的三位朋友。朋友們完全沒想到王大千在這個關頭還能來還錢。這三人都是王大千的戰友，退伍後回各自家鄉做起了生意。三人一合計，對王大千說：「大千，說實話，當初借你錢確實是因為有錢掙。我們現在把錢拿回來，道義上沒問題，但你就再也翻不了身了。聽哥幾個的，這錢你拿著，真有錢了再還，能造一棟是一棟，起碼是個希望。你王大千是條漢子。我們不缺錢，那些街坊需要希望。」

聽完戰友的一番話，王大千本就滿是血絲的雙眼更紅了。

「行，我聽你們的，繼續開工。有朝一日，我一定會把錢還上。」王大千來不及跟戰友們吃飯，立刻又趕回了湘南。

所有人最怕的就是工地停工。人一散，再聚起來就沒那麼容易。

王大千趕回湘南，宣佈工地照常運轉。郝回歸坐不住了，立刻來找王大千。他必須告訴王大千這個錢只能還，不能投，不然就是一場悲劇，所有的錢都會打水漂，有去無回。郝回歸趕到工地時，王大千正給所有工人加油打氣，看見郝回歸，不禁一愣。郝回歸跟著王大千到了辦公室，進去之後把門關上。

「微笑爸爸，我也不是外人，有些話我想說，希望你真的能考慮考慮。」

「郝老師有什麼想跟我說的？」

「微笑爸爸，你想過沒有，如果這個錢投進去，對結果根本沒影響怎麼辦？這個錢就白投了啊。」

王大千看著郝回歸，沒有說話。

「這個錢不投，頂多背負街坊一時的不理解，但最終他們會明白的，你也是受害者。這個錢一旦投了，無非只是延緩大家的不安情緒，最終依然還是會崩塌的。到那時，無論是你還是微笑，都會受牽連，欠的就不只是情，還有債。」

王大千沉默了一會兒，遞給郝回歸一支菸，郝回歸沒有拒絕。一支菸抽完，王大千長嘆了一口氣，說：「我又何嘗不知道這個錢是打水漂，可是我還有選擇的餘地嗎？當所有人都信任你的時候，你只能把自己逼到沒有退路。趁自己還能拚盡全力的時候拚一下，所有人毫無保留地相信你，你要做的也只能是毫無保留。我現在做的是問心無愧，如果今天我沒盡全力挽救，我一輩子都會良心不安。」

原來王大千從一開始就知道結果。

「對了，回歸，剛好你在，我有件事想跟你商量。我和微笑她媽媽很早就離婚了，這些年微笑很懂事，一直不在我面前提她媽媽。但我也知道，她想出國工作，一定也是想去見一見媽媽，但又怕我傷心。現在家裡狀況不太好，她也承受了不應該屬於她的壓力，所以我跟她媽媽聯繫了，想把微笑送到美國，讓她和她媽媽住，生活也會更好一些。」

終於還是等到這一天了。

「微笑爸爸，這看起來是個不錯的決定。有跟微笑提過嗎？」

「還沒有。我想徵求一下你的意見，打算晚上跟她商量。謝謝郝老師，希望我倆還有機會好好喝一頓。」

「當然會有，事情肯定能解決，你放心吧。」郝回歸嘴上說著，心裡卻難受得很。

「謝謝你，回歸。你願意來跟我說這些，我很開心。」

從工地回到家，已經是淩晨兩點。王大千輕輕打開新家的門，門口堆了很多未拆包的東西。微笑睡在只能放一張床的臥室。王大千擰開一盞舊檯燈，房子裡雖然擠擠的、亂亂的，卻也灑滿了靜謐的微光。客廳的牆上貼著一張照片，王大千走近仔細一看，不是劉德華的，而是自己的一張生活照，上面還有一行小字：「爸爸，你比劉德華更帥，我愛你。」

王大千悄悄走了出去，一個人蹲在走廊上捂住嘴哭，害怕吵醒微笑。

第二天一早，王大千把出國的決定告訴微笑。微笑沒有任何表情，只是淡淡地問了一句：「還有多久？」

「三個月吧，在高考之前就走。」

「行，我知道了。我上學去了。」

微笑把自己要離開的消息告訴了幾個夥伴。叮噹哭了一整天。

「哭哭哭，哭什麼哭？你到底是捨不得她，還是羡慕人家去美國啊？」劉大志煩透了。

「當然是捨不得。我最好的朋友要去美國生活，美國那麼遠，可能幾年都見不到一次。有些人每天見一次，感情愈來愈好。我們是每見一次，就離分開愈來愈近，你知道這是什麼感覺嗎？」叮噹繼續哭。

劉大志硬著頭皮說：「去美國很好啊，能看到不一樣的世界，你的英文又很好，剛好派上用場，以後我去美國……」

「算了，哥，你不可能會去美國。」叮噹哭著說。

微笑忍不住笑了起來：「你倆這都要吵。」

劉大志也很想像叮噹那樣，哭一哭就能表達自己的情感，但他不能，他必須做點兒什麼。微笑知道郝回歸同意自己出國後有點兒驚訝：「你也覺得我爸讓我出去讀書是正確的？」

「我覺得對你是有好處的。如果劉大志要出國，我覺得就沒意義了。」兩人笑了起來。

「我從沒想過要出國，也沒做好準備。」

「但我相信你一定能很快適應。」

「我爸是不是覺得我現在是個累贅？」

「當然不是，你想多了。你爸跟我聊的時候，聊到你從小學跆拳道，聊到你的性格，他覺得趁你還年輕，考一個美國大學見見世面也挺好的。如果哪一天你想回來就回來。可能他怕再晚一點兒，家裡一分錢都拿不出來了吧。」

郝回歸此刻考慮的事和劉大志的一樣。

「微笑，離開之前，你還有什麼特別想做的事嗎？」

微笑想了半天，笑了起來。

「怎麼？想到了？」

「是啊，一直在想這件事，爸爸答應我好久了，一直都沒有實現，我怕說出來，郝老師會覺得很好笑。」

「不會啊，你說。」

「我們是南方小城，我只在電視裡看過雪，我爸老早就答應過帶我去看一場雪，但從來就沒實現過。我很想在走之前看一場雪。不過聽說美國倒是會下雪。」

「美國的雪沒意思，有意思的雪一定要和有意思的人一起看。」

「也是，我看電視上一群人打雪仗，很有意思。」

「這樣，下一次月考結束，我帶你們去松城看雪，那裡已經下了幾場雪。」

「真的？你可不要騙我。」

「說到做到。」

「謝謝郝老師！」微笑笑得很開心。

當我所做的一切都是為了你，我以為是你綁架了我，其實是我綁架了你。

王大千把剩下的錢都投入工程，自己每天跑公安局和政府，一方面打聽謝友良的消息，另一方面想知道上頭會怎麼處理這件事。分管案件的副局長讓王大千不用每天跑公安局，也說現在政府正在給上級打報告，盡快解決。王大千知道，這「盡快」等於沒有期限，但也沒辦法，只好嘆口氣離開。副局長突然叫住他：「老王，我聽說你還在扛，能緩就緩緩，上頭肯定能幫你解決，只是需要時間，你也不用繃那麼緊。」

「沒事，誰讓這是我承接的工程呢？能扛一天是一天，真扛不動了，還要你們來幫我收場。」

「一句話。」副局長拍拍王大千的肩膀。

整件事就像烏雲一樣籠罩在安置房一百來戶家庭和微笑家頭上。以前安置房熱熱鬧鬧，說說笑笑，大家也互相串串門，聊聊天。現在大家的走動明顯少了，尤其是上了年紀的人，沒事就嘆個氣，生怕別人聽不到自己的失望，就好像誰顯得愈可憐，誰就愈能得到他人的關愛。好在郝鐵梅是明事理的人，每次聽見有人嘆氣，就會直接說：「別嘆氣了，本來馬上就轉運了，被你一嘆又沒了。」

劉大志問媽媽：「如果新房子建不成，我們一直住這裡嗎？」

「反正你爸住醫院，你馬上就要讀大學，我一個人住也挺好。」

「媽，沒事，等我讀了大學，掙錢給你買大房子。」

「行行行，趕緊學習去，郝老師說了，接下來這段時間最關鍵，別看你現在考到了前二十名，你們文科班成績差你也知道，不進前十，一樣沒用。」

第二天，劉大志、陳桐、叮噹和陳小武約了吃大排檔。

大家要討論的主題是：微笑要走了，大家能為她做些什麼？

陳小武和叮噹坐在一起，兩個人都特別不好意思。陳桐看了劉大志一眼，意思是：「你看，我早說了。」劉大志看了陳小武一眼，意思是：「行了，別裝了，假裝陌生呢？」叮噹則看了劉大志一眼，意思是：「我覺得我和陳小武可以先處處，你千萬不要告訴我媽。」大家彼此互看了一眼，資訊交流完畢，開始討論微笑的事。

「叮噹，微笑最喜歡的是什麼？」

「劉德華？」

「哎，親筆簽名的海報和照片都有了啊。」

「對了，她特別想去看一場劉德華的演唱會！」

「在哪裡？」

「深圳。」

「什麼時候？」

「真的真的，剛好在她離開前半個月！」

「需要多少錢啊？路費、住宿費、演唱會門票，都特別貴吧？」

「我們以前算過，一個人的話怎麼也需要八百元吧。」

「算了，就當我沒說。」劉大志很挫敗，他連給自己買盒磁帶的錢都沒有。

「我和叮噹可以資助你兩百元。」陳小武說。

「那是要給你買BP機[17]的錢啊！」叮噹阻止陳小武。

「欸，叮噹，我和陳小武在一起多少年了，你和陳小武在一起多少天，你還沒嫁給人家好嗎，怎麼就干涉起我們兄弟之間的感情了？大不了以後加倍還你們嘛！」劉大志十分不滿。

「大志，我也可以贊助你兩百元。」陳桐說。

「你們真好，但是，我一分錢都沒有。」

「那你不會去掙啊？馬上放寒假了，有一個月時間，打工唄。」叮噹鄙視劉大志。

劉大志被點醒了。這天之後，劉大志一放學就消失了，每天晚上八、九點才回家。好在每天都做作業到淩晨一、兩點，郝鐵梅雖然很疑惑，但也很欣慰。郝回歸看劉大志白天睏得要命，把他抓進辦公室：「你最近怎麼搞的？」

編註17 台灣稱作行動呼叫器，也是俗稱的B.B Call。

劉大志非常不合時宜地打了一個哈欠。

「我作業都做完了，老師說的我不懂的我當天都會弄明白的。」

郝回歸把劉大志的作業找出來，確實比以往還要認真。

「聽說你每天放學之後去打工？」

「啊哈，是啊。」

「現在這種時候還打工？」

劉大志撓撓後腦勺：「微笑不是要走了嘛，我想打工湊錢，幫她買一張演唱會的門票，路費陳桐和小武都幫我湊好了。我想她離開，我們又去外地讀書，再見面可能是好幾年之後了吧，我想為她做些事。如果換作是你，郝老師，你肯定也會這麼幹吧？」劉大志有點兒不太好意思，畢竟是第一次想為一個女孩子做些什麼。郝回歸居然有些欣慰。劉大志已經有了變化，他正在盡自己最大的努力和勇氣去做他能做到的事。

「那，你也不能耽誤學習，我打算寒假的時候帶你們幾個去松城看雪。」

「真的啊？我們幾個？太好了！能不能等我打完工再去啊？」劉大志很興奮。

「那就不用打工了，大家在一起不就好了？」

「不行。這是大家在一起的回憶，我想給她留下單獨的一些回憶。郝老師，你不是說她喜歡我嘛。」劉大志有些羞澀。此刻的他比當年的郝回歸勇敢多了，想做，也敢做。

「演唱會門票多少錢？」

「我想買一張最好的位置給她，四百二十元。」

「我贊助你兩百元，你再掙兩百二十元就好了。再給你十天時間，之後不能再打工了。」

「真的？謝謝郝老師！哇！太好了！」

劉大志在工地搬磚，四小時八元錢。第一天覺得自己生龍活虎，放肆地搬，晚上回去後手起了好幾個水泡，腰酸背痛。第二天還能忍，到了第三天，彎腰都要飆淚。他覺得自己命都快沒了，才掙二十四元。如果不是微笑，他不會知道原來錢這麼難掙，很多工友已經五十多歲了，手上滿是繭，臉上也都是生活積壓的忍耐。有人一天搬十二個小時，一個月掙七百二十元。第四天一早，他跑到郝鐵梅跟前，說：「媽，我對不起你。」郝鐵梅沒反應過來。

劉大志放學打工，晚上熬夜寫作業，白天硬撐著精神上課。

「你能不能好好聽課？怎麼老睡覺？」微笑不知道劉大志為何又回到了從前。

「哦。」劉大志振作起來，沒隔兩分鐘，又犯起了睏。

下課之後，微笑問：「你最近怎麼了？上課心不在焉，手上又是水泡，放學走得早，你去幹嘛了？」

「我在打工。」劉大志脫口而出。

「打工？為什麼？為什麼要打工？」

「就是鍛煉一下，體驗生活。現在才知道掙錢有多難。」

「劉大志，我不管你幹嘛，反正馬上要高考了，你不要忘記自己的目標。我馬上也要走了，你自己對自己不負責的話，誰也救不了你。」

「曉得了，我知道，知道了。」劉大志趕忙敷衍。

時間過得飛快，一轉眼就到年底了。小孩準備考試，大人準備過年，人人都在期盼新的一年有新的轉變。王大千咬咬牙，訂了幾十桌酒席，請能來的拆遷戶吃個團圓飯，一來表示歉意，二來圖個吉利。雖然關係依然膠著，但聽說有飯吃，該來的人都來了。王大千在台上說了一番感謝的話，也說了專案的進展、政府的關心，底下的街坊該吃的吃，也沒誰搭理。郝鐵梅不贊成王大千請大家吃飯，一方面錢要花在刀刃上，另一方面這些街坊也沒有多少人能真正體諒他。很少人真的同情王大千，大多數人覺得他就是個騙子。

「每桌都有酒，大家自己喝，我敬大家一杯。」王大千站在台上，乾了一杯。

「王總，你把我們幾百號人弄進安置房，到現在沒個說法，到底該怎麼辦？你覺得你就這麼敬一杯酒就完事了？」說話的是個年輕人，劉大志認得他，是隔壁棉紡廠的小混混宋麻子，後面站了一群遊手好閒的混混。

「王總，既然你那麼能扛事，我這有兩瓶白酒，你乾了，這個年我們就相安無事。」

王大千笑了笑說：「這個酒我欠著吧，等工程結束後，我們再喝。不然現在喝了，今天工地我就管不了事了。」

宋麻子不依不饒：「王大千，別給你臉不要臉，今天來吃飯是給你面子。你不喝完這兩瓶酒就是不給我面子。乾了，就互相給個面；不乾，我就把這裡所有桌子給掀了。」

王大千知道，不喝這酒，肯定有人借機鬧事，鬧大了，還是自己收拾，而現在家裡再也經不起這種折騰了。換作以前，誰敢跟他說這個？但如今，這麼多街坊看著，卻沒人勸阻。微笑被氣哭了，她恨這些落井下石的人，也恨自己不是個男人，不然一定衝上去揍宋麻子一頓。王大千苦笑了一下，拿著杯子朝宋麻子走過去。郝鐵梅一把拽住王大千，準備跟宋麻子講道理。

「啪！」宋麻子把手裡的杯子狠狠砸在地上，玻璃碴兒濺得到處都是。郝回歸一看這個局面，就知道今天躲不過了。當年自己一時犯，沒有幫王大千把酒擋了，最後王大千離開了。今天，他必須站出來，雖然自己酒量不好，還對酒精過敏，但……郝回歸心理建設還沒完成，大家視線中突然出現了一個人。

劉大志站在宋麻子面前，看著宋麻子。

「拿來。」

宋麻子一愣。所有人都一愣。郝鐵梅連忙把劉大志拽回去。郝回歸心想完了！劉大志的酒量比自己差多了，而且也是酒精過敏啊。

宋麻子冷笑一聲：「去去去，毛都沒長齊。」

「喝完這兩瓶是吧？我來。」沒等人反應過來，劉大志直接把兩瓶白酒從宋麻子手裡搶過來，打開一瓶仰著頭「咕嘟咕嘟咕嘟」喝下去。糟了！郝回歸立刻衝上去，把劉大志手裡的另一瓶白酒搶過來，也對著嘴「咕嘟咕嘟」喝下去。

所有人都靜靜地看著他倆，兩瓶五十六度的白酒就這樣被劉大志和郝回歸喝光了。喝完之後，兩個人同時用袖口擦了擦嘴。劉大志和郝回歸並排站著，灌了整瓶白酒，兩個人都眼睛通紅，一人握著一個空酒瓶，指著宋麻子和他後面的一撥人，那種上了頭的氣勢就像要拚命。宋麻子一看，再鬧下去，眼前這兩個人怕是要跟自己豁出命。

「行，今天就這麼著。我們吃完了。」宋麻子帶著人離開。

人一走，郝回歸和劉大志同時憋不住了，「哇」的一口，吐了出來。王大千趕緊扶住郝回歸，郝鐵梅則扶住劉大志。

劉大志酒氣上頭，一臉傻笑：「郝老師，你怎麼也喝？」

郝回歸硬撐著說：「你酒量那麼差，你還喝，你是不是傻？」

劉大志本想繼續貧嘴，忽然身子一歪，倒了下去。郝回歸酒量稍微好點兒，但也是感覺天旋地轉的。大家連拖帶拽把兩人扛上王大千的車後座。

「爸，我陪你們一塊去。」微笑趕緊上了副駕駛座。

路上顛簸，郝回歸和劉大志一左一右倒在郝鐵梅的腿上。

兩個人酒氣沖天，開始胡言亂語。

「劉大志，想不到你還挺猛的。」

「嘿嘿，郝老師，不要小看我，微笑的事就是我的事。」

迎著窗外的風，微笑的臉有點兒微燙，既擔心又感動。

「這倆孩子，是不是瘋了？」郝鐵梅特別擔心，不停摸著郝回歸的額頭。

「媽、媽，你在哪裡？」劉大志叫喚道。

「媽在這裡，在這裡。」郝鐵梅騰出一隻手摸摸劉大志的臉。

「我媽呢？我媽在哪裡？」郝回歸也在嘟囔著。

「郝老師，我媽可好了，借給你用一下。」

「借給我用？呵呵，你媽就是我媽，知道嗎？」郝回歸倒在郝鐵梅的腿上一個人笑了起來。

「我媽是我媽，我媽不是你媽！但是我可以把我媽借給你用！」劉大志一邊說著胡話，一邊用手拍打郝回歸。「好好好，借我用一下。媽！」郝回歸靠在郝鐵梅的腿上失去意識，不知何時，臉上多了一行淚。

兩個人立刻被送到醫院洗胃，郝回歸的情況比劉大志稍好。

「怎麼能這麼喝酒？差一點兒就中毒！尤其是小的，從來不喝酒，一喝喝一瓶，死了怎麼辦？」醫生很生氣。郝鐵梅和微笑通宵守在他們床邊。過了七、八個小時，郝回歸先醒過來。

「郝老師，你太衝動了，怎麼能喝那麼多酒？」大家稍微緩了口氣，郝鐵梅帶著憐愛埋怨。郝回歸想起昨晚的事，覺得幸好，如果不是自己在場，現在躺在床上可能永遠醒不過來的一定是王大千或者是劉大志。他苦笑一下：「如果不這樣，恐怕結果會更糟糕吧。大志怎樣了？」

劉大志躺在旁邊的床上，打著吊瓶，依然昏迷。郝回歸掙扎著起身，挪過去，摸了摸劉大志。他沒想到這個十七歲的自己那麼勇猛，那麼不在意自己，敢為了別人如此拚命。漸漸長大的他早就丟掉了熱血。郝回歸又有些得意，畢竟現在的他也敢豁出去了，比起劉大志，並沒有丟臉啊！

又過了十幾個小時，劉大志終於睜眼了。等他稍微清醒，發現爸爸、媽媽、微笑還有郝回歸都在旁邊看著自己。

「劉大志，你是不是不要命了？你差點兒死了知道嗎？」郝鐵梅特別激動。

微笑看見劉大志醒來，什麼都沒說，站起來走出病房。

「算了，別罵他了。他也是為了王大千好。」劉建國說。

「什麼為王大千好？人家微笑爸爸每天喝酒，一兩斤白酒也不會有什麼負擔，他一個十七歲的小孩逞什麼能，湊什麼熱鬧！劉建國！你這樣教小孩，以後他出了事你負責！」郝鐵梅一著急，眼淚也出來了。

「媽，別生氣，我這不是沒事嘛。王叔叔不能喝。」劉大志使勁兒地笑了笑。

「什麼不能喝？為什麼不能喝？」

「爸，你跟媽說一下吧。」

劉建國見微笑走出了病房，才輕聲說：「唉，本來王大千再三交代不能說，現在也沒辦法了。他啊，有很嚴重的肝硬化，不能再喝了，如果讓他喝完這兩瓶，可能現在我們就要參加他的葬禮了。」

「啊？」郝鐵梅一愣，「大志你怎麼知道？」

劉大志去醫院找爸爸談爸媽離婚的事，看見爸爸桌子上放著王大千的體檢報告。劉大志沒說話，劉建國也沒有說話。

「這是上次我們幾個在微笑家聚餐的時候，趁微笑不在的時候，微笑爸爸自己說的，說大志的爸爸交代他不能再喝酒了。所以我們就喝了。」郝回歸連忙插嘴道。

「是啊，大千的病是我給他看的。」劉建國趕緊補充。

「郝老師、大志，你倆都是我的兒子，我不允許你們再這麼喝酒，如果真的出事了，你們想想給我們會帶來多大的傷害。絕對不能再逞能了。」郝鐵梅語氣一下就軟了。

「行行，他倆肯定不會再喝了。」劉建國在一旁補充。

郝回歸看著郝鐵梅和劉建國，有種說不上來的感覺。

無論是外公離開的那一天，還是眼前，原來他倆真的是有感情的，既依賴又默契，只是自己當初並不理解。

「嗯。」劉大志一臉惆悵，他根本不在意自己的身體，他惆悵的是耽誤了打工的時間，少掙了幾十塊。

少年義氣比什麼都重要，自己認定的事，拚了命也要做到。

劉大志回到工地。工友見劉大志回來，都湊了上來。

劉大志很不好意思，對工頭說：「凡哥，前幾天生病了，來不了，不好意思。」

「你是幫王老闆喝酒的那個小孩吧？一口氣幹掉整瓶白酒？」凡哥叼著菸問。

劉大志沒想到他會知道這件事，不知該如何回答。

「看不出來啊，搬磚一般，酒膽挺大。以前我們也和王老闆合作過，他是個好人。沒事，這幾天的錢我都幫你領出來了，按一級工領的，你小子挺厲害。來，簽個字。」凡哥拿出一張紙，上面每一天都有劉大志的名字。

「啊，這樣不好吧？」劉大志覺得自己不該得這份錢。

「你就拿著吧。你要不是有急用，也不會來這種地方打工。就當我們報答老王的。」

凡哥看劉大志沒動，就自己在上面寫上名字，點了八十元給劉大志：「這是你這幾天的。你放心，你那一份活，幾個老哥都幫你幹完了。要感謝的話，哪天就一起喝個酒，反正你酒量好。」

劉大志不好意思地撓撓頭，想了想，接過工錢。從工地出來，陳小武和叮噹正在外面等他。陳小武開了輛嶄新的皮卡，雖不如轎車洋氣，但比三輪車提高了好幾個級別。

「快快快，哥，快來。這是小武的新車，以後有這個，就可以兩個菜市場跑了。」叮噹坐在副駕駛座上。陳小武很幸福地看著她。

劉大志一個翻身上了皮卡的後車廂，站在裡面：「小武，站穩了，開吧，讓我感受一下。」

「好咧，我們出發啦！」

迎著風，三個人在一輛嶄新皮卡上奔向他們期盼的未來。

劉大志猛然發覺，這個學期，每個人的變化都好大。陳小武成了一家的頂樑柱，聯合眾攤主抵制保護費，成為攤主委員會最年輕的委員，跟銀行借款買了貨車，把生意做到了第二個菜市場。以前叮噹最瞧不起這種車，現在坐在副駕駛座上，滿臉笑意。半年前，自己都不敢和微笑對視，現在居然敢站出來幫她爸爸擋酒了，他覺得現在的生活從未有過地充實，每天都在奔向更好的未來。

時間能改變很多事，但關鍵是時間能改變一個人，所以才能改變很多事。劉大志站在後備廂看著眼前的風景。一個人騎著自行車從對面大路上交錯而過。郝老師？郝回歸騎著自行車直接進了湘南私立高中的大門。

郝老師居然會去湘南私立高中？劉大志一想，壞了！郝老師不會在最後關頭變節，轉校任教了吧？

「小武，停車停車！」劉大志狂拍後車窗。

「咋了？」

「快！開車去私立高中，我剛好像看見郝老師了！」

「然後呢？」

「我覺得他可能要轉校任教了！」

「啊？」

對一件事缺乏了解，其實是因為缺乏興趣。

在等待告別的最後時間裡，郝回歸並沒有太多遺憾。

周校工從精神病醫院出院了，在學校裡，遇見郝回歸會主動打招呼，雖然兩人什麼都沒有談，但郝回歸能感覺到周校工好像聽懂了自己說的話。他也明白了自己三十多歲的生活過得不好，不能賴劉大志十七歲的糟糕，而是自己愈活愈不像自己。他羡慕劉大志的熱情和義氣和不害怕，羡慕劉大志的執著和「不要臉」。郝回歸買了一個照相機，他想多留一些影像，如果能帶著離開，就是最寶貴的財富。如果帶不走，「喀嚓」一聲留在記憶中也好。所以他去湘南私立高中，是想跟何世福告別。雖然何世福挖走了老師，給自己的工作帶來了很多麻煩，但何世福卻在自己剛來的時候給過他很多幫助。郝回歸只是想跟何世福當面說一聲「謝謝」。私立高中的老同事看到郝回歸，很驚訝，寒暄幾句後，告訴他何世福去了鄭偉家。

「去鄭偉家幹什麼？」

「哦，郝老師你不知道？很多從湘南五中轉過來的學生家庭情況都很不好，雖然學校拿出了各種獎勵，但學費和生活費依然是一大筆開銷。鄭偉家不讓他考大學，打算讓他高中畢業後直接去學門手藝。何主任拿出工資和獎金去資助鄭偉這樣的學生，免得他們的人生有遺憾……話說回來，很多人說他為了錢才轉校的，這對老何有些不公平，他是為了錢，但不是為自己。」

「謝謝你，我過幾天再來找何主任。」郝回歸轉身離開了。如果不是今天來找何世福，也許永遠都不會知道這個祕密。有時候，人們更願意相信那些醜陋的，而沒有人會去傳播那些善良的。有時候我們總說自己對一件事缺乏了解，其實更多的時候是缺乏興趣。

「郝老師！」

郝回歸一抬頭，陳小武、叮噹、劉大志靠著一輛皮卡車喊自己。

「你們怎麼來了？」

「見你來了。你不會是想要轉校吧？」劉大志問。

「我？我過來看看何主任。怎麼，你們捨不得我？」

「我就說，郝老師怎麼可能轉校嘛！」劉大志大笑起來。叮噹白了他一眼。

「你說說，為什麼我不可能轉校？」郝回歸問。

「哎呀，我們那麼多人在湘南五中，咱們關係又那麼好，我們又聽你的話，你怎麼捨得離開我們？」說完，劉大志給郝回歸拋了個媚眼。

「如果我就是轉校了，怎麼辦？」郝回歸問。

「那……我們肯定會哭著喊著不讓你轉的。你真轉了，那我們就絕交吧。雖然失去你，我們會很難過，但好歹我們是一群人。你失去我們，嘻嘻，你就孤獨終老一輩子了啊。」劉大志威脅郝回歸。

是啊，自己離開，他們會痛苦一陣子，但他們是一群人。

而自己失去他們，就變成一個人，才是真正難過的吧。

寒假前，劉大志依然白天上課，晚上打工。微笑生氣了好幾次，也改變不了劉大志。微笑要開始去語言學校學習，她覺得一切好像都是徒勞，以前一切都在自己的把控之中，而現在一切都無能為力。

放學後，微笑坐在座位上發呆。劉大志破天荒沒有立刻收拾東西走人，反而跟微笑說：「走不走？有事跟你說。」

「嗯？哦。」兩個人走出教室。天上下起了小雨，小雨慢慢變成中雨。劉大志帶了一把傘，但又不好意思和微笑同撐一把，只好收起來。微笑走在前面，劉大志跟在後面，兩個人身上都被淋得有點兒濕。微笑此刻的表情是臨走前的風平浪靜，而劉大志是完成目標後的蠢蠢欲動。

「劉大志，你在發什麼神經？」微笑一扭頭，看見劉大志正低著頭自言自語。

「啊？哦，我就是隨便和自己說說話。」劉大志一臉尷尬。

「你不是說有事跟我說嗎？說吧。」

「我有東西要給你。」說著，劉大志把書包放下來，從裡面翻出一個信封，遞給微笑。劉大志的表情怪怪的，說不上喜悅，有一些膽怯，卻又有一種驕傲，總之他把信封交給了微笑，什麼都沒說。

微笑把信封打開，看見兩張往返火車票，還有一張劉德華深圳演唱會的 VIP 座門票。

「這是什麼？你給我的？」

「你不是要走了嘛，所以，我想送你一份禮物，希望你能記得，希望你能開心。」劉大志很不好意思地說。

「所以，這段時間，你每天放學之後，是去打工掙錢，為了給我買這個？」微笑的語氣聽不出任何情緒。

「嗯。」劉大志點點頭，笑了起來，絲毫沒有發現微笑的情緒有任何變化。微笑低下頭，要把信封還給劉大志：「謝謝你，但是你拿著吧，退了也行，我不要。」

「這是我專門送給你的，我知道你很想去聽這個演唱會，所以才這麼做的。」劉大志以為微笑會開心，會興奮，他甚至都想好了怎麼回答微笑，但完全沒有料想到微笑會拒絕這份禮物。

微笑拿著信封，一直盯著劉大志。

「真的沒事，你就收下吧，我所做的一切都是希望你開心。」劉大志繼續勸說微笑。

「劉大志……」微笑低著頭，很努力地克制著情緒。

「微笑，你怎麼了？你別哭啊。為了這份禮物沒有必要那麼感動……以後我還會送你更好的禮物。」劉大志有點兒慌張。

「你們能不能不要都這樣？」

「你……你怎麼了？」

「你們能不能不要都是為了我好，希望我開心，然後幫我做所有決定？我不喜歡你們為了我去打工，去借錢，假裝開心，覺得很滿足！你們有人考慮過我的感受嗎？我爸說為了我好，就決定送我去美國讀書。他問過我的意見嗎？他覺得我跟著我媽以後會過上更好的生活，他以為更好的生活裡沒有他，我會開心嗎？我是喜歡劉德華，但是深圳那麼遠，火車票和門票，你爸媽一個月工資才多少錢？我值得你這麼做嗎？你們都說只要我開心你們就開心，說到底還不是為了你們自己開心，還不是站在自己的角度？你們這樣做是開心了，你們考慮過我的感受嗎？」

這是劉大志第一次見微笑這麼生氣。

劉大志沒有說話，他愣在那兒，但好像微笑並沒有說錯。

有路人經過看著微笑和劉大志，微笑絲毫沒有避讓，她是真的難過，壓抑了很久，她不想給人造成負擔。

「你上課睡覺，放學去打工，你有你的人生，你覺得我坐著火車，聽著喜歡的歌，我就能開心嗎？我在你心裡是不是個傻子啊？是不是只有傻子才會在收別人禮物時不考慮它從何而來？劉大志，我和你想的不一樣，你和我想的也不一樣！你會喝酒嗎？能喝酒嗎？你幫我爸擋酒，我謝謝你，但你在醫院躺了一週。你現在是站在這裡，但如果你出事了，如果你死了，你想過我的心情嗎？你想過大家的感受嗎？你做這件事時覺得自己夠英雄？很男人？我真的很討厭你們這種男人，總覺得什麼事都能自己扛下來，能自己做決定，你們根本就不知道這樣會給周圍的人帶來多少困擾！」微笑邊哭邊說。劉大志心裡好疼，他心疼微笑這麼難過，也心疼微笑說的這些他確實沒有考慮過，自己確確實實給周圍的人造成了麻煩。他很懊惱自己人生第一次為了一個女孩那麼努力，卻以失敗而告終。

「對不起……我沒有想過這些。真的對不起。」劉大志特別難過。微笑說得沒錯，其實他就是個自私的人。只有自私的人才會為了滿足自己的喜悅而給別人造成負擔。劉大志很難過，連邁開步子都那麼艱難。他從微笑手裡接過信封，把信封放進書包，背上書包，轉身離開。微笑根本不想多看他一眼，他也不想看這樣的自己。

微笑站在原地，雨愈來愈大，打在他們身上。

劉大志拖著沉重的步子慢慢離開，走了大概幾米，突然站住，扭過頭。瀏海濕濕地擋在他的眼睛上，劉大志把額頭的雨擦乾淨，帶著一點兒哽咽，很大聲地對微笑說：「你要走了！我就想給你留下一點兒印象！我就想做一件讓你開心的事！我就想讓自己喜歡的人知道我很努力！如果讓你難過了，我對不起你！但是我真的只是很希望能給你留下一個美好的記憶！」

說完這些，劉大志繼續走了兩步，又停了下來扭過頭。

劉大志擦了擦臉上說不清的雨水或眼淚。

「微笑，可能在你心裡我就是一個傻子，一個幼稚的人，我就是想知道你有喜歡過我嗎？哪怕只有一點點。」劉大志鼓起所有的勇氣問出了這個問題，如果現在不問，也就問不出來了，也沒有機會再問了。問完這個問題，劉大志反而平靜了。

微笑深吸了一口氣：「我喜歡你，但是現在我更討厭你，再也不想看見你。」

劉大志苦笑了一下，眼淚立刻湧了出來，和雨水混在一起，他得到了自己想要的答案。但他也知道這個答案同時意味著失去。

當我終於敢對你說出我的心裡話，那一刻，我已經贏了。如果你能聽到我的心裡話，那就是我們都贏了。

我可以為了自己喜歡的人去做一切事。不是為了讓她開心，而是我可以因為她變成一個無敵的人。我願意為了自己喜歡的人去做從沒有想過的事。不是為了讓她擔心，而是想告訴她，因為喜歡她我可以克服那麼多的難題。

我想為了自己喜歡的人去做一切我能做到的事。不是為了逞能，也不是想當英雄，我知道我在我喜歡的人面前很渺小，小到可能對方都看不見我。

所以我想變得更大，大到她閉上眼都能感覺到眼前有個人影。
大到她在路邊也會知道，她的髮絲會因為我的存在而有被風吹到的感覺。
哪怕最後她不喜歡我，我也可以很驕傲地說：我曾那麼認真地喜歡一個人。

郝回歸唸著劉大志的作文，全班一片譁然。唸完最後一句，班裡沉默了片刻，然後一個同學鼓掌，兩個同學鼓掌，大家紛紛鼓起掌來。不是因為寫得有多好，而是寫出了每個人青春期喜歡的樣子。

換作以前，劉大志會很不好意思，而此刻，微笑就坐在身邊。喜歡一個人有什麼好害羞的？如果喜歡一個人可以讓自己更有力量，有什麼好丟臉的？這種喜歡不是大人以為的「早戀」，而是少年覺得的「想變得更好」，因為一個人的存在想變得更好，像叮噹和陳小武一樣。因為有這麼一個人，你就能感到自己活得很真實，真實的痛，真實的喜歡。

微笑被劉大志的作文感動了，但她什麼都沒說，似乎現在說什麼都不對。微笑知道自己那天的話說重了，但她依然對去美國這件事耿耿於懷。不過她沒有表現在臉上，上午依然在五中上課，下午去語言學校，晚上則準備去美國的東西。

這段時間，所有人的情緒都怪怪的。有人幸福，有人失落，有人想靠自己的成績闖出一條路，有人要去陌生的環境，有人做著離去的準備……

音像店重複放著呂方的《朋友別哭》。

有沒有一扇窗，能讓你不絕望。

看一看花花世界原來像夢一場。
有人哭，有人笑。
有人輸，有人老。
到結局還不是一樣。
有沒有一種愛，能讓你不受傷。
這些年堆積多少對你的知心話。
什麼酒醒不了，什麼痛忘不掉。
向前走，就不可能回頭望。
朋友別哭，我依然是你心靈的歸宿。
朋友別哭，要相信自己的路。
紅塵中，有太多茫然癡心的追逐。
你的苦，我也有感觸。
朋友別哭，我一直在你心靈最深處。
朋友別哭，我陪你就不孤獨。
人海中，難得有幾個真正的朋友。
這份情，請你不要不在乎。

郝回歸、劉大志、陳桐、叮噹、微笑，每個人都買了這盒磁帶。說不上原因，只是想把這種情緒一直留著，藏在音樂裡。微笑在家裡收拾衣服，電台正在連熱線，傳出叮噹的聲音，她依然熱衷給電台打電話。

「想點一首歌送給幾個好朋友，無論發生什麼事，都要記得人生中難得遇見幾個真正的好朋友，無論在何時何地，都希望大家珍惜這份感情，不要忘記彼此。」微笑在衣櫃角落裡翻著舊衣服，她要帶一件爸爸的舊T恤，這樣在美國就能隨時隨地看到他的影子。翻著翻著，她發現衣櫃最深處藏著一個本子。微笑疑惑地打開本子，裡面夾著爸爸的病歷。微笑一下愣住了，原來郝老師和劉大志幫爸爸擋酒是因為這個。微笑悄悄把病歷放回原位，關上衣櫃，一個人蹲在地板上默默地哭起來。聽見爸爸開門的聲音，她趕緊擦乾眼淚，假裝什麼事都沒有。

「怎麼？剛哭過？捨不得走？」爸爸疲憊的臉上擠出一絲笑容。

「爸，我捨不得你。」微笑的淚花又出來了。

王大千走過去抱了抱微笑，然後對微笑說：「對不起，讓你去美國和你媽媽住的事情並沒有和你商量過。這些年來，我也從來沒有跟你聊過你媽媽的事情，其實當年我應該陪她一起離開，但後來我也是為了事業……」

微笑第一次聽爸爸說起媽媽的事，但最幸福的是，爸爸並沒有說媽媽任何不好，那些微笑想問媽媽的問題也有了答案。

第十四章

我們會再相遇

我會在未來等你，在每一個路口擁抱你。

劉大志慢慢覺得，雖然青春的成長是無所不能的，十幾歲的我們對很多事卻無能為力。他迫切地想要知道每件事的答案，卻又不喜歡其中的很多答案。他想得到每一個人的認可，可最後卻不喜歡那樣的自己。他想要做很多事，但分不清楚做這些事的順序。他自己也覺得古怪，自己的人生中，要麼一件想做的事都沒有，要麼突然就幾件事同時出現。他做過很多很傻的事，說過很多很傻的話，可無論如何努力，再也回不去的那天，再也收不回的那些話，卻時刻提醒著他，他已經不再是以前的那個劉大志了。

微笑也慢慢覺得，無論自己從多小就學會了自立，學會了保護自己，能一次打倒三、五個男孩，能快速做決定，能對自己的決定負責，但人都是需要感情的。這些天發生的所有事情，讓她似乎變成另一個人，更容易被打動，更容易理解別人，以前自己的心好像有些冰冷，陽光只在臉上，而現在的她有很多話想要對大家說。她後悔對劉大志說的那些話，但她也知道有些事發生了，就不能假裝沒有發生。有些話說出口了，就沒有辦法收回。只能靠時間，靠機會，去沉澱更深的感情，去說更真的話。

郝回歸看著他們，如此真切地觀察到自己一天又一天的變化，拔節、新生，表面上每個人還是一如往常，心裡的草卻在瘋長，長成田野，長成草原，長成森林，長成連綿不絕、一望無際的海洋。

這個學期的期末，陳桐還是第一，考出了六百八十分的高分。劉大志變成第十四名，上了五百分。微笑沒參加考試，她說：「我聽郝阿姨說，只要你前進一名，她就幫你多買一盒磁帶。所以我讓一名出來給你。你記得送我一盒磁帶啊。」微笑笑起來，好像之前的爭吵都隨風而逝了。誰都沒有再提起那天，它被彼此塵封了起來，放在了最安全的地方。

劉大志把火車票退了、演唱會門票轉賣掉了，該還的還了，剩下的給了陳小武做小本創業金。看著手上因搬磚受傷留下的疤痕，他並不後悔。而經過大半年的努力，陳小武租了一個小門面，不僅賣豆芽，而且賣豆漿和豆腐。因為份量給得多，品質也好，所以生意也愈來愈好。他乾脆在小門臉裡放了張彈簧床，省去每天回家的時間，結束生意後，一個人就在門面裡做著第二天的各種準備工作。一開始他不太願意叮噹來菜市場看到他的狼狽，後來叮噹也開始打下手幫他幹活的時候，他覺得自己的眼光真好。

放了寒假，劉大志每天都來菜市場幫陳小武的忙。每次和陳小武待在一起，他都對未來充滿鬥志。

「小武，你每天待在這個小門面裡，醒了就工作，工作完就睡，你不覺得特別無聊嗎？」

「沒有啊。我以前就是浪費太多時間了，現在挺好的，每天都在搶時間，我還想早一點兒結婚，把叮噹給娶了呢。」

「欸，你想過沒有，如果叮噹高考考到外地，你倆該怎麼辦？」劉大志問陳小武。

「我早就想過這個問題。其實每個人都在尋找一個值得自己付出的人，每個人心中都有一桿秤，如果她真在外地遇見比我更好的，如果我愛她，為什麼我不希望她幸福呢？我也想明白了，我一定要讓叮噹覺得我陳小武可靠、努力，能夠讓未來的生活變得更好，讓她在我身上看到希望，她才會毫不猶豫地和我在一起吧。再說了，你知道異地戀為什麼會容易分手嗎？」

「寂寞就容易劈腿唄。」

「為什麼會寂寞呢？」

「因為沒人陪唄，所以就想找個離自己近的人陪唄。」

「你看我，每天忙到死，從來不會有寂寞的感覺，所以感到寂寞的人本身就是很空虛的。再說了，如果她在外地寂寞了，我就立刻坐火車過去。火車不行，我就坐飛機。」

「得了吧，就你這個小門臉，還坐火車坐飛機，有那麼多錢和時間嗎？」

「你說對了，大志，大多數異地戀會出問題，就是因為一個人空虛，另一個人又無法把控自己的時間，加上又沒有錢。那我掙錢就好了！她需要我的時候，我就去！」

劉大志突然一下振奮了。如果陳小武真能做到他說的那樣，他和叮噹就不會出問題。那如果自己努力的話，也能這麼對微笑！微笑寂寞時，自己有了錢有了時間，就飛過去找微笑，這樣的話兩個人就一定會很好。但如果還是出了問題，那活該兩個人會出問題，待在一起也會出問題，和異地戀一點兒關係都沒有。他從來沒有想過要去對抗現實，雖然陳小武把物質看得太重了，感覺好像有錢什麼都可以做到，但實際是不是真的是這樣呢？王爾德不是說過：「年輕的時候我以為錢就是一切，現在老了才知道，確實如此。」

像陳小武這樣靠自己努力去創造財富，腳踏實地，過自己想要的生活，總比空談夢想好得多。畢竟生活是過出來的，不是幻想出來的。雖說劉大志從不崇拜陳小武，此刻卻再也不覺得賣豆芽有什麼不好。陳小武能為自己想要的生活付出百分之一百二十的努力。一個人如此投入，就一定能感染到周圍的人。劉大志熱血沸騰，他沒有想過那個每天跟他比誰的分數低的人居然成了生活裡最勵志的榜樣。

聽說郝老師要帶大家去松城看雪，所有人都興奮極了。

雪能吃嗎？在哪裡可以打雪仗？雪人怎麼堆？雪球打在臉上疼不疼？如果真的把雪放進別人

的衣領裡，是不是真的很冷？除了陳桐，其他人都沒見過雪。對於很多生活在內陸的人來說，第一次看海一定要和自己喜歡的人一起；對於沒有看過雪的人來說，第一次看雪也一定要和喜歡的人一起。

「郝老師，我們什麼時候去？」

「要不就開學前幾天吧。微笑的補習不是也快要結束了嗎？」

「太好了。我們趕緊把要複習的複習完。小武，你也趕緊把時間調整一下啊。」

「來，我給你們拍張照。」郝回歸從包裡拿出照相機。

「郝老師，你最近是愛上攝影了嗎？」

「你們馬上就要畢業了，所以老師拍一些照片留做紀念。」

「郝老師，你肯定會很想我和陳桐，還有微笑。但你肯定不會那麼想念陳小武和叮噹。」劉大志說。

「為什麼？」叮噹很不滿。

「因為你又考不上大學，只能在湘南讀一個民辦高校，你沒事可以每天來學校找郝老師。」劉大志嘻嘻地笑。

叮噹很生氣地追著劉大志打。

大家都笑了起來，郝回歸也是。他知道以叮噹的成績能考上外地的大學，但她為陳小武留了下來，考了本地的三本院校。後來，陳小武硬著頭皮去叮噹家，像男人一樣各種表態，堅持了好幾年，郝紅梅也看著陳小武從一窮二白到有了自己的事業，最終還是認可了他。

看雪的日子愈來愈近。這天，劉大志正在家裡做題，電話突然響起。陳小武的弟弟哭著讓劉大志去救哥哥。原來，菜場的所有攤主都被陳小武團結起來不交保護費，結果早上陳小武上貨的時候，被黑社會的車給拽走了。那夥人讓陳小武的弟弟找他爸去談判，陳石灰身體不好，弟弟只能給大志哥打電話。

劉大志立刻給陳桐撥了電話：「如果到時你給我家打電話我沒有回來，你就告訴你爸，讓你爸派人過去找我們。現在千萬別說，我去找陳小武！」

陳桐在電話裡說：「不行，你不能獨自去，我們一起去。」

「真不用。我給你打電話不是為了讓你跟我一起去，是讓你在後面保護我。」劉大志著急地說。

「沒事，一起去，他們不敢對我們怎麼著。別忘了我爸是做什麼的。」

兩人約好十五分鐘後街口見面。下樓前，劉大志在鏡子裡看了看自己，穿校服有點兒沒氣勢，所以換上了那件假耐克，可又覺得手裡空空的少了些什麼，就從廚房裡翻出兩瓶啤酒，把酒瓶打開，一口氣喝完給自己壯膽，腦袋暈暈的，提著兩個空啤酒瓶下了樓。走到一半，劉大志又返回去給郝回歸打了個電話，這種事除了陳桐，他能相信的人就只有郝回歸了。

但劉大志沒想到郝老師在電話裡格外緊張，好像會出什麼大事一樣。

「劉大志你聽好了，馬上就要高考了，不能出任何問題。今天的事，你們極有可能會受傷，交給員警去處理就好了，明白嗎？」

「但是，郝老師……」

「這樣，你們別去，告訴我地址，我去解決，你和陳桐絕對不能去。」

「郝老師，沒你想的那麼嚴重。陳桐和我一起，大家都知道他爸，肯定不會有事的。」

「劉大志，我有這麼嚴肅地跟你說過事情嗎？這件事你必須聽我的，不能去！否則後果不堪設想，明白嗎？」

「明白……」

「這樣，你們倆在街口等我，我馬上就來，千萬別走。」

「好，好，郝老師別急。」

郝回歸懸著的心放下來，掛了電話，朝校門口狂奔。他絕不能讓劉大志和陳桐去談判。

他記得非常清楚，當年就是自己和陳桐去談判，和那群混混打了起來，全部負傷，尤其是陳桐，眼看一個板磚就要拍到自己，陳桐飛身幫自己擋了那一下，被砸成腦震盪，整整昏迷三天，差點兒成了植物人，休養了三個月，以致高考失常，沒考上北大，畢業後成為當地的小公務員。因為這件事，陳小武也好，劉大志也好，一直對陳桐抱有愧疚。

郝回歸心急如焚，踩著自行車趕到街口，卻並沒有看到劉大志和陳桐的身影。郝回歸心裡一沉，車頭直接轉向談判的菸廠倉庫，拐彎，進小巷子，右拐，闖紅燈，再右拐。郝回歸聽不見任何喇叭聲，他的世界裡只有心臟跳動的聲音。

郝回歸一個急轉彎，看到劉大志和陳桐正騎著一輛山地車在前方。

「站住！」郝回歸著急地咆哮。

山地車剎住，停下來。

「郝老師，你怎麼來了？」劉大志從山地車前杠上下來，見郝回歸滿頭大汗，有些不好意思。

「手裡拿著什麼？」

劉大志把酒瓶往後收了收。

「劉大志，能理智點兒嗎？這種事找陳桐的爸爸解決，明顯是最安全的，你動手前能不能稍微想想辦法？光想著逞能，講這種義氣有意義嗎？」

「有意義。」劉大志斬釘截鐵地說，「陳小武是我最好的朋友，他有麻煩，我當然要和他站在一起！我知道如果有麻煩的是我，小武和陳桐也一定會來救我！我不去，一定會後悔一輩子！」

「好，那你有沒有想過陳桐？他要是跟著你受傷，影響高考怎麼辦？你不會後悔？」

陳桐接著說：「郝老師，不關大志的事，我不後悔。」郝回歸站在那裡一動不動，眼睛看著陳桐，他本以為陳桐會理解自己。

陳桐嘴角動了動，說：「我的人生一直都很順，似乎什麼都不缺，直到我轉文科，認識你們，我才知道，這個世界根本就不缺乏正確的事，缺的是有意義的事。有意義的事也許也包括了錯誤的事。今天我們要真受傷了，我才會知道我是個願意為朋友負傷的人。我並不知道真正的自己也能這樣，但我喜歡這個能為朋友一次又一次變得不一樣的自己。郝老師，如果你擔心我們，可以報警，但我們還是要去。」劉大志轉身把手裡的酒瓶遞給陳桐，自己又從包裡拿出另一個藏進外套裡。兩個人把山地車放在牆邊，朝倉庫走去。

每個人都有自己的選擇，即使頭破血流也承擔得起，不會後悔。郝回歸依然站在原地，想著劉大志和陳桐說的話。如果我們一直在正確的路上行走，那不是我們的人生，那只是看起來正確的人生。很多時候，我們心懷遺憾，並不是當時我們做錯了什麼，而是我們沒做什麼。一個是為了朋友可以做一切，一個是不想為青春留下遺憾。這個世界上正確的事太多，但如果沒有錯，正確也就毫無意義。自己回到十七歲的這段日子，做的都是正確的事嗎？郝回歸想了想，好像也並不是，有些事也是錯的，但讓他看到了不一樣的風景。如果一件事能學到教訓，能讓人生變得開闊，也許就不是錯的。明知道可能會受傷，但依然不管不顧地去做，誰能保證十七歲青春的每一件事都是正確的呢？「正確」也許並不是這世界上唯一正確的事，即使錯了又能怎樣呢？郝回歸想著自己，三十六歲的人生不就是一直在正確的道路上走著，最後死路一條的嗎？

「等等！」郝回歸大聲喊道。劉大志和陳桐回頭，看到郝回歸把自行車靠在路邊，撿了一根木棍，朝他倆走過來。郝回歸走在陳桐和劉大志中間，三個人互相看了一眼，笑了。受傷又如何？錯了又如何？不做件隨心所欲的事，怎麼會知道什麼才是真正的自己？

那些年的遺憾，不是因為做錯了什麼，而是因為沒做什麼。

八、九個人正等著他們。

見他們三個人過來，三、四個人從後面包抄，把他們圍在中間。

「去跟你的朋友們商量，看看接下來怎麼搞？」領頭的黃毛揚揚下巴，讓陳小武過去。

陳小武走近劉大志他們，齜牙咧嘴，一看就是被打過。

「郝老師，你怎麼也來了？」

「我怕他們打架不行，只能自己來了。還好吧？」

「沒事，衝撞了幾下，沒大事。」

「陳小武，這次是通知人來領你，下次不會這麼舒服了。別再挑頭了，聽到沒？你的那一份，我們給你免了。」

「啥意思？」劉大志問陳小武。

「就是讓我不再攬和菜市場保護費的事了，他們不收我的，讓我別多管閒事。一個個遊手好閒，靠收保護費就想養家了？我乾脆加入他們得了。」陳小武故意說得很大聲。

「陳小武，今天你不答應，你們幾個都別想離開這兒。」

「你們還想怎麼著？」劉大志擋在陳小武面前。

「怎麼著？教訓你們！」一個混混直接上來就要給劉大志一個耳光。陳桐迅速抓住對方手腕一翻，把對方整個人掀翻在地。混混們一瞬間都擁了上來，他們幾個互相看一眼，那就打吧。對方雖有八、九人，但郝回歸他們並未處於下風。一群人混戰成一團。陳小武雖矮，但亦招招制敵。劉大志一通亂拳，拿到什麼就揮過去，不讓混混們近身。郝回歸就像脫了韁的野馬，一個人對付兩三個人不在話下。陳桐最冷靜，拳拳到人，還不停地照顧著劉大志，生怕有人突襲。突然，一個混混隨手拿起酒瓶就朝劉大志掄過去，速度極快。陳桐見狀，一個飛身撲去要幫劉大志擋住。酒瓶離陳桐的腦袋愈來愈近，陳桐閉上眼，豁了出去。

「啪！」重重一聲，酒瓶碎了。

眾人停下來，看著陳桐的方向。那一瞬間，陳桐覺得自己已經完全麻木，毫無知覺。陳桐睜開眼，發現自己臉上並沒有傷，而郝回歸擋在自己面前，額頭鮮血直流。掄酒瓶的混混已被郝回歸一腳踢到要害，趴倒在地。看到郝回歸額頭止不住的血，混混們擔心出事，互相使了個眼色，全撤了。

「郝老師，沒事吧？」陳桐趕緊把外套和T恤脫下，緊緊按在郝回歸的額頭上。沒過一會兒，T恤洇得都是血。郝回歸睜開眼，幸好還看得清楚。他坐在地上，撫著額頭說：「估計要縫好幾針了。」

劉大志、陳小武立刻跑到外面打電話叫救護車。郝回歸反而冷靜了。如果自己幫陳桐擋了這下，算是改變這件事的結局了嗎？如果陳桐不再腦震盪，那高考是不是會比之前好一些？

這一架之後，陳小武把所有攤主團結到一起，發誓一定要讓菜市場恢復秩序，絕不能讓一些社會渣滓恣意染指。又過了一些日子，只要菜市場有了任何問題，眾攤主第一時間就會來找陳小武商量。

郝回歸休養了一週，去松城的計劃擱置了。

因為額頭受傷了要縫針，所以醫生把郝回歸的頭髮全剃光了。劉大志看見郝回歸的光頭，看一次笑一次，郝鐵梅給郝回歸織了一頂毛線帽。幾個孩子的家長輪流來醫院照顧他，尤其是郝鐵梅，聽說他為了自己的孩子受傷，特別心疼，每天一大早起來熬湯給他補身體。沾郝回歸的光，劉大志也吃到了很多菜。

「郝老師，你就這樣一直躺下去吧，我發誓這是我媽這輩子做菜最認真的一次。」

「劉大志，你嘴裡還能說出什麼鬼話？如果不是因為你們逞能，郝老師會受傷嗎？你怎麼不躺一輩子？」郝鐵梅又開始凶劉大志。劉建國這時也走進病房探望郝回歸。

「郝老師。」劉大志喊他。

「嗯？」

「我們還去松城嗎？」

「去啊。」

「下週就開學嘍。」

「呀。」郝回歸直接從床上爬起來去看牆上的日曆。

「劉大志！」郝鐵梅又要開罵了。

「沒事，沒事，我答應過要帶他們去看雪，你看其實我都已經好了，天天吃你做的飯，還胖了好多。」

「鐵梅，有沒有覺得郝老師和我們家大志真的長得還蠻像的？」劉建國打量著剃了光頭的郝回歸。

「真的，所以我就說了嘛，郝回歸是我另一個兒子啊。」

劉大志撇撇嘴。

「大志，你通知一下大家，要不我們明天就去？」

「好啊！不用通知，大家時刻準備著，下午走都行呢！」劉大志特別興奮。

「郝老師，你真的沒事嗎？」郝鐵梅特別擔心。

「沒事，過幾天來拆線就行。只要不瘋玩就行。」劉建國說。

「大志，你拿著的是什麼？」郝回歸看見劉大志手裡揣著一個本子，甚是眼熟。

「哦？這個？我上週撿到的，蠻有意思的。」劉大志舉起本子。

郝回歸心裡一沉，這不就是自己在計程車上撿的那個日記本嗎？

「裡面可以寫日記，還有專門給未來的自己對話的地方。」

「給我看看。」郝回歸把本子接過來。

劉大志已經在上面寫了一些文字，和之前看到的有所不同。

第一個問題：最迷茫的日子，誰在你的身邊？

劉大志寫著：可能就是現在吧，馬上就要高考了，有些朋友不參加高考，有些朋友要出國，但是還好，大家還在一起，每天都待在一起。

第二個問題：你現在身處何方？十年後你嚮往的生活是什麼？你想成為誰？

劉大志的回答是：我生活在一個小城市，我希望十年後能夠有一份自己喜歡的工作，能每天生活得很有熱情，即使有困難的事，也能想到辦法去解決，不害怕解決問題。我想成為一個能給別人帶去鼓勵的人，一個能幫別人成長的人，就像我的老師郝回歸那樣的人。

第三個問題：你想對現在身邊最要好的朋友們說什麼？

紙上空著，劉大志還沒有寫。

郝回歸看著既感動又緊張。感動於原來自己並沒有讓劉大志失望，緊張於劉大志已經開始記錄日記，當他把最後一個問題回答完畢，自己就要回去了。

「大志，第三個問題還沒有填？」

「啊，我還沒有想好，想說的特別多，又不知道寫哪句才好。」劉大志把本子收起來，「那我先去通知大家了。」說完劉大志跑出了病房。

郝回歸知道自己的時間已經不多了。他並沒有做好告別的準備，彷彿一切還停留在他剛剛進入高三（一）班的那天。這一切似乎只是個夢，不會投入感情的夢，隨時會醒。而他卻在這個夢裡，重新認識了十七歲的自己、父母和朋友們，認識了曾經不曾認真對待的世界。

郝鐵梅收拾東西要回去，跟郝回歸告別：「郝老師，等你們看雪回來，再來家裡吃飯吧。」

「大志媽媽、大志爸爸，咱們合張影吧？謝謝你們這段時間的照顧。」

「你怎麼突然說這個？你這孩子，又不是不見面了。」

是啊，其實就是不再見面了啊。

郝回歸盯著郝鐵梅和劉建國，想把他們年輕的樣子永遠地保存在記憶裡。還有什麼要跟媽媽交代嗎？劉大志已然變了很多，比當年的自己強了很多，也更有主見了。

「大志媽媽，以後大志再讓你給他買什麼，你千萬不要再說他長得像那個東西了，上次大志說他都有心理陰影了。」郝回歸笑著說。

郝鐵梅也笑起來：「我還以為你要說什麼，行，我答應你。」

「還有，不要幫大志存娶媳婦的錢，讓他選擇他自己喜歡的，我跟你保證他選的一定會很優秀的。」

「郝老師，你現在明明要出院了，搞得跟交代身後事一樣。等過年來家裡吃飯，咱們再說。」郝鐵梅語氣裡有些責備。

郝鐵梅和劉建國走出病房後，郝回歸心裡說了句：「爸爸、媽媽，再見。」郝鐵梅突然又回來了，走到床邊，輕輕抱了抱郝回歸：「我不知道你怎麼突然想說這些，突然想起你第一天來家訪的時候，就覺得你特別眼熟、特別懂事。別忘了，你也是我兒子。」說完，拍拍郝回歸的後背，走出了病房。

看雪的前夜，所有人都沒睡著。

郝回歸捨不得，他怕自己還遺忘了什麼事，他必須把所有能記住的、要交代的全寫下來。劉大志的包不夠大，他把自己的厚衣服全穿在身上，包裡放滿了磁帶：張學友、張信哲、周華健、呂方、小虎隊、許美靜、許茹芸、林志穎、張清芳、Beyond、張國榮、齊秦、鐘漢良、陳曉東、伍思凱、張雨生、鄭智化……

陳小武連火車都沒有坐過，剛上火車屁股還沒坐熱，就站起來跟郝回歸說：「郝老師，我可以走一走嗎？想看看火車是什麼樣子。」

「當然可以，你就沿著車廂走就好了。」

「我也跟你一起去！」叮噹舉手。

「記得把票帶好，遇見檢票員查票，給他們看就行。」

車廂裡人很多，陳小武牽起叮噹的手，叮噹有點兒不好意思。郝回歸以前雖和陳小武是好朋友，但其實並沒有那麼了解他。陳小武雖然家裡條件不好，一直賣豆芽，但他並不自卑，他沒有坐過火車就當著大家的面說去看看；他會在人群面前牽起叮噹的手，他會下意識地去保護叮噹。

微笑拿出一本英文單詞書，為接下來的語言考試做準備。

陳桐和劉大志坐一起，兩人都帶著自己的 walkman 隨身聽。

「你帶了這麼多？」

「第一次旅行，不知道帶哪個好，就都帶著了。你聽聽這個，《朋友別哭》，很好聽。」

「我正在聽。」陳桐把隨身聽停掉，給劉大志看裡面的磁帶。

「我們聽的一樣。最近有個新歌手叫陳曉東，聽過嗎？好聽。」

「郝老師，你在聽什麼呢？」劉大志發現郝回歸也在聽磁帶，用的和自己同一款的 walkman。

「任賢齊的《心太軟》。」

「我怎麼沒聽過這個人？好聽嗎？」

郝回歸把耳塞遞給劉大志。劉大志剛聽幾秒：「哇，這首歌好好聽噢。郝老師，你怎麼知道這個人的？一會兒借我聽聽？」碰到好歌，劉大志就很興奮。

「現在就給你聽。你把你那盒《漂洋過海來看你》給我。」

「好啊，我剛好帶了。」

這些歌充滿了回憶，因為每首歌都是當時的心境。每個人都戴著一副耳機，沉浸在自己的音樂裡，想著自己的心事和未來。

一路上，劉大志大呼小叫，陳桐和微笑則很鎮定。

「雪！看！山上白色的那個，是不是雪？」

「哇！真的！郝老師！那是雪！」

整個車廂就聽見他們幾個的聲音，其他的乘客都在笑。年輕真好，看什麼都覺得稀奇。郝回歸訂了松城山裡的小旅館，不僅雪景好，還有溫泉可以泡。

到了目的地，天色已暗，看不清雪景，劉大志一行人依然興奮，只是精力都在一路上的大呼小叫中用完了。

「郝老師，雖然很暗，但是好美……怎麼那麼美……」劉大志筋疲力盡地說。

「小武，我們去打雪仗吧……」叮噹扯著陳小武。

「今天早點兒休息吧，我已經快累死了……真的，比做生意還要累。」陳小武一頭倒在床上。

郝回歸訂的是三間連房，女孩們一間，他自己一間，三個男孩一間。所有人的身體都累得不行，腦子卻一直興奮著。劉大志在床上躺了十幾分鐘，問道：「誰沒睡？」

「我。」

「我也是。」

「我們去找她們聊天吧。」

三個男孩穿上衣服，悄悄經過郝回歸的房間，發現房間裡檯燈開著，劉大志貼在門上聽了一會兒，並沒有動靜。三個人就去敲女孩們的門，剛敲一下，門就開了。

「正想去找你們呢，根本睡不著！」叮噹抱怨道。

「噓，小聲點兒，不要吵到郝老師。」

「那我們幹嘛去？」

「到處逛逛，找地方聊天。」

松城天氣很怪，雖然到處是雪，卻不冷。五個人找到一間沿山而建的木頭房子，是專門看雪景用的，上一撥客人走了，裡面還有一些未滅的炭火。劉大志自房裡伸出頭，借著月光，看著滿目銀色鋪滿山間。

原來夜晚的雪山這麼美。五人紛紛驚嘆。

「好開心能和你們一起看雪。」微笑突然說，「我希望我出國後，我們的感情還是這樣。」

「我希望自己能考上北大，選一個自己喜歡的專業，讓父母放心。」陳桐說。

「我覺得現在就很好，我希望生活能一直這樣。」陳小武看著叮噹說。

「我也是。」叮噹很害羞地說。

「希望我們會愈來愈好。」

下雪的夜晚，萬物靜謐，微微的炭火旁，每個人臉上都放著光。

「大志，你呢？」

「我啊？我希望以後我們每年都能來一次這裡，坐在一起，哪怕去別的地方，也能回來坐在一起，像現在這樣，說說話。我怎麼這麼容易感動？奇怪了。」

人的成長從柔軟開始

人的成長從傾聽開始

人的成長從遇見相似的靈魂開始

人的成長從什麼都不做也能覺得熱鬧開始

人的成長也從一群人熱熱鬧鬧但每個人都覺得安靜開始

擁有一個人，可以用一輩子去陪伴，也可以記住他一輩子。但最好的方式，就是變成他。

第二天推開窗，一片明亮的世界，眼前白茫茫全是新雪，樹上、地上、山上。

幾個人換上衣服，直接衝到雪地裡打滾，打雪仗。

郝回歸拿出照相機，一點點記錄著。

「雪能吃嗎？」

「我吃吃看。」劉大志大大地吃了一口，嘴差點兒被凍僵。

「感覺甜甜的呢。」

「啪！」臉上正中一個雪球。微笑在離劉大志幾米開外的地方大笑。幾個人鬧成一團，又追又跑，累了，就都躺在雪地上。郝回歸爬上樹，給所有人照了張躺在雪地裡的照片。

劉大志在旅館附近溜達，找到一片新雪地，在上面寫著：微笑喜歡劉大志。聽見有人來了，趕緊全抹掉。陳小武和叮噹坐在小木屋安安靜靜地靠著，看著雪山。

「微笑呢？」劉大志問陳小武。

「好像和陳桐在一起。」

和陳桐在一起？劉大志在旅館上上下下找了一圈，沒有看見陳桐和微笑。他有不好的預感。劉大志衝進郝回歸房間。郝回歸正在寫著什麼，見劉大志進來，趕緊停下。

「郝老師，你看見陳桐和微笑了嗎？」

「沒有，怎麼了？」

「哦，陳小武說他倆在一起，我找了一圈沒看到。」劉大志語氣有點兒怪。郝回歸立刻明白了：「別想太多，微笑要走了，當然要和同學單獨說說話。」

「要說可以一起說，為什麼要單獨說？又不是叮噹和陳小武。」

「走，我陪你一起去找他們。你記住，微笑喜歡你就行了。」看劉大志一副心急如焚的樣子，郝回歸就想笑。

郝回歸和劉大志走到後山，看到陳桐和微笑正往回走。看見郝老師和劉大志，陳桐有點兒侷促不安。微笑反倒特別自然地說：「後山有個大瀑布，都結冰了。郝老師，我們一會兒一起去合影吧？」

「好啊。」

劉大志看著陳桐，陳桐立馬扭頭往左邊看，很明顯在迴避。他又看了看微笑，什麼都沒看出來。大家吃完晚飯，各自回房休息。郝回歸想帶大家去放孔明燈，看見劉大志在寫東西。他走過去，劉大志正在填寫日記本上的第三個問題：「你想對現在身邊最要好的朋友們說什麼？」

劉大志寫道：「我想對他們說，希望無論經過多少時間，我們都不要變。我們都能成為自己想成為的那個人，我們不要成為自己討厭的那種人。」劉大志回頭看見郝回歸，笑了笑，說：「郝老師，我覺得你說的是對的。我希望我們所有人都愈來愈好，成為自己想要成為的人，而不是成為自己討厭的那種人。」

「嗯。」郝回歸點點頭。他知道，不出意外的話，自己馬上就要回去了。不過，此刻，他反而十分平靜。他看著眼前的劉大志、微笑、陳桐、陳小武和叮噹，覺得特別欣慰。這大半年的時間，每個人都變了，都變得更好了。他們都學會了面對真實的自我，去勇敢追求自己想要的人生，還有什麼比這更令人欣慰的呢？

「走，我們放孔明燈去。」郝回歸拿出六個孔明燈，在寬闊的雪地上教大家安裝，讓大家在上面寫下自己的願望。大家都在想應該寫些什麼呢？那麼重要的願望，一定要實現的願望，嗯，那就寫那天晚上各自的理想吧！郝回歸回到房間，拿出劉大志的日記本，翻開他寫的那一頁，深吸一口氣，再翻到日記本背面。

他看到了電話號碼，就跟當初在計程車上看到的一樣。

他用房間的電話打了過去。

「喂，聽得見嗎？」

「你是郝回歸？」

「我是。」

「那你對你的十七歲還有遺憾嗎？」電話那頭問。遺憾？要說遺憾還有很多，但他已經明白了更多。自己的人生差勁兒，跟自己的十七歲沒關係。如果回到三十六歲，他有很多事要做。這一趟，他明白了，要改變人生，並不是從哪一刻去改變，而是從此刻去改變。

「沒有了。」

「再見。」電話斷了。郝回歸輕輕把電話放下，走出房間。大家已經把字寫好，郝回歸把每個人的孔明燈點燃，然後點燃了自己的。

他的孔明燈只寫著兩個字：謝謝。

一片雪白的深山裡，六盞燈緩緩升起。燈光映照著五個少年的臉龐，一生中，或許再也找不出比這更美的景色了。

「郝老師！下次我們再來吧！」劉大志回過頭對郝回歸說。

郝回歸笑著點點頭。

淩晨三點，眾人早已熟睡。郝回歸坐在房間的書桌前，整理著最後的告別。耳機裡響起小虎隊的《愛》，曲子歡快，卻讓郝回歸覺得格外傷感。郝回歸在給每個人寫信。翻來覆去地檢查，生怕有任何遺漏。他不敢打瞌睡，怕一走神，睡過去就再也沒有辦法和大家見面了。洗了幾把臉，信裡的措辭改了又改。最關鍵的是，他無法寫清楚自己的去處，他本想撒謊，但他沒辦法撒一輩子的謊。明知不可能再發生的事，就不能留給任何人念想。郝回歸把給每個人的信寫完，沉默地看了許久，眼淚積蓄在理智的邊界線，他不想讓自己哭出來。

天色漸亮，隔壁房間有人起來上洗手間，傳來嘩啦啦的水聲。這點動靜攻破了郝回歸的理智，眼淚就像洩洪般噴薄而出，郝回歸任它在臉上奔騰狂浪。這不是哭，也許他是用這些淚洗刷自己來過的痕跡，也許他是用這些淚泡一壺茶贈予回憶。

我叫郝回歸，總有一天，我們還會遇見。

「起床啦！郝老師！」按道理，每天都是郝回歸把大家叫醒，今天要回湘南，郝回歸卻沒有來敲門。叫了幾聲，沒有人作答。劉大志透過木頭門的門縫往裡看，門沒鎖，劉大志差點兒摔倒。

房裡沒人，桌上放著一張紙條。

「咦，郝老師人呢？他不會先走了吧？」劉大志看了看桌上的紙條。

「有些急事，我趕一早的火車先回去了，你們隨後再回。到了湘南之後，先去我的宿舍，有一些東西要給你們——郝回歸。」

回湘南的路上，大家有說有笑。只有劉大志隱約覺得不對勁兒。

下了火車，劉大志帶頭往郝回歸的宿舍跑，幾個人跟在後面。推開宿舍的門，桌上放著五封信，分別寫給五個人。

小武：

你看到這封信時，我已經離開。因為種種原因，我不能繼續在湘南待下去。其實，我從未想過自己會成為你們的老師，陰錯陽差，我們在一起度過了大半年的時間。用這樣的方式告別，實屬迫不得已，我有想過當面跟你們告別，但無論怎樣的方式，都會讓我們更感傷。但請相信我，我們還會再相見。

小武，你是所有人當中最早走上社會的，你好學、努力、善良，你一定能獲得你所想要的生活。你也會和自己喜歡的人過上幸福的生活。

他們四個，老師拜託你了，請你在他們需要幫助的時候，多給他們一些意見……

叮噹：

還記得那天晚上在大排檔我們說過的話嗎？每個人都能等到自己的幸福，每個人都能遇到一個正確的人。老師很高興你能放下以前的觀念，去接納和了解一個新的人。老師不贊成早戀，但小武是個可靠的人，你可以繼續觀察他，直到他真的有一天能用他的能力去打動你和你的家人，你不要放棄，老師相信陳小武一定可以的……

陳桐：

你是如此優秀，如此自信。你能通過自己的選擇去決定你的未來。昨天，你跟微笑說了你的心事，這件事也許給你帶來了很大壓力，也許總有一天你會把這件事告訴當事人。老師想告訴你的是，不要給自己那麼大的壓力，如果你願意，也可以立刻告訴劉大志、陳小武或者叮噹。

不要擔心別人不能理解，你們是真正的好朋友，真正的好朋友不會把一個人的祕密當祕密，他們只會把每個人的祕密作為人生的一部分。

欣賞同性不是錯誤，每個人只是天性不同罷了。你一直以來背負的責任和期望已夠大，你理應擁有更自由的人生，而非躲藏自己。

希望你能過上自己想要的生活。謝謝你欣賞大志。

微笑：

你現在很好，未來也會很好，不用給自己那麼大的壓力，你會發現身邊有很多令人開心、幸福的事。（比如劉大志是個很好的男孩，他未來會很優秀，希望你們那時還能在一起）我們未來再見。

大志：

你很像當年的我，我相信，你未來一定會成為現在的我，並且超過現在的我。

希望你能一直保持現在的熱情、善良和上進，希望你能變成你想要成為的自己。到那一天，我們還會相遇。

床底下有一個盒子，那是我給你的禮物。希望你會喜歡。

記住，無論接下來遇見什麼困難，要記住，我都會在未來等你，在每一個路口擁抱你。

劉大志彎下腰，把盒子拿出來打開，裡面是兩件衣服：一件耐克，一件彪馬。劉大志捧著兩件衣服環視著宿舍，看著其他拿著信的死黨，脫口而出：「不行，我一定要把郝老師找回來！」

劉大志，我是郝回歸，我會很好，希望你也是。

郝回歸睜開眼，計程車正從隧道中駛出，前方一片光亮，司機正在找路。他隨手伸進衣袋，拿出手機，螢幕上顯示：2017年6月24日8點——丫丫百日宴的第二天。剛剛是做了一個夢？郝回歸靠在椅背上，看著窗外，街邊是熟悉的遊戲廳。他很肯定，自己並沒有做夢。他看著手機，信號滿格。自己真的回來了？

郝回歸給微笑撥了一個電話。

「喂，微笑，你在哪兒？」

「去機場的路上啊。」

「那個，我想問一下你，你手上怎麼戴了一個戒指？」

「哦，因為老有人問我是否結婚了，有沒有男朋友，我就乾脆自己買了一個戒指戴著，避免麻煩。」

果然避免了很多麻煩，差點兒把自己也給避免了。

「喂，回歸，還聽得到嗎？」

「微笑……你在機場等我一會兒好嗎？我立刻來給你送個戒指。」

「啊？」

「嗯，我要給你去送個戒指，我送的。」郝回歸斬釘截鐵地說。

「哦……那我現在開始計時，現在離我出發還有五個小時。」

「等著我！」郝回歸立刻掛了電話，隨後撥通陳桐的手機，「喂，你能趕緊幫我去買一個鑽戒嗎？別問為什麼，然後立刻到湘南高速休息區來接我，我們一起去機場。對了，叫上小武和叮噹！必須，一定！你們要幫我見證一件大事！」

開往機場的私家車上，郝回歸坐在副駕駛座上，不停地催促陳桐開快一點兒。

「哥，你怎麼回事？昨天還一副臭臉，怎麼今天突然像變了一個人？」叮噹問。

郝回歸看著叮噹，這個女孩從陳小武一窮二白時就相信他，因為她的信任，陳小武才有了變得更好的動力。她不是家庭主婦，陳小武也不是暴發戶，他和她是芸芸眾生中通過奮鬥才得到回饋的人。

「叮噹，其實你比我聰明多了。」郝回歸突然說。

「廢話，我要是比你傻，還能嫁得出去嗎？」

「陳小武，昨天對不起。」郝回歸笑了笑又對陳小武說。

「啊？大志，回歸，是我不對，我們那麼好的關係，我怎麼能對你那麼說話？」

郝回歸忽然想起了什麼，問：「陳桐，你現在是幹嘛的？」

「我？工商局啊！」陳桐看了郝回歸一眼。叮噹說得對，郝回歸完全像變了一個人。哦……郝回歸有點兒遺憾，原來自己經歷的一切還是另一個世界，在那個世界自己幫陳桐擋了一下，並不能對這個世界造成影響。想到這個，郝回歸自嘲地笑了笑。剛開始他希望通過自己的努力去改變一九九八年的他們，最後的結果卻是自己被十七歲的他們所改變了，但也挺好的，不是嗎？

到了機場，郝回歸打算立刻把戒指送給微笑。

「等等！換件正式點兒的衣服。」陳桐打開後備廂，他給郝回歸準備了一套西服和襯衫。郝回歸拿著衣服衝進洗手間，換完正準備出去。他突然在鏡子裡發現了什麼，他慢慢湊近鏡子，掀起自己的頭髮，發現自己的額頭上不知何時多了一道縫針的傷疤。

這……這是我幫陳桐最後擋的那一下？郝回歸很疑惑。不是一切都沒有改變嗎？陳桐不還是工商局的副局長嗎？

「你怎麼還沒好？」陳桐進來找郝回歸。

「陳桐，你大學在哪裡讀的？」

「回歸，你是不是要告白，腦子就被燒糊塗了？我當年湘南高考第一進入的北大啊。」陳桐略微得意地說。

「原來……是真的！」

大志：

不知道這封信你能否收到，真希望可以有一個時光郵筒，這樣我們就可以一直通信了。

此刻，我已經回到了二〇一七年。其實，我還有很多話來不及說，也說不出口。

我從未想過會遇見十七歲的自己，所以當我初見你時，根本壓抑不住自己的心情，一上來就告訴你我是來自未來。那天你問了我好多問題，為了讓你開心，我說了謊，我說我很好，考上了重點大學，工資很高，也買了豪車……可是，我突然意識到，欺騙你又有什麼意義？我的人生很差勁兒，沒有目標，沒有方向，沒有一點兒激情。當我鼓起勇氣向周圍的人傾訴，卻得不到他們的理解。那種感覺很孤獨。如果你知道你未來的生活是這樣，一定非常難過吧？幸好當時你覺得我是在騙你，而老天也給了我一個機會，讓我可以重新遇見你。和你成為朋友，我才真正看清自己。

這段時間發生了很多事，我也遇到了很多人。是你們讓我重新覺得原來人生如此美好。我很感謝你，因為你，我找到了一個真實的自己。你比我想像中的更努力，更講義氣。讀完大學，進入社會後，我遇見了很多人，很多事，他們就像各種粗糙的砂紙，把我把磨成沒有稜角的圓球，整日隨波逐流，哪裡是下坡就滾向哪裡，再也沒有抬起頭看過自己曾經站著的位置。而且我也很難在抬起來了。

遇見你之後，我想起了曾經的那個我。說來不怕你笑話，我一直覺得是因為你太差，才導致如今的我如此糟糕。所以一開始我的腦子裡想的都是如何去改變你。可漸漸地，我一點一點醒悟，並不是年輕的你有多糟糕，而是如今的我太麻木。

我不應該為你的人生負責。

和你相處的幾個月裡，我一直擔心著被你瞧不起，可是你卻告訴我你想成為我這樣的人，那時我才敢正視自己。原來我正在一點點被你影響，被你改變。

回來之後，我做的第一件事就是去找微笑，去機場追她，我送給她一枚戒指，她也留了下來。在這件事上，我比你勇敢吧！對了，我現在依然是老師，一位大學老師，我已經明白如何讓自己的工作變得更有意義。

最後，我很想再擁抱你一次。謝謝你，我的十七歲，謝謝你，劉大志。我會在未來等著你，用最好的樣子等著你。

郝回歸 2017.9.16

後記

不知道看到這裡，你們是什麼心情。此刻，我的心情是不捨。

在將近一年的時間裡，小說中的每個人物無時無刻不在我腦子裡對話，我知道他們每個人的語氣，看得到他們每個人的表情。他們就像我最親近的朋友，敞開心扉，跟我訴說著生命中每件最私密的事，讓我看到最真實的他們。

我是郝回歸嗎？

我希望自己是，我羨慕他能和過去的自己如此相處。回想過去的人生，那一件件遺憾的事，我的心情和郝回歸一模一樣，有懊惱有悔恨，在無數個日夜懷念「如果還能重來一次就好了」。在郝回歸的世界裡，我重新經歷了一些事，放下了一些遺憾。

我記得多年前的一個下午，父母告訴我外公離開的消息，我一個人在北京號啕大哭。所以郝回歸幫我，跟外公做了最後的告別。我記得我很嫌棄媽媽唱卡拉 OK，現在媽媽漸漸不唱了，我才意識到自己錯過了什麼。同樣，當我看著劉大志肆無忌憚地說著那些話，做著那些事，我也很羨慕。雖然有些事現在看很幼稚，但不代表以前我有多傻，只能證明如今的我已經開始更在意別人的看法。

編輯說很想知道接下來郝回歸改變了什麼，很想知道劉大志真的去找郝回歸了嗎？其實，我和他們一樣想知道未來的發展，我告訴自己這個故事一定要繼續寫下去，他們都活著。

最後，我代郝回歸、劉大志、微笑、陳桐、叮噹、陳小武謝謝你們。謝謝你們花了那麼長時間來閱讀他們的人生。

我們定會再見。

劉同

2017年8月15日

我在未來等你

作者　劉同
編輯　黃子瑜
校對　黃子瑜、吳雅芳
封面設計　洪瑞伯
內文設計　陳玟諭

發行人　程顯灝
總編輯　盧美娜
發行部　侯莉莉、陳美齡
行銷部　伍文海、陳婷婷
財務部　許麗娟
印務　許丁財
法律顧問　樸泰國際法律事務所許家華律師

藝文空間　三友藝文複合空間
地址　台北市大安區安和路二段二一三號九樓
電話　(02) 2377-1163

出版者　四塊玉文創有限公司
總代理　三友圖書有限公司
地址　一〇六台北市安和路二段二一三號四樓
電話　(02) 2377-4155
傳真　(02) 2377-4355
E－mail　service@sanyau.com.tw
郵政劃撥　05844889 三友圖書有限公司

總經銷　大和書報圖書股份有限公司
地址　新北市新莊區五工五路二號
電話　(02) 8990-2588
傳真　(02) 2299-7900

初版　二〇二一年十月
定價　新臺幣三五〇元
ＩＳＢＮ　978-986-5510-85-5（平裝）

國家圖書館出版品預行編目(CIP)資料

我在未來等你/劉同著. -- 初版. -- 臺北市：四塊玉文創有限公司, 2021.10

面；　公分

ISBN 978-986-5510-85-5(平裝)

857.7　　110011486

廣　告　回　函
台北郵局登記證
台北廣字第2780 號

地址：　　　縣/市　　　　鄉/鎮/市/區　　　　路/街

段　　巷　　弄　　號　　樓

SANYAU

三友圖書有限公司　收

SANYAU PUBLISHING CO., LTD.

106　台北市安和路2段213號4樓

SANYAU

三友圖書
讀書俱樂部

\ 粉絲招募歡迎加入 /

臉書／痞客邦搜尋

「四塊玉文創／橘子文化／食為天文創

三友圖書——微胖男女編輯社」

加入將優先得到出版社提供的相關

優惠、新書活動等好康訊息。

四塊玉文創×橘子文化×食為天文創×旗林文化

http://www.ju-zi.com.tw

https://www.facebook.com/comehomelife

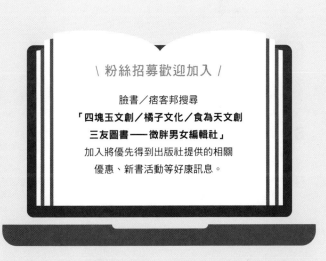

親愛的讀者：
感謝您購買《我在未來等你》一書，為感謝您對本書的支持與愛護，只要成為三友圖書會員，將定期提供新書資訊及各種優惠給您。

姓名 ______________________ 出生年月日 ______________________
電話 ______________________ E-mail ______________________
通訊地址 ____
臉書帳號 ____
部落格名稱 ____

1 年齡
□18歲以下 □19歲～25歲 □26歲～35歲 □36歲～45歲 □46歲～55歲
□56歲～65歲 □66歲～75歲 □76歲～85歲 □86歲以上

2 職業
□軍公教 □工 □商 □自由業 □服務業 □農林漁牧業 □家管 □學生
□其他 ______________________

3 您從何處購得本書？
□博客來 □金石堂網書 □讀冊 □誠品網書 □其他 ______________________
□實體書店 ______________________

4 您從何處得知本書？
□博客來 □金石堂網書 □讀冊 □誠品網書 □其他 ______________________
□實體書店 ____________ □FB（四塊玉文創／橘子文化／食為天文創 三友圖書——微胖男女編輯社）
□好好刊（雙月刊） □朋友推薦 □廣播媒體

5 您購買本書的因素有哪些？（可複選）
□作者 □內容 □圖片 □版面編排 □其他 ______________________

6 您覺得本書的封面設計如何？
□非常滿意 □滿意 □普通 □很差 □其他 ______________________

7 非常感謝您購買此書，您還對哪些主題有興趣？（可複選）
□中西食譜 □點心烘焙 □飲品類 □旅遊 □養生保健 □瘦身美妝 □手作 □寵物
□商業理財 □心靈療癒 □小說 □繪本 □其他 ______________________

8 您每個月的購書預算為多少金額？
□1,000元以下 □1,001～2,000元 □2,001～3,000元 □3,001～4,000元
□4,001～5,000元 □5,001元以上

9 若出版的書籍搭配贈品活動，您比較喜歡哪一類型的贈品？（可選2種）
□食品調味類 □鍋具類 □家電用品類 □書籍類 □生活用品類 □DIY手作類
□交通票券類 □展演活動票券類 □其他 ______________________

10 您認為本書尚需改進之處？以及對我們的意見？

____

感謝您的填寫，
您寶貴的建議是我們進步的動力！

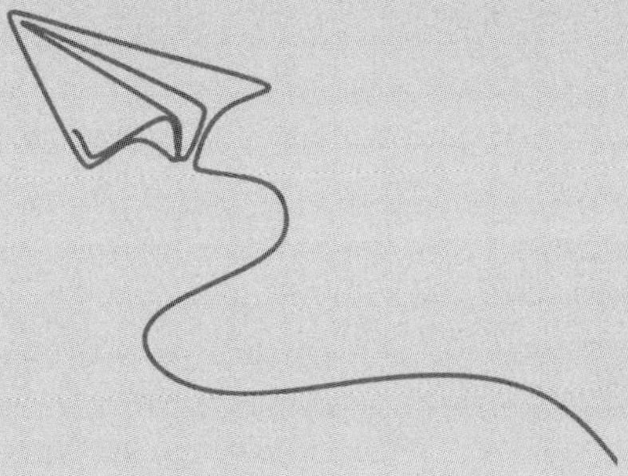

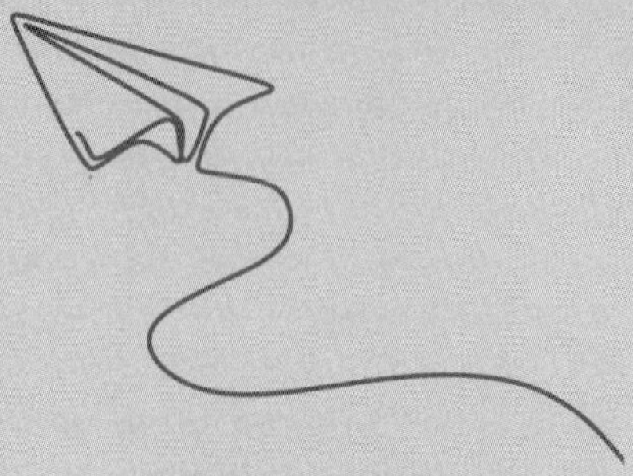